BIBLIOTHÈQUE

DE

Monsieur JEAN MAÎTRE

OEUVRES

DE

HENRI FONFRÈDE.

TYPOGRAPHIE DE SUWERINCK,
Imprimeur de la Chambre de Commerce, rue Ste-Catherine, 56, Bordeaux

ŒUVRES

DE

HENRI FONFRÈDE,

RECUEILLIES ET MISES EN ORDRE

PAR CH.-AL. CAMPAN,

SON COLLABORATEUR.

TOME DIXIÈME.

BORDEAUX,

CHAUMAS - GAYET, | LAWALLE JEUNE,
LIBRAIRE, | LIBRAIRE,
fossés du Chapeau-Rouge. | allées de Tourny.

PARIS,
LEDOYEN, LIBRAIRE,
31, Galerie d'Orléans, Palais-Royal.

—

1847.

LETTRES INÉDITES.

LETTRES INÉDITES.

FONFRÈDE avait dix-neuf ans quand il écrivit la lettre qu'on va lire : nous la publions à cause de son originalité et comme un souvenir de ses opinions à cette époque.

———

Paris, 16 avril 1807.

A M. **Castera-Larière**, à Bordeaux.

. . . .

J'ai acquis une nouvelle dignité depuis quelques jours, je suis conscrit; et certes, c'est une chose si commune, qu'il n'y a pas, comme vous le pensez bien, de quoi s'en vanter; quoi qu'il en soit, je travaille à force à me défaire de cette qualité là, et je crois que j'y parviendrai. On parle toujours de paix, mais on parle tant, et surtout on parle tant de ce qu'on ne sait pas, qu'on ne peut donner rien pour certain. Que dites-vous de l'énergie de nos frères les Musulmans? N'est-il pas bien singulier qu'au moment où nous nous régénérons, au moment où nous nous *rechristianisons,* pour ainsi dire, nous soyons en alliance intime avec ces infidèles? N'est-il pas plaisant que nous les secourions dans ce monde pour les cuire dans l'autre? Et que va dire notre Saint-Père le Pape de voir que nous nous croisons pour des Turcs contre des Chrétiens? Quel scandale!

Vous vous plaigniez, dans votre dernière lettre, de ce que je ne vous avais pas donné des nouvelles d'*Octavie*(1); sa santé était si mauvaise de tout point, que je n'avais pas jugé à propos de vous en parler. D'ailleurs je n'en savais rien, si ce n'est qu'elle a été impitoyablement sifflée. J'étais malade et ne l'ai point vue par conséquent; elle n'est pas de M. Raynouard; elle est d'un jeune homme, auteur du *Réveil du peuple*. On prétendait que les sifflets venaient d'une cabale politique. Je n'ai eu aucun éclaircissement à ce sujet. On nous a donné depuis une autre nouveauté qui a réussi, grâce à Talma; mais qui ne restera pas, autant que j'en peux juger : c'est *Régulus*, sujet déjà mal traité par Crébillon. Il y a deux ou trois rôles inutiles et insignifiants; le style est un peu lâche, quoi qu'on en ait dit, et il joint à ce défaut beaucoup de prétention, ce qui n'est pas bien du tout; quand on est un pauvre rôturier, il ne faut pas se targuer d'une noblesse qu'on n'a pas; au reste le troisième acte est d'un grand effet, grâce à la manière dont il est joué.

Parlons maintenant d'autre chose : M. Fraissinous, l'illustre, l'éloquent déclamateur, a recommencé ses conférences; mais il a fait les premières sur des points métaphysiques, tels que l'existence et la spiritualité de l'âme, etc. Il y en avait qui étaient vraiment singulières, celle surtout où il a voulu établir l'existence de la Providence et prouver que le *mal moral* était compatible avec ce pouvoir souverainement *bon*. D'abord il faut que vous sachiez,

---

(1) Tragédie jouée à cette époque.

vous incrédule, que Dieu a créé *le mal* pour qu'il n'y eut pas de *mal*. Comprenez-vous? Non, n'est-il pas vrai? Eh bien, je vais vous expliquer la chose : *Le crime* nous fait horreur, et par conséquent nous fait aimer la vertu ; donc *le crime* nous empêche de commettre des *crimes ; donc le mal* empêche qu'il y ait du *mal* dans ce monde. Qu'en dites-vous? N'est-ce pas un moyen sage de rendre les gens malades pour qu'ils soient mieux portants ; et ne trouvez-vous pas que des médecins seraient bien utiles dans un pays où tout le monde serait en bonne santé?

De plus, Dieu a créé *le mal* pour exercer *sa justice* et le *punir!* Ne trouvez-vous pas, en effet, qu'il est bien digne d'un être souverainement bon, de faire d'avance ce charmant petit calcul : Je vais faire commettre un assassinat, pour avoir le plaisir de faire pendre l'assassin. *O stultitia!*

Je vous épargne les autres arguments dont s'est servi le prédicateur, et je vous en souhaite de meilleurs dans les causes que vous aurez à défendre. Je ne vous ai rapporté ces deux là, que pour vous faire voir combien vous avez raison quand vous dites que *la sottise se redresse toujours en répétant les mêmes absurdités;* mais je vous avouerai que je n'en ai jamais entendu d'aussi fortes. Ne vaudrait-il pas mieux garder un modeste silence sur le mystère incompréhensible de la nature, que d'en donner de pareilles explications qui font, au reste, un effet tout contraire à celui qu'on se propose ; car j'ai vu plusieurs jeunes gens qui étaient pieux avant la conférence, et qui après avouaient de bonne foi qu'on avait voulu résoudre des objections insolubles.

Vous savez que Mgr le cardinal Maury a été nommé à

l'académie française, et qu'il a été décidé qu'on le traite-
rait, lors de la réception, de *Monseigneur* et d'*Eminence*,
et c'était à *Naigeon* de porter la parole : vous pouvez penser quel plaisir cela lui faisait ! On a rejeté le fardeau sur
l'abbé Sicard, qui aura probablement accepté avec joie.
Du reste, il faut croire que les miracles du temps passé
valaient mieux que ceux du temps présent; car ce serait
bien le cas de dire, j'en ferais autant; je dis cela à propos
du même abbé, qui a fait parler chez lui, aux yeux de
tout Paris, un petit *sourd-muet* qu'on a reconnu depuis
pour n'être ni *sourd* ni *muet*.

Je ne vous parle pas du prix de poésie qui vient d'être
accordé à M. Millevoie, parce que je pense que vous avez
lu les vers qui ont été couronnés; mais si, comme je l'espère, j'ai des billets pour la réception du susdit cardinal,
je vous rendrai un peu compte de cette séance qui sera,
je crois, assez singulière.

Mais, tandis que je suis en train de jaser, je ne m'aper-
perçois pas que j'abuse peut-être de votre patience. Il faut
pourtant que je vous dise encore que, sur quelque discussion qu'avait amenée les scrupules de quelques anti-phi-
losophes, l'empereur a ordonné que l'on placerait la statue
de d'Alembert (du bâtard Jean Lerond) dans le lieu où
l'institut tient ses séances.—Avant de terminer, je veux
vous édifier par un passage du *Mercure de France* :

« Si Montesquieu eût mis plus de *raison* et moins d'es-
» *prit* dans son livre, il aurait prévenu le plus grand des
» malheurs, la révolution de son pays. »

Je n'ai pas besoin de vous dire de qui est la phrase,
elle est du *grand publiciste*, et vous en sentez la profondeur.

Adieu, mon cher C., je vais de temps en temps chez M. Partarrieu; nous parlons souvent de vous, et toujours pour exprimer des regrets. Je souhaite que, dans ce meilleur des mondes possibles, il nous arrive le moins de mal possible, et je vous embrasse avec toute l'affection et l'estime possible.

La guerre d'Espagne de 1823 avait amené à Libourne un grand nombre de libéraux espagnols. Plusieurs voulaient rentrer dans leur patrie. Fonfrède s'occupa de leur en procurer les moyens, comme on le verra par la lettre suivante.

A M. **J.-B. Durand**, à Libourne.

Mon cher complice électoral, j'ai reçu votre lettre remise par vos deux recommandés. Vous m'avez rendu justice et pensant que je ferais pour eux tout ce que je pourrais, et je vous remercie d'avoir pensé à moi. Votre recommandation et celle de nos amis communs de Libourne est déjà un motif puissant, et le motif de cette recommandation est au-dessus de tout autre.

Pour commencer, je vais remettre à ces messieurs 200 francs pour mon compte personnel, et si je ne puis obtenir des autres Bordelais des secours satisfaisants, croyez que ce ne sera pas ma faute, ni tout à fait la leur; je vais vous en expliquer les motifs et ma position.

Le comité grec ne faisant rien, grâce aux hommes mixtes qui en ont pris la direction, il nous a fallu épuiser nos sociétaires du cercle pour faire au moins, de notre coté, une somme raisonnable, ce à quoi nous avons réussi.

Est ensuite venu Salins, et nous n'avons pas été aussi heureux au cercle que pour les Grecs, de bien s'en faut!... Mais ne voulant pas en avoir le démenti, j'ai écrit à toutes les personnes notables de Bordeaux dont j'ai pu connaître les noms, en faveur des Salinois, et j'ai indiqué ma propre maison au Chapeau-Rouge pour déposer les souscriptions. Vous avez pu voir dans les journaux les notes que j'ai fait insérer à ce sujet. Jusqu'à présent cela *va très-bien* et les souscriptions abondent au-delà de nos espérances. Mais vous sentez combien je suis gêné pour me mettre encore à la tête d'une quatrième collecte. Les Bordelais croiraient que je veux décidément leur avoir la *bourse* ou la *vie*. — Je serai donc forcé, pour le moment, à me borner à mon don personnel pour vos deux recommandés, auxquels je ferai donner aussi une petite somme de la caisse du cercle; plus tard, je tâcherai de ranimer le zèle et la bienfaisance de quelques amis: mais, vous le voyez, le moment actuel est peu opportun.

J'apprends que notre conseil municipal vient de voter 3,000 fr. pour les incendiés de Salins. J'ai écrit à toutes nos autorités, maire, préfet, même au premier président de la cour royale. — Je savais bien que ces hautes puissances ne viendraient pas souscrire chez un simple particulier, surtout chez un réprouvé comme moi. Mais mon intention, par mes lettres et la publicité de ma souscription, était de leur forcer la main, et je pense que cela réussira, car elles ne pourront guère se dispenser, soit de faire elles-mêmes une souscription, soit de remettre directement leur offrande à Paris. En tout cas, mon but sera rempli.

Adieu : rappelez-moi au souvenir de tous nos amis et entretenez le feu sacré ; ils ne doivent pas oublier qu'en politique, surtout quand on est vaincu, une concession n'est, à peu de chose près, qu'une véritable apostasie. Il faut rester fidèle à soi-même, et consentir un temps à n'être rien, pour être un jour quelque chose. Nous ne manquons pas de gens, même dans la haute sphère politique, qui se sont fait, à nos dépens, une réputation de libéralisme, et qui se traînent de prétexte en prétexte, pour approuver en partie tels ou tels actes du ministère, afin de conserver un moyen de se rattacher à la faveur du pouvoir. Nous les voyons chaque jour faire parade d'une prétendue impartialité, qui n'est, au fond, qu'un vil calcul d'égoïsme et d'intérêt, et faire une sorte *d'opposition approbative*, qui dégrade notre cause encore plus qu'elle ne lui nuit (ce qui n'est pas peu dire !) Je me sens une anthipathie décidée pour ces êtres amphibies qui faussent la conscience publique, soit par leurs écrits, soit par leur influence, et je leur romprais volontiers en visière. Je ne leur pardonnerai ni leur doctrine sur la septennalité, ni leurs homélies sur le 3 p. %, ni leurs sentimentalisme religieux quand ils attaquent la loi du sacrilège, ni surtout leurs concessions électorales. Je médite un petit ouvrage que je ferai, si Dieu me prête force et vie, avant qu'il y ait de nouvelles élections (s'il y en a), et j'espère dessiller un bon nombre d'yeux, soit à *droite*, soit à *gauche*.

J'oubliais de vous dire que, pour n'oublier personne, j'ai écrit à l'*archevêque de Bordeaux*. Je lui demandai *seulement* de faire un mandement pour les Salinois, de le faire lire le dimanche au prône de toutes les paroisses du diocèse, en le faisant suivre d'une quête générale pour les incendiés de Salins. J'ai reçu de *monseigneur* la réponse la plus favorable; il consent à tout, pourvu que l'évêque de St-Claude dont les Salinois sont diocésains, lui en témoigne le désir. — Or, vous sentez que j'ai écrit de suite à nos amis à Paris, et que l'évêque de Salins se gardera bien de refuser la lettre qu'on lui demande. — Avouez qu'on voit de singulières choses dans ce monde?

Adieu derechef. Remerciez M. Coste de son souvenir obligeant pour moi. Veuillez, si M. Jay est à Libourne, lui présenter mes respects affectueux. Si j'avais su qu'il fût dernièrement à Bordeaux, je n'aurais pas manqué d'aller le voir.

24 Septembre 1825.

Les lettres qui suivent font connaître les occupations qui remplissaient la vie de Fonfrède et ses opinions sur la marche du parti libéral pendant la restauration.

A M. **Rouchon**, à Bordeaux.

Noble marquis de la Rouchonière,

Soit que votre casque à mèche fût trop sur une oreille, ou que vos besicles fussent mal placées, je suis douloureusement affecté d'être obligé de vous dire que vous avez trop tiré de bois à notre mât. — Nous aurons grosse vergue, mât mince, et grande voile. Cela ne cadre guère ensemble.

Faites-moi le plaisir de prendre vous-même la dimension du petit boat de Cassaisous, et de me l'envoyer de suite.

Longueur de quille, quête, élancement, longueur de tète en tète, largeur au quart sur l'arrière, largeur à moitié, largeur aux trois quarts.

Largeur du maître-beau, ainsi que la distance où il est placé à partir de l'étrave; tirant d'eau derrière, tirant d'eau sur l'avant; creux sur carlingue, jusqu'au pont sur l'avant, jusqu'au carreau sur l'arrière; largeur du guit : hauteur du mât, largeur de la corne, bordure de la toile le long du mât.

Si vous connaissez un amateur pour ma chaloupe, j'ai toujours l'intention de la vendre.

Adieu.

Montferrand, 19 juin 1826.

Mon cher Rouchon,

P..., l'avocat, viendra probablement dans ces parages dimanche; tàchez de venir samedi, afin que nous préparions la *Minerve* (1) à faire assaut dimanche avec la gigantesque chaloupe de l'avocat. Il dit qu'il me battra main sur main : c'est possible, mais il faudra voir.

Le bout de corde, tout neuf, que nous avions installé sur la chaîne, est pourri comme du fumier; il m'en faudra un autre; voyez chez Rousseau, quelque chose de fort et solide, environ 7 à 8 brasses. Nous installerons cela dimanche.

J'ai passé chez Cassaisous; sa femme m'a dit que le boat était à vendre; mais qu'on n'en pouvait vendre que

_____

(1) Nom de la chaloupe de H. Fonfrède.

la moitié, parce qu'il y avait des mineurs. Voilà une belle affaire, informez-vous en.

Adieu.

Jeudi matin, Montferrand, juin 1827.

———————⊗————————

Montferrand, le 13 juillet 1827.

A. M. **Ch.-Al. Campan**, à Paris.

Mon cher Campan,

Je réponds à votre lettre du 23 ; je l'ai reçue dans mon hermitage à Montferrand ; vous savez, sans doute, que ma maison de commerce est liquidée et que je suis retiré des affaires. Quelques désagréments inutiles à rappeler m'ont dégoûté du monde, et m'ont engagé à prendre un parti, qui serait un bien grand sacrifice pour tout autre que moi ; mais la nature de mes goûts et des principes philosophiques qu'il faut savoir appliquer autrement qu'en paroles, me consolent de ce changement dans ma position. Par suite, j'ai donné ma démission de la présidence du cercle du commerce où je ne suis pas encore remplacé.

Je désire que vous réussissiez à éclairer les Belges ; mais les Français, avant tout, auraient besoin d'être éclairés ; car tout bon, tout aimable, tout spirituel qu'est notre cher pays, il est cruellement, déraisonnable. Ce n'est pas la conduite des ministres qui m'arrache cette réflexion, mais bien celle de l'opposition qui depuis quelques années, et surtout aujourd'hui, me semble décidément brouillée avec le sens commun.

N'ayant reçu que quatre articles sur Dupin (1), au lieu de six que j'en ai fait imprimer, vous pouvez d'autant moins juger mon système, que j'avais encore plusieurs articles à publier pour terminer cette discussion. Mais la censure est survenue, et tout a été fini. Ces articles, à Bordeaux, ont eu le plus grand succès, surtout parmi les royalistes; et si l'opposition entendait un peu ses intérêts, c'est ainsi qu'elle ferait son chemin, au lieu de descendre à de basses et dérisoires adulations envers la dynastie qui s'en moque et qui fait bien. Vous me dites que les Parisiens ont une triste idée des Gascons... Oh, que je le leur rends bien du fond du cœur! Que je trouve médiocres en politique, dénués de plans, de toute philosophie sociale, certains prétendus libéraux, objet de leur culte! Qu'ils sont eux-mêmes versatiles et soumis à l'influence de l'intérêt local plus que du patriotisme! Mon cher ami, quand on fera de la liberté avec de l'industrialisme et du crédit public, M. Jacques Laffitte et M. *** seront de grands hommes. Jusque-là, je me permettrai de plaindre le peuple qui suit les inspirations d'une pareille école!

Je n'attache pas une très-grande importance à la formation des listes électorales.

Jamais il n'y aura une amélioration libérale sous le gouvernement actuel par la voie des élections : c'est une mystification qui finira quand le ministère la trouvera poussée assez loin, et l'opposition libérale lui a fait beau jeu par ses inconséquences innombrables! Néanmoins, sur votre recommandation, je viens de me procurer le *Manuel*

---

(1) Les articles dont il s'agit ici, sont ceux sur les départements du Nord et du Midi, en réponse à la carte ombrée de M. Ch. Dupin. Ces articles ont été reproduits en grande partie dans le huitième volume. *(Note de l'Éditeur)*

du Juré. On m'a inscrit sur les listes électorales, ainsi que mon frère, mais après des difficultés ridicules; tout le monde met assez d'empressement à se faire inscrire. On m'avait fait l'honneur de penser à moi pour écrire une petite brochure de circonstance, destinée à stimuler les paresseux; mais je crois que cela sera superflu.

Vous apprendrez, sans surprise, que je suis radicalement brouillé avec la censure bordelaise; elle avait affiché ici, comme ailleurs, l'intention d'être facile et impartiale, en promettant à l'*Indicateur* protection pour ses articles d'opposition; mais vous savez que mon opposition est un peu trop franche. On en veut une pour la forme, et j'aime beaucoup à aller au fond des choses. Mon premier article fut mutilé de telle sorte que je ne pus laisser imprimer ses débris. Le second article que je présentai était très-grave, très-long et très-travaillé. J'y avais mis un soin spécial, et la censure l'a supprimé depuis le titre jusqu'à la signature inclusivement. Il formait six colonnes du journal... Néanmoins, nos libéraux industriels, qui ont de grands rapports avec le bourgeois-gentilhomme, exaltent toujours le libéralisme du préfet dont ils encombrent les salons. Je leur en fais mes compliments sincères, et c'est un compte que nous réglerons plus tard. C'est M. de L...... que M. le Préfet a chargé des fonctions de censeur, et c'est devant la dictature de cette honorable médiocrité que toutes les capacités bordelaises doivent s'incliner ou s'aplatir!

Je suis contrarié que vous n'ayez reçu que le second article sur Talma : le premier était un préliminaire indispensable. Je crois qu'il vous aurait satisfait. Tous les classiques de Bordeaux ont été furieux, d'autant que ma doc-

trine romantique séduisait le commun des fidèles. Après de
vifs débats, on avait presque le projet de me répondre
dans les feuilles publiques et de venger, comme on dit,
l'honneur national outragé dans la censure de notre système dramatique. Cette petite guerre, dont l'annonce
m'enchantait, s'est évanouie en fumée et n'a point eu lieu.
Cela m'a désappointé, car j'avais déjà réuni mes matériaux pour la riposte qui aurait été vive, vous pouvez
m'en croire. Ce sera pour une autre fois.

Les affaires sont très mauvaises ; les vins se vendent au
plus vil prix, et en très-petite quantité ; aussi l'opposition
a-t-elle beau jeu. Il est vrai qu'à Paris, M. Dupin trouve
plus convenable de faire un tableau magnifique des forces
productives et commerciales de la France ; tableau mathé-
matiquement vrai, mais politiquement et moralement
faux, qui a fourni aux orateurs ministériels les meilleurs
arguments en faveur du budget........... Dites-moi, les
chefs de file libéraux ont-ils perdu la tête ; ont-ils résolu
d'éteindre toutes les forces morales de la société ? de la
matérialiser, de la financiériser, de l'industrialiser de
telle manière qu'elle soit, sans ressource aucune, livrée à
la verge du pouvoir ! Ne réfléchiront-ils jamais que l'industrie et le crédit public, en dépit de misérables sophismes, peuvent prospérer sous le pouvoir absolu ! que par
conséquent ce n'est pas là qu'ils trouveront des armes, et
qu'en détruisant sans retour les plus fiers sentiments de
la nature humaine, auxquels ils substituent, pour tout
mobile, ces trois mots sacramentels : *produire*, *vendre* et
gagner, ils n'auront plus à opposer au despotisme qu'un
mercantile troupeau d'esclaves riches et corrompus, toujours prêts à traiter de la rançon de la liberté, au lieu de

songer à sa défense? Croyez-vous qu'un Colbert ou un Napoléon ne puisse protéger l'industrie chez un peuple privé de liberté politique? Croyez-vous qu'un tel gouvernement ne puisse avoir du crédit? Ne voyez-vous pas que plus le ministère est devenu fort, et la liberté plus faible, plus les fonds ont haussé! que la *censure* elle-même leur a imprimé un mouvement favorable! que le *licenciement* de la garde nationale, provoqué par la direction insensée qu'on a donnée à sa revue, et mille autres coups d'état semblables et plus forts, peuvent s'opérer sans nuire au crédit! De par le ciel, comme disent les héros de Walter Scott, nos grands faiseurs sont-ils devenus sourds ou aveugles! Je me suis laissé entraîner à mes idées bouillantes, et j'aurais bientôt griffonné vingt pages sur ce sujet. Dites-moi, en passant, vous qui vous occupez de librairie, en supposant que je voulusse, l'hiver prochain, faire imprimer mes méditations *Montferrandistes*, soit littéraires, soit politiques, comment faut-il s'y prendre pour traiter convenablement à Paris? Ce n'est pas que j'aie un dessein bien arrêté; mais le mauvais temps m'obligera à travailler pour me distraire, et qui sait?..... Arrêtons-nous ici; disons comme le chansonnier, *rassurez-vous, ma mie, je n'en parlerai plus,* et laissons la politique.

P. S. Au moment de fermer cette lettre, je reçois *avis* de mes amis les électeurs de Libourne qu'ils sont amplement pourvus du *Manuel électoral.* Au lieu de recevoir les miens, ils m'en envoient quatre cents exemplaires pour Barsac et La Réole. — J'engage la nouvelle association à bien coordonner ses emplois, afin qu'il n'y ait pas confusion. Si j'avais cru Libourne approvisionné, j'en aurais distribué davantage à Bordeaux.

Deux articles portant invitation aux électeurs-jurés de se faire inscrire, ont été supprimés de l'*Indicateur* par la censure. Coudert m'écrit pour me prier d'en faire un troisième. Ma foi, c'est dégoûtant, surtout quand on pense, comme je le fais, que la réussite est impossible. Cette idée ne naît pas, chez moi, du découragement ; je l'ai exprimée à Mérilhou, à Méchin, au général Lafayette, depuis l'établissement du système actuel. Ce n'est point en quittant une pareille partie qu'on la perd, c'est en la jouant ; c'est comme un riche héritier qui sanctionnerait sa ruine en jouant à l'écarté avec un escroc. —Il vaut mieux être volé que légalement dépouillé ; telle est ma manière de voir, dont je ne changerai certainement pas. Mais je suis un exagéré !..... *Poor good people !* — A propros, vos amis G*** et D*** sont deux *enragés philanthropes*. Je leur trouve trop d'amour pour les criminels. Je n'aime pas le système de l'utilité ; il y a du bon, mais il est outré. —Quant à moi, je vous assure que, malgré Beccaria et ses imitateurs, je ne suis pas du tout fâché qu'on tue un assassin. La peine de mort contenue dans sa juste application, est morale et nécessaire. Jusqu'à présent, je n'ai lu contre son application que des sophismes, à commencer par le noble marquis. Néanmoins, j'ai trouvé d'excellentes choses dans l'ouvrage de MM. G*** et D*** ; mais ils vont trop loin. Ils se trompent fortement, selón moi, dans l'affaire du jésuitisme, et le *Globe* s'est encore plus trompé dans l'affaire des catholiques d'Irlande.

A M. **Rouchon**, à Bordeaux.

———

Mon cher Rouchon,

J'ai bien regretté de ne pas vous avoir jeudi dernier : vent debout, trois ris dans la mizaine, trois ris dans le taille-vent, l'eau toujours dans nos passavants, avec mer dé-montée en face de Saint-Estèphe, mon équipage vomissant, moitié maladie, moitié peur, c'était magnifique ; mais au fait il ventait trop, car une fois je me suis vu bien engagé ; nous avons été au moment de perdre la yole que nous traî-nions derrière nous à moitié pleine.

Adieu, à dimanche.

Lundi, 25 août 1827.

———

Montferrand, 26 août 1827

A M. **Ch.-Al. Campan**, à Paris.

———

Mon cher Campan, j'ai reçu votre lettre et une circu-laire de M. Sautelet, et les brochures ont été distribuées. Depuis j'ai reçu 1,200 exemplaires du *Manuel de l'Élec-teur juré*. — J'en ai fait distribuer 600 à Bordeaux, 150 à Libourne, 100 à Lesparre, 75 à Bazas, 125 à La Réole et dans les environs, 100 à Blaye. J'en ai donné 25 au cercle, et il en reste encore 25 que je donne à divers. — Quelques exemplaires de plus ne seraient pas de trop.

Je ferai volontiers tout ce qui dépendra de moi pour se-conder les vues de la nouvelle association (1) ; mais comme

———

(1) La société *Aide-toi, le ciel t'aidera.*

ma conviction intime, depuis la réaction qui a suivi la
loi d'élection actuellement en vigueur, est que la France
n'a aucun moyen de résistance légale à l'oppression, j'attache peu d'importance à toutes ces publications. Nous
faisons un métier de dupes. Nous nous battons avec un
fleuret, contre des gens qui ont des épées bien aigües. D'ailleurs, le parti libéral s'est tellement dégradé depuis trois
ou quatre ans, que j'ai presque une sorte de honte de
prendre ma part dans la responsabilité de ses déraisons
et de ses niaiseries. Des brochures, si spirituelles, si fortes,
si raisonnables, si éloquentes qu'elles soient, ne réparent
pas les *fautes de conduite* d'un parti politique. Depuis la
lâche ingratitude commise envers Manuel, jusqu'à la folle
revue de la garde nationale parisienne, inclusivement, il
y a de quoi tuer cent oppositions réunies !... Je ne connais
que les cortès d'Espagne qui, en stupidité politique, aient
dépassé les meneurs du parti libéral depuis quatre ans.

Vous me reprochez de prendre la question industrielle
du *mauvais côté*. Je le fais, pardieu ! bien exprès ! Voulez-vous imiter les spéculateurs à la hausse, qui ne regardent que les bonnes chances de leur entreprise, et qui
s'imaginent qu'en niant les chances contraires ils les anéan-
tissent? Voilà le tort, le grand tort du parti libéral. Il
n'envisage jamais les choses que sous le point de vue qui
lui convient. C'est le propre des esprits passionnés ou
étroits. Cela est bon pour le troupeau des Séides, des ins-
truments aveugles qui prennent une doctrine toute faite
et la défendent.

Mais les chefs de file doivent raisonner différemment.
Je connais tous les avantages de l'industrie. Elle en a de
grands sans doute; mais il faut la laisser dans sa sphère

d'influence, et ne pas étendre ses envahissements au delà de toutes bornes raisonnables : en faire l'unique mobile de la vie sociale, c'est une folie indigne, c'est une complète dégradation. Je sais qu'en enrichissant la classe moyenne, elle a contribué à détruire l'inique usurpation des pouvoirs féodaux. Je sais qu'elle augmente l'importance des individus, et par conséquent leurs moyens positifs de résistance à l'autorité. Tous ces arguments et leurs pareils sont vieux, usés, rebattus. Les libéraux devraient enfin nous donner quelque chose de neuf, et surtout ne pas s'obstiner dans leur aveugle manie de n'examiner les questions sociales que sous une face. Ainsi font les théocrates : ils nous prouvent facilement que la religion a commencé presque partout la civilisation des hommes ; que le clergé a conservé les lettres et les lumières pendant le moyen âge. D'où ils concluent que la religion et le clergé doivent garder la direction du corps social ; car les choses humaines, répètent-ils, se conservent par le moyen qui les a créées. Eh bien, point du tout!..... Voilà la *vieille erreur* que les industriels habillent à neuf pour s'en faire, à leur tour, une arme offensive. Les sociétés humaines ne se conservent pas comme elles s'établissent. Le principe qui les constitue ou les affranchit doit tôt ou tard les détruire ou les rendre esclaves. Chaque modification de l'esprit humain est bonne pour un temps. Quand elle a achevé son œuvre, elle ne vaut plus rien. Elle tend à défaire ce qu'elle a fait. Il faut en changer et suivre les temps. La religion a créé la civilisation, et maintenant elle tend évidemment à la faire rétrograder. L'industrie a aidé à la destruction du pouvoir féodal, et maintenant elle tend à établir le despotisme sous

une forme ou sous une autre, par la corruption et l'é-
goïsme, par cette énergie toujours croissante des intérêts
privés, agissant avec une force dévorante contre l'intérêt
général. C'est le cas d'appliquer aux corps sociaux cette
vieille maxime du droit civil : *Eodem modo solvuntur quo
contrahuntur.*

Je démontrerais cela jusqu'à la dernière évidence ; mais
il me faudrait un journal libre : le *Globe* ne l'est plus.
Les censeurs, véritables chiens couchants, me tiendraient
en *arrêt* et sentiraient dans mes écrits une telle odeur de
liberté qu'ils n'en laisseraient pas passer une ligne. Ainsi
n'y pensons plus.

Voilà donc Manuel mort ! Quand Lafayette l'aura suivi,
il ne restera plus un caractère politique. Est-ce pour Manuel
que M. D.... proposera de frapper une médaille ? Non,
vraiment ! c'est pour M. Canning, qui, après le douze
mars, à Bordeaux, dans un dîner à Bardineau, flétrit
toutes les gloires françaises ! Manuel est trop compromis.
C'est un exagéré. Depuis que M. Royer-Collard et M. de
Liancourt l'ont fait exclure des candidats libéraux des
arrondissements de Paris, il est reçu qu'on doit se méfier
de ceux qui vous ont trop bien défendu, et leur faire un
crime de leur dévouement ! et tout cela pour arriver à
crier *vive le roi ! à bas les ministres !*... Que Dieu nous
fasse paix ! Voilà une bien mauvaise parodie... A propos
de cette médaille, vous pourrez dire à qui vous voudrez
que la proposition en a été reçue à Bordeaux avec un
profond dégoût, soit par les libéraux, soit par les royalistes.

Revenant à votre lettre, vous me dites que c'est une
vieille erreur de croire les peuples riches et civilisés plus

corrompus que les peuples primitifs. Vous avez raison,
et vous avez tort; car ainsi que je l'ai fait observer, la
question ainsi posée n'est pas soluble. Tout dépend du
genre de civilisation et de richesse, et surtout du degré
où l'on s'arrête dans la vie sociale. Méfiez-vous des assertions absolues et générales. Le propre des sophistes est
d'en faire des axiomes, qu'on admet d'abord sans y bien
réfléchir, et sur lesquels on raisonne ensuite à perte de
vue le *pour* ou le *contre* d'une question. Ainsi fit Rousseau, ainsi font D... et consorts, que j'ai honte de nommer après ce grand-homme. Je crois que la civilisation
bien dirigée aurait effectivement la tendance que vous
dites; mais elle est tellement faussée par les mauvaises
institutions sociales, qu'elle a souvent un effet tout contraire. Voilà précisément la source de ma grande colère
contre les doctrinaires et contre les industrialistes! Vous
me parlez de la Russie; réfléchissez donc, mon cher, que
la Russie s'étant civilisée en singeant du fond de sa bar-
barie la civilisation des autres peuples, doit avoir les vices réunis des deux états. N'allez pas si loin : prenez les
Mémoires d'Henriette Wilson, et comparez les mœurs de
la haute société anglaise avec les mœurs des habitants du
Béarn ou des Pyrénées, vous verrez de quel côté est l'a-
vantage; encore la société anglaise est-elle dans une civilisation moins faussée que les autres sociétés européennes? Que diable! il ne faut qu'un peu de bonne foi pour
voir qu'il y a moins de corruption ici, dans ma chétive
campagne de Montferrand, que dans le centre de Paris!

Mais encore tout cela n'est que le plus mesquin des
points de vue de cette importante question. C'est la *vertu
politique*, le *désintéressement* de soi-même, le *patriotisme*,

en un mot, qu'il fallait examiner; et malgré l'exemple de l'Angleterre cité entièrement à faux dans cette discussion, à peu près autant que dans les discours de M. Royer-Collard sur la septennalité, c'est là que je trouverais un avantage décisif, car le système actuel détruit cette vertu politique jusque dans ses fondements les plus intimes, et met en place un jargon tout à fait inintelligible ou méprisable.

Mais il s'en va temps de m'arrêter; car j'écris tout d'une haleine, et je me laisse entraîner. Si je n'y prenais garde, je vous enverrais une longue dissertation politique au lieu d'une lettre.

Merci de votre chien anglais, mais j'en ai assez.

J'arrive de *Fréneau* (1), où j'ai fait une boucherie de cailles. Nous avons éprouvé une tempête. La *Minerve* a démâté à la voile; avec un peu moins de hardiesse et de précision dans la manœuvre, nous étions tous noyés. C'était un magnifique grain d'ouest et un superbe orage qui a grelé à plat nos pauvres vignes; mon cœur agricole en est tout désolé, quoique j'aie deux récoltes invendues et que la troisième fût destinée à partager le même sort, grâce au crédit public et à l'énorme amortissement, qui n'amortit rien, si ce n'est la prospérité de tous ceux qui ne sont pas d'*oisifs et recommandables agioteurs !*

Savez-vous que, pour charmer les loisirs de la campagne, je me suis livré à la culture des fleurs? — Voilà qui est tout à fait romantique et pastoral. J'ai fait emplette du *Bon Jardinier*, et je bêche.

Je voudrais vous donner des nouvelles de Bordeaux,

_____

(1) *Fréneau*, immense marais situé au nord de Blaye, sur la Gironde, et desséché par les soins de M. le marquis de Lamoignon.

mais néant. Quelques querelles de théâtre, des cancans
de bonne ou mauvaise société, point d'affaires et beaucoup d'ennuis, voilà Bordeaux en abrégé.

Adieu, portez-vous bien, et ne vous *parisiennez* pas
trop.

———————⟐——— ——

Montferrand, le 4 septembre 1827.

A M. **Ch.-Al. Campan**, à Paris.

—

Mon cher Campan,

J'ai reçu vos deux dernières lettres. J'ai lu avec intérêt la brochure de M. Mignet sur les funérailles de Manuel, non à cause du fait, ni même à cause du talent de
l'auteur, car son écrit m'a paru assez médiocre et bien
au-dessous de ce qu'il devait être, mais à cause de l'excel-
lence, du sublime, du patriotique discours de Lafayette !
Voilà le langage de la liberté ! Mais des industrialistes et
des agioteurs sont-ils dignes de l'entendre?..... Non.

Les meneurs du parti libéral n'ont aucune idée fixe en
politique. La plupart de leurs données sur l'état moral de
la France sont fausses. Le parti libéral est un grand et
vigoureux corps sans tête. Vous me dites que la nouvelle
société de la presse en compte de bonnes et de fortes, soit;
mais jusqu'à présent, il n'y en a point eu de pareilles
à la dirrction des affaires. Nous verrons.

Vous attachez trop de prix à la publication des brochures. Vous croyez que le peuple français marche à l'es-
clavage faute de savoir, et vous voulez l'éclairer. Idée

fausse. Ce n'est pas faute de *savoir*, c'est faute de *vouloir*. Or, c'est la force morale de la volonté, que tous vos meneurs ont détruite depuis quatre ans comme à plaisir. Ils croient la ranimer par la représentation théâtrale de quelques farces patriotiques : vain remède à de pareils maux !

La morale des *intérêts* et la doctrine de *l'utilité* développées par vos amis dans leur livre sur le jury, suffisent et de reste pour avilir, pour dépraver, pour énerver une nation. Prenons pour exemple, entre mille, l'affaire Manuel.

Pour qu'un drame produise son effet, il n'est pas de romantique qui ne sache qu'il doit être fidèle, non aux règles de l'art, mais aux lois éternelles de la nature et de la vérité. Les spectateurs ne savent point par quelle cause le drame les laisse froids et insensibles. Ils ne s'en rendent pas compte, mais ils le sentent. Si le drame n'est pas *vrai*, l'effet est *nul*.

Drame Manuel :

1ᵉʳ Acte. — Expulsion de Manuel. Dévouement en masse du côté gauche qui abandonne la chambre pour le suivre.

2ᵐᵉ Acte. — Ovation triomphale du député expulsé. Rameaux d'or, couronne de chêne qui lui sont décernés par le parti libéral.

3ᵐᵉ Acte. — Manœuvres du parti libéral, concertées à froid et après mûre délibérations (je pourrai vous dire par qui, où, quand, et comment), pour exclure Manuel des élections générales. Lettre écrite aux électeurs des départements, pour leur dire de ne pas renommer Manuel ; qu'un choix aussi *hostile* nuirait au système de modéra-

tion qu'on voulait désormais faire suivre à l'opposition.
En conséquence Manuel n'a pas *une voix* dans le département qui l'avait nommé.

4ᵐᵉ Acte. — Quatre ans d'oubli, d'injustice et d'abandon. Quatre ans d'adulation des journaux libéraux envers
la dynastie, adulation tellement outrée et basse, qu'en lisant ces journaux, on croyait avoir sous les yeux un article du *Drapeau blanc* ou de la *Quotidienne*. Elections
partielles, dans lesquelles le nom de Manuel n'est seulement pas prononcé.

5ᵐᵉ Acte. — Mort de Manuel. Enthousiasme factice et
subit. Discours ultra-libéraux. Le mot *ami du peuple*,
déshonoré depuis Marat, remis en honneur et en publicité.
Union dans les colléges électoraux, des deux oppositions
de droite et de gauche. (Nomination de M. Delalot par les
libéraux), c'est-à-dire union de ceux qui ont voté l'exclusion de Manuel, et qui la voteraient encore, avec ceux
qui célèbrent son apothéose.

Or, je vous le demande, Campan, quel effet voulez-
vous obtenir d'un pareil gâchis, d'un pareil renversement
de toute raison, de toute vraisemblance, de toute probité
politique? Je le dis, je le répète, je le crierai sur les toits,
cela n'a pas le sens commun. Que le parti libéral mette
de la vérité dans sa conduite, les plus simples paroles feront effet. Jusque là, néant.

Quand cet abandon de Manuel fut résolu, sous prétexte
d'utilité pour le parti de prendre une autre marche, de
commencer cette *opposition laudative* qui l'a déshonoré
sans fruit, mon cœur se révolta. J'écrivis au rédacteur
du *Constitutionnel*. Je lui peignis avec toute mon énergie
l'indignité de cette conduite. J'écrivis à M. Méchin, qui

montra ma lettre à Foy, à Laffitte. Je lui dis qu'on aurait
beau nous pousser ici dans le même sens, que jamais
mes amis ni moi nous ne fléchirions, et que dix
mille *** seraient repoussés les uns après les autres. —
Ce n'était pas sa personne qui me choquait, c'était le
système faux et mensonger qui la poussait. — Quand
vous aurez perverti la conscience publique, écrivais-je à
ces messieurs, vainement vous voudrez la réveiller ensuite. Vous parlerez liberté ; on n'y comprendra rien.
Vous détruisez à l'avance toute espérance de succès définitif, pour courir après une *utilité* particelle. Soyez justes
et patriotes d'abord, vous réussirez ensuite si vous pouvez.
Mais abandonner vos principes pour en assurer la réussite, c'est une folie, c'est un acte de démence !...

Souvenez-vous, mon cher ami, que cette turbulence
d'action, ce concert de criailleries au milieu duquel vous
êtes momentanément placé ne signifie rien. L'essentiel,
c'est d'*agir conséquemment.* Qu'est-ce qui rend les paroles
de Lafayette si belles ?..... je ne vous fais pas l'injure de
vous l'expliquer. Qu'est-ce qui frappe de nullité tout le
reste de l'opposition ?..... je n'ai pas besoin de vous l'expliquer davantage. Quand j'ai vu *Manuel* renié par les
électeurs et *Foy* nommé dans trois colléges, j'ai senti
que tout était perdu..., au moins pour long-temps. En
politique, ètre vaincu, c'est sans doute un malheur ; mais
j'en connais un plus grand : c'est de se rendre soi-même
indigne du triomphe.

Vous le dirai-je ?... le seul parti en France qui me paraisse avoir le sens commun, c'est le ministère. Il veut
accomplir une méchante œuvre, mais il s'y prend bien.
Il a vu que l'opposition voulait jouer de finesse avec lui,

il l'a prise au mot, et elle a été dupe de sa propre manœuvre ; elle s'est suicidée, elle a disparu. Car qu'en reste-t-il,
je vous prie?... rien, au moins à mes yeux. Le ministère
a senti qu'un parti libéral assez dupe que de recevoir un
Châteaubriand pour auxiliaire, pour admettre ce grand
enfant dans son état-major, avec ses amours-propres, sa
nullité politique et sa phraséologie retentissante et creuse,
était un parti dont 'on pouvait se jouer à volonté. La
garde nationale de Paris s'est empressé de lui révéler la
faiblesse de *conception* et *d'action* du parti populaire, et
dès-lors, tous les excès du pouvoir sont admissibles et
d'une réussite certaine.

La brochure qu'on pouvait faire sur l'union de l'intérêt
politique des citoyens et de leurs intérêts privés, ferait
sans doute un grand effet, mais il faudrait d'abord commencer par détruire toutes les doctrines que le parti libéral a émises sur le crédit public, sur l'industrialisme,
sur l'agriculture, etc., etc., car tout cela est faux. Le crédit, l'industrie et la liberté n'ont rien de commun. Le
crédit public est *en hausse avec la censure.* L'industrie a
fait d'admirables progrès sous Napoléon dont elle a soutenu le despotisme. Tant que le parti libéral restera dans
les ornières où il se traîne, il n'écrira que d'éloquents bavardages sans aucun effet possible. Comment n'avez vous
pas compris que mes articles sur M. Dupin marquaient
précisément la route qu'il fallait suivre? Je voudrais que
vous eussiez été à Bordeaux, et que vous eussiez vu par
vous-même l'effet qu'ils ont produit sur la société royaliste, sur l'ordre judiciaire, sur l'administration secondaire. Je voudrais que vous sussiez les ouvertures directes
ou indirectes qui m'ont été faites, et que vous eussiez

conçu comment le parti lui-même était attaqué au cœur ?
Mais que je m'engage dans une lutte dont les chefs n'ont
à mes yeux aucun caractère politique, c'est ce que je ne
ferai jamais; et si j'avais le malheur d'être nommé député, j'attaquerais à moi seul tout le côté gauche, plutôt
que de parler contre ma conscience.

Quel dommage que vous vous nommiez *Fonfrède* et
que vous ayez fait la *Tribune*, me disait dernièrement
un royaliste! Sans cela, vous auriez pour la députation
toutes les voix des royalistes de Bordeaux, car personne
ne pourrait défendre mieux que vous les intérêts du pays.
Voici ma réponse : « Je vous remercie de la bonne opinion que vous avez de moi; je suis sûr que je la mérite.
Quant à vos suffrages, gardez-les; je n'en veux pas. Si
vous attendez, pour me les donner, que je renie mon père
ou mes propres antécédents, vous attendrez long-temps.
Si peu qu'il vous importe de me nommer, il m'importe
mille fois moins encore d'être nommé par vous; car je
pourrais vous être utile, et vous, vous ne pouvez m'être
utile en rien. »

Au surplus, ne comptez pas sur les élections prochaines; elles ne peuvent rien changer. Si la majorité se forme
des deux oppositions réunies, tout est perdu. Or, aucune
des deux ne la formera à elle seule. Si la majorité est
ministérielle, le système continuera; si elle ne l'est pas,
le système empirera. Prenez votre parti là-dessus. Quant
au ministère, il osera tout, il réussira en tout; non que
je croie la liberté perdue pour toujours! à Dieu ne plaise
que je prononce ce blasphème, mais les libéraux l'ont as-
phyxiée pour quelques années encore. O pudeur !..... ils
ont le front de se plaindre de l'expulsion de Manuel, eux

qui l'ont exclu volontairement et librement de leur choix!

Je donne au cercle l'exemplaire que vous m'avez envoyé de la brochure de M. Mignet. Je recommande à Augustin toutes les précautions possibles pour qu'il ne s'égare pas. J'avais annoncé que j'en recevrais pour tout le monde; mais d'après la saisie, il n'y faut plus compter. Coudert-*Indicateur* se désespère; il veut à toute force imprimer; à défaut d'articles, il me demande des brochures. Il est désolé que le *Mémorial* l'ait devancé. Qu'est devenu le temps où il refusait mes articles de peur de se compromettre! Quant à moi, je ne suis pas disposé à écrire. Je ne veux pas entrer dans le système de l'opposition actuelle; je sens combien il serait délicat et difficile de l'attaquer avec convenance, et n'en vois pas d'ailleurs la nécessité immédiate. Mais lors des élections, ou je ne m'en mêlerai pas du tout, ou je ferai à ma guise.

Adieu. Je m'occupe de trouver un correspondant dans la Corrèze et ailleurs. J'ai fait parler à M. L***.

Coudert avait eu l'idée d'imprimer dans son journal les *listes électorales;* la censure s'y est opposée.

A M. **J.-B. Durand**, à Libourne.

Mon cher Monsieur,

J'ai reçu votre lettre et je m'empresse d'y répondre. Les souvenirs que m'ont laissés les rapports que j'eus avec vous et vos amis, lors des dernières élections, me font recevoir avec une vraie satisfaction ce nouveau témoignage de confiance, et je vous communiquerai, sans réserve et sans détours, ma pensée intime sur les grands intérêts qui vous occupent.

Je vous dirai, d'abord, que j'improuve entièrement la marche que les meneurs de Paris ont imprimée au parti libéral depuis quelques années. Ce système de concessions qui ne satisfont jamais et qui ne peuvent satisfaire la con-tre-révolution ; ce système de finesse et de ruse qui n'en impose à personne ; cette misérable comédie dont tout le monde a le secret ; ces tergiversations perpétuelles qui ont fait voir que le patriotisme n'était qu'un motif secondaire, mais que le premier mobile était l'intérêt et le désir de réussir à tout prix, ont faussé l'opinion, ont démoralisé les masses, ont énervé toutes les volontés ; de telle sorte que le parti libéral est maintenant un grand corps sans tête, un corps vigoureux qui ne sait pas user de ses for-ces, ou, ce qui est bien pire, qui les tourne souvent contre lui-même ; tandis que le ministère, guidé par la contre-révolution, agit avec unité de vues, constance, audace, et, par conséquent, avec un infaillible succès.

Vous vous souvenez que jusqu'aux dernières élections l'opposition avait agi et parlé avec fermeté. Les meneurs du parti, voyant que cette marche n'avait pu réussir, ré-solurent d'en changer. Après mûre délibération, et pous-sés principalement par certains personnages que je pour-rais vous nommer, ils délibérèrent de *royaliser leur oppo-sition*, afin de devenir moins hostile au gouvernement, espérant que, par compensation, le gouvernement devien-drait moins hostile envers eux. Alors on abandonna Manuel. On craignit qu'un pareil choix n'indisposât le pouvoir. On poussa l'indignité jusqu'à écrire au dépar-tement qui l'avait nommé, afin d'éviter qu'il ne fût élu ;

aussi n'y eut-il pas une seule voix. Quatre ans d'ingratitude et d'oubli récompensèrent son dévouement. Les
libéraux se donnèrent à eux-mêmes le plus éclatant démenti ; car, par le fait, les soixante députés qui avaient
quitté la Chambre pour accompagner Manuel, lors de son
exclusion, prouvèrent, en l'expulsant à leur tour, qu'ils
avaient agi sans conviction et sans principes, et avaient
employé cette représentation patriotique comme un *moyen*,
comme une *tactique* de circonstance, qu'ils abandonnaient
parce que les circonstances les engageaient à prendre une
autre voie.

Quand un parti est assez misérablement organisé pour
agir ainsi, il se tue de ses propres mains. Le même système fut suivi par toute la France. Partout on écrivit
d'écarter les gens à fortes opinions, pour faire tomber les
choix électoraux sur des royalistes modérés, qui, effrayés
de la violence du parti contre-révolutionnaire, *auraient
daigné accepter nos votes*, sans nous rien promettre, et
tout bonnement parce que la faction qui les avait jusqu'alors employés comme *marche-pied*, ne voulait plus
d'eux et les repoussait. A Bordeaux, on nous jeta à la
tète *** qui, aux précédentes élections, après avoir fait
semblant de s'unir à nous, nous avait abandonnés, sé-
duit par les manœuvres du préfet.

Cela prit parfaitement. Il ne se trouva d'obstacle qu'en
moi. Mais, comme mon parti était bien pris, on fut obligé
de reculer, et on poussa *** dans votre arrondissement de
Libourne. Là, le même instinct de patriotisme vous guida,
et l'affaire manqua également.

J'écrivis à Paris à plusieurs reprises. Je leur exprimai
fortement tous les vices de leur nouvelle marche. Nos

représentations eurent quelques succès, et les arrêtèrent un moment; mais la terreur reprit son cours, et nous a conduits où nous sommes.

Permettez-moi de vous exposer de nouveau les principes qui me guidèrent. Ils ont besoin d'être approfondis et bien compris; car, sans cela, je conviens qu'au premier coup d'œil on a pu m'accuser d'exagération, quoique cependant les évènements se soient chargés de justifier pleinement tout ce que j'avais annoncé.

Il est deux sortes de forces pour un parti politique : la force morale et réelle des masses, la force numérique, factice et légale, que les manœuvres électorales peuvent lui donner.

Le but des libéraux, en changeant de marche, était d'obtenir cette force *numérique et légale* qui les aurait portés à la tête de l'administration.

Or, là était leur folie. D'abord, parce que le moyen qu'ils prenaient ne pouvait évidemment leur faire atteindre ce but, et leurs illusions à ce sujet étaient à faire pitié. Ils oubliaient leurs propres opinions sur le double vote, sur les circonscriptions électorales, sur la formation des listes, etc. — S'ils avaient pris la peine de les relire, ils auraient vu qu'ils avaient très-bien démontré que ces mesures législatives devaient amener nécessairement le triomphe de la minorité sur la majorité.

Leur marche était encore bien plus folle sous un second point de vue. C'est que pour obtenir un succès *numérique* radicalement impossible, ils sacrifiaient toute la *force morale* des masses populaires. Ils faussaient la conscience publique; ils donnaient l'exemple de l'ingratitude et de l'inconséquence; ils entreprenaient de faire jouer une mi-

sérable comédie aux cent mille électeurs de France; ils
mettaient des idées erronées dans toutes les têtes. Je puis
vous assurer avoir rencontré beaucoup de libéraux qui
avaient pris les déclamations de nos journaux pour des
vérités; qui, sur la foi de M. Royer-Collard, croyaient
fermement que la septennalité était une *loi démocratique*;
qui, sur la foi de M. Laffitte, croyaient que le 3 p. 0/0
favorisait le commerce et la propriété; qui, sur la foi
de mille autres enfin, croyaient fermement que Charles X
aimait la liberté de la presse et haïssait les jésuites!

Or, je vous le demande, Messieurs, en pareil cas, quel
était le principe à suivre? Le voici :

Il fallait être bien convaincu, d'abord, que le gouvernement était dominé par une faction, ce qu'on niait alors,
et cependant ce que M. Royer-Collard lui-même a reconnu
et proclamé depuis à la tribune, *quand il n'était plus
temps.*

Cela admis, on aurait vu, en consultant l'histoire de
tous les temps, qu'il est de la nature des factions de devenir plus exigentes à mesure qu'on leur fait des concessions, au lieu de se laisser calmer par elles.

D'où l'on aurait conclu, comme je ne cessais de le leur
prédire à haute voix, que l'opposition libérale, en faisant
des concessions, loin d'en obtenir de pareilles du parti
triomphant, ne ferait, au contraire, que hâter sa marche
contre-révolutionnaire.

Les partis ne transigent pas comme les particuliers.
Celui qui cède a moins de force pour se défendre; celui
à qui l'on cède a plus de force pour attaquer; et comme
la guerre continue inévitablement, l'issue ne peut être
douteuse.

Que si l'on supposait avec les meneurs d'alors, qui, malheureusement, sont encore nos meneurs aujourd'hui, que l'administration supérieure de l'État était de *bonne foi*, et ne sévissait contre nous qu'à cause de la trop grande violence de notre opposition, alors, j'en conviens, le système qu'on proposait aurait été convenable; mais voilà précisément où était l'erreur, la grave erreur qu'un homme à capacité politique n'aurait jamais commise. Ce n'est point à cause de notre hostilité que le gouvernement désirait la contre-révolution, c'est parce qu'elle est dans son essence, dans sa nature, dans ses besoins; c'est le vœu le plus cher de son cœur. Vous lui ôtiez un prétexte, mais il en trouverait facilement mille autres. S'il n'en trouvait pas, il s'en passerait. La force était tout ce qu'il fallait, et vous la lui livriez évidemment!...

Aussi qu'avons-nous vu depuis? Plus nos journaux se sont remplis de basses et dégoûtantes adulations qu'on aurait pu croire écrites pour la *Quotidienne* ou le *Drapeau Blanc*, plus la marche de l'administration a été contre-révolutionnaire, et cela devait être ainsi. Bien fous étaient ceux qui avaient compté sur un résultat opposé.

Et maintenant examinez l'anarchie que ce système insensé a introduite parmi nous. Voyez le gouvernement employant habilement cette division, séduisant les uns par des motifs d'industrie et de finances, les autres par une grossière corruption dont nos gens à crédit public lui ont fourni les moyens. Voyez nos journaux, si peu d'accord avec eux-mêmes, qu'ils amalgament les doctrines les plus opposées, les plus contraires les unes aux autres, et étonnez-vous de notre incroyable abattement!

J'ai cru devoir vous faire cet exposé, Messieurs, avant

d'examiner l'état actuel des choses, sous le rapport électoral. — Nous allons y venir.

Vous me demandez ce qu'on fait à Paris : rien de bon,
je pense. Je crois qu'une portion du parti s'aperçoit des
sottises qu'on lui a fait faire, et que l'autre y tient encore.
Ce qui s'est passé aux funérailles de Manuel vous prouve
que l'opinion s'est révoltée contre l'ingratitude, qui fut
la première base du système qu'on a suivi. Mais quelques
hommages rendus à un cadavre ne répareront pas le
mal immense que cette basse folie a fait à la force morale de notre opinion. Il n'est plus temps de dire : nous
l'aurions nommé, quand il est mort. On n'en croira rien,
précisément parce que de vils calculs d'intérêt vous ont
engagés à le repousser quand il était vivant. Les paroles
n'ont pas de force contre les faits !

Comparant notre situation à celle de 1823, sous le rapport électoral, elle est pire.

La nouvelle loi, malgré les journaux libéraux qui,
pour flagorner la chambre des pairs, en font un éloge ridicule, est très-mauvaise, et ajoute encore aux vices de
la loi existante. Je crois pouvoir le démontrer très-facilement ; mais cette lettre est déjà trop longue pour entrer
ici dans de pareils détails.

La servilité de l'habitude est un pouvoir immense chez
les Français, qui ont beaucoup de courage militaire et
très-peu de courage civil. On a déjà pris le pli. Le système ministériel continuera de triompher, principalement
parce qu'on a pris l'habitude de le voir réussir et de s'y
soumettre.

Je ne puis donc partager les complaisantes illusions de
ceux qui, séduits par l'exaspération générale des esprits et

étourdis des criailleries des deux oppositions, pensent que le ministère succombera si la chambre est dissoute et recomposée par de nouvelles élections.

Nous devons donc renoncer à obtenir la majorité numérique. Quelques votes de plus ou de moins dans la chambre, voilà quel sera le résultat des luttes éventuelles dans les divers arrondissements. Or, je vous avoue qu'à mes yeux, le *plus* ou le *moins,* dans les limites où nous sommes, n'ont aucune importance. J'en reviendrai toujours à mon système, que l'évènement m'a prouvé être le seul bon, le seul franc, le seul patriote. A défaut de force légale et numérique que nous ne pouvons avoir dans les chambres, conservons la force *morale* et *réelle* dans les masses : c'est ainsi qu'on agit en Angleterre, et l'on s'en trouve bien. Obtenir un triomphe dans la chambre des communes par l'abandon des principes serait, aux yeux des wighs de ce pays, éprouver une véritable défaite, et je suis profondément de leur avis.

Quand nous aurions envoyé à la chambre un des hommes dont vous me parlez, que nous en reviendrait-il, s'il vous plaît? Mettez la main sur le cœur, prononcez comme un juré dans une cour d'assises; croyez-vous que ce misérable petit succès ait aucune influence sur la décision du drame qui se joue? Non, mille fois non. La crise est trop violente pour de pareils moyens.

On a nui à la force morale du parti : travaillons à la rétablir. La difficulté est grande, elle est immense : raison de plus pour commencer promptement et agir de bon cœur. Quant à moi, je vous le déclare, j'aimerais mieux, dans un collége où la majorité serait de 200 voix, obtenir 100 voix pour un véritable patriote, que 200 pour

quelqu'un de ces hommes à large conscience constitutionnelle, qui perdent officiellement la liberté, et qui vous
prouvent de sang-froid que cela devait être ainsi.

Soyez bien persuadé que rien, en ce moment, ne peut
arrêter la marche de la contre-révolution : c'est à l'avenir
qu'il faut songer; c'est là seulement que nous pouvons
espérer justice; mais nous ne l'obtiendrons jamais si nous
nous rendons indignes de l'obtenir.

Ainsi donc, mon avis est toujours, coûte que coûte,
qu'il faut revenir aux vrais principes de la liberté. Ce
n'est pas le triomphe que nous devons rechercher dans
les colléges électoraux : c'est la force morale du bon droit
et de la justice. La chambre, malgré nous, sera mal composée. On ne nous en en voudra pas : le mal qu'elle fera
accroîtra notre force pour l'avenir. Mais si nous concou-
rons nous-mêmes à sa mauvaise composition, comment
pourrons-nous nous en prévaloir, et quelle sera notre
excuse?

De grâce, Messieurs, renonçons à toute espèce de ruse,
à toute espèce de finesse. Allons droit devant nous. Ne
nommons jamais les membres de l'opposition de droite.
Qu'ils soient nommés par d'autres que par nous, je n'en
serai point fâché. Mais ce n'est pas à nous à prendre cette
responsabilité; de vrais patriotes n'agissent point ainsi.
D'ailleurs le temps d'une pareille manœuvre est passé;
elle est trop connue, et sa réussite même nuirait à notre
considération politique.

Choisissons ce que nous trouverons de plus libéral, de
plus pur, de plus consciencieux. Réchauffons dans tous
les cœurs l'amour du pays et de la liberté. Ne sacrifions
pas le succès définitif d'une si belle cause au vaniteux

petit triomphe d'un moment. Ah! si l'on savait la force d'opinion qu'un parti ainsi conduit obtiendrait dans les circonstances actuelles, on n'hésiterait pas une minute!

Maintenant, se voir, s'entendre en principes, veiller à la confection des listes, se mettre d'accord entre soi, non sur la personne qu'on choisira, mais sur la marche qu'on adoptera, voilà l'essentiel, voilà ce qu'il faut faire. Le nom du candidat ne sera qu'un étendard de réunion. L'indiquer trop tôt, ce serait éveiller les amours-propres, les engager à l'entêtement, risquer de se tromper soi-même par un choix prématuré. Que d'hommes estimés aujourd'hui, ne le seront peut-être plus au moment du combat!

Je vous ai communiqué franchement ma manière de voir. Telles seront ici les règles de ma conduite. Peu m'importe ce qu'on dira, ce qu'on écrira de Paris. Peu m'importent les désagréments que me susciteront les vanités locales qui commencent déjà à s'éveiller. Jamais on ne dira que j'aie cédé aux faiblesses de mon parti, pas plus qu'aux exigences du parti contraire. Dussé-je être seul de mon avis, cela ne m'ébranlerait pas. Mais c'est un risque que *nous ne courons pas du tout, je vous assure.*

Vous me demandez des nouvelles de la société de la presse! Depuis le *Manuel électoral*, elle n'a fait imprimer que le récit des funérailles de Manuel, qui a été saisi en totalité faute des précautions les plus vulgaires. Vous n'auriez point été oubliés dans la distribution, mais je n'en ai reçu qu'un seul exemplaire, encore par miracle. La brochure est assez ordinaire; mais il y a un discours de Lafayette, sublime de patriotisme et de liberté.

Quant à imprimer ici, j'ai composé les articles que j'ai cru le plus utile et les plus forts. La censure, dirigée par notre *libéral* préfet, a tout rayé depuis la première ligne jusqu'à ma signature. Il faudrait donc faire des brochures; j'hésite pour beaucoup de motifs dont vous sentirez, je crois, la justesse. D'abord, ce genre de publicité est, quoi qu'on en dise, de très-peu d'effet : rien ne remplace les journaux. Ensuite, il me serait impossible d'écrire dans le sens de l'opposition de Paris, parce que je ne veux à aucun prix trahir ma conscience; et cependant je ne voudrais pas, sans nécessité immédiate et pressante, élever un schisme dans le parti populaire, en exposant mes propres doctrines. Il vaut mieux attendre et se mettre d'accord si possible. Je dois ajouter une considération personnelle : c'est que c'est moi qui ai pris la parole à Bordeaux dans toutes les circonstances politiques ou commerciales d'intérêt local; et si dans ce moment je prenais, sans motif bien pressant, l'initiative, on pourrait l'imputer à un motif d'amour-propre et d'intérêt personnel, ce à quoi je ne veux pas fournir prétexte.

Veuillez, Messieurs, me continuer vos communications. Je vous informerai, de mon côté, de tout ce que je pourrai apprendre d'intéressant pour la cause commune, et je vous réitère, ainsi qu'à tous nos amis communs, l'assurance de mon estime et de mon affection.

10 Septembre 1827.

Montferrand, le 20 septembre 1827.

A M. **Ch.-Al. Campan**, à Paris.

——

Mon cher Campan,

Je reçois votre lettre à Montferrand : je vous en remercie. Elle vient égayer mes préparatifs de vendange,
qui cette année seront fort tristes.

J'ai distribué les 300 exemplaires que la société m'a
fait parvenir, de la brochure de M. Renouard; elle est
fort bien. Énergie et clarté, voilà ce qui la distingue, et
c'est ce qu'il faut aujourd'hui. Nos arrondissements ont
eu chacun leur lot.

Je vous aviserai volontiers de tout ce qui se passe ici,
d'autant mieux que je suis, comme vous le savez, le centre
d'opposition où tout aboutit. Par réciprocité, écrivez-moi
exactement ce qui se passe à Paris ou environs. Vous aurez,
plus que moi, matière à alimenter cette correspondance.
Écrivez-moi donc une fois par semaine; je vous écrirai de
mon côté régulièrement, mais seulement quand la chose
en vaudra la peine.

Votre opinion sur la peine de mort est celle des âmes
généreuses, mais trop exaltées; le point de départ de
tous les philanthropes qui demandent sa suppression est
une fausse supposition. — La crainte de la mort, dites-
vous, n'arrête aucun assassin? Pardon, mais je pense
précisément le contraire : cette crainte en arrête un très-
grand nombre. On fait trop de bruit de quelques rares
exceptions. Sans doute, il y a quelques naturels tellement

fauves, tellement brutes, qu'ils restent impassibles devant
l'idée de leur propre destruction ; mais la masse de la pauvre espèce humaine, et fort heureusement pour elle, n'est
pas ainsi faite. Je vous assure que les bateliers de Rions,
suppliciés en face de leurs camarades, empêcheront pour
long-temps les patrons de ce village d'égorger leurs passagers. — Un temps viendra peut-être, et Dieu le veuille !
où vos rêves philanthropiques s'accompliront. Je crois
que plus le bas peuple sera éclairé, sera aisé surtout, sera
protégé lui-même par l'ordre social, moins il aura besoin
de peines sévères ; en perfectionnant *son sort* et *son moral*,
on s'acheminera tout doucement à l'abolition de la peine
de mort : pour le moment ce serait, selon moi, la plus
insigne folie. Vos espérances ne peuvent même porter que
sur un avenir bien éloigné ; car à mesure que la race humaine se perfectionne d'un côté, voyez de l'autre quelle
effrayante dégradation ! voyez l'accroissement du luxe et
les passions haineuses qui en découlent ! voyez l'agglo-
mération des populations entassées sur quelques points,
souvent sans ressource que le crime ou le vice !... Mon
cher ami, ce n'est pas avec les maîtres d'école de M. Dupin
qu'on nettoiera ces écuries d'Augias ; c'est avec des institutions politiques qu'on régénère les masses, et nos faiseurs mettent tous la charrette devant les bœufs ; à dire
vrai, la restauration ne permet guère de faire différemment. Mais laissons ce sujet, car dans une lettre, il est
difficile même de l'ébaucher.

La grande affaire ici à l'ordre du jour, c'est l'établissement probable de l'entrepôt à Paris. J'avais l'intention
d'écrire sur ce sujet ; je l'aurais considéré sous le point de
vue administratif et politique... ; mais la censure me fer-

mant les journaux, je n'ai pas voulu avoir recours à la brochure; le moment n'est pas encore venu : se prodiguer mal à propos est un mauvais calcul; les coquettes de salon et les orateurs de tribune devraient être bien convaincus de cette vérité. Sans m'expliquer sur le fond de la mesure, je vous dirai seulement qu'elle causera une extrême irritation dans le Midi. A Bordeaux, si elle coïncidait avec les élections, elle ferait gagner cent voix à l'opposition. Les écrivains et les journaux parisiens vantent l'établissement de l'entrepôt réel à Paris; rien de mieux, c'est leur rôle; mais ils devraient mettre moins de jactance, moins de morgue, moins de fatuité dans leur polémique. Ils devraient réfléchir qu'ils parlent d'une matière qu'ils connaissent fort peu. Que malgré leurs grands économistes, leurs écrits fourmillent de bévues et de quiproquo; ils nous accusent de routine, d'ignorance, d'influence locale, d'intérêts particuliers; mais sont-ils bien sûrs d'être entièrement désintéressés, d'avoir toute la science commerciale, toute la science administrative, tout le patriotisme en partage?... Je me flatte de trouver quelqu'occasion de leur prouver le contraire; en attendant, le bien ou le mal de la mesure m'importent fort peu; l'essentiel, c'est que j'y trouverai un levier puissant pour remuer ici l'opinion électorale. Quant à notre compte-courant avec les Parisiens, nous le réglerons plus tard; qu'ils se tiennent provisoirement pour avertis que tout . ce qui reluit n'est pas or, et qu'ils prennent garde de se casser le nez dans leurs nouvelles entreprises.

Vous me parlez élections... J'ai assez triste opinion des nôtres, et cela m'affecte peu. Je vous l'ai dit et je vous le répéterai souvent : ce n'est point dans les élections que la France trouvera le remède à ses maux. Voilà où est l'erreur fatale, l'erreur mortelle de nos faiseurs! Pour courir après une majorité numérique qui leur échappera toujours, ils ont sacrifié la véritable opinion, la véritable force morale, la véritable puissance des masses. Quelle misérable tactique! Voyez les wighs anglais, s'ils agissent ainsi? Quand les chances du sort condamnent leurs opinions à la minorité, ils s'y résignent. Les voyez-vous, pour reconquérir une majorité factice (et par cela seul impuissante, si d'abord elle n'était impossible), les voyez-vous pactiser avec les hommes et les principes contraires dans les colléges électoraux des comtés? Les voyez-vous finasser, user de feintes et de détours, et faire de la réussite une idole à laquelle ils sacrifient le bon droit et le patriotisme? N'avez-vous pas vu, depuis Fox jusqu'à M. Canning, l'opinion libérale dans une constante minorité, persévérer sans relâche et sans mésalliance? N'avez-vous pas vu le marquis de Lansdowne arriver tout wigh au ministère, sans avoir jamais eu la majorité pour une seule de ses motions?

Et maintenant, si dans les colléges électoraux qui vont s'ouvrir, le parti libéral fait l'insigne et abominable bêtise de s'unir à l'opposition de droite d'un côté, et de l'autre d'abandonner ses véritables défenseurs pour porter des métis, des hommes neutres, qu'il pourra faire triompher plus facilement; alors, il n'y aura pas dans le monde assez de bonnets d'ânes pour coiffer dignement ces indignes serviteurs du peuple; et je leur dis anathème du plus profond de mon âme, comme à des fous qui n'ont ni lumière dans l'esprit, ni droiture dans le cœur!

Vous me demandez s'il est vrai que **** se mette ici

sur les rangs. Je le crains; il y a là-dessous une intrigue souterraine de notre préfet, qui est bien le diplomate le plus roué que je connaisse. Il a accaparé toute une certaine classe de libéraux; il va chez eux en ville, à la campagne, en famille; il leur donne le premier rang dans son salon; il les caresse, il les dorlotte. Aussi, tout préfet de l'Isère qu'il était du temps des fusillades de Donadieu, et tout censeur de la presse qu'il est ici, sous les ordres des jésuites, toute cette suite libérale ne jure que par M. le Baron. J'ai mille raisons de croire que M. le Baron, (qui portera **** comme vous le pensez), et qui s'est déjà engagé à Paris à le faire triompher, pousse sans paraître, par un tiers que je vous nommerai plus tard, l'ami **** à la candidature. Et ce n'est pas mal raisonner, car avec ce concurrent, il emportera bien plus facilement l'élection de R..... Quant au résultat, peu m'importe; mais la vie, la responsabilité, la force morale du parti, voilà ce qu'il faudra défendre; et cela sera bien difficile sans blesser des amours-propres bien irritables. Au surplus, il ne faut pas se chagriner d'avance; nous n'y sommes pas encore. D'ici là, quelque dieu favorable nous fournira peut-être une solution. Notre grand malheur ici, c'est que nous manquons de candidats convenables. Si tout le monde était comme moi, nous n'hésiterions pas à faire un choix hors du département; mais l'amour-propre bordelais! voilà le *hic*.

Au moment de fermer cette lettre, j'en reçois une de M. Fabreguette, qui, au nom de M. Béranger, me charge de recueillir des souscriptions pour le monument de Manuel. Je ne pouvais recevoir une mission qui me flattât davantage, et par son objet, et par ceux dont elle émane.

Vous connaissez mon admiration pour M. Béranger ; vous savez combien de fois nous avons fait nos délices de ses immortelles stances ; l'indépendance et le patriotisme de ses sentiments prouve, et j'en rends grâce au ciel, que la véritable poésie est dans l'âme. Je serai lundi à Bordeaux, et je m'occuperai activement de cette souscription. Malheureusement, la voie des journaux nous manque : en province surtout, c'est la seule efficace ; j'y suppléerai de mon mieux, par lettres circulaires, ou tout autre moyen ; enfin, *je ferai de mon mieux*, comme dit Hubert (1), *car un homme ne peut promettre davantage.* Eh bien ! romantique !... reconnaissez-vous la citation ?... Je répondrai incessament à M. Fabreguette, et lui communiquerai les mesures que j'aurai prises pour la souscription. A propos, j'ai quelque envie d'aller à Paris cet hiver, avec Auguste Hourquebie. Y serez-vous encore ? Je compte sur vous pour me faire faire de bonnes connaissances.

Adieu. Je pars pour Fréneau tout seul. J'écrirai quelques feuillets ce soir dans ma chaloupe, au bruit des ondes agitées. Que croyez-vous qu'il y a d'inspiration au au large !

8 novembre 1827.

A M. **J.-B. Durand**, à Libourne.

Monsieur et ami,

Je réponds à votre lettre électorale du 6 ; je ne puis trop vous remercier de la confiance que vous me témoi-

---

(1) Personnage du roman d'*Ivanhoë.*

gnez, vous et vos amis. J'espère en être digne. — J'ai besoin d'un jour pour prendre des renseignements sur M. de Saint-Aulaire, et je vous écrirai ensuite mon opinion sur le fond de la question.

Nous sommes ici dans une confusion universelle, grâces aux intrigues ménagées par le préfet chez nos soi-disant libéraux. J'ai prévu ce résultat depuis long-temps. La vanité de chacun l'engageant à se faire porter par ses créatures, toutes nos aristocraties commerciales sont en mouvement; et il s'est trouvé que, pour seconder les insinuations du préfet, toutes les intrigues des chefs de file libéraux sont dirigées *contre moi.* — Le diriez-vous, et n'est-ce pas une chose hideuse et ridicule à la fois, d'autant que la masse de l'opinion leur résiste, et qu'avec deux articles de journal, je mettrais en poussière l'édifice si laborieusement construit : l'un veut A...., l'autre B...., l'autre C...., l'autre D.... — Le préfet rit sous cape, quoiqu'il ait été obligé de mettre C.... au grand collége, certain qu'il ne passerait pas à celui d'arrondissement où nous allons perdre une *incontestable majorité!...* Au reste, cela importe peu : voilà soixante-seize pairs nommés, et le ministère a les moyens (et la volonté, *ceci entre nous*) de fouler aux pieds, même les *choix des colléges électoraux, s'ils ne lui sont pas favorables;* et avec cela, on rencontre encore des niais qui vous parlent de concessions, comme si un esclave vaincu avait quelques concessions à faire à ses maîtres, maîtres durs, peureux, et d'autant plus irrités! Adieu. Je vous dirai une autre fois toutes les bêtises et les noirceurs de cette affaire. Je suis ce soir très-occupé et un peu malade. Votre dévoué complice.

9 novembre 1827.

AU MÊME.

Monsieur et ami,

Je vous confirme la lettre que je vous écrivis hier au soir. J'ai réfléchi mûrement, et voici l'avis que je vous soumets :

Il est inutile de penser à M. D.... Son âge, ses infirmités, serviraient de prétexte et vous ôteraient beaucoup de suffrages. Il est probable d'ailleurs qu'on le portera ici, au collége d'arrondissement de la ville, en concurrence avec B...., qui l'emportera probablement, à moins que le ministère, dont le préfet cache soigneusement le candidat, ne porte tout à coup sa voix sur un des prétendus libéraux qui ont semé ici la division, ce qui ne m'étonnerait pas du tout ; mais à quoi je trouverai les moyens de parer, quoique j'aie rompu décidément avec tous nos meneurs.

Cela posé, je crois que ceux de nos amis qui ont quelque répugnance à porter M. de Saint-Aulaire, doivent néanmoins vaincre cette régugnance, que les liaisons du noble marquis avec la cour m'inspirent aussi. Voici mes motifs :

Il faut juger les hommes, non-seulement par leur mérite personnel, mais aussi par le rapport de ce mérite avec l'emploi qu'on leur destine. Si je pensais que le gouvernement pût reculer devant l'accomplissement de ses projets ultra contre-révolutionnaires, et prendre quelque *parti mixte* qui plâtrât le mal sans l'arranger, je ne vous *conseillerais pas de porter M. de Saint-Aulaire*, et vous concevez facilement *pourquoi*; mais comme il paraît avéré que la marche de la *faction* va empirer, il est impossible que M. de Saint-Aulaire pactise avec elle. Plus elle sera noire et mauvaise, meilleur sera votre député-marquis, qui, d'ailleurs, par son esprit, ses connaissances et ses manières, est infiniment recommandable. — Je ne crois donc pas qu'il convienne de le repousser.

Votre projet de bulletin est très-bien; il ne faut y changer que ce qui concerne le nom du candidat et son éloge.

Vous savez que le préfet a élevé le conflit sur l'assignation que je lui avais donnée, relativement au refus qu'il avait fait à l'ami dont vous m'avez remis la procuration. Nous voilà donc devant le conseil-d'état. Vous en verrez un mot dans l'*Indicateur* de demain. Je crains bien qu'il n'y ait pas décision en temps convenable. Votre ami était-il inscrit antérieurement? En ce cas, sa radiation ne serait que provisoire et il pourrait voter;—sinon, le conseil-d'état retardera sa décision pour lui ôter son droit. — Quel temps, juste ciel! mais aussi quelle pauvre nation! Ce qui se passe ici sous mes yeux me prouve qu'elle n'a plus d'esprit public, et qu'elle calcule (fort mal encore) son intérêt, au lieu de sentir ses devoirs.

Bonne chance. Donnez-moi de vos nouvelles.

———

Bordeaux, 10 novembre 1827.

AU MÊME.

Mon cher complice,

J'ai pensé qu'il vous serait utile d'avoir les listes électorales. En voici donc vingt-cinq exemplaires que vous recevrez par la diligence de demain matin. Pointez, compulsez, tàchez d'éviter de faux électeurs, protestez contre eux, portez plainte au procureur du Roi; enfin, faites tout ce que votre courage et votre patriotisme inspirera à vous et à vos amis.

Qnand j'aurais mille voix, je ne pourrais vous dire toutes les bassesses, toutes les noirceurs, toutes les bêtises qu'on fait ici. Fausses cartes données, véritables titres déniés, pièces qu'ou dit ne pas avoir été remises, et qu'à force de persévérance et d'audace, on les force à retrouver au fond des cartons de la préfecture, etc., etc. Vous dire en quel état est Bordeaux! tout le monde veut écrire! Coudert reçoit vingt articles par jour; mais je vois tout, et soyez tranquille, on ne vous fera pas de brioches pour Libourne: je vous en donne ma parole. J'ai mis un petit article pour demain, ainsi qu'une note sur les radiations ou fausses cartes; le nom de votre candidat y sera tous les jours.

Je vous ai envoyé par la diligence d'hier un paquet de journaux, une centaine d'imprimés, et trois lettres pour la contre-vérification des travaux du collége. Chargez de la surveillance vos amis les plus fermes!

Tàchez de savoir si on suspendra les opérations du collége le *dimanche*; c'est un moyen que l'administration employa, à Paris, lors du débat entre Benjamin Constant et Ternaux. Avec ce jour de répit, et ayant compté ses forces le premier jour, elle se mit en marche et recruta une masse d'électeurs vrais ou faux. — S'il en est ainsi, redoublez de surveillance.

Adieu; j'ai la tête brisée. — Les intrigues d'une maison de Bordeaux nous ont fait à Blaye un mal immense. — C'est un gàchis inextricable.

Votre dévoué.

P. S. On vous dira que M. de Saint-Aulaire a donné sa démission de la candidature de Libourne ; n'en croyez rien, quand même on vous ferait voir sa signature.

M. Jay a écrit une lettre qu'on imprime ce soir, ce qui vous fera plaisir.

—

12 Novembre 1827.

AU MÊME.

Mon cher complice,

Je n'ai eu votre lettre et celle de M. Coste que hier au soir à minuit, étant resté jusqu'à cette heure au bureau de l'*Indicateur*, dont je ne bouge pas, pour éviter qu'on nous fasse des sottises. Le journal était fait et sous presse ; il m'a donc été impossible d'y relater les faits que vous m'indiquez : ce sera pour demain. Le préfet est dans les *arias* ; mais je soupçonne, vu son caractère, qu'il persistera, dût-il employer des moyens violents pour écarter nos réclamations. Tenez-vous bien et ne cédez pas. Que vous êtes heureux d'être de Libourne et non de Bordeaux !

Je vous envoie les journaux d'aujourd'hui ; le parallèle de M. Saint-Aulaire et du préfet fera, je crois, beaucoup de bien, ainsi que l'exemple du fonctionnaire de Blaye qui a donné sa démission, sans attendre qu'on le menaçât de destitution. La circulaire du préfet est aussi précieuse. — Coudert imprimera tout ce que je voudrai, et *pas autre chose*, soyez tranquille.

Ici, nous sommes dans la position la plus fausse possible. Sans cela, notre triomphe serait certain ; car notre majorité est immense, malgré les radiations injustes, les doubles emplois et les adjonctions d'office.

Voilà bien du mouvement, bien du bruit, et au fond...
Ah! mon cher complice, au fond, il n'y a rien que de
fort triste, et ce n'est pas là qu'est réellement l'avenir de
la France.... Il me tarde bien que ce soit fini pour aller
tirer aux lapins et planter mes choux.

Adieu; mes amitiés au brave Coste. Il a l'air de n'être
pas aussi content que vous; mais je suis bien sûr qu'il
fera le nécessaire mieux que personne. J'ai reçu sa lettre
avec le plus grand plaisir et l'assure de la réciprocité de
tous mes sentiments.

—

AU MÊME.

Mon cher complice,

Je réponds à votre lettre. Vos bulletins sont imprimés,
conformément à vos désirs. Vous avez vu que j'ai mis ce
matin un article dans l'*Indicateur* pour votre candidat.
Je l'ai calculé de manière à atteindre l'effet désirable, car
je l'ai refait hier au soir à dix heures.

Inclus ma lettre pour M. Coste. — Dites-lui qu'en
butte moi-même, de la part des libéraux de Bordeaux,
poussés par certains amis du préfet, à toutes les intrigues et les noirceurs possibles, je n'ai pas hésité à me
retirer et à défendre hautement la cause commune, quoiqu'on m'abandonnât. Que jamais je ne vous aurais con-
seillé de porter M. de Saint-Aulaire, si je n'avais cru
devoir le faire en bon et loyal patriote. M. de Saint-Aulaire, lors de l'expulsion de Manuel, se comporta parfaitement bien, beaucoup mieux même que certains autres

à réputation, notamment M. Royer-Collard qui agit fort mal.

Rien ne peut vous donner une idée de l'état de Bordeaux. En fait d'injustice de la part de l'autorité, en fait de déraison de la part de l'opposition, la mesure est comblée : les vanités les plus grossièrement accolées à l'ignorance veulent absolument tout diriger. — Pauvre, pauvre France!

Au reste, le préfet, qui comptait sur moi pour semer la division, est profondément vexé. Si l'on fait manquer l'élection de M. de Saint-Aulaire, il *sera dans toute la joie de son âme*; j'en ai la certitude. Dites-bien cela à tous nos amis.

Adieu, mon cher complice. Je vais m'occuper de la note. Si je pense qu'un second article dans l'*Indicateur* puisse la remplacer, je le ferai, ce sera plus simple, et je vous en enverrai une liasse.

P. S. Quand je vous verrai, je vous en dirai de belles, je vous jure!... C'est incroyable. Je vous envoie les bulletins pour le candidat et le bureau.

———

15 Novembre 1827

AU MÊME.

Mon cher complice,

J'ai reçu votre lettre et la proclamation tronquée de M. de Saint-Aulaire. Ce n'est rien, cela ne fera aucun tort. Impossible d'imprimer les quatre pages que vous m'envoyez, outre qu'il faut faire le dépôt vingt-quatre heures à l'avance. J'ai fait un article dans l'*Indicateur*. On vous en envoie vingt-cinq exemplaires. J'ai la tête brisée, tant il nous vient de pièces, de pourvois, de dénonciations de fraudes diverses. Notre table a l'air d'un bureau de ministère! La colère du préfet croît et embellit; le journal d'aujourd'hui l'a démoralisé. Il a envoyé chercher quatre exemplaires de suite; mais il n'a osé rien nier de ce que nous avons dit, se doutant bien que j'avais la preuve en main. Ce ne sont pas des élections, ce sont des filouteries électorales.

Adieu; je ne vous souhaite pas du courage, mais je vous souhaite du succès.

Montferrand, 30 novembre 1827.

A M. **Ch.-Al. Campan**, à Bruxelles.

Mon cher ami,

J'ai reçu votre lettre du 9. Je n'ai pu y répondre, tant les élections m'ont occasionné de tracas. Les voilà finies. Sur huit députés, l'opposition libérale en a nommé six.

Il me faudrait vingt pages si je voulais vous donner les détails de toutes les intrigues que l'ébullition électorale a enfantées. —J'ai vu l'esprit humain sous un vilain jour : charlatanisme extérieur de sentiments patriotiques; mais par-dessous mains, ambition, égoïsme, amour-propre bas et intéressé! Je le dis à regret, mais nous sommes un triste peuple pour la liberté. Avec les meilleures intentions du monde, les masses n'y entendent rien, et les meneurs en profitent dans leur intérêt propre... Voici

en abrégé notre drame électoral............................
Pendant quinze jours, je n'ai presque pas bougé du bureau du journal, occupé à recevoir les réclamations des
électeurs radiés, à enregistrer ces réclamations, à reprocher au préfet, dans des articles clairs et précis, toutes
les fraudes électorales, les doubles cartes, les fausses inscriptions, etc. Il y a eu tant de désordre dans l'administration, et nous l'avons tellement harcelée, qu'elle a fini
par perdre la tête et par agir contre elle-même, au lieu
d'agir contre nous! Vous ne diriez jamais la masse de
bêtises qu'elle a faites, et dont j'ai fait profiter nos amis.
C'était une vraie comédie; mais comme je recevais des
estafettes de Libourne et de Blaye nuit et jour, j'ai fait,
je vous l'avoue, un métier fatigant........................
En résultat, j'aurais été bien aise d'être nommé, je ne
m'en cache pas, par amour-propre, et aussi par amour
du pays, car je déclare franchement que je me crois
plus capable de le défendre que les députés qu'on en a
chargés; mais pour mon bonheur personnel, je ne suis
pas fâché que les choses aient ainsi tourné. D'abord l'on
reviendra à moi quand je voudrai, mais reste à savoir *si
je le voudrai,* et je crois bien que de long-temps je ne le
voudrai pas. C'est folie de se dévouer pour un pareil
peuple. Et comment le servir malgré lui? Comment consentir à partager le poids de ses sottises? — Braves gens
qui s'imaginent que le roi a fait soixante-seize pairs et a
fait fusiller les Parisiens par feu de peloton pour reculer
ensuite devant une majorité sans doctrine arrêtée, sans
principes, sans résolutions; ce n'est pas tout que d'être
bon général, il faut encore avoir des soldats. Que diable
voulez-vous faire avec une armée de Napolitains?

Me voilà donc définitivement campagnard, plantant des tulipes et des renoncules. Je vais aussi profiter du mauvais temps d'hiver pour faire une vingtaine d'articles sérieux d'économie politique pour l'*Indicateur*; je les rattacherai aux circonstances. Mon plan est déjà tout fait; et si la censure n'y met obstacle, je ferai voir aux Bordelais comment leurs intérêts auraient été compris et défendus, s'ils avaient été en mes mains.................... Je pense que c'est une petite vengeance bien légitime et bien douce; qu'en dites-vous? — La question des entrepôts est là tout exprès, d'autant qu'elle a été pitoyablement discutée jusqu'à présent, surtout dans l'intérêt des ports de mer.

Adieu; écrivez-moi de temps en temps. Si quelque honnête Belge vous donne des oignons de tulipe, plants d'œillets, songez à moi, car je suis devenu fleuriste.

Adieu derechef.

———

Montferrand, le 4 décembre 1827.

AU MÊME.

J'ai reçu hier votre lettre du 26 novembre; elle s'est croisée avec celle que je vous écrivais il y a peu de jours. Celle-ci vous a instruit d'une infinité de choses que vous ne soupçonniez pas, et vous savez maintenant que le sermon amical que vous m'adressez porte entièrement à faux.

Vous savez maintenant ce que c'est que l'opposition aquitanique. C'est un composé si ridicule de faiblesse et d'exaltation qu'il faut être du pays pour la bien compren-

dre. — L'orgueil de l'aristocratie commerciale et l'ignorance de la vanité industrielle en forment la base. Je parle
de ses meneurs. Le reste va comme on le pousse, et pourvu
qu'il fasse autre chose que ce que veut l'autorité, il croit
faire de l'opposition bien entendue, et triomphe après
avoir avoir fait une sottise comme s'il avait fait la plus
belle chose du monde.

Il paraît que vous aviez lu l'article où le *Journal du
Commerce* annonçait ma démission de la candidature;
mais vous n'aviez pas lu l'article imprimé plusieurs jours
avant par le même journal. Procurez-vous-le, et joignez-
le au récit des intrigues que je vous ai esquissées.

Vous me donnez le conseil de persister, et me dites
qu'il part d'une sincère amitié. Une preuve bien certaine
que je crois à la franchise de votre attachement, c'est la
confiance que je vous témoigne en vous communiquant
le détail des faits secrets et de mes sentiments intimes. Je
vais continuer, mon cher ami, et la connaissance de ma
position réelle vous prouvera que j'ai bien agi et que je
dois continuer à agir dans le même sens.

Ne croyez pas qu'il y ait à Bordeaux une conviction
éclairée des besoins de la politique actuelle, une énergie
désintéressée en faveur de la liberté, une résolution énergique de l'obtenir, rien de tout cela. Il y a mécontentement commercial, il y a entraînement vague dans le sens
où poussent les journaux, il y a désir vaniteux de faire
quelque chose, ou d'avoir l'air de faire quelque chose, au
milieu de l'entraînement général.

Au milieu d'un pareil état de choses, loin de vouloir
me pousser, chacun tendait à m'écarter, uniquement parce
que chacun pensait que j'étais le concurrent le plus re-

doutable. Quant aux agents de change, aux courtiers,
vous sentez que leurs livres de bordereaux ou leurs carnets
de négociations étaient ici leur évangile politique. Il s'a-
gissait donc pour tout ce monde de m'écarter, sans toutefois avoir l'air d'y contribuer ; car un reste de pudeur
leur prouvait d'abord qu'ils ne devaient pas à ce point
blesser l'opinion publique ; secondement, parce que ju-
geant, d'après eux, mon amour-propre plus fort que mon
patriotisme, ils craignaient, en m'irritant, que je n'em-
ployasse mon influence à faire avorter leurs desseins, ce
qui m'aurait été bien facile. C'était précisément l'espoir
du préfet, qui, lorsqu'il sut que les menées qu'il avait
fait souffler à..... venaient à point, s'écria : — Bon ! les
voilà divisés ; ils sont perdus !....

Si donc j'avais persisté, que serait-il arrivé ?.... — Je
suis certain de deux choses, c'est qu'on m'aurait porté,
mais que je n'aurais pas passé. La raison en est simple.
Aucun de ceux que j'aurais ainsi vexés ne m'aurait donné
sa voix, ne fût-ce que pour me reprocher ensuite d'avoir,
par mon ambition personnelle, fait manquer l'élection,
qui aurait réussi s'ils avaient porté un *homme d'une opposition plus modérée.* — Le peuple juge ensuite d'après
l'évènement ; et de tout cela, il serait resté sur mon caractère une tache indélébile.

Soyez bien certain qu'on m'a traité ici comme Manuel
fut traité à Paris. — Mon énergie, mon dévouement réi-
tiré, mon nom, la puissance de parole ou de style que je
puis avoir, on m'a tout reproché. Et ce ne sont pas les
royalistes qui se sont comportés ainsi, ce sont les libéraux, ce sont mes prétendus amis, ce sont ceux pour qui
j'ai compromis ma fortune et mon existence, ce sont ceux

pour lesquels je suis allé devant la cour d'assises, où ils ne m'ont même pas appuyé de leur présence!...

Vous dirai-je les sourdes colères qui bouillonnaient dans mon âme, lorsque je savais, à n'en pas douter, qu'ils me reprochaient jusqu'au sort de mon père? — Eh bien! j'ai tout dompté, j'ai tout maîtrisé. J'ai reçu leurs communications, je les ai appuyées, j'ai pris sur moi toute l'hostilité envers le pouvoir, je l'ai attaqué à toute outrance, et je crois avoir contribué plus que personne à sa défaite. — Croyez-vous donc que ma vengeance ne soit pas bien entendue? Croyez-vous que la conscience publique s'y soit méprise? Croyez-vous qu'au fond de leur âme ils n'aient pas senti que personne n'était dupe du misérable prétexte de quinze jours de jeunesse dont ils s'étaient servi contre moi, prétexte qui, en réalité, ne signifiait rien...
.... On annonce l'intention de me porter à la première place qui sera vacante par l'un ou l'autre. — A cela il y a beaucoup d'objections. Je ne vous les dirai pas toutes. Si ma volonté ne change pas d'ici là, il est probable qu'elle suffira pour l'empêcher. D'ailleurs, comme l'autorité ne craint ici réellement que moi pour la chambre, elle n'épargnera rien d'ici là, et réussira probablement à changer tout cela par des moyens *légitimes ou non.*

Aujourd'hui que le calme est tout à fait rétabli dans mon esprit, je vois tout cela fort de sang-froid, et n'en fais aucun cas. Loin de fléchir, pour plaire à la modération bordelaise, j'ai pris la résolution, soit dans mes paroles, soit dans mes écrits, de heurter directement cette pusillanimité. Je viens de faire publiquement ma souscription pour Manuel. Je fais pour l'*Indicateur* quelques articles d'économie politique, dont le fond sera contre l'ancien ordre de choses, plus âpre que je ne puis vous le dire. Je veux bien qu'on me connaisse pour ce que je suis. Si l'on ne me veut pas ainsi, tant pis pour eux; je m'en moque. S'ils imaginent que pour les 430 députations de France je ferai le sacrifice de la plus chétive de mes pensées, ils sont dans une fière erreur. Et que m'importe leur députation? A quoi me servira-t-elle qu'à attirer sur moi d'inévitables orages dans la crise où nous sommes, et surtout d'après la disposition de mon esprit? Il y a d'ailleurs des prédestinations écrites; et quand pour des ingrats qui me blâmeraient après m'avoir abandonné, j'aurais éprouvé le sort de mon père, ne trouvez-vous pas que j'aurais fait un beau calcul! Non, sur mon âme; il vaut mieux planter des tulipes.

Adieu de cœur.

7 Décembre 1827.

A M. **J.-B. Durand**, à Libourne.

Mon cher et estimable complice,

Vous verrez dans l'*Indicateur* que je suis chargé, par notre illustre Béranger, l'ami de *Manuel*, de faire à Bordeaux une souscription pour le monument funèbre de ce courageux défenseur de nos droits, si lâchement abandonné après son expulsion de la Chambre. Je ne sais si le patriotisme bordelais se montrera dans cette circonstance; mais je n'y compte pas beaucoup, et j'ai de trop bonnes raisons pour cela. — Néanmoins, je remplis mon devoir; ils feront le leur, s'ils veulent. Veuillez me rendre le service de me procurer des souscripteurs à Libourne et dans votre arrondissement. M. de Saint-Aulaire défendit admirablement Manuel; les électeurs qui viennent de le nommer ne peuvent hésiter à honorer les mânes de ce grand citoyen. — Les *sommes importent peu*, la *plus faible* sera reçue avec autant de gratitude que la *plus grande*. — C'est le nombre *des souscripteurs qui importe...* Je vous recommande cette affaire du fond de mon âme; je tiens à répondre à la confiance qu'on m'a témoignée. — J'enverrai à Paris la liste des souscripteurs; mais on ne publiera pas les noms de ceux qui désireront ne pas être connus.

Adieu ; je me repose sur votre patriotisme et votre amitié.

P. S. M. Decazes m'a fait remercier des soins donnés à l'élection de son beau-père, en ajoutant ces mots : — « Quoique je ne pense pas que le désir de m'obliger y soit entré pour quelque chose. » — Ne trouvez-vous pas cette phrase singulièrement franche pour un ex-ministre, qui vise à le redevenir?... C'est assez plaisant; mais je l'ai pris en bonne part : le ton de la lettre étant d'ailleurs tout à fait convenable.

A M. **Rouchon**, à Bordeaux.

———

Brave Rouchon,

J'ai besoin de couvrir ma serre les nuits quand il gèle,
nous sommes à la mi-décembre. Le froid commence à
se faire sentir. Cela presse, ainsi point de tâtonnement,
point de lenteur; il faut agir, non pas demain, — aujour-
d'hui; non pas tout-à-l'heure, — à présent.

Ma serre a de couverture 17 pieds sur 6 pieds 4 pouces de large. — Il me faut 18 pieds de nattes sur 8 pieds
1/2 de large, afin que cela retombe pardevant. Trois pan-
neaux de 6 pieds chacun font donc l'affaire; en mettant
un bâton de chaque bout, cela se déploierait comme une
carte de géographie. — A défaut de nattes, des prélats feraient l'affaire, et Lacroix pourrait les tailler dans la
vieille voile que j'ai encore chez lui.

Faites pour le mieux, mais faites vite et venez de même,
ou je vous renie. — Je vous dégrade de noblesse. — Je
vous ôte votre marquisat, et je vous fais entrer forcément
au séminaire pour étudier la théologie.

Adieu.

———

Samedi matin. Montferrand, 21 décembre 1827.

AU MÊME.

Mon cher Rouchon,

Je viens de nouveau vous recommander mes nattes.
Quand celles de la serre seront finies, faites-m'en faire

quelques-unes détachées, de diverses grandeurs, qui pourront me servir en temps et lieux à abriter certaines plates-bandes.

Je vous dirai que la chaloupe, ennuyée de son trop long repos, a cassé son câble à huit heures du soir, le jour du grand brouillard, une heure après pleine mer. En conséquence, elle est partie du pied gauche, et a couru toute la nuit, dans la brume, et sans pilote, tant que le jusant a voulu la porter. Dieu sait où elle est allée! Le flot est survenu, l'a rapportée et l'a laissée à Ambès sur la calle de M. Bosc. Heureusement l'homme d'affaires, qui la connaît, l'a fait tenir à flot, et le lendemain je l'ai fait ramener. — Il est bien heureux qu'elle n'ait été abordée par aucune embarcation, qu'elle ne se soit pas mise en travers, enfin qu'il ne se soit rien perdu! car le panneau de l'arrière n'était pas fermé.

Voilà ce que c'est que d'avoir été paresseux. — Si le commandant et le vice-amiral avaient fait leur devoir, le câble neuf aurait été installé en place du vieux sur le corps-mort, et rien n'aurait cassé. J'y pense toutes les fois qu'en entrant dans la cuisine, je vois le câble neuf sur une planche. — J'ai fait rentrer la chaloupe dans la conche où elle est très-bien, car le temps est affreux, l'eau vient à une hauteur prodigieuse; elle a débordé mon quai et mes précintes. Ceux qui prétendent que l'eau ne monte plus dans la rivière, ont cependant, je vous assure, de quoi prendre un fameux bain.

Adieu, au plaisir de vous revoir.

Montferrand, 11 janvier 1828.

A M. **J.-B. Durand**, à Libourne.

—

Mon cher complice,

J'ai reçu votre lettre du 6 janvier des mains du capitaine S...., qui en était porteur. Je me suis empressé de faire tout ce qui dépendait de moi pour l'aider, et pour lui faciliter le but auquel il tend. D'après ce qu'on m'écrit de Bordeaux aujourd'hui, *j'espère que cela réussira.*

J'ai bien reçu votre lettre au sujet de Manuel. — O temps ! ô mœurs ! — Vous m'écrivez que M. de Saint-Aulaire optera pour Libourne. D'après plusieurs lettres qui me parlent des réunions qui ont lieu à Paris, relativement aux trente réélections que l'on va avoir à faire par suite des doubles nominations, je pensais, au contraire, que M. de Saint-Aulaire opterait pour Verdun. Voici pourquoi : il a été nommé à Verdun, par le grand collége, à une très-faible majorité, et il est très-incertain qu'on pût réussir de nouveau à y faire passer un candidat constitutionnel. A Libourne, au contraire, il a eu une immense majorité, par conséquent une bonne élection serait assez facile. Si les choses sont ainsi, il fera une faute très-grave d'opter pour Libourne; car un député libéral de plus ou de moins dans la chambre, peut être un coup de partie, surtout avec le ridicule, archiridicule, fantastique ministère qu'on a substitué au ministère Villèle. D'après les résultats des réunions parisiennes, il était même convenu que M. de Saint-Aulaire opterait pour Verdun. Si cela a été changé, ce ne peut être que pour des raisons de convenance; mais, à mes yeux, ces convenances sont de bien pitoyables motifs dans les circonstances où nous sommes. — Voyez les députés nommés à Paris! Tous ceux qui ont été nommés en même temps dans les départements, opteront *pour les départements,* quoique leur amour-propre les portât naturellement à *préférer la capitale.* Les collèges de Paris se rassemblant de nouveau par ce moyen, on sera plus assuré du succès que partout ailleurs. C'est ainsi qu'il faut agir.

Au reste, gardez-vous de croire que je partage, sur l'effet des dernières élections et sur le renversement du ministère, l'enthousiasme de nos amis de Paris. Ceci, comme l'ordonnance du 5 septembre, est un *point d'arrêt* dans le mal, voilà tout, et cela recommencera ensuite de plus belle. — A mes yeux, l'ordonnance du 5 septembre est le plus grand malheur qui soit arrivé à la France depuis la restauration. Sans elle, le drame serait maintenant fini.

Mais enfin, quoique la manœuvre actuelle du parti libéral ne me paraisse pas très-bonne, ce n'est pas moins un devoir pour nous de tâcher qu'elle s'exécute le moins mal possible. Car une mauvaise manœuvre mal exécutée est très-certainement ce qu'il y a de pis au monde.

J'ai quitté Bordeaux, le lendemain des élections, pour me réfugier dans mon ermitage à Montferrand. Je n'en suis pas sorti depuis cette époque une seule fois. Vous voyez que je ne suis pas indigne du titre d'ermite, sous lequel je me recommande aux bonnes âmes sur la terre et dans le ciel.

Je vous présente de nouveau, ainsi qu'à vos amis, l'assurance de mon sincère dévouement.

Montferrand, le 14 mars 1828.

A M. **Bouchou**, à Bordeaux.

—

Brave contre-amiral, qui n'avez pas gagné la bataille de Navarrin et qui n'en valez pas moins pour cela, je vous rappelle la yole; nous sommes convenus qu'on la peindra avant de la mettre à l'eau, mais après que vous l'aurez vue. J'aime mieux attendre quatre ou cinq jours, et qu'elle soit peinte avant d'avoir touché l'eau.

Voilà la chaleur; je crois qu'il faudra bientôt sortir la chaloupe de la conche. Pour cela, il faudra draguer l'ancre et y mettre le bout de corde neuf; il faudra aussi porter le corps-mort plus haut, à peu près vis-à-vis la conche, afin qu'il ne gêne pas pour la pêche. Je compte sur votre secours pour cette double opération. — J'ai vu le chat, il est très-bien.

Si vous pouvez me procurer du biscuit pour mes chiens, vous me rendrez un grand service. Je suis au moment d'en manquer. — Disette, famine absolue; il faut pourtant que je nourrisse cette canaille hurlante.

Au plaisir de vous voir.

———————

Montferrand, 18 mars 1828.

A M. **Ch.-Al. Campan**, à Bruxelles.

—

Mon cher Campan,

Je suis bien en retard avec vous, et vous me le faites sentir d'une manière bien aimable par l'envoi des chansons de Béranger. — Pauvre chansonnier! l'appel qu'il a fait dernièrement aux Français pour la tombe de Manuel ne réussira pas! Je reçus il y a six mois une lettre de lui pour faire ouvrir à Bordeaux une souscription dans le même but. — La censure m'arrêta. Quand elle fut supprimée, je revins à la charge, et je m'adressai à tous les électeurs de la Gironde dans une lettre où je mis tout ce que mon âme put me fournir de chaleur et d'instance!... Mais néant à la requête..... Je n'ai pas reçu 100 fr., et je ne sais comment annoncer à Paris cette triste déconvenue. Cependant ils doivent bien s'y attendre. Lorsque par mille folies parlementaires et cinq cent mille niaiseries dans les journaux, on corrompt chaque jour l'opinion publique, il faut s'attendre à bien pis encore, et nous ne sommes pas au bout.

Je conviens, mon cher ami, que si j'eusse voulu, comme tant d'autres, masquer mes sentiments, j'aurais pu amadouer nos adversaires et leur escamoter leurs suffrages. Dieu me préserve jamais d'une telle faiblesse! Plus le parti libéral est devenu royaliste quand même, plus j'ai tranché la nuance contraire, plus j'ai précisé la nature de mon opposition, et par conséquent plus l'esprit de parti a de prise contre moi. Jugez-en par ce qui suit :

Faisant suite à ma réfutation de M. Ch. Dupin (1) (qui, par parenthèse, a joint à son dernier ouvrage, en guise de préface, une palinodie pour me répondre indirectement), j'ai attaqué la question de l'entrepôt et tous les motifs de détresse qui ruinent notre commerce et no-

_____

(1) Fonfrède avait répondu à la carte ombrée de M. Ch. Dupin.
                                        (Note de l'Éditeur).

tre agriculture. Cela m'a valu, de la part des populations
ultras, approbation, compliments, correspondance, etc.
Ces braves gens étaient enchantés qu'un libéral fît pour
eux, ce que sans doute ils ne savent pas faire eux-mêmes;
mais ils ont voulu aller plus loin : ils ont fait un comité
de douze propriétaires pour adresser au gouvernement
des réclamations sur ce triste état de choses. Deux d'entre
eux m'ont fait l'honneur de venir me voir à Montferrand
pour me demander ma coopération. L'occasion était belle,
et si j'avais voulu la prendre au toupet, il était facile d'en
tirer parti. — Point du tout; j'ai détruit ma popularité
naissante par un refus, et je l'ai motivé franchement,
c'est-à-dire de manière à rompre sans retour. Dans mon
opinion, leur ai-je dit, nos malheurs ne peuvent se réparer par les modifications que vous demandez à notre
système administratif. C'est dans la charpente politique
de l'État qu'est le vice radical. Tant qu'elle restera ce
qu'elle est, vous serez ruinés. Ne demandez point des modifications administratives impossibles dans le système
actuel; c'est une niaiserie. Quant à moi, je n'en ferai
rien, car je jouerais le rôle d'une vraie dupe..... Or, si
j'écris selon ma pensée, et que je remonte *à la source du
mal, aucun de vous ne voudra signer ce que je ferai;* d'où
il résulte que je ne ferai rien, car je veux dire franchement ma pensée ou me taire. Sur ce, nous nous sommes divisés; ils ont chargé *** de leur faire une pétition,
qui est aussi mauvaise et aussi bonne que celles qui déjà
ont été présentées, et dont vous entendrez parler lors de
la discussion des chambres. Quant à moi, je n'y suis pour
rien, et Dieu sait comme mon refus leur donnera la main

pour m'écarter dans toute cette circonstance! Mais que m'importe!

Ainsi donc, mon cher Campan, voilà ma démission donnée. Je me retire à Montferrand. Véritable horticulteur, je plante des tulipes, des œillets, des tubéreuses, sans oublier les choux et les carottes. Malheureusement la terre de mon jardin ne veut pas porter de truffes.

Et vous, mon brave romantique, vous voilà donc auteur comique? Votre *Mariage de convenance* est-il *convenable?* Je vous dis cela, parce que le *Mariage de raison* de Scribe n'est nullement *raisonnable.* Quant aux *Trente ans de la vie d'un joueur,* l'idée est bonne, mais mal exécutée. Le *Paysan perverti* n'est qu'une ébauche, mais assez vraie. Pour *Cromwell,* je l'envoie au diable. Cette affectation de grotesque et de ridicule est pitoyable. Quand Shakspeare est ridicule et grotesque, ce n'est pas à dessein : il est ainsi, parce que Dieu l'a fait tel. Mais se battre les flancs pour écrire de sang-froid mille lourdes extravagances, c'est mésuser de son talent et le ridiculiser en pure perte. Hugo dit dans sa préface que son drame serait peut-être sifflé. Il est bien modeste : *peut-être* est de trop. Cependant il y a vraiment du talent. — Je vous recommande une chose, c'est la vraisemblance physique. Les auteurs qui *labourent* sous la stricte règle des unités, doivent jouir de quelque indulgence à cet égard; mais quand on prend deux, dix, trente ans, quand on vieillit les personnages, quand on les fait voyager à plaisir, on est inexcusable de ne pas arranger vraisemblablement le fil des évènements; reproche que mérite Victor Ducange, surtout dans la première journée de son drame. Quant à la vraisemblance *morale*, je ne vous en parle pas. C'est le strict nécessaire. Nul ne peut s'en dispenser.

N'oubliez pas que vous m'avez promis des oignons à fleurs et des œillets flamands. Tourmentez ces braves Belges pour moi; ils sont amateurs.

Vos amis du *Globe* m'ont envoyé le journal pendant quelques jours; ensuite, ils m'ont abandonné. —J'ai reçu la dernière brochure sur les réélections. Non-seulement je l'ai fait distribuer dans tout le département, mais je l'ai fait imprimer en entier dans l'*Indicateur*. Comme il a deux mille abonnés, la publicité est très-grande; avec 300 brochures que j'avais reçues, elle n'aurait pas été suffisante.

Adieu, brave Gascon. A la politique près, soyez fidèle à votre pays natal. Quant à moi, je regrette de tout mon cœur MM. de Villèle et de Peyronnet. Que deux ans de ce ministère nous auraient fait de bien! Mais nous ne sommes pas patients en France; nous voulons aller vite, vite, et *nous mangeons notre blé en herbe*. Je vais m'occuper de pêcher des aloses. — Que n'êtes-vous ici? vous en mangeriez votre portion, avec une bouteille de Château-Margaux, car j'en ai encore.

Farewell and be wise.

Montferrand, lundi 9 juin 1828.

A M. **J.-B. Durand**, à Libourne.

Mon cher complice,

Savez-vous ce qu'est devenu M. *** ? Tout le monde

crie après lui; tout le monde murmure de ce qu'il n'a point encore paru à la chambre. On s'en prend à nous; on nous accuse d'avoir choisi un député qui ne se rend pas à son poste dans un moment si important. Au fait, il y a plus d'un mois qu'il devrait y être, et c'est fort mal. Je ne sais que dire aux récalcitrants pour excuser cette froideur politique, car je trouve qu'ils ont raison.

Tout va fort mal; mais je n'espérais pas mieux. La chambre n'a ni tête ni queue. Il n'en sortira rien de bon. Faiblesse et violence, sans force intelligente ni véritable résolution. Quoi de plus ridicule que de menacer, de refuser le budget après avoir accordé 80 millions surrérogatoires? C'est la plus grande ânerie que jamais ait faite assemblée publique. Aussi, le lendemain, Martignac a fermé sa porte aux commissaires de la rue Grange-Batelière, et M. Feutrier a fait un pompeux éloge des jésuites. On recueille ce qu'on a semé. On assure que notre bon monarque, irrité de la position actuelle des choses, a dit qu'il *aimerait mieux être cheval de fiacre que roi constitutionnel.* Notre drame politique dégénère en parodie.

Adieu; votre tout dévoué ermite.

Montferraud, 10 juin 1828.

A M. **Ch.-Al. Campan**, à Bruxelles.

Mon cher Campan,

Il est vrai que je suis un peu en retard avec vous; mais il faut que vous m'excusiez. Je suis enterré dans ma

vie de campagnard et je ne sais comment le temps passe;
mais je n'ai le temps de rien faire. Chaque jour ma paresse augmente. Il y a deux mois que je n'ai mis le pied
à Bordeaux; je n'ai donc aucune nouvelle à vous en donner; et quant à la politique générale, elle m'inspire un
tel dégoût que j'ai peine à prendre sur moi d'en parler.
Nous sommes en proie aux ambitieux, aux charlatans,
et les mystificateurs politiques font bien leurs affaires
avec nous, car nous ne demandons pas mieux que d'être
mystifiés.

La pièce de vers que vous m'avez envoyée est fort
bien (1). Je suis bien aise que Trestaillons ait trouvé une
muse lyrique qui consacrât ses hauts faits. Je vous enverrais bien les articles que vous me demandez si je savais
où les prendre. Mais qui sait ce qu'ils sont devenus? J'en
ai peut-être bourré mon fusil. Cependant je tâcherai de
me procurer le premier numéro sur Talma, et ma discussion avec le général Lamarque, sur la prééminence que
l'honorable guerrier attribuait à l'état militaire sur l'ordre civil. Je crois que vous en serez satisfait.

M. Feutrier disait dernièrement à la chambre des députés *qu'il n'y a pas plus de parti prêtre en France que
de parti soldat.* Mais de par tous les diables! c'est qu'il
y a effectivement l'un et l'autre, et trop souvent ils se
sont entendus pour fouler aux pieds le *parti humanité!*

Nous allons mal, mon cher ami; le parti libéral est
dans une véritable anarchie; en adoptant le crédit de 80
millions, qui n'est autre chose qu'une allocation supplé-
mentaire au budjet de la marine et de la guerre, sous

---

(1) Cette pièce de vers était une ode à Trestaillons, par Ch. Froment.

forme d'emprunt, la chambre a fait une lourde sottise, et n'en déplaise à M. Dupin aîné. Donner cette preuve de confiance au ministère, afin d'éviter le retour du cabinet Peyronnet et Villèle, c'est le plus absurde contresens qu'on puisse imaginer. Il fait beau de voir maintenant des gens qui ont alloué un crédit surrérogatoire menacer de refuser le budjet! Les menaces d'une assemblée qui a ainsi donné le secret de sa faiblesse morale n'inspirent aucune crainte; et pour peine d'avoir été faible, elle sera obligée de tout souffrir ou d'être violente. Le refus des 80 millions aurait, au contraire, dispensé de refuser le budjet, mesure inouie à laquelle la chambre ne se résoudra point. —Lors même qu'elle s'y résoudrait, ce serait encore un grand mal; car ce n'est pas le refus, mais la crainte du refus qui était le mobile politique. Aussitôt les 80 millions votés, M. Feutrier a fait l'éloge des jésuites, et Martignac a refusé sa porte aux commissaires de la réunion libérale de la rue Grange-Batelière. Cela devait être! Comment Dupin aîné a-t-il oublié cette vieille maxime romaine : *Ostendita bellum, pacem habebitis !* Au lieu de cela, il offre la paix qu'on méprise, pour déclarer ensuite une guerre tardive dont on ne fait aucun cas! Quelle ânerie ! Passez-moi l'expression, elle est forte, mais elle est juste.

C'est un grand malheur politique quand un parti, forcé par les convenances d'adopter un langage de convention, finit par prendre pour argent comptant la fausse monnaie dont il a commencé à payer ses adversaires. —Nous en sommes là ; les attaques contre le ministère Villèle, seul moyen constitutionnel d'attaquer ce qui est la source du mal, ont fini par paraître au parti libéral un véritable

moyen de régénération pour la France. Or, c'est une
niaiserie. Notre intérêt était de faire exécrer les actes du
ministère Villèle, mais non pas de le renverser. Sa chute
retarde de trente ans la liberté de la France : deux ans
de plus de l'administration Villèle nous donnaient radicalement gain de cause. Mais, en France, nous sommes
trop pressés; il faut réussir demain, aujourd'hui, tout-à-
l'heure. Des hommes d'esprit se mettent un fétiche en
tête, et la tourbe les suit. Ensuite on ouvre le bec, tout
étonné d'être plus éloigné du but qu'en commençant.
C'est l'histoire des évènements qui ont suivi l'ordonnance
du 5 septembre, dont tout ceci n'est qu'une parodie. Votre
Globe, avec de bonnes intentions, fait beaucoup de mal.
Nous paierons cher le triomphe éphémère dont on se tar-
gue si mal à propos! Les gens qui combattaient le plus
mes idées, lors des élections, commencent à trouver que
j'avais raison. Vous voulez donc une révolution, me di-
saient-ils à toute minute! Bonnes dupes! qui font comme
Grigouille (héros grotesque qui plairait fort à Victor
Hugo), et qui mettait *la tête dans l'eau de peur de se
mouiller!*

Vous vous moquez fort à votre aise de M. de Pradt;
mais croyez-vous qu'il fût très-facile à un homme de
soixante-dix ans de lutter contre 150 amis irrités et contre 200 ennemis acharnés! Croyez-vous qu'il fût de force
à tenter une telle entreprise; qu'on l'eût souffert, qu'on
l'eût écouté? Point du tout, les choses auraient été tout
juste comme elles vont, et on aurait pris ses essais pour
prétexte de la chute du parti qui ne veut jamais avoir
tort. Quand une mauvaise manœuvre est décidée par la
presqu'universalité d'un équipage, et qu'il l'exécute avec

ardeur, comment voulez-vous qu'un seul passager l'empêche! S'il met la main à l'œuvre, en sens contraire des autres, il ne peut produire la bonne manœuvre qui devrait être faite, mais il gâte l'exécution de la mauvaise manœuvre commencée, et tout le monde lui attribue ensuite le défaut de succès. — Et qu'y a-t-il de pire, je vous prie, qu'une mauvaise manœuvre mal faite? Ah!... je n'aurais jamais cru qu'un peuple aussi spirituel que le peuple français pût être aussi bête qu'il l'est depuis huit mois! Au reste, tant pis pour lui; il le paiera cher!

Que vous dire de plus, mon cher Campan? Que les affaires vont mal ici? vous le savez. Que la duchesse de Berry vient à Bordeaux, que le ministère avait écrit de la recevoir sans fracas, sans dépense, pour ne pas insulter à la misère publique du département? Voilà qui est bien. Mais voici la suite : le conseil municipal a trouvé très-extraordinaire que le ministère gênât son indépendance; et, pour prouver qu'il était au-dessus des injonctions ministérielles, il a bravement voté 200,000 fr. pour un bal offert à la veuve napolitaine. Voilà de l'indépendance et de la fermeté. Tous nos libéraux Bordelais n'oseront pas manquer de dévouement, et s'il était d'étiquette de battre des entrechats à six devant la duchesse, je suis convaincu qu'ils iraient deux fois par jour à la salle de danse.

Je viens de lire le second volume des *Soirées de Neuilly*. J'aime beaucoup la *Conjuration de Mallet*. Quel sujet de réflexion! Je viens de lire aussi le *Corsaire rouge,* de Cooper; c'est très-bien. Quel dommage que le traducteur ait mal rendu les phrases marines relatives aux manœu-

vres! Moins mal cependant que dans le *Pilote* du même
auteur.

La pêche ne vaut rien; les fleurs vont bien. Je gratte
la terre, *unguibus et rostro*. Ne m'oubliez pas pour les
tulipes. Je n'ai pas reçu la graine de choux que vous
m'aviez annoncée. Dieu nous afflige d'un superbe temps
pour la floraison des vignes, et si quelque fléau du ciel
ne vient compenser les fléaux administratifs de notre
excellent gouvernement, le département sera ruiné l'an
prochain par une excellente récolte. On ne sait plus à
quel saint se vouer; il y a de quoi se donner au diable.

———————⦿———————

Montferrand, 4 décembre 1828.

A M. **Ch.-Al. Campan**, à Bruxelles.

—

Mon cher ami,

Vous avez mille fois raison. Mon long silence envers
vous est presque coupable; mais si vous saviez............
Je vous remercie bien de vos tulipes, et les accepte avec
plaisir. On n'a point refusé le paquet, et je vais prévenir qu'on le prenne quand il se présentera, et qu'on me
l'envoie promptement, car le moment de les planter est
presque passé.

Si je vous écrivais aujourd'hui, ma lettre serait triste.
Je sens mes vieux goûts s'éteindre. Il y a six mois que je
n'ai pas écrit une ligne politique, trois mois que je ne
suis allé à la chasse. Je lis, je pense beaucoup trop; je
bêche la terre et je fais un jardin anglais. Ce sont des dis-

tractions qui ne donnent pas assez d'activité à mon corps, et mon imagination me dévore en dedans.

Quant à la députation, je n'y songe plus. J'aurais pu être porté aux réélections dans un collége de Paris, où j'aurais été très-fortement appuyé; mais j'ai refusé les électeurs qui m'avaient écrit. Ici, tôt ou tard, je serai sûr d'être nommé, sans m'en mêler, en laissant faire le temps.......... Mais l'illusion est détruite, je n'en veux plus, et, d'après les arrangements de famille que je vais prendre, je ne serai plus éligible l'an prochain : cela tranchera net toutes les difficultés.

—

17 décembre 1828.

AU MÊME.

Je reçois aujourd'hui votre lettre du 25 novembre, et je commence immédiatement les huit pages que je vous ai promises. Il ne me sera pas bien difficile de les remplir, quoique je sois forcé de trier les matériaux qui doivent y entrer, cette lettre devant passer entre les mains de la très-honorable et très-discrète poste, au sujet de laquelle notre ami Béranger a dit :—« Plus de secret.... même pour les amours! »—Quoique je ne sois pas un conspirateur, il y a sur les menées électorales diverses réflexions et connaissances à moi appartenant, que je ne me soucie pas de faire connaître. Ainsi, très-moral et très-adroit employé des postes, qui décachèteras cette lettre, sois, à l'avance, bien averti qu'elle ne t'apprendra pas ce que tu voudrais savoir, et garde-toi bien de croire tout ce que tu y verras, car je ne demande pas mieux que

de l'induire en erreur. Ce préambule achevé, mon cher
ami, je vais causer un peu avec vous, en présence de
notre très-honnête décacheteur que nous ne pouvons nous
empêcher d'admettre en tiers dans notre conversation. Ceci
me rappelle qu'en 1815 je fis porter plusieurs lettres à la
poste sans les cacheter du tout, afin d'épargner à certaines
gens un brisement de scel, qui imprime toujours une certaine tache à leur candeur administrative.

Je commence par vous remercier des tulipes, sauf à
vous en remercier derechef quand je les aurai reçues,
car elles n'ont pas encore paru. Je viens vous demander
un nouveau service : c'est d'acheter chez quelque bon
marchand grainier ou grainetier une ou deux onces de
graines d'œillet de Flandre ou de Hollande. Vous savez que
les œillets désignés sous ce nom sont les plus remarquables du genre; ils sont ou blanc pur, ou fond-blanc jaspé
de diverses couleurs brillantes, très-élégants dans leurs
formes, et bien doubles, ou du moins semi-doubles. Ce
ne sont pas précisément ces gros œillets à cartes qui s'ou-
vrent toujours mal. Envoyez-moi cela par la poste, comme
qui met un échantillon de sucre ou de café, joint à une
lettre, ou bien dans un petit paquet fait exprès, si cela
est nécessaire. Je sèmerai de bonne heure sous châssis et
sur couche, afin de repiquer le plant ce printemps, pour
qu'il soit vigoureux et fleurisse l'an prochain; car ceci
est un métier de patience, les œillets ne fleurissant que la
seconde année. Tâchez d'être bien renseigné, afin que la
graine soit de la plus belle espèce.

Vous avez tort de me croire découragé. Ce n'est point
par lassitude, mais par instinct de raison que je me mets
en dehors du mouvement politique actuel. Le *Globe* se

moque avec esprit (mais avec le ton dogmatique de nos
jeunes professeurs) des gens qui sont *stationnaires*. Ces
messieurs ont horreur du repos. Il faut absolument marcher, même sans savoir où l'on va. Or, dût-on m'infliger
l'épithète décisive de *stationnaire*, je m'asseois sur mon
derrière, et je déclare que je ne veux pas faire un pas sur
une route sans issue, dans un chemin qui ne mène à rien,
dans un véritable cul-de-sac. Pour peu qu'on juge de
sang-froid la marche du parti libéral, depuis et y compris les dernières élections, on est obligé de convenir que
d'un bout à l'autre elle est une déraison perpétuelle; depuis la philosophie éclectique de M. Cousin, qui s'acharne
contre Locke et Condillac, en faveur de quelques fous
allemands que personne ne comprend, et qui certainement ne se sont jamais compris eux-mêmes; philosophie
insensée, mystique et enthousiaste à froid, qui porte la
méthode métaphysique dans les mots, afin d'en chasser
toute idée positive et raisonnable; ce qui, en définitive,
aboutit, au grand scandale du monde éclairé, à convertir
le droit de la force en interprète des besoins moraux des
peuples et du triomphe de la vérité; depuis, dis-je, cette
philosophie que trois mille jeunes gens vont humer soigneusement et avec dévotion, jusqu'à la farce représen-
tative jouée par le côté gauche, et dont M. Agier est le
directeur suprême, peut-on citer une lueur de bon sens?
Peut-on même voir une direction quelconque, bonne ou
mauvaise? Vous m'avez accusé quelquefois d'avoir l'instinct du despotisme. Mais souvenez-vous bien qu'il faut,
en toute chose, une *impulsion unique*, à *tout corps une tête*,
à *toute armée un général*. Le despotisme est que cette tête
soit imposée, soit établie par des moyens arbitraires ou

violents. Mais ce n'est pas là mon idée. Vous allez la comprendre.

Un de mes amis les plus influents à Paris est venu me voir il y a peu jours dans mon ermitage, et nous causions, comme vous le pensez bien, des affaires du jour. Quoique, dans le fond, il pense comme moi, placé au centre de la machine, le bruit des rouages l'étourdit et l'empêche de juger avec un entier désintéressement. — Il trouvait extraordinaire que je reprochasse au parti libéral de n'avoir pas de chef, et prétendait, au contraire, que s'il en surgissait un, ce serait un grand malheur. Mais, lui disai-je, supposez ma chaloupe à la mer dans un coup de temps violent; admettez qu'il y ait cinquante marins à bord; trouverez-vous étonnant et mauvais, s'ils en savent un parmi eux meilleur manœuvrier, pilote plus habile, plus instruit des localités, connaissant mieux les écueils et les dangers, trouverez-vous mauvais, dis-je, que d'un commun accord ils lui cèdent la barre? Trouverez-vous despotique à lui de diriger la chaloupe selon ses connaissances, et de profiter de la confiance générale pour ordonner les manœuvres nécessaires? — Non, me répondit-il; cela est juste et bon. Mais la comparaison cloche, parce que dans la chambre des députés tous se croient aussi bons marins les uns que les autres, et il n'y a personne qui ait un titre incontestable à la suprématie? — Et, pardieu, voilà bien précisément de quoi je me plains. C'est précisément parce que tous se croient capables de mener la barque, qu'elle est si mal menée; c'est parce qu'il y a beaucoup de gens à talent, et pas un homme d'État; beaucoup de faiseurs de discours, et pas un orateur; c'est parce qu'en un mot, le parti libéral dans la

chambre, comme l'hydre de Lafontaine, a cent têtes sans
en avoir une, qu'il se casse le nez en toute occasion. C'est
de là qu'est née la ridicule farce de l'accusation des ministres, et le plus *ample informé* qui proroge à la session
prochaine cette parodie sans issue; cette discussion pro-
cessive et insensée, qui examine en avocassant une cause
qui n'est susceptible d'aucune information, *ni ample ni
étroite*, et qui devait mourir dans le silence ou triompher
d'une manière éclatante et subite. C'est de là, en un mot,
qu'est né cet ensemble de faits et d'actes, tellement pitoyables, selon moi, que je ne vois, en France, ni assez de
sifflets, ni assez de bonnets d'âne pour en faire justice.

D'après cela, je déclare bien positivement que, pour
entrer dans un parti politique *agissant*, il faut, ou que
j'y trouve un chef à suivre, ou que je puisse être chef
moi-même. Je ne connais aucun motif au monde qui puisse
me faire dévier de cette résolution, et vous devez en conclure de suite, mon cher ami, que, dans l'état actuel des
choses, il n'y a pas de rôle politique possible pour moi,
car ni l'une ni l'autre de ces conditions ne peut se réaliser. Or, pour me soumettre à l'anarchie morale du moment, je n'y consentirai jamais que lorsque j'aurai tout à
fait perdu l'esprit.

Si donc je cherchais à être nommé député, je n'aurais
pas de but; mais si le but manque, les moyens qu'il faudrait employer pour réussir sont, à mes yeux, un obstacle bien plus grand encore.

Nous avons à Bordeaux trois partis bien distincts : encore notez bien, je vous prie, que je ne comprends pas
dans ce nombre le parti féodal, militaire et sacerdotal,
non qu'il n'existe en réalité, mais parce que son impor-

tance est si peu de chose dans les élections qu'il ne faut pas en parler. D'ailleurs celui-là étant aveuglément et obstinément contre moi, *quand même*, je le laisse pour ce qu'il vaut et ne m'en inquiète plus.

Les trois autres partis sont les royalistes par intérêt de fortune, les libéraux par principes ou par passion, les libéraux par vanité.

Ces trois partis, à très-peu d'exception, n'ont point de connaissances politiques, prennent souvent des préjugés pour de vrais principes, et n'offrent aucune notabilité qui ait un titre clair et positif à la candidature. Si vous n'avez pas oublié tout à fait Bordeaux, vous devez en connaître les chefs.

Quant au parti ministériel, il n'y a en a pas, parce qu'en réalité nous n'avons pas de ministère. Il y a quelques mannequins, recouverts d'habits ministériels, qui garnissent les fauteuils du conseil, et voilà tout. Pour ce qui est de l'influence préfectorale, elle s'anulle ou se fond en partie avec les libéraux prétendus qui composent l'aristocratie commerciale, ainsi que je vous l'expliquerai plus bas.

Je ne vous dirai rien des libéraux par principes ou par passion. Je crois qu'aucun ne me refuserait son vote.

Les royalistes par intérêt de fortune forment une masse considérable. Ils ont regardé la restauration comme ramenant un ordre de choses favorable à leurs intérêts agricoles et commerçants. Ils ont horreur des excès de la révolution, et surtout des *pertes* qu'elle leur a fait éprouver : voilà les deux bases de leur royalisme, d'ailleurs honnête et point méchant.

Or, ils se trouvent singulièrement désappointés, non-

seulement par les faits qui sont contraires à leurs espérances, mais surtout par l'abandon général où leur cause
est tombée. Ils n'ont, ni à droite ni à gauche, personne
qui veuille, qui puisse, ou qui sache les défendre. Dans
la dernière session, la députation entière de la Gironde
abdiqua son mandat et le jeta sur les épaules de M. Ch.
Dupin, qui plia sous le faix, et enfanta un maigre petit
discours, pitoyable de fonds et de forme. Plus tard, quand
M. de Saint-Cricq accabla les pétitionnaires de la Gironde,
nouvel abandon plus prononcé que le premier. Ch. Dupin,
lui-même, se tut, n'ayant plus rien à dire sur un sujet
qu'il ne connaissait que par les observations qu'on lui
avait soufflées dans le creux de l'oreille.

Ces braves royalistes ont une très-haute idée de votre
serviteur, surtout quant à la question de leur intérêt d'é-
conomie politique. Ils ont vu, à diverses reprises, que je
pouvais les défendre mieux que tous ceux qu'ils connaissent. Ils me savent tellement indépendant, qu'ils ont la
certitude que nul esprit de parti ne me ferait dévier de
ce que crois juste et vrai, et que dussé-je rompre en visière à tout le côté gauche, pour tout ce qui touche à
l'économie politique et aux finances, je n'hésiterais pas
une minute. D'ailleurs, à cet égard, je leur ai donné des
preuves irrécusables.

Ils ne demanderaient donc pas mieux que de me nommer, sauf un point : c'est le dévouement à la dynastie.
Ils s'en sont expliqués; ils n'exigent à cet égard qu'une
promesse personnelle, abandonnant d'ailleurs, à mon libre
choix, toutes lois, tous principes quelconques d'organisation sociale, pourvu que la question *personnelle* n'y soit
pas comprise.

Eh bien! direz-vous, rien de plus facile que de satisfaire ces braves gens? J'en conviens, c'est très-facile, et
cependant cela m'est tout à fait impossible; qui pis est,
de temps en temps, je fais, exprès, quelqu'acte qui rend
cela de plus en plus impossible.

Ici, mouchard mon ami, honnête décacheteur de lettres, ne va pas t'imaginer que tu me prends en flagrant
délit de conspiration contre la légitimité. Attends un peu,
mon doux ami, et prends garde d'émettre quelque jugement téméraire, car tu sais que l'église le défend!

Vous devez concevoir que si on me demande une garantie de cette espèce, c'est principalement à cause du
nom que je porte. On me suppose hostile par irritation,
par héritage, par sentiment. Quelque peu que je sois disposé à conspirer, en donner l'assurance dans les circonstances où je suis, c'est pour moi tout autre chose que
pour tout autre individu. C'est renier la mémoire de mon
père, c'est protester contre elle, c'est une sorte de reconnaissance, de confession, de rétractation des torts qu'on
lui reproche. Or, avant qu'une pareille lâcheté soit commise par moi, il se fera de grands changements dans le
monde.

Et c'est précisément pour qu'on ne croie pas que je voulais pactiser avec l'opinion royaliste, que j'ai laissé percer une nuance contraire très-prononcée, dans des écrrits
où cette nuance n'était pas de bon goût. Ainsi dans mon
mémoire sur la Garonne (qui par parenthèse a fait une
fortune prodigieuse), je lâchais cinq ou six traits politiques étrangers au sujet et très-déplacés. Maintenant encore, plus le parti libéral a molli, plus il s'est enveloppé
d'un nuage de religiosité et de royalisme, plus je me suis

prononcé nettement, et il en est résulté que je suis maintenant seul sur la brèche et *bien seul*, car il n'est aucun
écrivain, pas même le *Courrier Français*, qui chante sur
cette gamme. — Ainsi, *** a refusé de défendre Béranger (et le motif bas et intéressé en est bien visible),
aussitôt voyez l'article que j'ai fait dans l'*Indicateur* sur
le procès de Béranger !.. Il a causé une véritable commotion ici. Ma pudeur m'empêche de vous répéter les louanges
qu'il m'a attirées, mais en résultat il a tellement scanda-
lisé les *faibles*, que s'il y avait demain une élection à Bordeaux, et que je me présentasse pour candidat, cet article seul me ferait perdre *cent cinquante voix*.

J'ai encore un autre motif qui m'empêcherait de donner une garantie quelconque à quelque parti que ce fût.
Je vous le dirai plus loin, pour ne pas interrompre le fil
de cet exposé.

Si nous arrivons au troisième parti qui compose la majorité électorale..., que je définis parti des *libéraux par vanité*;
ceux-là, quant à moi, sont le contrepoids *des royalistes par
intérêts de fortune*, car ils craignent d'être obligés de me
nommer, ils maudissent mon influence qui les contrarie,
ma personne qui, pour peu qu'elle résiste, fait éclater leur
bêtise et leur nullité. Ils se font donc une arme contre moi
de l'exagération que les autres me reprochent avec regret. Ce sont de véritables jésuites, dont les sarcasmes les
plus amers sont toujours décochés sous une enveloppe
louangeuse. Ils me porteront aux nues sous certains rapports, « mais c'est bien dommage que... mais vous sentez
bien qu'il n'est pas possible de..... mais aussi c'est sa
faute... Qui diable le pousse toujours à briser les vitres ?
N'a-t-il pas l'exemple des premiers talents politiques de

Paris? Pourquoi ne marche-t-il pas dans la même voie qu'eux? Croit-il donc avoir plus de tact, plus de connaissance, plus de capacité que tout le monde, etc., etc. Vous pouvez facilement suppléer le reste.

Or, ceux-là sont irréconciliables avec moi, ils ne me pardonneront jamais le rôle pitoyable qu'ils ont joué et qu'ils jouent à chaque instant devant l'opinion. Ils ne me pardonneront jamais l'influence que j'ai prise et à laquelle, en rechignant, ils ont été presque toujours obligés de se soumettre; car il faut que vous sachiez qu'ils veulent à la fois se débarrasser de ma personne et de mon influence. De ma personne, rien de plus facile, puisque je me fais volontairement leur complice contre moi-même; mais de mon *influence* c'est autre chose, il n'en sera que ce que je voudrai, et je ne sais pas encore quand je voudrai l'abdiquer. Je les prie de patienter jusque-là. Peut-être cela viendra-t-il bientôt....

Or, mon cher ami, vous voyez que voilà du scandale. Pensez-vous que cela s'oublie? Non, jamais. Pensez-vous que je puisse surmonter cette coterie? Oui, sans doute, mais en faisant ce que je ne veux pas faire, en quittant ma bannière, en adoptant celle du jour. Si j'étais encore éligible aux élections prochaines, il y aurait nécessairement guerre civile électorale, parce que je sais que grand nombre de libéraux sont décidés à me porter quand même. Et dernièrement, lorsqu'on parlait de deux démissionnaires et de la pairie de M. Ravez, ils s'en sont expliqué avec moi. Non-seulement on l'essaierait à Bordeaux, mais à La Réole aussi, et peut-être ailleurs. Mais il ne me convient pas de supporter une lutte de cette sorte.

Voilà bien des détails. Je commence à être fatigué de

les écrire, et vous devez sans doute vous lasser de les lire. J'en aurais tant encore à vous donner, qu'il me faudrait six pages de plus, et ce serait en conscience trop long. Ce sera donc pour une autre fois. Je vous dirai seulement qu'en perdant l'éligibilité, je la regrette, non pour la chose en elle-même, mais je suis vexé de voir que cela va faire la jambe à ces animaux, qui aussitôt qu'ils seront certains que je ne puis être nommé, vont m'assommer de protestations de dévouement, etc. Ce sera comme pour Manuel. Quel dommage qu'il soit mort! comme nous l'aurions nommé!... Quoi? vous n'êtes pas éligible! quel malheur! précisément lorsque toutes les difficultés s'applanissaient, lorsque nous étions parvenus enfin à vous faire une majorité.—Or, je ferai du sang de tigre, si je ne puis leur dire : vous êtes des chiens de Tartufes, qui croyez que je suis votre dupe; et vous vous trompez fort... Cependant je ne veux pas avoir l'air d'une dupe, et je trouverai moyen de le leur faire sentir.

Je vais terminer ce long barbouillage, car ma chandelle expire, et il faut se coucher. Le cercle va assez mal.

M. de Peyronnet est venu passer l'automne à son château de Montferrand, J'ai eu l'honneur de le voir embarquer et débarquer chez moi pour venir à la messe, ma cale étant la seule praticable. MM. Gautier et Dussumier ont acheté un grand domaine à Montferrand, tout juste entre mon petit manoir, et le château du comte. Voilà bien des notabilités hostiles en état de voisinage. Cependant la plus profonde paix règnera dans notre marécageuse commune.

Adieu ; n'oubliez pas ma graine d'œillets.

13 avril 1829.

A M. **J.-B. Durand**, à Libourne.

———

Mon cher complice.

J'ai bien reçu la lettre que vous m'avez écrite après votre retour de Paris; quoique je ne comptasse guère sur le succès de votre voyage, je n'en suis pas moins affligé de votre peu de réussite.

J'ai retardé quelques jours à vous répondre, j'étais occupé de mes articles sur les vignobles et du procès de Duperrier. Ce petit drame m'a donné occasion de me confirmer dans l'opinion que j'ai de la majorité des hommes de nos jours. Vous avez lu la plate lettre qu'ont écrite à Duperrier, les membres du comité des vignobles, certificat de bonne vie et mœurs, qu'à sa place j'aurais foulé aux pieds, au lieu de le faire imprimer. Ces braves gens y déclaraient, *qu'ils ne s'expliquent pas sur le mérite de l'article poursuivi devant les tribunaux....* Ah! malheureux, c'est sur cela précisément qu'il fallait vous expliquer. C'est sur cela que je me suis expliqué, moi qui n'étais pas des vôtres, non-seulement avant, mais même *après le jugement*, ce qui est bien autre chose vraiment... Eh bien! cette lettre si faible, il y a des membres qui n'ont même pas voulu la signer.... Ah! quels hommes! quels hommes!

Maintenant nous voilà *polignaqués*. Ces gens-là réussiront dans leur coup d'état, s'ils ont assez de vigueur pour l'entreprendre. Depuis deux ans, les âneries du parti libéral leur ont préparé la voie. Les journalistes, les députés, ont rivalisé d'imbécillité, et nous voilà enfoncés. Dieu m'est témoin que, dans ma petite sphère, j'ai fait ce que j'ai pu ; mais seul contre tous, il m'a fallu céder au torrent, et suivre la majorité. Que le diable l'emporte, et le reste avec elle.

Adieu ; quand vous aurez une minute, nous causerons. Rappelez-moi au souvenir de nos amis communs. Je suis toujours ermite à Montferrand.

Montferrand , 30 novembre 1829.

A M. **Ch.-Al. Campan**, à Bruxelles.

—

Mon cher Campan,

Je suis bien en retard avec vous. J'éprouve tant de contrariétés, que vous devez m'excuser......................

J'aurais cent pages à vous écrire sur la politique bordelaise ; mais je n'ose commencer ; cela me donne mal d'estomac. Le flot populaire est revenu à moi avec une universalité qui a joliment vexé nos charlatans. Ils ont continué leur jeu, me vantant tout haut et me dénigrant tout bas, avec le déplaisir de voir que cela ne leur servait de rien. Nos braves amis du centre gauche ont mieux fait, ils ont empêché M. B..... de donner sa démission, de peur que je ne fusse nommé à sa place, ce qui leur serait immanquablement arrivé, car j'aurais eu pour moi au moins autant de votes royalistes que de libéraux (chose étrange, mais certaine). Au reste, je viens de les

mettre bien à l'aise : non-seulement j'ai refusé toutes les
offres qu'on m'a faites pour la place de *** mais je me suis
fait rayer de la liste des éligibles, au grand étonnement
de tout le monde, surtout des autorités qui ne comptaient
pas là-dessus. Maintenant, mes enfants, amusez-vous....
au plus fort la guirlande. Que diable cela nous fait-il,
je vous le demande? Quant à moi, je n'y attache pas la
moindre importance. Je regarderai jouer la partie. Je
n'y rentrerai que lorsque nos charlatans seront décavés.

Il m'est revenu que quelques membres de la société
aide-toi, le ciel t'aidera, lorsqu'ils ont su qu'on voulait
me porter à Bordeaux, ont écrit en toute hâte de n'en
rien faire. Que quelque *talent* et quelque *patriotisme* qu'on
me supposât, j'étais tellement *entier dans mes vues politiques*, que je ne voulais *céder à personne*, et que je mettrais le *désordre dans l'opposition*. Ah! mes bons amis,
vous vous trompez. Je n'en fais plus assez de cas. Il m'est
trop bien démontré que tout homme qui voudrait donner du mouvement et de la vie au misérable tréteau constitutionnel sur lequel vous êtes guindés, ferait comme
Murat, qui croyait charger à la tête d'une armée napolitaine,
et qui se trouva tout seul, justement pour se faire prendre
et fusiller. Si jamais vous me voyez remplir un tel
rôle, je vous permets de me donner des camouflets par centaines.

Mon cher ami, voilà un siècle que cette lettre est commencée; depuis j'en ai reçu deux de vous, ce qui fait bien,
en tout, quatre réponses que je vous dois. Je me maudis
tous les soirs en me couchant de ne vous avoir pas écrit,
et à vingt autres personnes qui ont la bonté de s'intéresser
à moi. Mais je suis tombé dans une espèce de stupeur qui

me maîtrise. Je ne fais plus rien, je n'ai pas touché un fusil depuis quatre mois. Je suis vexé, tourmenté de dix mille manières. Par trop de bonté, j'ai gâté ma position, et je prends le parti de m'enterrer dans une solitude complète, et, en un mot, de ne penser à rien, afin d'échapper à d'insupportables pensées.

Vous avez vu le succès de l'élection de M. Bosc; je m'étais promis de ne plus me mêler d'élections dans le système actuel, mais je n'ai pu m'en dispenser. Le *Mémorial* avait mis la division dans nos rangs, et le parti Agier de de la Gironde se vantait de nous avoir enlevé 70 votes. Il nous sommait publiquement de nous réunir à lui, ou que, sans cela, disait-il, il ferait manquer l'élection. J'avais eu une conférence de trois heures avec le meneur qui avait essayé de m'attirer à lui par ce beau raisonnement. Jugez comme il avait bien trouvé son homme! Bref, on m'envoya un exprès à Montferrand; j'arrivai à six heures à Bordeaux, excessivement malade. Je fis les articles que vous avez lus. Le premier fut décisif; le lendemain à midi, il n'y avait plus de scission. Abandon complet des adversaires. Z..... lui-même, qui a joué le rôle le plus plat qu'il soit possible, déclara à X.... qui maintenant va de bon pied, que je l'avais convaincu, et qu'il était désormais persuadé que, quelle que fût l'issue, on ne pouvait porter que M. Bosc. V..., à qui l'on avait demandé la veille de démentir le *Mémorial*, fit de suite la renonciation expresse qui était nécessaire, et tout a bien marché. Vous sentez quel a été mon but, c'est que le parti libéral ne passât pas sous le joug de la faction neutre qui profite de la nécessité de la réunion, pour nous imposer ses volontés. Voyez, ce que c'est que d'être ferme. Si nous avions cédé, c'était fini pour toujours, et quatre ventrus auraient mené le parti libéral, ainsi que cela se fait à la chambre; si, au contraire le parti libéral, au risque de manquer les élections, s'était tenu à sa place, ainsi qu'il convient à des gens d'honneur, le parti Agier et consorts aurait passé sous le joug partout, et nous n'aurions pas eu le sot amphigouri législatif qui nous *imbécillifie* depuis deux ans. — Avis pour l'avenir. — Croyez-vous qu'ils comprendront cela à Paris? Pas du tout. Ici, les gens modérés me disaient : vous allez faire manquer l'élection par entêtement pour un principe. Et point du tout, c'est précisément pour cela qu'elle n'a pas manqué. Et quand elle aurait manqué, voyez le grand malheur !

Je vous quitte. Ah ! que je suis triste ! J'avais une idée, que je crois heureuse et féconde ; je voulais profiter de mon hiver pour en écrire les développements, qui, je crois, auraient produit un effet durable ! Mais le dégoût m'a pris. Je ne puis rien faire. Je suis dans une solitude absolue, et cependant le temps me paraît court, par sa monotonie même, car rien ne m'en marquant la durée, il passe sans que je m'en aperçoive. Je dors tout éveillé, et mon imagination se promène dans l'espace, agit, parle, discute, s'émeut, s'emporte, le tout pour rien, et sans rien produire !

Bordeaux, 5 mars 1830.

A M. **Ch.-Al. Campan**, à Bruxelles.

—

Mon cher ami,

Je conviens que je suis un grand paresseux. Il y a un siècle que j'aurais dû vous répondre. Mais je suis si prodigieusement tracassé, j'éprouve des contrariétés si poignantes, que si ma tête valait quelque chose, je crois que je la perdrais; heureusement qu'elle ne vaut rien, à ce qu'on dit, et telle quelle je la conserve.

La fable de l'*Ane* est charmante. Je n'ai pas besoin de vous dire que nos lecteurs ne l'ont pas comprise.

Quant à l'article du *National* contre moi, j'y avais répondu du premier mouvement: en relisant ma réponse, je la trouvai si âpre et si incisive dans sa claire âpreté, elle mettait à nu des plaies si honteuses pour le libéralisme, que, pour ne pas imiter Châteaubriand qui a déshonoré son parti, j'ai jeté ma réponse au feu. Les travaux précédents, de M. ***, m'avait donné une grande idée de sa capacité politique; sa lettre m'a forcé de changer d'avis. C'est une niaiserie d'un bout à l'autre. En voilà le sens en deux lignes : le parti libéral a eu tort depuis trois ans, mais il a eu raison d'avoir tort, et nous avons eu raison de lui persuader qu'il n'avait pas tort. — Et pour quel grand avantage?—C'est que le public peut juger maintenant de notre bonne foi (il fallait dire de notre niaiserie) et de l'astuce de nos adversaires. Et qu'importe, pauvres dupes ! Les cortès aussi ont prouvé qu'ils étaient de bonne foi, et ils se sont fait pendre! En politique, c'est une sottise de sacrifier sa vraie force au qu'*en dira-t-on*..... Mais laissons cela, car d'y penser seulement, je sens redoubler ma mauvaise humeur.

Vous avez suivi le procès de l'*Indicateur*. J'ai rudement travaillé le parquet de Bordeaux, surtout dans les articles sur l'organisation judiciaire. On m'en veut beaucoup, mais de loin; et je crois qu'on ne me fera pas de procès, à moins que je ne devienne aussi absurde que les rédacteurs du *Globe*, qui, après nous avoir dit que Béranger avait eu tort de publier ses dernières chansons, parce que ce n'était plus le ressentiment, mais l'espérance qui était le sentiment populaire; après avoir célébré la bonne foi des augustes personnages, après avoir dit que le ministère Martignac était d'autant meilleur qu'il était plus insignifiant, ce qui convenait, avant tout, pour un ministère de transition, s'amusent un beau jour à annoncer un changement de dynastie, comme qui met dans les journaux une maison à vendre ou un appartement à louer!... Eh! malheureux, s'il fallait rassurer vos adversaires, certes, vous ne pouviez mieux vous y prendre!...

Ainsi que je l'ai prévu, mon cher ami, la farce approche de son dénouement. L'esprit public est tellement affadi par le *collardisme*, le *créditisme* et l'*industrialisme*; l'intérêt privé et l'égoïsme ont tellement tout envahi, que la nation n'opposera aucune résistance. — Si un coup d'état est essayé, il doit immanquablement réussir, à moins que nos adversaires ne soient plus stupides ou plus craintifs que nous, ce que je ne crois pas possible. Toutes ces associations pour le refus de l'impôt sont de pures bêtises;

car, pour que le refus légal eût un effet quelconque, il faudrait que le ministère fût assez fou pour percevoir légalement l'impôt illégal, ce qui implique contradiction : comme a très-bien dit M. Cottu, ce n'est pas avec des garnisaires qu'on le ferait rentrer, et le pouvoir qui aurait violé les droits politiques des chambres, ne s'arrêterait pas devant le papier timbré d'un huissier. Ce serait donc une résistance de fait à la force qu'il faudrait. Or, cette résistance, elle est possible dans la lune, je le veux ; mais dans la France, je le nie. La jeunesse ecclectique y a mis ordre. Elle trouvera moyen d'en appeler aux masses, après les avoir dissoutes, et ces colonels sans régiment, s'ils ont du cœur, se feront magnanimement proscrire. Ils apprendront ainsi qu'il est bon d'avoir du cœur ; mais qu'il vaut mieux encore avoir de la tête, sans quoi on la perd.

Que vous dirai-je de notre bonne ville ?—Toujours la même. A présent, ils me badent, et sont confondus de voir que j'avais raison tout seul contre tous. Je m'en soucie fort peu, et les engage seulement à s'en souvenir pour une autre fois, bien assuré, que je suis, qu'ils ne s'en souviendront pas.

Je suis à Bordeaux, étant du jury pour cette session. J'ai bien des idées en tête, et si je n'étais dégoûté par le profond mépris que m'inspire notre corruption sociale, je ferais, je crois, quelque chose qui bruirait....... Mais j'aime mieux soigner mes tulipes et mes œillets. —L'hiver a été si rude que je n'ai pas chassé du tout. J'ai passé trois mois à Montferrand (sans sortir pour ainsi dire de ma chambre) à ruminer. Je n'ai pas le temps de relire ce griffonnage.

Montferrand, le 26 mai 1830.

AU MÊME.

Mon cher ami,

J'aurais mille choses à vous dire : poésie, politique, nouvelles locales; les sujets ne manquent pas, mais je manque aux sujets. Ma plume est de plomb, je ne puis la faire courir, et mes pensées sont ailleurs. Pardonnez-moi donc l'aridité de ma lettre. — Vous savez que je n'ai jamais été de votre avis sur les romantiques. Que nos classiques actuels soient pâles et routiniers, cela m'importe fort peu, et ne rend pas les romantiques meilleurs. Dans cinquante ans d'ici, on regardera Lamartine comme un poète secondaire, né avec un talent gâté par système et par affectation. Quant à votre grand Victor, ne m'en parlez pas : il gâterait à lui seul dix générations, et il est d'autant plus coupable, qu'il a reçu de la nature de plus grandes facultés. La préface de Cromwell seule suffirait pour motiver son éternelle condamnation. La poétique de votre *Globe* ne vaut pas mieux que sa politique. Tout cela n'est qu'enfantillage et contradiction. Je n'oublierai jamais que le numéro de ce journal, où était le fameux article de M. Dubois, sur la question de dynastie, contenait, immédiatement au-dessous, une virulente sortie contre la *Gazette de France*, qu'on traitait de calomniatrice, pour avoir dit que la question de dynastie avait été agitée dans une réunion de députés!... Dieu nous garde des gens trop spirituels; ils poussent l'esprit jusqu'à la bêtise.

C'est à présent, mon cher, que vous regretterez que je

ne sois plus éligible. Sans compter la Gironde, où je serais indubitablement nommé, en dépit de toutes les oppositions ministérielles, royalistes, et même libérales, j'ai
reçu des offres de deux départements du Midi, d'un surtout, si positives, si tranchantes et si claires, que mon
amour-propre a dû en être flatté. C'est un électeur mixte
qui a mis la chose en train, et qui m'a écrit directement
pour reconnaître l'erreur où il avait entraîné ses collègues, en 1827, en disposant des voix de son bord pour
s'opposer à la nomination d'un député à opinion prononcée; que les évènements leur avaient depuis ouvert les
yeux; qu'ils confessent que j'avais eu raison dans tout ce
que j'avais dit à ce sujet; qu'en conséquence, il avait été
le premier à proposer mon nom, qui avait été accueilli
avec transport par les libéraux, de sorte qu'en réunissant
les voix de ses amis à toutes les voix libérales, dont pas
une ne me manquerait, le succès était sûr. — Vous voyez,
mon ami, que c'est ce qui s'appelle aller au but de franche lutte, et que je n'ai pas été aussi mauvaise tête qu'on
le disait. Croyez-vous qu'il ne vaille pas mieux dompter
ainsi l'opinion de vive force, que de la séduire par des
intrigues, du charlatanisme, et en se traînant à la suite
d'un parti?... Ah! s'il me fallait acheter une députation
au prix que je la vois payer chaque jour, je la méprise-
rais et je la foulerais aux pieds! — Quoi qu'il en soit, n'é-
tant plus éligible, j'ai été forcé de refuser. Je n'en suis
pas fâché. Mon désintéressement n'en sera que plus évident dans les occasions importantes qui pourront se présenter. Quant à nos ganaches, ils retourneront faire quelqu'absurde adresse, ne se doutant jamais de la voie où
ils s'engagent; ce n'est pas moi qui me chargerai de les

redresser; je veux leur laisser faire leurs sottises jusqu'au
bout, afin qu'un jour vienne où ils ne puissent les nier.
Je resterai donc silencieux ou à peu près dans cette lutte
électorale, sauf les cas de grande nécessité.

Me voilà tout à fait campagnard et fleuriste; c'est assez
douce vie. Si l'amour s'y joint, je suis menacé d'être tellement heureux, qu'il ne me restera plus qu'à me jeter à la
rivière...... Ah! voilà une grande extravagance, direz-
vous?.... C'est que je suis dans une singulière situation.
Je crois que je pourrai écrire mon roman quand je le voudrai. — Dites-moi, voulez-vous que je parle de la *Revue
Belge* dans l'*Indicateur*? Je ne l'ai pas fait, ignorant si
cela vous conviendrait, et pensant qu'ici cela ne pourrait
vous être d'aucune utilité, car il n'y a pas d'apparence
que vous y trouviez grande quantité d'abonnés. Je ferai,
à cet égard, tout ce que vous voudrez.

Nos vignes sont gelées, grelées, brisées; les affaires mor-
tes. Tout le monde ne s'occupe que d'élections. Il y a beaucoup de zèle, malheureusement mal employé. Les électeurs
dressent des piédestaux de marbre, sur lesquels ils met-
tront des magots de terre cuite.

———

9 juillet 1830.

AU MÊME.

Mon cher ami,

Je n'ai pu répondre plus tôt à votre dernière lettre; la
lecture de l'*Indicateur* vous aura fait connaître à peu près
les causes de mon silence. Le drame électoral est si fort
compliqué, j'ai eu tant d'occupations non pas pour faire,

mais pour empêcher de faire, que depuis trois semaines, je n'ai pu disposer d'une minute, d'autant qu'il n'y avait ici que moi qui eût assez d'influence pour imprimer une bonne et centrale direction à des esprits divisés par mille intrigues, d'ambition et de vanité. C'est une chose singulière, combien les masses peuvent s'égarer facilement, si elles sont mal dirigées. Enfin, à la garde de Dieu; et, au fait, j'ai tant d'autres extravagances dans l'esprit, que celles-là sont secondaires pour moi; j'ai un pied dans le paradis et l'autre dans l'enfer, et je ne sais trop de quel côté je dois tomber.

Hernani a été joué hier au soir au milieu des accès d'éclats de rire et des sifflets; c'est plus détestable encore à la représentation qu'à la lecture, c'est une folie littéraire. Je ne pardonnerai jamais aux Parisiens, ni à vous, d'avoir favorablement accueilli cette caricature dramatique; l'*Indicateur*, lié avec l'administration du théâtre, l'épargne pour le moment, et parle d'une demi-chute et d'un demi-succès; mais le *Mémorial* annonce la vérité tout entière. Au surplus, une fois les élections finies, c'est moi qui veux entreprendre ce drame monstre, et je prouverai facilement, je crois, que tout y est faux : caractère, style, passions; et que la plupart des passages qu'on a vantés, sont les plus mauvais. Si Jay a eu un tort, c'est d'être trop indulgent.

J'avais l'intention d'aller à Paris le mois prochain, pour me distraire, et renouveler un peu mes idées; cependant je suis indécis, tout dépendra des circonstances de mon imagination malade; si je trouvais un compagnon de route à ma convenance, cela me déciderait. Je suis convaincu qu'on supposera un motif politique à mon voyage, et certes, jamais je n'en fus aussi éloigné; mais après tout, cela m'est bien égal.

Les destitutions pleuvent ici comme la grêle; votre beau-frère G..... en a été atteint comme les autres; heureusement que la blessure n'est pas grave. Faut-il que nos adversaires soient bêtes? Chaque destitution leur coûte vingt voix; vous n'avez qu'une faible idée du mépris qu'elles inspirent pour le parti ministériel.

La seconde représentation d'*Hernani* a été pire que la première; il y avait très-peu de monde, et jamais concert de sifflets n'a été aussi unanime; je crois qu'on ne le rejouera plus ici. Comment est-il possible qu'une conception aussi extravagante, soit en même temps aussi ennuyeuse? A la rigueur cela peut se lire, mais il est impossible d'en tolérer la représentation. Je ne saurais vous dire le tort que, dans mon esprit, cet ouvrage porte à M. V. Hugo; cela va jusqu'à me faire penser qu'il n'a même pas le talent que j'aurais été fort disposé à lui accorder, malgré toutes ses bizarreries; car il me paraît presque impossible qu'un talent réel puisse s'égarer à ce point. Il n'y a aucune originalité dans cet ouvrage, c'est tout bonnement le contre-pied de la nature, et, quant au style, le trivial et l'emphatique en forment le fonds; pour du naturel, je n'en ai vu nulle part. Pardon, si je m'exprime si crûment, mais je suis indigné du triomphe que cette rapsodie a obtenu à Paris, et j'en veux, plus que je ne puis dire, aux journaux de tous les partis, dont aucun n'a qualifié cet ouvrage comme il le mérite. Je me frappe le front et je m'arrache les cheveux de colère, quand j'y songe! C'est pour ce chef-d'œuvre, que ces messieurs traitent Voltaire de *perruque*?.... Ah! les monstres.

Montferrand est fort triste; il n'y a pas eu d'aloses. J'ai
passé ma vie dans la solitude; personne ne vient plus me
voir; chacun a ses affaires, sa famille; moi, je suis isolé
comme le pauvre juif errant, je ne trouve plus de plaisir
dans mes anciennes passions, chasse, pêche, fleurs, navigation. Je suis dégoûté de tout, et j'en enrage. Si j'avais
encore assez d'activité dans l'esprit pour travailler, maintenant que j'ai du temps à moi, quelques succès d'amour-
propre réveilleraient peut-être mon esprit engourdi; mais,
non, je ne m'intéresse plus à rien, même à ma réputation.
Qu'en faire? A quoi bon! Je m'en trouve presque déjà
trop, et vous ne sauriez croire toutes les importunités et
les correspondances qu'elle m'attire.... Cette lettre est, je
crois, commencée depuis un mois. Les élections sont faites. Le parti est enragé contre moi, à cause de l'union
que j'ai aidé à rétablir dans l'opposition, menacée de se
diviser, et qui jamais n'a agi mieux d'accord. Vous savez
que lorsque deux joueurs d'échecs sont aux prises, ils ne
voient jamais si bien la partie qu'un spectateur désintéressé, qui regarde les deux jeux. Telle est ma position;
aussi je me trompe rarement, j'attends que la partie soit
bien engagée, sans rien dire, et, quand le moment arrive,
un mot dit à propos emporte la balance. Ah! c'est comme
cela qu'il faudrait faire à la chambre. Mais, hélas !....

Hernani est tout-à-fait mort.

Je viens de lire les *Harmonies* de Lamartine; il y a de
touchantes inspirations, de l'âme, une poésie nombreuse
et retentissante; mais c'est ici le cas de dire : *deux gros
volumes*, bon Dieu! pour si peu d'idées et de sentiments,
perpétuellement amplifiés et paraphrasés, dans des paroles presque semblables. Jamais je ne pourrai m'accoutu-

tumer à regarder ce vague, cet indéfini, ce vide, comme
l'élément du vrai poète. Il n'y a pas un *centième des vers*
digne d'un grand et beau talent. Mais, je conviens que ce
centième est beau ; quant au surplus s'il était tombé d'une
autre plume, on le trouverait mauvais. Comparez cela
aux vers d'André Chénier ! Là, il y a de la vérité, de
l'abondance réelle, un vrai parfum d'antique, une teinte
vraiment céleste!..... J'en veux à Lamartine, non-seulement à cause de lui, mais à cause de la ridicule exagération de ses enthousiastes.

Adieu, portez-vous bien.

———————— ✹ ————————

31 juillet 1830.

A M. **J.-B. Durand**, à Libourne.

———

Mon cher ami,

Je vous ai écrit ce soir par un garde national qui s'est
volontairement chargé de ma dépêche. Le triomphe est
complet à Paris ; il a été obtenu par un courage et un hé-
roïsme sans exemple. Le peuple a agi presque seul : *Il a
pris les Tuileries, après avoir brisé les grilles de fer, sous
le feu d'un régiment de la Garde, qui, à travers les grilles,
tirait sur lui à bout portant.* L'Arsenal, le Louvre, tout a
été pris de même. Rouen a fait son affaire, Versailles
aussi ; Orléans, Nantes et Limoges ont fait de même. C'est
partout uniforme.

Ici, on a fait quelques modifications à notre organisation, mais nous allons pousser cela plus vigoureuse-

ment. Je commence dans mon article, que vous lirez dans
l'*Indicateur* d'aujourd'hui ; l'exaltation publique achèvera la besogne. Je parle avec ménagement, parce que
je connais mon public de Bordeaux, et je sais comme
il faut le prendre.

Que d'anxiétés et de fatigues ! Je ne monte pas la garde
au poste, mais je vous assure que je fais ici une rude
faction. Voilà deux heures après minuit, et je ne sais
quand je me coucherai.

Armez-vous, armez-vous ! *fusils, baïonnettes et cartouches*; bons officiers surtout. Peut-être rien de tout cela ne
servira ; mais vous savez le proverbe : *Préparez la guerre,
pour avoir la paix.*

Adieu ; tâchez d'envoyer demain soir, car nous aurons
tant de besogne ici, que je ne sais si je pourrai trouver un
exprès.

Votre ami.

Dimanche dans la nuit.

A M. **Ch.-Al. Campan**, à Paris.

Mon cher ami,

Je n'ai pas le temps de vous tracer les scènes du roman
historique que nous venons de jouer, et où j'ai eu, comme
vous pensez bien, un fameux rôle. —Je crois que je vais
partir demain ou après demain, à mon grand regret, pour
aller à Paris, au nom de la ville de Bordeaux, pour diverses missions.

Ah ! je suis dégoûté de la vie!... Voilà quinze jours

de fièvre politique qui m'ont ranimé d'une manière factice ; mais je me sens éteindre : mon corps cède à mon
âme, et ne peut y suffire. Et puis..... je ne fais plus cas
de rien.

Sitôt que je serai à Paris, si j'y vais, je vous donnerai
de mes nouvelles et mon adresse, car je ne sais où je dé-
barquerai. — Adieu.

12 août 1830.

<hr/>

Paris, 6 septembre 1830.

A M. **J.-B. Durand**, à Libourne.

<hr/>

Mon cher Durand,

Je suis ici dans un état de malédiction ! accablé de paroles bienveillantes et de refus positifs et entêtés, pour
tous les objets essentiels, c'est-à-dire pour les droits réunis
et le secours demandé par le commerce de Bordeaux. —
Vous n'avez pas idée de la malveillance, du préjugé général qui existe ici contre nos pauvres provinces !

Ajoutez à cela cent cinquante mille solliciteurs, un ministère irrésolu, une chambre qui veut faire et ne sait pas,
et vous conviendrez qu'il y a du mauvais sang à faire.
Cependant le fond est bon, le roi a les meilleures intentions, la population est unanimement excellente, la garde
nationale admirable. Ne serait-ce pas le diable si je ne
sais quel esprit de vertige venait à corrompre tout cela !

Montferrand, 22 mars 1831.

AU MÊME.

Mon cher Durand,

J'allais vous écrire quand votre lettre m'est parvenue.

Laffitte laissait détruire nos finances, comme il a laissé mourir sa maison de commerce, sans s'en douter, sans s'en *apercevoir*. Louis est venu, et, en deux mots, a mis la plaie à découvert, et a demandé les moyens de la guérir. Quant à la guerre, M. Soult s'en est expliqué clairement. Tout ce qu'on a accordé d'argent, tout ce qu'on demande encore sur l'augmentation de l'impôt direct et indirect, n'est que pour l'état de paix... Jugez donc si nous avions la guerre!... il faudrait 500 millions de plus...; et une guerre offensive encore!... C'est une folie, une abomination, une indignité; c'est la ruine du pays et de la révolution! Quant à une guerre *défensive*, c'est différent. Là, nous serions forts. Mais nous ne l'aurons même pas si le gouvernement peut prendre le dessus. Si Casimir Perrier n'y réussit pas, ma foi nous serons bien mal, et la *Propagande* de Paris nous perdra, ou du moins nous mettra dans une crise telle que nous n'en avons jamais vu dans la première révolution. Dites bien cela à tous nos amis, et rappelez-moi à leur souvenir.

Écrivez donc partout pour Mérilhou; il est maintenant éligible. Basez-vous sur mon article du *Mémorial*. Je vous quitte pour l'achever. Il est tard, et je suis bien souffrant. Venez donc dîner avec moi à Montferrand avec quelques-uns de nos amis; qui vous voudrez; les vôtres

sont les miens. Mais prévenez-moi, car, sans cela, Dieu
sait où je serai.

Adieu.

------------◉------------

A M. **Jouis**, Lieutenant-Colonel de la garde nationale
de Bordeaux.

—

Mon cher Jouis,

Je suis si occupé que je n'ai pas eu un instant pour vous
parler de cette pluie *d'honneurs* à l'ordre du jour. Vous
me rendez assez de justice, pour penser que, loin d'avoir
demandé la décoration, je n'ai seulement pas su qu'il en
fût question pour moi, sans cela je l'aurais refusée une
seconde fois. Mais je n'ai rien su qu'en recevant l'ordonnance, et la lettre de M.***—M.***, M.*** m'ont écrit pour
me dire qu'il ne fallait pas refuser, que cela aurait un air
de renier la cause commune ou d'être poussé par une
excessive vanité. Voici les propres paroles de M.*** : *Ce
n'est pas pour honorer M. Fonfrède, mais pour honorer le
gouvernement, qu'on lui a donné la croix.* — Que diable
voulez-vous que je réponde à cela? J'ai baissé l'oreille et
mis le brevet dans mon tiroir. Mais cela ne me va pas
du tout. Ma politique n'est pas républicaine, parce que
la France ne vaut rien pour la république; mais moi, mes
mœurs sont républicaines. Je n'aime ni les ordres de che-
valerie, ni les distinctions honorifiques. Cela peut aller
encore pour le *militaire*, mais pour le *civil*, cela n'a pas
le sens commun. Comme dans le civil il n'y a pas d'ac-

tion *précise*, c'est un appât pour l'intrigue et la vanité, et cela presqu'autant sous l'empereur qu'aujourd'hui. Un commis de bureau avait la croix après douze ans d'écritures payées dans une administration. Quest-ce que cela signifie? Rien du tout. — J'avais l'intention de ne pas porter le ruban; mais on m'a dit que ce serait encore plus affecté. J'en ai donc mis un petit bout, tout petit, après avoir reculé pendant un mois. — Je vous engage, mon cher ami, à porter au contraire le vôtre le plus ostensiblement que jamais. Tout le monde sait où vous l'avez gagné.

J'aurais bien des choses à vous dire en politique, tant de Bordeaux que de Paris. Mais ce serait trop long et trop sérieux pour cette lettre. A notre prochaine rencontre, je vous en dirai long. J'ai autant de crainte que d'espérance. Le gouvernement du roi est trop *faible*, les libéraux de Paris trop *criminels*, et ceux de provinces trop *dupes*; si cela dure encore quelques mois, ce sera trop, et nous tomberons dans une anarchie pire que le despotisme. Les élections prochaines vont en décider. Les associations patriotiques se sont réunies à la société *Aide-toi, le ciel t'aidera!* et à la société *Constitutionnelle*, pour dominer les élections; quant à leur but primitif, l'opinion en a fait justice.

Quant à moi, je ferai mon devoir jusqu'au bout, mais pour l'honneur du pavillon seulement, et afin qu'il soit bien constaté que si j'ai eu le malheur d'être pendant long-temps dupe d'un parti que je croyais de bonne foi, je ne le suis plus, et que je ne participe pas à ses criminelles folies. Quant au succès de ces criminelles folies, je commence à craindre qu'il n'y en ait pour personne,

que tout ne s'en aille au diable à la fois. En tout cas,
ce sera un beau bal; il y aura à danser pour tout le
monde.

Adieu; ménagez-vous.

———————— ◆ ·· ————————

A M. **Jouis**, à Bordeaux.

——

Mon cher Jouis,

Je suis plus faible et plus souffrant que jamais; cependant, pour m'arracher à cette inertie qui m'affaiblit
encore, j'ai l'intention de partir demain vendredi pour
Fréneau, en supposant toutefois que le temps ne soit pas
trop brûlant, ce que j'espère, le baromètre ayant baissé
et le vent paraissant amener un changement dans l'atmosphère. — Si je tuai quelques cailles l'autre jour, c'est
que je tombai sur un petit passage. Samedi et dimanche,
j'ai quelque espoir qu'il y en aura encore un autre, à cause
de l'approche de la pleine lune. Il passe d'ailleurs beaucoup d'oiseaux.

J'ai fait prendre l'eau à Lormont : c'est plus commode
que d'envoyer à la *Font-de-l'Or*. Combien vous dois-je
pour les deux pièces à eau?..... C'est bien ce qu'il me
faut.

Adieu. La politique va bien, mais la chambre est bien mal
assortie. C'est un véritable chaos; c'est l'assemblée la plus
dépourvue de *direction* politique que nous ayons encore
eue. Je sais bien pourquoi : il n'en serait pas ainsi si l'on
eût suivi mes conseils. On le reconnaît aujourd'hui, mais
on m'objecte qu'il est *trop tard*. Mauvaise raison. Périr

pour périr, c'est une sottise de ne pas faire ce qu'il faut
pour se sauver. Si on *laisse aller les choses*, nous aurons,
cette session, quelqu'apparence de succès, au prix de notre véritable perte, et les prochaines élections nous perdront. Je dois vous dire ce que j'ai écrit dernièrement, à
Paris, à des amis très-libéraux, *trop* libéraux ; car quand
j'ai eu tort, je ne demande pas mieux que de le reconnaître : c'est que j'ai trop blâmé Napoléon de ce qu'il a
fait contre la liberté. L'anarchie où nous poussent les
prétentions et les théories folles de l'extrême gauche, jointes à la vanité d'une jeunesse patriote, mais ignorante et
présomptueuse, commence à me faire douter que la nation française soit encore capable d'une *grande liberté
politique*. Elle a encore besoin d'être *maîtrisée* par une
main forte, sans quoi, à force de sottises et d'excès, elle
détruirait à la fois elle-même, et sa *fortune,* et sa liberté.
Napoléon a été trop despote, mais je reconnais qu'il avait
raison de l'être un peu. Vous voyez que Guizot s'est aussi
rencontré avec moi sur ce point, et vous avez fait attention à l'extrême analogie de son discours et de celui de
Périer, avec les doctrines et les principes que j'ai prêchés
le premier, et si constamment, depuis dix mois. Aussi,
là-bas, ils ont confiance en moi, trop peut-être. Mais, au
fait, il faut reconnaître que j'ai eu raison *seul* pendant
long-temps.

Adieu ; je n'en puis plus. Mon corps est épuisé. Je n'ai
un peu de vie que dans le cerveau.

Tout à vous.

Jeudi matin. — Juin 1831.

P. S. Le directeur-général du journal *Le Temps* m'a

écrit pour m'offrir d'y imprimer tous les articles que je voudrais publier. Depuis quelque temps il s'était fait hostile à Casimir Périer. Mais je crois l'avoir ramené, au moins *partiellement*. C'est un journal bien fait et influent.

———————— ◉ ————————

Montferrand, 3 juillet 1831.

A M. **Ch.-Al. Campan**, à Bruxelles.

——

Vous avez raison, mon cher Campan, je suis en retard envers vous; mais je ne m'en excuse pas, *sic voluere fata!* car le diable m'emporte si je sais sur quelles roulettes je vais, ni qui me pousse. Voilà trois mois que je ne suis sorti de mon trou de Montferrand; les élections viennent de m'en arracher, ce dont j'enrage; si vous recevez le *Mémorial*, vous savez à peu près où nous en sommes.

Hélas! *mio caro Aza!* on me porte pour député, malgré tout ce que j'ai fait pour l'empêcher : d'abord, quand on a cru que je n'étais pas éligible, on voulait m'acheter une maison pour me rendre éligible malgré moi; la loi s'y est opposée, parce qu'en supprimant la nécessité de possession annale, elle a stipulé qu'il faudrait néanmoins posséder au moment de la révision des listes; or, l'époque en est passée, mais on a tant tourné la loi qu'on a trouvé un article d'où l'on infère, avec raison, je crois, que je suis éligible, et en avant! On a dressé des batteries à mon insu, et me voilà candidat quand même. J'ai assuré tous les électeurs qui sont venus m'offrir leur vote qu'ils pou-

vaient me nommer si cela leur faisait plaisir, mais que
je ne n'accepterais pas. On m'a prié seulement de ne pas
refuser publiquement, afin de ne pas faire manquer l'é-
lection, sauf à moi de faire ce que je voudrai après. A la
bonne heure, mais cela me fait jouer un sot rôle. Et si
vous saviez comme j'ai causé dans l'assemblée électorale !
Comme j'ai prouvé par *a* plus *b* qu'ils n'avaient pas le
sens commun ! Comme on m'a interrompu avec violence !
Ah ! cela vaut pour le moins les sifflets de votre association patriotique... Pardieu ! que les hommes réunis par
masses sont bêtes. Foin de la république ! mettez cinquante
bonnes têtes ensemble à causer politique, et vous en faites à l'instant cinquante têtes folles !

Ils me portent donc *extra muros*, c'est une vraie plaisanterie; c'est le collége où j'ai le moins de chance, étant
composé de grands propriétaires; on a même extrait la
banlieue pour la faire voter *extra* ; s'ils m'avaient porté
aux Chartrons, j'aurais passé presque sans concurrent;
mais, voulant refuser, vous sentez que je n'ai pu donner
mon avis; les électeurs de Tonneins m'ont aussi offert leur
candidature à l'arrondissement de Marmande; je les ai
bien poliment refusés; il paraît, de l'aventure, que Martignac y sera renommé.

Me voilà donc, comme le cadavre de Patrocle, tiré par
les deux partis; la résistance et le mouvement se ruent
sur moi, je leur sers de champ de bataille et je regarde.
Cependant cela me contrarie beaucoup; si je ne passe pas,
c'est un échec d'amour-propre et de politique, et ce sera
bien ma faute, car j'ai fait tout ce qu'il fallait pour cela;
si je suis nommé, je refuserai, et tout le monde criera
haro ! Je suis un ci-devant jeune homme bien compromis !

Vous me demandez quand je veux commencer à jouer
un rôle dans les affaires publiques? Jamais, si je puis;
les six derniers mois m'en ont dégoûté pour toujours; ils
m'ont inspiré tant de mésestime pour le parti libéral, que
j'ai presque honte d'avoir coopéré au succès qu'il devait
dégrader et souiller ainsi. J'écris quelques articles de temps
en temps, pour jeter ma bile; ensuite je me repose. Vous
ne sauriez croire l'effet qu'ont produit mes derniers articles; on les réimprime partout. Si je voulais vous donner
tous les détails de mon succès de journaliste, vous verriez
qu'il y a de quoi crever d'orgueil; mais, en redescendant
en moi-même, cette bouffée de vanité me passe, et je me
juge ce que je suis : *plus que ceux qui ne sont rien; mais
en réalité bien peu de chose !*

Je vous abandonne mes vers pour ce qu'ils valent; cependant je dois vous dire que le *Renard* a été fait par une
sorte de pari dans une soirée, pour être imprimé le lendemain. M. *de Trois Étoiles* (1) disait que le genre était
très-difficile, et je fis la *Chasse au renard*, que vous n'a-
vez pas lue, pour y faire entrer tous les termes techniques
et me moquer du genre; le second morceau a été fait de
même. Ainsi vous avez raison de dire qu'on s'aperçoit que
je ne crois pas à la fantasmagorie que je peins; c'est une
ironie, une parodie, et voilà tout; une mauvaise plaisanterie faite en courant et sans emportement. Vous me direz
que le temps ne fait rien à l'affaire..... Pardon! il fait
beaucoup pour un journaliste; vous devez en savoir quelque chose.

---

(1) Fonfrède appelait ainsi un de ses amis, qui soutenait une controverse littéraire dans les journaux en faveur de l'école romantique, et qui signait *.*

La Paix a été faite de même, pour répondre coup pour coup à une pièce sur la *guerre*, intitulée *l'Intervention*. Je fis donc la mienne dans la journée, et la fis imprimer dans le journal du lendemain. Ces explications vous disposeront à l'indulgence; mais je n'en demande pas pour *le Premier Mai*, car j'avoue que j'y ai travaillé huit jours; et, si je n'ai pas mieux fait, c'est que je n'ai pas pu... Cependant, en relisant maintenant de sang-froid, je vous avoue que j'en suis content. Quant à la teinte de prosaïsme qui perce par-ci par-là, peut-être ai-je eu tort, mais je l'ai fait exprès; et comment pouvez-vous y trouver à médire, vous, Messieurs, qui vous enthousiasmez pour certains vers de l'école actuelle, qui sont *prose* par la pensée, par la parole, et par l'absence de tout rhytme, de toute vraie facture de vers?

Il me semble que vous m'avez parlé dans le temps de cette croix d'honneur qui m'est tombée du ciel; ne croyez pas, je vous prie, que je l'aie demandée; bien au contraire. Le général Lamarque l'avait réclamée pour moi (alors nous étions intimes), et, quand je le sus, je n'eus ni paix ni cesse que je ne lui eusse fait retirer sa demande; il me le promit formellement, et tint parole. Mais voilà que quatre mois après, M. de Montalivet, faisant un travail général, m'a crucifié avec beaucoup d'autres, sans que j'en aie rien su qu'en recevant mes lettres de nomination. Cela ne me va pas du tout. Je voulais refuser, mais J... m'écrivit, M. D... m'écrivit: le diable s'en mêla. Cela aurait eu l'air d'un acte d'opposition, et Dieu sait qu'il n'en aurait rien été. Bref, j'ai cédé, je me suis laissé faire; mais je n'ai pu encore prendre sur moi de mettre ce ruban rouge à ma boutonnière : c'est absurde, cela

jure. Enfin, c'est plus fort que moi, je ne puis le porter;
j'ai mis la croix dans un tiroir bien proprement, et je
n'y ai plus pensé; toutes ces courtisaneries ne me con-
viennent pas; je ne veux pas de république, parce que les
Français sont le dernier peuple du monde qui puisse supporter ce régime : ce n'est pas la république qui est mauvaise pour eux, c'est eux qui sont mauvais pour la république; et à moins d'être fou comme nos propagandistes,
il faut prendre ce pauvre peuple français comme il est,
bien aimable, bien brave, bien généreux, mais étourdi,
vaniteux, ambitieux; ayant beaucoup de république dans
l'*esprit*, mais pas un *fétus* républicain dans l'âme. Votre
serviteur est tout l'opposé : je suis républicain pour moi-
même, je suis l'antipode de toute distinction aristocratique; mais, hélas! en jetant les yeux sur le pays, je vois
qu'il est bien loin de ce qu'il croit être!... Exemple : combien croyez-vous qu'il y ait eu de candidats pour les trois
députations de la ville de Bordeaux? Quarante-deux !...
sur lesquels on triera trois députés, comme de coutume;
je ne me compte pas, je suis par-dessus le marché, ayant
refusé à l'assemblée électorale la déclaration publique de
principes qu'elle exigeait, et lui ayant articulé très-nettement que, ne lui ayant rien demandé, je trouvais fort
extraordinaire qu'elle se crût le droit de me mettre ainsi
sur la sellette. Je suis fier, moi aussi, quand on me chauffe
les oreilles. Mais cela a fait un fameux scandale; le président déclara alors que, puisque je ne voulais pas m'expliquer, s'il y avait dans l'assemblée quelques-uns de mes
amis, on leur accorderait la parole, afin qu'ils parlassent
pour moi. Sur ce, je répliquai que j'engageais mes amis
à n'en rien faire, et qu'ils me désobligeraient beaucoup

s'ils n'avaient pas égard à ma recommandation. Nouveau scandale; mais celui-là fut final.

Adieu, je vous quitte pour faire promener *Musico* et *Fanfare* (1), qui ne sont pas encore sortis. Je n'ai pas reçu les journaux de Paris ni de Bordeaux aujourd'hui, faute de bateau; je ne sais donc aucune nouvelle.... Vous êtes là-bas (2) de magnifiques brouillons; vous finirez par mettre le feu à l'Europe. Heureusement nous avons les pompes à feu du comte Lobau.

P. S. J'ai gardé cette lettre pour vous annoncer le résultat de l'élection. J'ai été nommé après la lutte la plus violente dont nos élections bordelaises aient offert l'exemple. Le *mouvement* doit, dit-on, me donner un *charivari* ce soir. On voulait s'y opposer de force; mais j'ai calmé mes amis, et les *chaudrons républicains* auront le champ libre.

Bordeaux, 12 juillet 1831.

A M. **J.-B. Durand,** à Libourne.

Mon cher Durand,

Je reçois vos félicitations comme vous me les faites, c'est-à-dire du fond du cœur. Si je vais à la chambre, c'est un sacrifice énorme que je fais au devoir. J'ai refusé les électeurs; ils m'ont nommé malgré moi; et maintenant je suis tellement circonvenu de témoignages de con-

---

(1) Chiens courants.
(2) En Belgique.

fiance de Paris et des provinces, que je ne sais comment
m'y dérober.

Dites bien à tous nos amis que mes longues liaisons
avec votre excellent arrondissement m'y attachent par de
tels sentiments, que leur approbation et leur estime sera
toujours le plus cher de mes vœux. J'espère qu'ils ont ap-
précié ma conduite, depuis quinze ans, d'après mes véritables motifs : ni complicité de factions, ni vains désirs
de popularité, ni flatterie envers le pouvoir; mais la *patrie*, *l'ordre*, la *liberté* avant tout et toujours, telle a
été, telle sera la devise de ma vie entière.

Je ne puis vous donner les détails de toutes les abominables intrigues et de la duperie de ce pauvre ***. Il en
est au reste bien puni, et je pense que si la chambre est
jamais dissoute, il ne sera plus renommé. Au collége du
nord, on s'était arrangé pour faire un premier tour de
scrutin nul pour m'y porter le lendemain, si mon élection avait paru compromise *extra-muros*. Tout cela sans
que je m'en mêlasse en rien, et malgré la décision de la
coterie, qui s'était intitulée *assemblée électorale*, et où j'a-
vais fait une opposition parlementaire si énergique, lui
contestant publiquement sa compétence, et lui refusant,
tout haut, la profession de foi qu'elle exigeait!... Jugez
de la véritable opinion publique à Bordeaux.

Adieu de cœur.

Vous savez que le journal *l'Opinion* est mort de détresse, sous le poids de la réprobation publique. Je vous
recommande le *Mémorial*. De Paris étant je le dirigerai.
On peut compter sur lui. Il est essentiel de le propager et
de le répandre.

Montferrand, juillet 1831

A M. **Jouis**, à Bordeaux.

Mon cher Jouis,

Je viens vous rendre compte de mon pélerinage à Fréneau. — Vendredi, après votre départ de Montferrand, il
me survint nécessité d'aller à Bordeaux, tellement que,
n'ayant pas de marée, je fis la route à pied. Je revins samedi matin ici, fort peu disposé à aller à la chasse, souffrant au moral et au physique, et n'ayant goût à rien;
cependant, comme tout était embarqué, et qu'il soufflait
une bonne brise de sud-ouest avec temps couvert, je me
jetai à bord, je mis le *Basque* (1) à la barre, et je m'aban-
donnai à la destinée, couché tout de mon long sur le pont.
— Nous fîmes bonne route, nous arrivâmes à la nuit, et,
l'eau étant basse, nous mouillâmes au large; nous entrâ-
mes dans le chenal le lendemain dimanche, à cinq heures
du matin.

Tout est scié, excepté quelques avoines; les trois quarts
des *retoubles* (2) de froment sont déjà fauchés, la terre
est exécrable, c'est de la cendre; les cailles chantent très-
peu, ce que j'attribue au vent et au temps couvert. Quant
à savoir s'il y en a beaucoup, c'est difficile, car on leur
danse dessus sans pouvoir les trouver; je ne crois pas cependant qu'il y en ait beaucoup. Au reste, étant malade,
j'ai peu chassé, et le lundi, je suis rentré à huit heures

---

(1) Matelot employé à bord de la chaloupe de H. Fonfrède.
(2) Chaumes

du matin, pour sortir à l'eau haute du chenal, bonne brise de nord; les deux voiles et le foc portaient, le *Basque* à la barre, et moi couché de nouveau sur le pont, nous avons fait une route bonne et rapide, et me voilà ici, gros Jean comme devant, ayant tué vingt-cinq cailles, je ne sais comment.

Je vous dirai qu'il y a du remue-ménage à Fréneau : le vieux Cabut est mort; *André* et *Madeleine* sont partis pour l'autre chenal; ils ont été remplacés aux portes (des écluses) par un nouveau couple, marié depuis vingt mois, et ayant déjà fabriqué et mis au monde une fille et un garçon, très-disposés à servir Louis-Philippe, car le père m'a parlé *garde nationale* en arrivant; il se nomme *Mornard*, la femme se nomme *Roussaude*, bien digne de ce nom : elle est couleur mêlée d'ocre jaune et de bistre brun, ayant au reste des dents plus grandes, plus blanches et plus tranchantes que celles de Madeleine elle-même, ce qui produit une physionomie presque africaine. Tout cela est fort serviable et obligeant; leur ménage est aussi bien monté que celui d'André, de sorte que si l'on ne portait rien, on manquerait de tout.

Poulet (1) chasse toujours comme une divinité. La petite *Florine* ne veut rien faire. Je l'ai menée sur l'arrêt de *Poulet*; elle *musse* devant, pour voir ce que c'est, fait partir la caille sans y attacher d'importance, lui court après, remue la queue un petit moment en cherchant s'il y en a une autre, et n'y pense plus; il est vrai que, sur une si mauvaise terre, cela ne stimule pas beaucoup un jeune chien qui chasse pour la première fois.

_____

(1, Chienne d'arrêt

Il n'en est pas de même de *Polisson* : il quête avec beaucoup d'ardeur et d'intelligence ; il a un nez prodigieux, beaucoup plus que *Mouze* n'en avait ; il évente toujours et ne cherche jamais à suivre le pied ; il est vrai que sur une si mauvaise terre c'est difficile. Dans sa première sortie, de dix heures à deux heures après midi, il me fit tuer dix cailles ; il commence à très-bien rapporter, et dans une couple de chasses il saura parfaitement. Au reste, il est violent et coureur comme un chien qui sort pour la première fois ; il n'a pas l'arrêt solide, ce qui me fâche, car *Poulet* et *Polisson* Ier arrêtaient imperturbablement le premier jour qu'ils ont chassé. Celui-ci marque l'arrêt, mais en riant, les yeux vifs, la queue un peu remuante, et comme un gaillard qui ne se soucie pas d'attentendre long-temps ; il ne fonce pas cependant, mais il cherche doucement et avance jusqu'à ce que la caille lui sorte de dessous le nez. Alors il a peur, ou lui saute après, selon les circonstances. Tout cela est de l'enfantillage, mais ce sera un grand trouveur de gibier. Je lui ai vu sentir une caille à plus de quarante pas dans des *retoubles* hauts de deux pieds. Tel qu'il est, je me chargerais bien, sur une bonne terre, de tuer autant de cailles avec lui qu'avec quelque chien que ce fût. Quant à *Florine*, j'ai peur qu'elle ne ressemble à *Moussiu Piret* (1).

Adieu, je suis abîmé. — A propos, je l'ai, ma foi, échappé belle ! Est-ce que je n'ai pas été rallié par une chaloupe de douane, à mon retour, pour me faire le très-agréable compliment de la suivre au *lazaret*, afin d'y faire quarantaine en cas que j'eusse le *choléra-morbus* à bord ?...

_____

(1) Chien de peu de valeur appartenant à M. Jouis.

Je me suis débattu comme un beau diable, me sentant d'ailleurs bonne brise dans les voiles et décidé à passer *quand même*. Heureusement que ma bonne mine, mes bonnes raisons et mon nom ont attendri le croiseur, qui, reconnaissant ma chaloupe, a bien voulu pour cette fois se relâcher de la rigueur de la consigne, et me voilà.

Adieu, je suis comme une plante qui a soif, je respire la pluie, espérant que cela me rafraîchira et que je relèverai la tête comme mes dahlias; mais vainement : je vous dirai à ce sujet que j'ai dans mon jardin un dahlia plus beau que tous les dahlias connus jusqu'à ce jour. Je l'ai nommé le *Louis-Philippe;* car vous savez qu'il est décidé par messieurs du mouvement que je suis un courtisan. J'ai été content du discours de la couronne, sauf l'article de la pairie qui ne signifie rien, si ce n'est que le gouvernement n'ose pas avoir d'opinion à cet égard, et attend pour se décider de connaître la majorité. C'est une faiblesse qui est capable à elle seule de corrompre la majorité, même fût-elle bonne. — Vous saurez que le duc d'Orléans va faire une tournée dans le Midi. On m'écrit que si rien ne dérange ses projets, il sera à Bordeaux le 15 août. Ainsi, faites manœuvrer votre légion; il n'y a *aucune*, *aucune*, *aucune apparence de guerre*.

——

Montferrand, septembre 1831.

AU MÊME.

Par tous les dieux de l'enfer, que faites-vous? Vous ne voulez donc plus chasser?

Je suis allé au Tillac (1) aujourd'hui. Les chiens de

---

(1) Bois situé dans la commune d'Ambarès, voisine de celle de Montferrand.

Diane, d'Actéon, de Nembrod et de Charles X, n'ont jamais mieux chassé que les miens aujourd'hui! Ils ont poussé un lièvre deux lieues trois quarts, sans le laisser poser que cinq minutes une seule fois. Nous l'avons perdu, comme toujours, quand il ne pouvait plus aller, et se rasait, en plein ras, à tous les pas. Le médecin d'Ambarès, qui est venu me joindre, l'a manqué deux fois comme une indigne mazette. J'ai été dix fois au moment de tirer, mais les paysans me l'ont toujours détourné. — J'ai aussi poussé des lapins, mais ils ont gagné le trou. — Pas de bécasse.

Ensuite je m'en suis revenu à la nage, forcé et mes chiens aussi, car il faisait une chaleur horrible. Mais la terre était excellente! Les chiens allaient toujours *au triple galop*, sans perdre un coup de voix, sauf Fanfare qui, après une heure de *pousse,* est restée dans un fossé. Le noir Brûlo toujours en tête. C'est un rare chien; il n'y en a que pour lui. Dans les premiers moments du lancé, il s'emporte trop, et dépasse la voie. Mais après dix minutes ou un quart d'heure, quand la première fougue est passée, c'est un plaisir de le voir faire. C'est lui qui fait toutes les reprises; et quand les autres perdent, il fait un grand rond, reprend la voie, et part comme si le diable l'emportait.

Que le diable vous emporte, vous chasseur déchu, *sujet* du roi Louis-Philippe, qui ne vous indignez pas de ce mot comme le marquis de.... Oh! le mauvais pantin de marquis! Je vous donnerai de ses nouvelles!..... Que Dieu nous en débarrasse pour long-temps.... mais...

M. S.... ne nous empêchera plus de chasser le renard chez lui. — Vous savez qu'il avait fait des vers sur le testament de Louis XVI?—Eh bien, il m'écrit aujourd'hui pour m'envoyer *ses nouvelles œuvres*, et me prier de *lui en dire mon avis*. Et quelles sont ces œuvres, je vous prie? L'*Indépendance*, chanson sur l'air de la *Marseillaise*, un acrostiche sur Lafayette et un sur Louis-Philippe, un *contre* Charles X. Et voulez-vous savoir le refrain de son *Indépendance*, sur l'air de la Marseillaise? le voici :

> Le réveil de Juillet sera pour l'univers,
> Marteau !
> Marteau !
> Qui, tôt ou tard, lui brisera les fers !

Est-ce gentil?

———

Lundi soir , septembre 1831.

AU MÊME.

Mon cher Jouis,

La politique va comme je l'avais prévu. Il paraît que mes trois derniers articles ont mis nos gens sans dessus dessous à Paris; vous pouvez en juger par le *Temps*, la *France Nouvelle*, le *Journal du Commerce*. Tout le monde dit à présent que j'ai raison. Jay m'écrit dans le même sens. Il me dit que si Périer avait présenté l'hérédité, elle aurait réussi. O déplorable faiblesse! Cependant le ministère ne m'en veut pas de mon attaque, au contraire. Il est bien aise que l'on fasse sa besogne, afin d'en profiter, si cela réussit, sans s'être mis à découvert, ni sans s'être exposé à succomber si on échoue. Calcul absurde, parce qu'en se neutralisant ainsi, il décourage ses partisans. Il ne s'en trouvera pas beaucoup de ma trempe. Bref, Jay me dit que je l'ai ranimé, qu'il va faire un dernier effort, que tout n'est pas perdu, mais bien compromis.

Savez-vous, mais ne le dites pas, que j'ai été au moment d'être ministre? Oui, le diable m'emporte, et sans m'en douter. Mais vous pouvez bien compter que je n'aurais pas accepté. Le jour que Périer avait donné sa démission, le roi avait chargé M. Bérenger de composer un ministère dont il aurait été le chef. Ledit Bérenger (non pas le poète, mais le député, comme vous pensez bien), répondit *qu'il n'accepterait qu'à condition que j'entrerais au ministère avec lui*. (Officiel). Or, je ne lui ai pas adressé la parole de ma vie et ne l'ai jamais vu.

Je serai à Bordeaux demain. Il n'y a pas du tout de cailles à Fréneau, du tout, du tout.

A. M. **Castera-Larrière**, à Aillas près Bazas.

Mon ancien ami,

C'est avec une vive satisfaction que j'ai reçu votre lettre du 30 septembre; vers et prose m'ont fait le plus grand plaisir. Quoique d'accord dans nos sentiments pour le bonheur et la liberté du pays, nous différons quelque peu dans nos opinions politiques. Je suis néanmoins persuadé que nous nous entendrions facilement, et je pense que s'il n'y avait en France que des *légitimistes* comme vous et des *révolutionnaires* comme moi, notre pauvre et chère patrie aurait bientôt retrouvé son bon sens et sa tranquillité, qui me paraissent l'un et l'autre bien compromis.

Dans les temps agités où nous vivons, chacun de nous doit veiller sur lui-même, afin de faire de la politique avec son intelligence, et non avec ses *passions*. C'est à quoi je m'étudie, et je crois y être parvenu, non sans effort ; car j'avoue, et vous le savez déjà, que mes passions sont naturellement très-vives. Mais le temps et l'expérience des hommes, en me désenchantant des illusions de la jeunesse, ont calmé mon irritabilité. J'ai d'ailleurs été mis à de si rudes épreuves depuis vingt ans, qu'il a fallu m'habituer par force à supporter la contradiction, et je m'y suis fait. J'avoue cependant que la sotte ingratitude du parti libéral pour lequel je m'étais, surtout en dernier lieu, si gravement et si spontanément compromis, m'a été sensible ; mais j'ai pris le dessus. Ils m'ont appelé transfuge, apostat : journaux, brochures, biographies, on ne m'a rien épargné. Qu'y faire ?... Il ne dépend pas de moi d'être aussi fou qu'eux, et pas pour l'empire du monde je ne voudrais avoir conservé leur faveur au prix qu'ils y mettent. J'espère vivre et mourir fidèle à ma conscience et à mon pays.

Sans entrer dans le fond de la question qui nous divise, je puis cependant l'éclaircir en peu de mots, et la poser de manière à vous faire juger de mon opinion.

J'admets la monarchie constitutionnelle, c'est-à-dire le gouvernement d'un roi héréditaire d'après des règles et des lois fixes d'accord avec sa nature, comme le seul gouvernement qui convienne aujourd'hui à la France.

Sous la restauration, comme aujourd'hui, j'ai toujours désiré pour le gouvernement les éléments suivants :

La couronne héréditaire ;

La chambre des pairs héréditaire, en nombre illimité, au choix du roi, sans condition;

La chambre des députés élective, non d'après le principe de la souveraineté du peuple résolue en suffrage universel, mais élue par la partie éclairée, morale, sage de la nation, et principalement par les propriétaires;

Le jury et la magistrature sagement circonscrits dans leurs attributions respectives, et complètement indépendants de tous les pouvoirs de l'État.

Tout cela était pour moi dans la charte : il m'importait fort peu qu'elle fût octroyée, donnée, consentie; elle était; elle était bonne; elle me suffisait. Je n'ai jamais demandé pour la démocratie une part plus large, parce que je connais les mœurs et le caractère de la nation française; elle n'en peut pas supporter davantage sans tomber en fièvre chaude.

Maintenant, la charte a-t-elle été et pouvait-elle être exécutée par la dynastie restaurée?

Nous nous disputerions sans doute sur les causes, mais non pas sur le résultat. La charte n'a pas été exécutée; selon moi, elle ne pouvait pas l'être : les *amis* et les *ennemis* des Bourbons ne le leur permettaient pas.

La révolution est survenue; un peu plus tôt, un peu plus tard, elle était *inévitable*.

Elle a été faite pour empêcher la destruction du système gouvernemental de la charte : selon moi, tout était bien jusque-là; mais ensuite les vainqueurs ont détruit la charte qu'ils avaient juré de défendre, et voilà où le mal commence.

Abordons la question au fond : votre opinion est que, pour rester entièrement fidèle à la charte après l'abdication de Charles X et du duc d'Angoulême, on devait accepter Henri V... Je vais vous répondre franchement.

L'hérédité du trône est le principe fondamental du gounement; j'en suis d'accord avec vous. Mais cette institution, comme toutes les institutions humaines, n'est pas *éternelle* de sa nature. Dans les grandes vicissitudes historiques, elle souffre des exceptions, que des évènements de force majeure rendent inévitables; mais les exceptions *confirment la règle au lieu de la détruire* : vous savez que c'est un axiome de droit.

Depuis quatorze cents ans la monarchie est héréditaire en France; cependant nous avons eu trois dynasties. Il en a été de même en Angleterre, et, quoique l'*hérédité* ait été trois fois interrompue, elle a repris sa force dans une nouvelle famille.

Je tombe donc d'accord avec vous que le principe d'hérédité converti en *légitimité* de droit humain (et non de droit divin, qui est une sottise) doit être scrupuleusement respecté, mais dans les bornes du *possible*. Et vous conviendrez avec moi qu'il est des crises chez les nations où la nature même des choses rend cette observance absolument impossible.

Or, mon cher ami, soyez convaincu que la nation française s'est précisément trouvée dans une crise de ce genre. Ceci n'est plus une question de droit, mais de fait. Il était radicalement impossible de couronner Henri V. Si on l'eût fait, son règne n'aurait pas duré huit jours, et la guerre civile immédiate, suivie de l'invasion étrangère, en eût été l'infaillible résultat. J'étais à Paris immédiatement après les évènements; j'ai vu les choses de mes yeux et les ai bien observées. Si Charles X et le duc

d'Angoulème, comme Romulus, eussent disparu dans la
tempête, peut-être en aurait-il été différemment; encore
est-ce un *grand peut-être !*...

Pour vous convaincre de ce point de fait, il faudrait de
longs détails qu'une lettre ne comporte pas. Quand vous
viendrez à Bordeaux, si vous êtes assez aimable pour vi-
siter mon ermitage champêtre, nous causerons plus librement; en attendant, écoutez ceci :

Je me suis trouvé à Paris, en août 1830, chez M. Jacques Lefèvre, député de Paris, avec divers personnages
influents. Gautier, notre compatriote, y était, et vous ne
pouvez mettre en doute son attachement à l'ancienne dynastie. Eh bien, là, devant trente personnes, il nous dit à
peu près ces mots :

« Je ne vous cache pas, Messieurs, qu'aussitôt que j'ai
connu les évènements, j'ai pris la poste afin d'arriver à
Paris pour voter en faveur de Henri V. Mais, après avoir
vu l'état des choses, conféré avec tous mes amis, consulté
les personnes les plus sages, les mieux informées de l'intérieur et de l'étranger, il m'a été démontré que l'intérêt
de la patrie s'y opposait, que la chose était impossible;
que le principe, sacré pour moi, de l'hérédité devait recevoir une exception, qui arriverait forcément lors même
qu'on s'y opposerait; ce qui rendrait, en ce cas, la perte
de la France presque assurée. Alors, en bon et fidèle
Français, j'ai fait le sacrifice de mes désirs, et j'ai con-
couru à l'érection de la dynastie nouvelle. »

Voilà ce que je vous certifie.

Quant à moi, les personnes ne me sont rien; mais je
crois en mon âme et conscience que le couronnement de
Louis-Philippe était la seule chose praticable. Sans cela,

à droite ou à gauche, anarchie hideuse et dévorante.

Mais j'ai fini mes trois pages, je suis donc réduit à terminer brusquement. Je vous dis adieu et je vous remercie de nouveau de votre bon souvenir.

⬦

Montferrand , 17 février 1832.

A M. **Ch.-Al. Campan**, à Bruxelles.

—

Mon cher Campan,

Je suis le plus insipide des vieux garçons et des ermites. Voilà tantôt deux mois que je ne suis allé à Bordeaux. En revanche personne ne vient me voir, et quelqu'un de ces jours je m'éveillerai transformé en hibou. Point de gibier cette année, *et mes courants oisifs ont oublié ma voix !* Le temps est brumeux, froid; je suis tout transi de corps et d'esprit. Si le beau soleil de mars ne vient à mon secours, apprêtez-vous à faire mon épitaphe.

Que dites-vous en politique?... Jurez-vous après les Welches, d'aussi bon cœur que moi? La pauvre nation que nous sommes! Il faut entendre jaser nos politiques du coin des rues et nos Mirabeaux de boutiques, pour se faire une idée de ce que serait la France république! Ah! sur mon âme, j'en ris, mais d'un triste rire... Ici, cela ne va pas trop mal, parce que votre serviteur, grand entêté, comme vous savez, s'est jeté en travers du mouvement, et l'a arrêté tout net. Si vous saviez comme ils m'en veulent à Paris... mais je m'en moque; qu'ils aillent au diable s'ils ne sont pas contents. Pardieu! si nous en venons à quelques discordes *de fait* au lieu *de paroles*, ils auront bien plus à décompter, je leur en réponds!

En attendant, je suis un grand cultivateur d'œillets et de dalhias. J'ai fait des *semis* qui ont eu de beaux résultats.

Je ne puis vous donner aucune nouvelle de Bordeaux, parce que je n'en sais pas. Je suis ici comme Robinson dans son île. Si vous savez quelques faits politiques ou commerciaux qui méritent d'être publiés ici, communiquez-les moi; je les ferai insérer dans le *Mémorial,* qui est maintenant très-répandu. Son influence devient très-grande dans le Midi, depuis Marseille jusqu'à Nantes. Je m'en félicite. On me tire de Paris pour me faire aller à la chambre; mais, ma foi, je n'en veux pas. Ma santé est trop faible; puis, je suis trop entêté. Je leur dirais des vérités trop crues... Et, miséricorde du ciel, si quelque ministère me tombait sur les épaules! Savez-vous qu'il en a déjà été question avant que j'eusse fait annuler mon élection?... Que tous les saints du paradis me prennent en pitié!... Non, non, non, — *all in due time.* Le moment n'est pas encore venu. Puisse-t-il ne venir jamais. En attendant, je ne suis pas *éligible*, ce qui me sauvera encore deux ou trois ans.

Adieu de cœur; écrivez-moi.

———

Montferrand, 12 août 1832.

AU MÊME.

Mon cher Campan,

Pendant que vous faites des journaux, occupation épuisaute s'il en fût jamais, surtout dans la canicule, avec 30 degrés de chaleur et le choléra en permanence, je suis claquemuré au fond de mon ermitage à Montferrand, plongé dans la plus complète apathie qu'il soit possible d'imaginer. Vainement la faveur et les rigueurs des opinions belligérantes viennent-elles m'assiéger dans ma retraite, et me fournir à tout instant l'occasion de jouer un rôle politique, je suis si profondément dégoûté de tout, que je ferme les yeux et les oreilles à toutes les démarches, et préfère mon ennuyeuse nullité. Cependant le bruit que je fais de temps en temps, me distrait et m'amuse. A présent que la presse départementale prend de l'importance et suit en grande partie l'impulsion que je lui ai donnée, aussitôt qu'une question importante paraît, mes articles sont répétés depuis Marseille jusqu'au Pas-de-Calais, dans la Vendée surtout, et il en résulte une lutte d'opinions qui tôt ou tard aura un grand effet. Quant à nos collègues les journalistes de Paris, c'est un plaisir de voir, à droite et à gauche, comme ils me dénaturent et me dissèquent. Mais que m'importe? — Cependant je les ai touchés au vif. La gauche a envoyé ici un certain O***, qui a tiré sur moi à boulets rouges dans l'*Indicateur*. Mais son feu s'est éteint, parce que le public s'en moquait; et comme je n'ai pas voulu lui répondre, il s'est ennuyé de monologuer. Maintenant voilà le journal légitimiste, la *Guienne*, qui reçoit du comité carliste de Paris de longs articles contre moi. C'est pardieu bien ce que je désirais : l'un compensera l'autre, et je ne sais comment ils sont assez dupes pour ne pas le voir.

Oh! que notre pauvre France est arriérée!... Que nos jeunes gens sont fous!... Que nos vieux meneurs à uto-

pies républicaines, cherchant une monarchie-république,
c'est-à-dire un cercle carré, sont nuls, niais, stupides, et
dignes de gouverner, non pas des hommes, mais un troupeau de dindons, tout au plus. Si l'on avait juré de perdre un pays, certes jamais on n'aurait pu faire pire que
ce que fait l'opposition depuis dix-huit mois, et je ne
sais qui l'emporte, ou de la perversité de certains de ses
membres, ou de l'incapacité des autres. Ah ! malédictions
du ciel.... est-ce pour tant de bêtises que nous avons fait
la révolution de Juillet!... C'est à mourir de chagrin.

Je sais qu'en votre qualité de *Belge*, vous voudriez
plus d'énergie à notre politique extérieure. Certes, je le
désirerais aussi, et vous avez pu en avoir la preuve dans
les insinuations bien claires que j'ai jointes à mes articles sur ce sujet. Mais c'est précisément les factions intérieures qui, rendant le gouvernement de Louis-Philippe
précaire aux yeux des étrangers, lui ôtent sa force diplomatique. Comment craindraient-ils un gouvernement
qu'on leur donne l'espoir de voir renverser d'un moment à l'autre? — Le *National* n'a-t-il pas eu la franchise, je devrais dire l'impudeur, de dire que, puisqu'on ne voulait pas républicaniser le gouvernement,
l'opposition républicaine ôterait au gouvernement toute
force intérieure, afin de lui faire perdre toute influence
au-dehors, et d'empêcher les étrangers de traiter définitivement avec lui ! — Voilà où nous en sommes : chaque
émeute, chaque insurrection, chaque démarche politique
du genre de l'infâme compte-rendu (mélange de mensonges, d'hypocrisie et de folie) ébranle d'autant notre
indépendance extérieure, et sans toutes ces scélératesses,

il y a long-temps que tout serait fini à votre grand avantage et au nôtre.

Mais, direz-vous peut-être, si le gouvernement français
avait été moins tenace ; s'il eût fait des concessions plus
larges aux opinions démocratiques, l'opposition aurait
cessé de l'attaquer aussi hostilement, et il aurait pris plus
de stabilité dans la nation. Hélas, mon cher, si vous par-
liez ainsi vous seriez bien dupe !... Le gouvernement n'a
déjà que trop cédé, et s'il eût cédé un peu plus, il y a
long-temps qu'il n'existerait plus. C'est faire trop d'honneur aux factions que de les supposer de bonne foi. Ce
qu'elles demandent n'est jamais leur dernier mot ; et,
comme elles sont irréconciliables avec la monarchie constitutionnelle, elles se feront une arme contre elle de tout
ce qu'on leur accordera au-delà de la ligne qu'on ne devait pas dépasser, et qui, malheureusement, est franchie
depuis long-temps. Et, comme la nation n'a pas d'unité
politique, de mœurs libres, d'ensemble traditionnel, elle
flotte, se désunit, se fractionne, sans savoir ce qu'elle fait,
et donne les mains, le plus souvent, à accomplir, à son
insu, ce qu'elle maudirait avec horreur si elle voyait d'a-
bord le fond du sac. — C'est la tour de Babel perfection-
née... Si vous saviez quel tripotage sont nos élections politiques et municipales ?... Il ne manquait plus que d'y
joindre des élections de pairs !... N'êtes-vous pas satisfait de votre sénat électif !... Encore notre situation était,
sous ce rapport, bien plus belle, et il a fallu toute l'ignorance de nos républicains pour parvenir à la mettre à peu
près de niveau avec la vôtre !...

Certes, *personnellement*, nul n'est plus républicain que
moi. Je ris de tous les titres, de toutes les distinctions

honorifiques, de tout ce verbiage aristocratique de salons ou de ruelles. Une tasse de lait à déjeûner, un plat à dîner, un chapeau de paille, des sabots, une veste de gros drap ou de toile, selon la saison, voilà mon régime, et je vis pêle-mêle avec les paysans, matelots, artisans, etc., etc. Mais on ne doit pas calculer les institutions gouvernementales du pays sur ses mœurs *à soi;* il faut voir non ce qui nous conviendrait, mais ce qui convient au pays dans son ensemble. Or, l'idée d'une république, ou seulement d'institutions républicaines dans la France du dix-neuvième siècle, est une si parfaite bêtise, qu'il y a de quoi en crever de rire. Notre vieux Lafayette est un vertueux étendart d'insurrection; mais passé cela, c'est fini, c'est la plus belle nullité qu'il soit possible d'imaginer; et quand il s'est promené dans Paris en uniforme polonais, avec applaudissement de quelques écervelés de dix-huit à vingt ans, il croit avoir décidé une question politique... Hélas! bon Dieu, s'il avait seulement réfléchi à l'histoire de Pologne, à part même toutes les circonstances actuelles, il se serait convaincu de toute la folie de ses idées!... C'est là qu'il pourrait voir ce que c'est qu'une royauté entourée d'institutions républicaines. —C'est l'enfer sur terre, et je crois bien que la nationalité polonaise ne périra pas, pour une excellente raison, c'est qu'en réalité elle *n'a jamais existé.* — Ce que je prouverai quand on voudra.— A-t-on envie de dénationaliser la France? — Qu'on nous donne un trône entouré d'institutions républicaines. — Si cette sotte anomalie pouvait s'établir, ce qui heureusement est impossible, la nationalité française serait bientôt détruite!...

Enfin, laissons tout cela Je vous dirai qu'il fait un

chaud d'enfer, que le choléra commence, que je suis malade depuis dix ans d'une affection d'entrailles; que je n'ai plus aucun goût, aucune passion, aucune action; que je m'éteins, que je meurs tout vif de dégoût, de tristesse, d'inertie. Je ne donnerais pas six liards de la terre et du ciel. Je n'ai plus un peu de vie que dans le cerveau, quand quelque pensée chaleureuse vient me ranimer. Autrement, je suis mort des pieds à la tête.

Adieu.

———

Montferrand, 5 janvier 1833.

AU MÊME.

Vous avez raison de vous plaindre, mon cher Campan; mais je suis devenu si campagnard, si solitaire; en même temps si occupé, si chargé d'affaires et de correspondance pour tout le monde, moi excepté; de plus encore, je suis d'une si mauvaise santé, que je laisse en retard une foule de choses que je me promets chaque jour de faire, et que je ne fais jamais. Je vais écrire à Bordeaux qu'on vous envoie le *Mémorial*. Nous n'avons parlé tout ce mois-ci que *sucre*, *colonie*, *raffinerie*, prohibition, au sujet de la loi de M. d'Argout sur les sucres, loi que tout le commerce de Bordeaux trouve fort mauvaise. Ils m'ont chargé de leur faire pétitions, mémoires, et tout ce qui s'ensuit; ils voulaient m'envoyer à Paris pour défendre leurs intérêts, abandonnés par une défection que je n'explique que par la légèreté anti-commerciale et anti-politique de l'esprit de nos députés. Mais, ma foi, n'étant pas allé à Paris pour choses bien autrement graves, je n'irai pas pour celles-là ; je veux rester dans mon trou. — *All in due time*, le moment n'est pas encore venu. — Il viendra immanquablement, si je veux ou si je ne suis pas enterré ; mais, ma foi, je ne me soucie plus de rien... que de me chauffer quand il fait froid, comme ce soir, par exemple ; ou de bâiller, de m'étirer, et de m'endormir dans mon fauteuil, moi solitaire, éternellement reclus, quand ma lampe s'éteint, et que je suis fatigué de réfléchir... Car toute ma vie se passe à réfléchir : c'est assez amusant, mais il faut y être fait, sans cela ce serait fort ennuyeux.

Néanmoins, un de ces quatre matins, je vous consacrerai une couple d'heures, et je vous enverrai quatre pages finement griffonnées. Jusque-là faites crédit à ma paresse ou à ma misanthropie.

Montferrand, 25 juin 1833.

A M. **J.-B. Durand**, à Libourne.

Mon cher complice,

J'ai reçu successivement vos deux lettres : la première m'entretenant de deux objets d'intérêt public, la seconde d'une affaire personnelle à votre famille. Je suis à la campagne, toujours dans un fort mauvais état de santé, ce qui ne m'a pas permis de faire immédiatement ce que vous désirez et de vous répondre promptement.

Vous ne devez pas douter que je ne fasse tout ce qui dépendra de moi pour le succès de vos désirs ; mais hélas !

mon cher, ce que je puis se réduit à bien peu de chose, malgré l'apparent crédit dont on me fait honneur. Deux raisons spéciales neutralisent toutes mes démarches aujourd'hui : la première, c'est l'inertie, l'incurie, l'impuissance administrative du gouvernement entier ; depuis les hauts degrés jusqu'au bas de l'échelle, on ne fait rien, on ne décide rien, on ne prend parti sur rien ; on verra, on s'en occupera, on réfléchira ; on désire faire marcher la machine, et on en sent, dit-on, l'importance ; mais toutes les fois qu'il est question d'y mettre hardîment la main, on hésite, on tâtonne, on recule, on dresse des autels au néant. Quant à moi, mon cher, on me fait beaucoup de compliments, on me proteste d'une vive reconnaissance pour le dévoûment que j'ai mis à servir le gouvernement dans sa marche politique, à mes périls et risques ; mais si je donne un conseil général, on le trouve trop fort, trop entier, trop véhément. Si je fais une demande particulière, on crie bien fort qu'aucune recommandation ne peut avoir le poids de la mienne ; mais il se trouve toujours quelques faux-fuyants pour ne rien faire de ce que je désire, et quelque misérable intrigue de coulisse administrative conduit presque toujours à une décision contraire. Ce que je vous dis là, je ne le dirai pas à tout le monde ; mais la marche du gouvernement, basée sur une bonne idée politique, tombe, quant à l'exécution, dans une nullité, dans une niaiserie qui dépasse toute expression. Déjà, par sa faiblesse à Paris, il a compromis, sinon perdu, tout le fruit de l'éclatante victoire du 6 juin, et les factions, les républicains surtout, deviennent plus insolemment hostiles que jamais. Nous marcherons ainsi à une nouvelle crise, et ce sera toujours à recommencer, à moins que Dieu ou le diable ne s'en mêle.

Adieu, mon cher complice; pardon du désordre de cette lettre; mais je suis si morose et si mécontent dans le fond de mon ermitage, que vous devez m'excuser.

P. S. Diriez-vous que notre mairie de Bordeaux *refuse* de faire une adresse au roi sur les événements du 6 juin? et cela sous les plus misérables prétextes; mais en réalité pour éviter de se prononcer contre les républicains, et pour rester dans une honteuse neutralité entre le gouvernement et l'opposition jacobine... C'est pourtant ainsi!... Pauvre France! périr avec tant de moyens de force et de salut!...

———

AU MÊME.

Mon cher Durand,

B*** m'a effectivement écrit, et je lui ai répondu quatre grandes pages. Demandez-les lui; cela me dispensera de vous répéter les mêmes développements. Notre ami est bien heureux d'être dans un si bel et si confiant optimisme! Je suis bien, bien loin de partager sa confiance; je trouve notre gouvernement bien piteux, en admettant que nous ayons un gouvernement, ce qui ne me paraît pas bien prouvé.

M. Bowring est venu dîner avec moi, à Monferrand, dimanche dernier. Nous avons beaucoup causé; mais toutes nos illusions sont détruites. Les grimaces de notre gouvernement, qui fait semblant de se prêter à nos démarches en faveur de la liberté commerciale, ne m'en imposent pas. C'est une mystification de plus pour nous faire passer le temps et prendre notre mal en patience. Aussi, je me prêterai à tout cela avec un grand dégoût, dégoût plus grand encore que sous la restauration. Nous n'avons rien à espérer du gouvernement, ni en *finances*, ni en *agriculture*, ni en *commerce*. Voyez ce qui vient de se passer dans la chambre au sujet de la loi sur le tarif des sucres ! Jamais le système prohibitif n'a été si insolemment ignorant. Ministère, majorité, minorité, tout cela est sur le même niveau, et je rougis, en pensant à cette séance, que mon pays soit mené par de tels chefs de file. Je vous le répète, tout ce que nous ferons sera de l'eau claire. Bowring s'abuse lui-même sur le compte de notre gouvernement ; peut-être aussi sur celui du gouvernement anglais, quoique je ne croie pas ce dernier aussi profondément ignare que le nôtre en économie politique. Jamais nous n'aurons aucun changement de système, que lorsque le midi de la France imitera la Caroline Américaine ; et devons-nous souhaiter un évènement qui amènerait de si épouvantables catastrophes ? Je ne le crois pas. Donc, il ne nous restera qu'à ployer la tête, et à nous laisser ruiner pour enrichir les *financiers*, *les maîtres de forges*, *les colons*, *ou faiseurs de sucre de betteraves*, etc., etc., car les meilleurs arguments ne changent rien à un parti *pris* et *arrêté contre nous* ; les hommes les plus haut placés n'entendent rien à ces questions, et ne veulent même pas s'en mêler.

Montferrand, 5 février 1834

M. ***, Député de la Gironde (1).

—

Monsieur,

Je regrette, comme vous, qu'un dissentiment politique soit venu troubler les rapports qui existaient entre nous. Je vous remercie de l'expression de vos sentiments particuliers, et je vous prie de croire à la réciprocité de l'estime affectueuse qui m'a toujours animé pour vous.

Je n'ai donc aucune raison personnelle pour refuser l'entrevue que vous désirez, quoique, dans cette dernière circonstance, la lettre d'envoi que vous avez écrite aux électeurs du sud, en leur adressant votre déclaration de principes, soit une véritable accusation; accusation dont vous auriez pu vous abstenir, d'abord parce qu'elle n'est pas fondée, ensuite parce que, accuser de vous ôter les moyens de publicité ceux-là mêmes qui, par leur appui public, ont fait votre succès, est un contre-sens qui n'a point échappé et qui ne pouvait échapper aux électeurs.

Ce n'est point, Monsieur, par acte de *volonté despotique*, ainsi que l'un de vos amis me l'a dit; c'est encore moins par pique de *journal à journal*, petit et misérable sentiment dont vous n'auriez pas dû me croire capable, que je tenais à l'insertion de votre déclaration de principes dans le *Mémorial seul*. Vous pouviez comprendre fa-

---

1) Cette lettre et la suivante ont été trouvées en brouillon dans les papiers laissés par H. Fonfrède.

cilement que, n'ayant pu briser entre l'opposition et vous
cette alliance qui n'aurait pas dû être formée dans le passé,
je voulais au moins la briser pour l'avenir, et remettre
l'effet moral de l'élection dans la ligne que vos amis et
vous n'auriez pas dû lui faire perdre. Je voulais savoir
aussi jusqu'à quel point vous teniez à cette alliance, et
quelle force de volonté vous auriez pour la rompre. Tels
étaient mes motifs, Monsieur, et malheureusement l'é-
preuve a été contraire à mon attente.

Je ne voudrais pas que vous me trouvassiez trop bizarre
ou trop romantique dans la comparaison que je vais employer ; mais permettez-moi de vous dire qu'en politique
comme en amour, quand une fois la confiance intime est
altérée, si peu que ce soit, il est à peu près impossible de
lui rendre sa candeur et sa force première. Je sais que
dans le monde on en simule l'apparence, et l'on s'en contente, mais cela m'a toujours été impossible. De là vient
qu'on a crié souvent contre mon caractère cassant, irras-
cible, despotique, et j'ai dû supporter les conséquences
fâcheuses qui en sont résultées pour moi dans l'opinion.
C'est une résignation dont j'ai tellement pris l'habitude,
depuis la révolution surtout, qu'elle ne me coûte plus
aucun effort. On m'a fort charitablement averti que notre rupture serait une nouvelle occasion pour moi d'en-
courir un blâme de ce genre. Qu'y faire? Le supporter
sans sourciller?..... Oui. — Changer d'avis?... Non. Ni
cette fois, ni jamais.

Tout en consentant fort volontiers, Monsieur, à l'entrevue que vous demandez, j'ai dû vous faire connaître
mes sentiments, afin que vous pussiez juger si elle ne
nous serait pas plus pénible à l'un et à l'autre, qu'utile

et conciliatrice. Je m'empresse de vous répéter que tout ce que je vous ai déjà dit, et tout ce que je vous dis ici, s'adresse à l'homme politique seul, et n'atteint en rien l'homme privé, pour lequel je conserve les sentiments d'affection que je vous ai toujours manifestés depuis que j'ai fait votre connaissance.

Je dois partir aujourd'hui pour la campagne, mais sitôt mon retour j'aurai l'honneur de vous faire prévenir. Veuillez, en attendant, recevoir l'assurance de mes sentiments personnels.

Montferrand, 30 mars 1834.

M. **Dupin aîné**, Président de la Chambre des Députés, à Paris.

—

Monsieur,

Je vous adresse à vous-même l'explication suivante, que j'ai cru devoir donner à plusieurs de mes amis, parce qu'il importe à l'honneur du journal auquel je travaille, que l'injustice de la censure prononcée contre lui, par vous, comme président de la chambre des députés, soit parfaitement connue.

L'article du *Mémorial Bordelais*, dont on a fait tant de bruit à la chambre, n'émane en rien du ministère ; M. le maréchal Soult et ses collègues y sont aussi étrangers que vous.

Je n'ai pas rédigé cet article, parce que je manque d'instruction militaire. Nous nous sommes donc adressés à un de nos amis, qui nous a plusieurs fois donné des articles sur des sujets semblables, et qui, en sa qualité d'homme spécial, a rédigé celui dont il est ici question.

La censure que vous avez prononcée contre le *Mémorial Bordelais*, rédigé par des gens d'honneur qui n'étaient pas là pour se défendre, me paraît souverainement entachée d'injustice, d'inconstitutionnalité, d'illégalité.

D'*injustice*, car elle est basée sur un fait faux, sur une supposition calomnieuse, qu'on n'a pas pris la peine de vérifier ;

D'*inconstitutionnalité*, car nous avons très-incontestablement le droit d'examiner les actes de la chambre et de ses commissions, et de les blâmer, même sévèrement, s'ils nous paraissent dangereux. Nous avons usé de ce droit avec modération et fermeté, et par conséquent, en cela, nous n'avons manqué ni à l'indépendance, ni aux droits de la chambre. La sentence que vous avez fulminée contre nous est la négation de tous les principes de la liberté constitutionnelle ;

D'*illégalité*, enfin, car si la chambre, croyant sa dignité blessée, voulait absolument condamner l'article du *Mémorial Bordelais*, elle est en possession d'une juridiction spéciale qui lui donne le droit de se faire justice à elle-même, *mais après nous avoir cités, mais après avoir entendu notre défense.* Supprimer toutes les formes légales, toutes les garanties, et, dans un moment d'irritation sans motif, nous condamner sans nous entendre, est un acte que je m'abstiens de qualifier, de peur que des paroles, mêmes adoucies, ne fussent trop empreintes du sentiment qu'il m'a fait éprouver.

Peut-être dira-t-on, Monsieur, qu'il n'y a pas eu condamnation, puisqu'aucune peine n'a été prononcée contre le *Mémorial*. Mais vous ne pouvez penser qu'une telle explication fût admissible. Quelques mille francs d'amende et quelques mois de prison ne sont rien ici, — pour nous au moins, — qui, dans la révolution de juillet, nous étions dévoués à de plus grands sacrifices. La vraie condamnation, Monsieur, pour des cœurs bien placés, c'est le blâme public, c'est l'improbation morale du pays prononcée par le président de la représentation nationale. Or, sous ce point de vue, tout le mal que vous pouviez nous faire, vous nous l'avez fait, ou du moins vous avez essayé de le faire; car nous croyons notre indépendance et notre honneur infiniment au-dessus de cette censure injuste, que nos concitoyens ont accueillie comme elle méritait de l'être, c'est-à-dire comme un inexplicable contre-sens.

Il m'est pénible de vous écrire sur un pareil sujet, surtout après la bienveillante estime que vous m'avez souvent témoignée; mais vous m'avez mis dans le cas de légitime défense, et je manquerais à ma propre dignité si je me taisais. Le tort grave que vous avez eu envers nous, Monsieur, a été public. Simples citoyens, nos lois ni nos mœurs ne nous donnent aucun moyen d'y remédier. Mais, si j'étais à votre place, je sais très-certainement que, pour réparer une injustice, le désaveu public de cette injustice serait promptement prononcé par moi. Toutefois, je n'ai pas l'orgueil de vous dicter ce que vous avez à faire, et je me borne à vous assurer du profond respect avec lequel j'ai l'honneur d'être, etc.

A M. **J.-B. Durand**, à Libourne.

—

Mon cher Durand,

Je n'ai pas eu une minute pour répondre plus tôt à votre lettre.

Venez quand vous voudrez; vous et vos amis vous serez toujours reçus avec très-grand plaisir dans mon ermitage. Ayez seulement le soin de m'écrire un mot pour que je sois prévenu, et vous m'y trouverez.

Je suis fâché de vous le dire, et j'espère que B*** ne m'en voudra pas, mais il fait comme ces gens qui, quand il pleut, se cachent la tête dans l'eau de peur de se mouiller, et qui finissent par se noyer à force de prudence et de précautions.

Avez-vous vu la sottise que la chambre et M. Dupin ont faite au *Mémorial*? Lisez mon article d'aujourd'hui, intitulé : *Les droits de la presse et du gouvernement ont été violés par la chambre des députés*, et celui que j'enverrai pour demain, et vous m'en direz des nouvelles.

Et le maréchal Soult qui est enchanté de notre article, parce que, n'ayant à Paris qu'une presse ministérielle servile, il a été ravi de voir un journal *libre et estimé comme le Mémorial* prendre la défense de l'armée, le maréchal Soult qui, évidemment, a laissé voir son approbation à tous les députés qui l'approchent, et a approuvé l'insertion que le *Journal de Paris* et le *Moniteur* ont faite de l'article du *Mémorial*, et qui vient ensuite baisser la tête

sous la verge hautaine d'une majorité absurde et usurpa-
trice, qui intime ses ordres au gouvernement, et, malgré
la charte, *lui défend* de rien publier à l'avenir qui exprime une opinion contraire à celle des commissions de
la chambre!... Jamais on n'a vu un gouvernement se
laisser humilier ainsi. Ah! si j'eusse été ministre du roi,
je vous assure que maîtres Dupin et Passy auraient été
joliment mis à leur place, et la riposte de leur harangue
ne se serait pas fait long-temps attendre. Je vais leur dire
leur fait, moi, en termes clairs et précis. Je défendrai les
droits des citoyens et ceux de la couronne, dont il paraît
que messieurs les prétendus économistes de la chambre se
soucient fort peu ; et, s'ils veulent me faire un procès en
l'honneur de *l'indépendance et de la dignité de la chambre*,
je leur ferai entendre des paroles comme ils n'en entendent pas fréquemment. Et, dans la chambre, il ne s'est
pas trouvé un homme pour défendre le gouvernement!...

Quant à l'élection de Thiers à Libourne, je ne m'arrête
pas à cette idée, même comme supposition éventuelle.
C'est une folie, une véritable mystification. Si les Libournais envoyaient à la chambre, pour député, l'homme le
plus prohibitif, le plus anti-commercial de France, ils
mériteraient d'être traités en ennemis par la Gironde entière, et par tout le Midi, depuis Toulouse et les Pyrénées jusqu'à Nantes. Mais, comme je vous le dis, pour
l'honneur de votre ville, je ne veux pas admettre, seulement une minute, une telle supposition.

Adieu de cœur.

Bordeaux, 13 janvier 1835.

M. **Wustenberg**, Député de la Gironde. — Paris.

—

Mon cher ami,

Je viens d'être sérieusement et très-douloureusement malade, ce qui vous explique le silence de ma correspondance et mon silence dans le *Mémorial*. Je ne puis ni manger, ni dormir, ce qui n'est pas le moyen de reprendre des forces, d'autant que, pour sortir de ma crise, j'ai été obligé d'avoir recours à une forte application de sangsues. Il est bien malheureux pour moi d'avoir une si détestable santé; plus ma tête a d'action intérieure, plus mon corps s'affaisse. Mon organisation se détruit, et j'ai le mortel regret de voir passer sous mes yeux, comme des apparitions fantastiques, mille idées, mille plans de discours, d'argumentations, de projets, que je voudrais produire au grand jour, pour les imprimer profondément dans la conscience de mes concitoyens, lorsqu'au même moment mes forces m'abandonnent et me réduisent à l'inaction. Oh! si mes facultés physiques pouvaient, pour deux ans seulement, se mettre au niveau de mes volontés! Mais ce sont des vœux superflus. Il faut être sage; il faut me résoudre à la nullité quoique mille clameurs intérieures se révoltent en moi-même, me rappelant sans cesse le rôle que je devrais remplir, et la retraite où je suis obligé de me confiner, comme si j'étais un misérable déserteur avec armes et bagages.

Tout cela pour vous dire que je frissonne en pensant

que si Thiers et Guizot, ces deux grands athlètes de la parole politique, avaient une fièvre ou un rhume de cerveau, la tribune, dans les graves questions révolutionnaires, serait presqu'exclusivement livrée à nos adversaires! Je ne sais quelle fatalité nous poursuit, mais plus le *juste-milieu*, seul véritable principe de la révolution, telle que la Providence l'a conçue pour le développement de la race humaine, fait de progrès dans la société, plus nous manquons de candidats officiels pour le réaliser dans le gouvernement. Nous arrivons à ce point, que nos colléges électoraux du juste-milieu nommeront des députés de l'opposition faute d'autres, et mineront le gouvernement en voulant le soutenir.

....

....

Je suis obligé de terminer ici; le courrier me presse. Pendant les huit jours que j'ai passé au lit, ma correspondance s'est accumulée; je suis en retard avec toute la terre. J'ai reçu des livres, des brochures, des documents de toutes sortes. J'ai ici je ne sais combien de monde qui m'attendent, et je ne puis atteindre à tout. Envoyez-moi la brochure de M. Dombasle. J'en ai reçu une nouvelle dans le même sens, que je supposai être de M. David; mais à présent que je l'ai parcourue, je ne le crois plus; c'est trop mauvais. Quand je pense qu'il faut répondre encore à ce tas d'absurdes iniquités, je me sens saisi d'un profond dégoût pour notre époque; mais enfin, si je m'y résous, ce sera, je vous assure, pour la dernière fois, et si ceux que je réfuterai se plaignent que je les montre à la France trop odieux, trop stupides et trop ridicules, je les prie de se calmer, en considérant que ce sera le *der-*

nier adieu d'un mourant. J'y mettrai le reste de mon âme, et si le papier ne brûle pas, ce ne sera pas ma faute. Adieu.

———— ◆ ————

Bordeaux, 17 janvier 1835.

A M. **J.-B. Durand**, à Libourne.

——

Mon cher ami,

J'ai vu M. le Préfet; je lui ai remis la pétition de M. ***, avec les pièces à l'appui, et je lui ai expliqué de mon mieux la convenance de la mesure sollicitée. M. de Lacoste a parfaitement accueilli ma démarche et m'a promis d'adresser incessamment la demande au ministre, en y joignant un avis fortement approbatif. — Ayant moi-même à répondre à M. Thiers, avec lequel j'ai de très-cordiales relations, je lui recommanderai particulièrement cette affaire.

Notre discussion avec les États-Unis est le fruit de l'absurde et ambitieux tiers-parti. C'est le beau résultat des manœuvres de ***, l'an dernier. Cet homme est mon cauchemar. Il perdrait la France pour un point sur un *i*, et encore il le placerait mal. — Les trois articles du *Mémorial* sont de moi, quoique je n'aie signé que le dernier. J'ai voulu laisser au journal lui-même sa part d'importance dans cette affaire. Au reste, la lettre que Lafayette m'avait adressée et que j'ai fait imprimer dans le premier article, expliquait suffisamment que cela venait de moi. — Puisse la chambre ne pas pousser ses fanfaronnades de

gloriole jusqu'au bout, et ne pas nous embarquer définitivement dans une querelle où tous les torts seraient du
côté de la France; — c'est-à-dire, de ce misérable tiers-
parti, gonflé de vanité, d'impuissance, de *hargnerie*, qui,
dans son économie de bout de chandelles et dans son vif
désir de renverser le ministère, compromettrait sans hésiter le commerce, la patrie et la liberté.—Je n'ose pas
dire que je méprise le tiers-parti et l'opposition actuelle,
mais je les ai en grande pitié et mésestime.—Quant au
gouvernement, il marche en tâtonnant dans sa route; et
quand il a raison, il fait semblant d'avoir tort, pour complaire aux sottes susceptibilités, aux anarchiques velléités
d'une chambre qui voudrait bien avoir du bon sens, mais
qui voudrait aussi ne pas heurter ceux qui n'ont pas le
sens commun. Il y a de quoi donner son âme au diable
de voir tout cela. Quelle galère !

Tâchez que notre ami ***, qui m'avait l'air d'incliner
au tiers-parti, s'arrête en route et revienne au giron. —
Quant à moi, en quelque circonstance que ce soit, sur
quelque sujet que ce soit, je dirai haut, net et très-clair,
ce que je croirai juste ou vrai, sans m'inquiéter ni de
l'approbation de la chambre, ni des dispositions de tout
autre auditoire. Soyez convaincu que c'est le seul moyen
d'amener à soi les convictions sincères, qui peuvent être
momentanément égarées, mais qui reviennent et se laissent
toucher par le magnétisme de la vérité.

J'ai horreur de la *politique d'expédients*, et j'aimerais
mieux tomber dix fois du ministère que de courtiser une
seule minute les impéritles de l'opposition.—Il résulte de
toutes ces tergiversations une espèce de torpeur qui allan-
guit tout, et qui laisse le gouvernement, perpétuellement

victorieux, sous le coup de nouvelles attaques et de nouvelles incertitudes. C'est le moyen de ne rien finir.—Ah!
si tous ces grands tacticiens parlementaires avaient affaire,
une fois, à un homme politique qui parlât à la tribune
comme dans sa chambre, et qui marchât droit au but,
sans jamais rompre, tout s'éclaircirait bien vite. — Une
fois le marché à la main, la chambre ne serait pas assez
bête que de tomber dans l'opposition, et si elle y allait,
eh bien! soit!... Alors nous verrions, et il ne faudrait
pas une longue épreuve pour prouver à la France que,
loin de pouvoir aller *au-delà* du système du 13 mars, ce
système est encore trop bon pour elle!

Adieu; je suis bien bête, moi aussi, de prendre tout
cela au sérieux. — Portez-vous mieux que moi et buvez
sec.—Moi, je vais me mettre au pain et à l'eau pour me
rafraîchir.

Votre dévoué.

———

Montferrand, le 1er février 1835.

AU MÊME.

Mon cher ami,

Voici les deux lettres que vous désirez :
Une pour M. Guizot,
Une pour M. de Lacoste, actuellement à Paris, pour le
brevet d'imprimeur de M. ***.

Je les ai faites comme je crois convenable pour réussir,
d'après mes relations particulières. — M. de Lacoste étant
à Paris, il est plus convenable de s'adresser à lui, pour
une *affaire de sa Préfecture*, que d'écrire au ministre di-

rectement. D'ailleurs, je suis sûr qu'il lui montrera ma lettre.

Ah! mon cher ami, que je suis fatigué! que je suis triste! que je suis malade!..... Quelle chambre!!!.... C'est pire que tout ce que nous avons vu jusqu'à présent!... Il n'y a pas un *tiers-parti* : il y en a dix à douze. Tout cela est parqué, en petits paquets, avec de petits chefs, de petites intrigues, de petites passions, empêchant le gouvernement de faire et ne sachant rien faire. — Le diable m'emporte s'il n'y a pas de quoi désespérer de la liberté et de tout, avec une nation aussi saugrenue que la nôtre.

Je donnerais la moitié de ce qui me reste pour ne m'être jamais mêlé de politique. —J'aurais le cœur plus tranquille et l'esprit moins malade.

Adieu; mes amitiés à tous, et particulièrement à M. David.

Bordeaux, 31 mai 1835.

A M. **Wustenberg**, Député de la Gironde. — Paris.

Mon cher ami,

La dissolution, la démoralisation, l'insubordination, qui travaillent le corps social, n'ont jamais été poussées aussi loin depuis l'invasion des barbares. L'opposition actuelle est bien la plus mésestimable agrégation de méchantes fureurs et d'incapables esprits dont on ait jamais entendu parler. Je suis en extase devant son impudeur et devant son immoralité. Vous pouvez le crier en mon nom à toute la terre. Si cela continue, et que la nation française ne jette pas de la boue à la face de l'opposition, j'aurai mauvaise idée de la nation française.

....

Laissant les tristes côtés de notre intérieur, j'en viens à ce que vous me dites de l'Espagne. Je connais bien des détails à cet égard depuis plusieurs courriers. Vous devez connaître à présent, sans doute, la manière dont les ministres sont partagés dans notre cabinet sur cette question. Pour moi, elle me pèse; mais pas du tout sous le même point de vue qu'à eux. Depuis la mort de Ferdinand, je suis convaincu que notre ministère a pris cette affaire tout au rebours. J'approuve, sans doute, son but et ses intentions; mais ni ses intentions ni son but ne me paraissent réalisables. C'est une charge absurde que d'avoir assumé sur nous la condition de faire vivre et durer la ridicule parodie de gouvernement monarchique et constitutionnel qui se joue en Espagne. Il n'y a là ni constitution, ni monarchie, ni juste-milieu. Je ne sais pas de moyen d'organiser dans un pays et d'y faire vivre un gouvernement dont les éléments manquent. Il y a, en Espagne, un parti absolutiste fort et fanatique, un parti révolutionnaire fort et fanatique, tous les deux ignorants et ambitieux. De classe moyenne, éclairée, puissante, courageuse, capable de soutenir l'État, il n'y en a pas, ou du moins elle est insuffisante et faible. —Quelle rage nous a donc pris d'aller improviser, en pareil lieu, une monarchie constitutionnelle avec une femme pour régente et un enfant au berceau pour reine? On parle d'intervenir;

et je conçois qu'après la faute primitive qu'on a faite, et
le traité de la quadruple alliance, et l'intervention, et
toute mesure semblable coule assez naturellement de
source. Moi-même, je suis très-gêné pour en dire mon
avis; car, pour me donner une satisfaction d'amour-propre, je ne veux pas nuire au gouvernement, et lui reprocher un résultat dans lequel il s'est entêté malgré tous
les avis. Personne n'a crié plus haut que moi. Les publi-
cistes parisiens ont ri de mes prédictions et se sont pava-
nés d'aise aux premières apparences de réussite. Mais tout
cela n'a pas empêché la vérité d'être la vérité. La vérité
est qu'il faut à l'Espagne une *révolution*, et non pas un
gouvernement, une *transition dictatoriale*, et non pas une
constitution. Quoi! disait-on, avez-vous bien réfléchi à
toutes les horreurs qui en suivront? — Et vous, répon-
dais-je, avez-vous bien réfléchi que vous n'éviterez pas
une seule de ces horreurs? Massacres, troubles, guerres
civiles, banqueroutes, n'avez-vous pas tout? Qu'avez-vous
épargné? Où allez-vous? En quoi êtes-vous plus avancés
que le premier jour? Vous avez en Espagne trois partis,
dont aucun n'est capable de gouverner, et dont chacun
est capable d'empêcher les deux autres de gouverner. Vous
avez un sol hérissé de misères, de moines, de juridictions
sacerdotales, de biens de couvents, de priviléges de provinces. Avec tout cela, qu'y a-t-il de régulier à faire? Et
cependant quel moyen, vous, *hommes d'ordre et de paix*,
avez-vous de niveler tout cela? Aucun; vous êtes impuissants. Eh bien! il fallait vous abstenir et laisser faire la
Providence. Les partis extrêmes seraient venus successivement au pouvoir, se seraient renversés, se seraient rétablis, auraient labouré dans tous les sens le vieux sol

de l'Espagne; ensuite, la réaction de morale, d'ordre et de paix, serait venue quand l'orage aurait épuré l'air et le sol. — Le mal, c'est que les hommes savent rarement prendre un parti décisif, et veulent s'arranger avec tout. Il y a des choses qu'il faut laisser passer et avec lesquelles il ne faut pas s'arranger du tout. Prenant les choses au point où on les a naturellement conduites, il y a trois points de vue dans l'intervention :

Le côté financier, le côté militaire, le côté gouvernemental.

Le côté financier est pénible, très-pénible; je suis sûr que M. Humann et M. Maison y résisteront de toutes leurs forces. Néanmoins, si le côté politique et gouvernemental était utile, je passerais bien, moi, sur la plaie financière.

Le côté militaire, bon; succès presque-sûr, malgré de fâcheux augures. Les deux partis contendants étant à peu près égaux, il est clair que nous emporterions assez facilement la balance du côté que nous appuyerions. L'armée, d'ailleurs, serait enchantée de sortir d'inaction; cela l'attacherait au roi et aux princes, cela donnerait à l'Europe une nouvelle preuve que nous ne la craignons pas, etc., etc., etc. Mais le côté gouvernemental?... Oh! mon ami, voilà le diable, le grand diable d'enfer. Une fois les bandes de don Carlos dissipées, comment vous y prendrez-vous pour que le gouvernement de Christine règne, administre, fasse marcher l'Espagne dans tous ses ressorts? Malheur à Christine si elle gouverne! Malheur à don Carlos s'il monte au trône! Malheur au parti révolutionnaire s'il improvise un gouvernement radical, des cortès ou autres! Le plus malheureux sera certainement celui auquel échoira le timon des affaires. Et nous, que cela ne concernait pas, qu'allons-nous nous empêtrer dans cette besogne?

On craint pour la France le contre-coup du règne de don Carlos ou de la république anarchique en Espagne... Quant à moi, c'est ce que je ne crains pas du tout. La France n'en serait que plus portée à réagir vers l'ordre dans son intérieur, quand elle verrait près d'elle les effroyables effets de l'anarchie populaire ou de l'absolutisme royal. Mais ce qui pèsera longuement, horriblement, effroyablement sur nous, c'est la nécessité de faire vivre l'absurde royauté actuelle, de lui parer ses fautes, de lui donner des conseils qu'elle ne pourra suivre, et d'être obligés ensuite de porter les coups pour elle. — Et les finances?

J'enverrais cette monarchie à tous les diables, et je laisserais faire *une révolution et une contre-révolution simultanées en Espagne.*

Adieu.

Bordeaux, le   août 1835.

A M. **J.-B. Durand**, à Libourne.

—

Mon cher ami,

Que faites-vous à Libourne? Ferez-vous quelque adresse bien vigoureuse? Ici, cela va; tous nos corps constitués se déclarent. La cour royale hésitait, mais ce matin la décision a été bien prise.

Que serions-nous devenus, bon Dieu, si le roi et les trois princes eussent été tués! Quel miracle inouï qu'ils ne l'aient pas été! Quel homme que ce roi, quelle présence d'esprit, quelle grandeur d'âme! J'en ai les larmes aux yeux en écrivant. Et ces loups enragés de républicains qui ne voient pas qu'ils travaillent pour Henri V.

A Montferrand, tous les habitants de la commune et lieux voisins m'ont fait une sorte d'ovation; ils ont planté devant ma porte un mât de dix-sept mètres, chargé de drapeaux tricolores et d'inscriptions en l'honneur de la révolution et de votre serviteur, le tout soutenu par les volées d'artillerie de leurs fusils de chasse. Je les ai laissé faire; il n'y a pas de mal que le pays sache où sera la force populaire en cas de besoin. Ici, l'*Élection* (1) ayant refusé d'insérer la proclamation du maire, s'est crue obligée de se mettre sous la sauvegarde de la police!... Jugez comme les républicains sont bien vus. Ah, mon Dieu! mon Dieu!

Mes souvenirs à tous nos amis, notamment à M. David.

P. S. Voilà trois jours que je ne dors pas.

———

Montferrand, 8 mars 1836.

AU MÊME.

Mon cher,

Depuis que je vis, j'ai vu bien des choses honteuses pour la France, mais jamais rien qui approchât de ce qui se passe aujourd'hui. C'est une misérable pensée que celle qui a donné naissance au ministère actuel : mensonge né d'un mensonge, et destiné à mentir toute sa vie.

---

(1) Journal républicain de Bordeaux.

Il faudrait une causerie intime pour vous développer mes idées sur ce point, et vous faire connaître les faits qui leur servent de base. Il est infiniment probable qu'à Libourne ceux d'entre vous qui seront les mieux informés le seront néanmoins fort mal. Mais tôt ou tard les faits extérieurs parleront aux plus incrédules.

En attendant, me voici de nouveau écrivain d'opposition. Je la fais encore très-bénigne, parce que le public n'étant pas au fait du dessous des cartes, ne me croirait pas, et crierait à *l'exagération* (comme de coutume, car vous savez que c'est un usage passé, contre moi, en force de *chose jugée*), si je disais nettement ce que je pense du grand capharnaum où l'on embourbe les destinées de la France; mais, petit à petit, je m'expliquerai plus clairement sur les procureurs fondés de *** et les protégés du compte-rendu, sans oublier le grand T*** et la princesse de L***.

Adieu, mon cher ami; rappelez-moi au souvenir de toutes nos anciennes connaissances, et comptez sur la sincérité de mon attachement.

Montferrand, 16 mars 1836

A M. **Jouis**, à Bordeaux.

Mon cher Jouis,

Il y a un siècle que nous n'avons pu nous rencontrer. Le temps y a mis bien des obstacles. Voici bientôt la belle saison, et j'espère que nous nous verrons plus souvent.

Il serait trop long de vous expliquer dans une lettre tout le dessous de cartes du brouillamini absurde de notre pauvre politique. La chambre est composée, d'une part, de brouillons ambitieux, méchants, roués, grands pour les petites choses et petits pour les grandes; d'autre part, d'un tas innombrable d'innocents gobe-mouches, qui ne comprennent pas ce qu'ils voient, quoiqu'ils ne voient pas plus loin que le bout de leur nez. Tout cela forme, comme vous pouvez le juger, un bien mauvais instrument de gouvernement. On vit au jour le jour; on ne sait pas aujourd'hui ce qu'on fera demain. Le ministère, ou du moins le cabinet amphibie qui nous tient lieu de ministère, avait bien réellement combiné de marcher avec le parti de *Dupin* et d'*Odilon Barrot* réuni. Mais, quant à la troisième tentative, Thiers a vu que la chambre, tout effrayée de ce mouvement à gauche, se rejetait, par peur, vers nos amis, alors il a fait de même, et maintenant la bascule penche vers nous. Combien de temps cela durera-t-il? Je n'en sais rien; mais c'est bien mauvais, bien absurde, bien plat. On peut bien faire patienter quelques jours une grande nation, mais on ne peut pas la gouverner à poste fixe, d'une manière profitable, quand elle ne sait pas ce qu'on lui veut et où on la mène. Depuis qu'il y a des assemblées publiques dans le monde, jamais on n'a rien vu de si complètement stupide, niais, incroyable, impossible, que la conduite de la chambre des députés depuis trois mois. Il y aurait de quoi les faire passer par la porte ou par la fenêtre. Et croyez-vous encore qu'ils en soient confus? Oh, vraiment non!... ils s'imaginent en vérité qu'ils exercent la souveraincté infaillible et qu'ils gouvernent la France selon les principes !...

La pêche n'est pas encore commencée ; je n'ai pas pu essayer de prendre une lamproie ; il y a trop d'eau d'en haut. Quant à la chasse, la palu est comme une mer, et tous les chemins sont des fondrières où bêtes et gens s'enterrent jusqu'au derrière. Ainsi rien à faire avant le beau temps.

Adieu.

Montferrand, 26 mars 1836.

A M. **J.-B. Durand**, à Libourne.

Tout le monde me répétant que le séjour de Montferrant m'est nuisible pendant l'hiver, je suis presque décidé à me défaire de mon bien ici pour faire une acquisition où je puisse habiter l'hiver, dans un pays *plus sec, plus élevé*, giboyeux, boisé, où je pourrais faire de l'exercice, peu ou prou, selon ma santé ; mais il me faudrait surtout une très-prompte et facile communication avec la ville. Je suis allé ces jours derniers du côté du haut pays pour voir quelque chose qu'on me proposait ; j'ignore si je pourrai m'en arranger. Les bateaux à vapeur sont, sur ce côté, un admirable moyen de communication. Connaîtriez-vous, dans votre arrondissement, quelque petit lieu qui pût m'être convenable ; du côté de M. Jay, n'est-ce pas agreste et sain ?

Adieu ; si je sais quelque chose de nouveau touchant ***

je vous l'écrirai, mais je vous répète que, pour cette affaire surtout, je suis la plus mauvaise des recommandations. Je suis toujours souffrant.

———————— ✿ ——————— —— -

Montferrand, 20 avril 1836

A M. **Wustenberg**, Député de la Gironde. — Paris.

———

Mon cher ami,

.... Session perdue, politique nulle, économie rétrograde, gouvernement asphyxié et déconsidéré des pieds à
la tête, voilà le ministère du 22 février. L'avenir est bien
triste. Vous savez que je ne me laisse pas facilement dé-
courager, mais cette décomposition morale m'affecte plus
péniblement, cent fois, que la vue d'un grand danger,
d'un péril imminent qu'on verrait de face et qu'on pourrait combattre de bon cœur.

Adieu.

——— ◈ ———

Montferrand, juillet 1836.

A M. ***, Ministre. — Paris.

———

Monsieur,

J'apprends tardivement un fait dont je ne puis me dispenser de vous demander l'explication.

On m'assure que M. ***, député de la Gironde, dans
un dîner chez M. Fulchiron, a, devant plusieurs dépu-

tés, dit tenir de M. de Malleville que vous aviez affirmé à ce dernier que le ministère, choqué de mes articles dans le *Mémorial*, venait de prendre la résolution de supprimer la subvention payée à ce journal par le gouvernement, et que désormais je pourrais écrire tout à mon aise contre les ministres.

Il y a, sans doute, dans cette assertion quelque malentendu bien étrange, car je ne suppose pas que vous ayez cru pouvoir retirer une subvention à un journal qui n'en reçoit pas, qui n'en a jamais reçu, et dans lequel je n'aurais jamais écrit s'il eût été dans une telle dépendance.

Mon silence pourrait accréditer une erreur qu'il importe à mon honneur de détruire à sa source même; c'est pour cela que je m'adresse à vous directement, attendant de vous une explication loyale, claire et complète des circonstances et des propos dont il est question.

J'ai l'honneur d'être, Monsieur, votre très-humble et très-obéissant serviteur.

Montferrand, 22 octobre 1836.

À M. **J.-B. Durand**, à Paris.

Mon cher Durand,

En attendant de vos nouvelles, je viens vous rappeler l'affaire de mes pêcheurs et de mon marin.

Pour l'affaire des pêcheurs, représentez, je vous prie, à M. Duchâtel, de ma part, que l'exigence illégale du conservateur des eaux et forêts indispose tout le monde;

qu'il est inouï de voir un administrateur, nommé par le
roi, plaider devant les tribunaux contre une ordonnance
du roi, claire, explicite, formelle, réglementaire de la
matière même en discussion? Il est désastreux, pour soutenir cette prétention absurde, de voir employer contre de
pauvres malheureux marins toutes les ruses de la chicane
la plus machiavélique, ruses qui les auraient mis dans un
embarras cruel si je ne m'étais fait leur défenseur. Dites-
bien à M. Duchâtel que, quoique j'aie traité la question
à fond à Libourne et à Bordeaux, où *je l'ai gagnée*, jusqu'à présent j'ai ménagé l'administration pour ne pas
trop la déconsidérer, et que je me suis même abstenu de
développer dans le *Mémorial* toutes les iniquités dont
cette affaire est chargée; mais que, si le conservateur suit
son appel devant la cour royale de Bordeaux, je suis résolu à en faire un scandale effroyable, soit à l'audience
où toutes les notabilités de la ville seront présentes, soit
dans le journal où j'en rendrai le compte le plus dé-
taillé. Je le prie donc en grâce, en sa qualité de ministre
des finances, de prescrire au susdit conservateur de ne
pas suivre son appel. — Quant au résultat, il sera toujours
le même pour les finances, car le conservateur perdra
mille fois, s'il plaide mille fois; il n'y a pas un avocat,
pas un jurisconsulte, pas un juge, qui puisse voir dans
ses prétentions autre chose qu'une véritable folie.

Je vous enverrai aussi un exemplaire des procès-ver-
baux du conseil général, que vous me ferez le plaisir de
remettre à M. Duchâtel, en le priant, de ma part, de lire
avec attention la proposition que j'ai faite sur les modifications que nécessite l'arrêté réglementaire du préfet de
la Gironde sur la police de la pêche; le conseil général

a pris ma proposition en considération à l'unanimité; mais comme l'arrêté préfectoral a été rendu exécutoire par une ordonnance royale, le préfet a pensé qu'il ne pouvait le modifier sans avoir l'autorisation du ministre. Je prie donc instamment M. Duchâtel d'écrire au préfet de la Gironde pour l'autoriser et l'engager à donner suite à ma motion, et à proposer au gouvernement toutes les modifications qu'il croira convenables aux réglements de la pêche; ensuite on rendra ces modifications exécutoires par une nouvelle ordonnance royale.

Venons à l'affaire de mon matelot.

Quand on prend un matelot à un navire de commerce pour l'envoyer sur les vaisseaux de l'État, cela est pénible pour l'armateur, mais enfin un homme de plus ou de moins ne décompose pas son équipage.

Mais moi, pauvre diable, je n'ai pour tout équipage, sur ma chaloupe, qu'un matelot que j'ai formé à ma manœuvre et à la direction de mes filets et de ma pêche, et on me le prend pour l'envoyer à cette détestable colonie d'Alger? Est-ce donc une grande faveur que je demande, en priant qu'on me le laisse? Alger périra-t-il parce qu'il y aura un matelot de moins sur les vaisseaux qu'on y envoie? — Priez donc M. Martell de faire quelques démarches aux bureaux du ministère de la marine, pour qu'on écrive à notre chef maritime de me laisser mon matelot qui se nomme *Pierre Mérigon*, de Montferrand, fils d'un vigneron de mes voisins.

Le chef maritime, en me refusant, m'a donné un motif raisonnable de sa détermination : —c'est que s'il me laisse mon matelot, il faudra qu'il en prenne un autre à sa place, ce qui serait une injustice pour cet autre; mais

ponr obvier.à cela, il y a un moyen bien simple : je crois
que la demande de matelots dans notre quartier a été fixée
à 32 hommes, eh bien! que le ministre ait la bonté d'en
retrancher 1, de borner en conséquence la demande à
31, et alors on pourra me laisser mon patron de chaloupe, sans prendre un autre à sa place. Si M. Martell
peut obtenir cela, il me rendra un véritable service.

Adieu, mon cher ami, je vous recommande beaucoup
d'activité, peu parler, écouter beaucoup, peser vos paroles, m'avertir de tout ce qui viendra à votre connaissance, et bien suivre les indications que je vous donnerai ; j'écrirai de mon côté directement à mes amis, et
convenablement, pour les presser sans cependant les im-
portuner.

Aussitôt que M. Ducru sera à Paris, avertissez-m'en.

———

Montferrand, 30 octobre 1836.

AU MÊME.

Mon cher ami,

Je reçois à la fois vos deux lettres du 26. Je vois qu'on
vous a bien accueilli. J'espère qu'on vous donnera autre
chose que de bonnes paroles, et que les faits répondront
aux promesses.

Si je n'accable pas les ministres de recommandations,
soyez sûr et dites-leur bien que ce n'est pas sans résistance aux très-nombreuses demandes qui me sont adressées. Dans cet instant, des personnes auxquelles j'ai grand

peine à faire un refus, m'ont demandé pour M. Duchàtel
les recommandations suivantes :

Deux demandes de recettes générales ;

Deux demandes de recettes particulières ;

Et une demande pour une perception de premier ordre.

Vous voyez la difficulté qui m'assomme. — Si je cède
à toutes ces demandes et que je donne toutes ces lettres
de recommandation, j'importune les ministres, je nuis à
ceux de mes amis que je désire le plus servir; et, en définitive, je n'aboutis à rien, parce qu'il est bien clair que
le ministre, quelque bonne volonté qu'il ait, ne peut placer tout le monde.—Si, au contraire, je persiste à refuser
toutes ces lettres de recommandations, qu'arrivera-t-il?...
Je me ferai des ennemis, ce qui, quant à moi, m'est très-
indifférent, quoique j'en aie déjà assez comme cela; mais
ces ennemis, vexés de ce que je n'ai pas voulu les servir,
me feront faute quand viendront les élections; non pas
contre moi, parce qu'ils savent bien qu'ils ne pourraient
m'empêcher d'être nommé député si la fantaisie m'en prenait, mais contre les candidats du gouvernement qui seront soutenus par moi.

Vous m'aviez promis de me donner l'adresse de l'hôtel
où vous serez descendu. Pourquoi ne l'avez-vous pas
fait?... Je vous aurais adressé le *Mémorial*; il aurait pu
vous être utile. — Réparez cette omission. En attendant,
je continuerai à vous écrire *poste restante*.

....

Vous pouvez communiquer tous ces détails à M. ***;
ils compléteront ce que je lui ai écrit dernièrement.

Je vous prie de lui signaler aussi un fait qui nuit beaucoup à la presse bordelaise.—C'est le changement du cour-

rier du Languedoc, changement effectué par M. Conte.
Autrefois le journal arrivait, sur toute la ligne de Mont-
pellier, *avant les journaux de Paris*. Maintenant, dans
l'intérêt de la presse parisienne, toute dévouée à l'exécrable opposition du *compte-rendu*, on retarde les paquets
de Bordeaux, par un changement d'heure dans les départs,
de manière que les journaux de Paris arrivent dans le
Midi avant le nôtre.—Quand ce changement eut lieu, il
y a environ *deux ans*, je crois, le *Mémorial* perdit à la
fois *plusieurs centaines d'abonnés*. Or, cela fait un mal
incalculable dans la disposition des esprits dans le Midi.
Je fis alors réclamations sur réclamations auprès de M.
Humann, mais sans aucun succès.

Je vous recommande très-instamment l'affaire de mon
matelot, *Pierre Mérigon*, de Montferrand. Il a un frère
mort au service l'an passé, en garnison à Paris. Je n'ai
qu'un pauvre diable de matelot pour toute ma flotte, et
on veut me le prendre pour l'envoyer à cet exécrable
Alger? Certes, le service ne sera pas compromis, parce
qu'on ne prendra que 31 matelots dans notre quartier
au lieu de 32. Priez en grâce M. *** de faire, dans les
bureaux de la marine, tout ce qui dépendra de lui pour
obtenir ce résultat. Hier, nous avons eu un ouragan
épouvantable qui a jeté ma chaloupe à la côte et qui a
brisé je ne sais combien d'embarcations. Si on me prend
mon équipage, je suis un *homme coulé*.

Quant au directeur des eaux et forêts, au lieu de soutenir son employé, il ferait bien de l'envoyer *conserver*
ailleurs, car ici il *détruit* tout; et, dans cette affaire-ci,
son machiavélisme a été aussi inhumain qu'absurde.

L'ordonnance du 10 juillet 1835 est formelle. Il l'at-

taque et la nie de fond en comble; et quand, poussé à
bout par moi, il ne sait plus que répondre à mes reproches; quand je lui représente qu'un administrateur nommé
par le roi ne peut, sans une profonde inconvenance, méconnaître les ordonnances du roi, alors il a l'incroyable
assurance de dire que si cette ordonnance s'appliquait à
la pêche il l'exécuterait, mais qu'elle ne *s'applique pas à
la pêche,* qu'elle ne s'applique qu'à l'inscription maritime !..... Or, elle porte en tête : *Ordonnance pour fixer
les limites de la pêche,* et son second article porte : *Les
limites de la pêche sont fixées,* etc. , etc. Je vous dis que M.*'''
est décidément fou, et si le ministre lui laisse suivre son
appel à la cour royale, il m'obligera à tympaniser l'administration d'une manière effroyable, soit à l'audience
de la cour royale où seront présentes toutes les notabilités de Bordeaux, soit dans le *Mémorial.* Souvenez-vous
que j'ai par-devers moi des faits qui feront un scandale
complet, et vous verrez ce que le gouvernement gagnera
à vexer ainsi ses meilleurs soutiens.

En attendant, vous pourrez dire au directeur des eaux
et forêts que le conservateur *a fait appel* du jugement de
Libourne et de Bordeaux.—Cela est positif. Je suis allé
au greffe m'en assurer, parce que je tiens trop à cette
affaire pour la perdre de vue. Il faut donc que, préalablement, M. le Directeur des eaux et forêts écrive au
conservateur de Bordeaux de ne pas suivre son appel.
Sans cela, la cause sera appelée après la rentrée des tribunaux, et le mal sera fait. J'ai épargné l'administration
jusqu'à ce moment. Mais si on m'oblige d'aller plaider
une cinquième fois ce ridicule procès, vous verrez le re-
tentissement de mes paroles dans toute notre population

maritime. J'avertirai le public du jour de l'audience par
la voie du *Mémorial*. J'expliquerai l'affaire sous ses couleurs les plus odieuses dans deux ou trois articles préalablement imprimés, et le jour de l'audience, au lieu de
contenir mon indignation, je la laisserai couler à plein
bord, tout juste-milieu que je suis. J'étais né pour être
tribun, et je leur en donnerai sur ma foi un *échantillon*.

....

Je suis aux trois quarts décidé à aller à Paris. J'attends
Wustenberg demain à Bordeaux ; probablement je ferai
la route avec lui. Il faut que je voie encore Paris une
fois avant de quitter ce bas-monde, et que j'analyse un
peu dans mon petit cerveau les grandes intrigues politiques qui s'y croisent dans tous les sens. — Où est situé
votre hôtel? Y est-on bien?

Adieu ; les affaires d'Espagne perdront Thiers. Dieu
veuille qu'il s'entête à placer son enjeu parlementaire sur
cette carte. A moins que la chambre ne soit complètement
folle et aveugle, il est impossible qu'elle se laisse jouer à
cet excès.

———

3 novembre 1836.

AU MÊME.

Mon cher Durand,

Je suis au lit, malade depuis quatre jours. Je reçois
vos quatre lettres à la fois. J'y réponds très-laconique-
ment sur mon galetas de douleur : à peine si je puis tenir
ma plume. Je suis cependant mieux; mais ne pouvant
manger, à cause de mon inflammation d'entrailles, je suis
horriblement faible.

....

Les conspirateurs de Strasbourg auraient dû être livrés
au conseil de guerre, et *exécutés immédiatement* après
l'arrêt du conseil de révision. La jurisprudence de la cour
de cassation n'a pas le sens commun. Il fallait saisir cette
occasion de la faire réformer par les chambres réunies,
car c'est une seule chambre qui a jugé contrairement à la
saine jurisprudence suivie sous la restauration.

Il y avait non-seulement embauchage, mais révolte à
main armée, insubordination, usurpation du pouvoir,
arrestation d'un lieutenant-général commandant *en chef*
la garnison, arrestation faite par un officier *son subor-
donné!!!* Tout cela est du conseil de guerre, ou toute ré-
pression possible de l'armée est perdue pour l'avenir, et elle
se changera en hordes prétoriennes déchirant l'État.

Le ministère a donc commis *une grande faute*. Je la
déplore, mais je l'excuse, parce qu'il a cru être obligé de
se conformer à cette fausse et sotte opinion parisienne,
et à la mollesse de la chambre, qui prend l'impunité pour
de la clémence et la dissolution sociale pour de la liberté.
Cela est très-alarmant. — Je désire que la France ne paie
pas bien cher, avant long-temps, l'approbation que la
capitale donne au renvoi des conspirateurs militaires devant la cour d'assises!... Eh!... vous ne voyez pas que
les conspirations militaires mettent le monde à fin partout!... L'Espagne et le Portugal sont cependant à vos
portes!...

Je finis ici, ne pouvant plus tenir ma plume. Adieu;
si demain je suis mieux, je vous écrirai plus long.

11 novembre 1836.

AU MÊME.

....

Plus je cherche dans mon esprit, moins je trouve les moyens de mettre le *Mémorial Bordelais* à 40 fr. Il faudrait pour cela du dévoûment dans le juste-milieu bordelais et parisien, dans le commerce, dans la banque; ce ne serait qu'un sacrifice momentané, car, à ce prix, le journal, rédigé avec soin, prendrait un développement immense. A l'heure qu'il est, il est le journal le plus cher, car il se paie 72 fr. à Bordeaux et 80 fr. dans le département. Jugez quand il serait à 40 fr. !... il se répandrait à l'instant partout. Si je pouvais aller à Paris, je tâcherais de monter cette affaire; mais ma santé est si faible en ce moment, que je n'ose faire aucun projet.

Si ma fortune personnelle m'avait permis de faire à moi tout seul l'affaire du *Mémorial*, je l'aurais faite; c'est un sacrifice devant lequel je n'aurais pas reculé; mais si je comptais avec vous, vous verriez, mon cher ami, que mes ressources sont bien autrement médiocres et restreintes que l'on ne peut le supposer. Si j'avais femme et enfant, je serais misérable; mais comme je suis seul, vieux, et peu disposé à vivre long-temps, je fais bonne contenance, et je dis *après moi le déluge*. A Paris, sur la foi de mon nom, on me croit riche; il y a même nombre de braves gens qui s'imaginent que le *Mémorial* me rapporte de grosses sommes. Faites-moi donc le plaisir de dire bien haut, et à tous venants, que jamais un de mes articles ne m'a rapporté un *sou*; que j'ai toujours donné à la cause nationale *ma personne* et *ma plume* gratis; loin de faire

de mon travail un objet de trafic, la politique m'a souvent coûté de l'argent, que j'aimais mieux donner de ma
poche, que de le faire demander à cent fois plus riches que
moi, qui ne l'auraient pas donné.

Dites à tous les rêveurs politiques de la république parisienne que Gomez a les basses classes pour lui; que ses
espions le servent bien, que les généraux des cortès sont
trahis par les leurs, trompés et abandonnés par les populations, et que les cortès qui accusent Rodil de trahison
sont des imbécilles achevés. Si quelqu'un perd la liberté
espagnole, ce sont les cortès eux-mêmes, par leur présomptueuse et anarchique ignorance.

P. S. Informez-vous, de *ma part,* du choix probable
qu'on va faire d'un archevêque pour remplacer, à Bordeaux, M. de Cheverus; je tiendrais à être fixé d'avance.

Je prie M. Martell de ne pas oublier l'affaire de mon
matelot; cela presse.

———

21 novembre 1836.

AU MÊME.

Mon cher Durand,

Je n'ai pas de grandes nouvelles à vous donner, si ce
n'est que le résultat de nos démarches à Libourne paraît
certain, et qu'il y a mille à parier contre un que Drivet
sera nommé.

La déconfiture de la reine dona Maria vous montre assez ce que c'est que la Péninsule. La *coopération* s'est présentée là pour dire à la reine : Battez-vous contre les ja-
cobins; si vous êtes la plus forte, nous vous soutiendrons.
Elle a été la plus faible, et on l'a laissé tomber sans brû-

ler à son service ni une cartouche française, ni une cartouche anglaise. O stupide parodie!... Qu'allait donc
faire là le drapeau tricolore et le léopard britannique?...
afficher l'impuissance de la fausse diplomatie qui bar-
botte depuis trois ans dans le mensonge appelé *quadruple* ALLIANCE! C'est bien honteux, c'est bien inepte. Il ne
manquerait plus que d'aller faire une bêtise semblable en
Espagne. Mais je pense que les chambres, toutes dépour-
vues qu'elles sont de véritable conception politique, ne
s'égareront pas jusque-là, et que Thiers, lui-même, y regardera à deux fois avant de hasarder sa parole brillante
à soutenir une absurdité aujourd'hui trop flagrante. —
Je reçois votre lettre du 20. — B..., qui est ici, m'assure que l'élection de David est sûre à Fronsac. B....
m'écrit pour me prier de rester neutre dans ce débat, et
ne me dit pas pour qui il est.

B... m'assure que D...... sera pour nous. Mais est-ce
que vous ne lui avez pas écrit? Faites-le, vous êtes encore à temps. En tout cas, je lui écrirai demain; je tiens
non-seulement au succès, qui me paraît certain, mais à
un succès éclatant et complet.

Adieu.

———

29 novembre 1836.

AU MÊME.

Je vais vous envoyer des exemplaires du conseil général; mais j'en ai envoyé un certain nombre à Martell,
qui pourrait vous en donner un pour remettre au ministre.

Dites à M. Mallac que la ville de Bordeaux est très-reconnaissante de l'intervention du ministre de l'intérieur pour lui faire obtenir le transport gratis et la franchise de droits pour les blocs de marbre des statues de Montaigne et de Montesquieu. La commission a consacré sur ses registres l'expression de sa gratitude, et, je crois, la fera insérer dans les journaux, ce qui fera obtenir de nouvelles souscriptions. Demain, le maire va faire la pétition au ministre de l'intérieur pour en obtenir la subvention, dont M. Mallac m'a donné l'assurance; je la recommande de nouveau à tout son zèle. Elle parviendra par l'entremise du préfet. Dites, je vous prie, à M. Mallac que je lui écrirai demain matin pour lui parler de cette affaire et de quelqu'autre chose.

L'Espagne se décompose. Si Thiers continue à la tribune de la chambre sa polémique du *Journal de Paris*, il se fera siffler, sinon par les hommes, du moins par les évènements. J'ai bien envie de lui écrire un mot pour lui donner un dernier conseil d'ami.... Celui qui pourrait l'arracher à la voie stupide où il est enfoncé lui rendrait un fameux service et au ministère aussi.

Adieu; toutes ces intrigues électorales m'ont fatigué. J'étais seul, sans journal; il m'a fallu tout faire par mes lettres.

———

15 décembre 1836

AU MÊME.

Mon cher Durand,

Voici quelque chose d'intéressant. Jusqu'à présent tous les ministres étaient abonnés au *Mémorial*; M. Sauzet et M. Passy, eux-mêmes, l'avaient toujours gardé. Eh bien,

il vient d'être renvoyé et refusé par le garde-des-sceaux
et par M. Martin du Nord, leurs successeurs. Le fait est
assez curieux pour être imprimé en lettres d'or. Priez
M. *** d'en remercier, en mon nom, M. Persil et M. le
ministre du commerce. A dire vrai, peut-être n'en savent-
ils rien, et *** par ses liaisons subalternes dans les bureaux, nous aura joué ce tour. Oh ! que les ministres
sont bien servis, et qu'il faut les aimer pour ne pas leur ·
donner quelques bons coups de griffes ! Vous vous étonnez, mon cher ami, que le ministère n'aide pas à propager le *Mémorial*... Mais vous voyez bien qu'ils l'aident
prodigieusement, puisqu'ils ne veulent pas le recevoir
eux-mêmes !... Vous conviendrez que nous pourrons, à
juste titre, nous vanter de n'être pas un journal *ministériel*.

Je me suis arrangé avec R***; nous partons ensemble
le 21. Ainsi donc, à partir du 18 ne m'écrivez plus. Je
descendrai à votre hôtel; s'il y a un logement que vous
jugiez me convenir, arrêtez-le d'avance pour moi, je vous
prie, afin qu'un autre ne s'en empare pas. Je veux seulement une chambre et un cabinet où je puisse travailler;
quelque chose de très-modeste; le plus loin du bruit, et
où je puisse vivre à ma fantaisie, car je ne me soucie pas
beaucoup de me faire voir par le monde comme une bête
curieuse à la foire, et encore moins de m'installer dans
un salon de parade pour recevoir le tiers et le quart. Je
vais à Paris dans un but sérieux; quand je l'aurai atteint, je décamperai, ainsi que je l'ai fait en 1830. Quant
au noble ***, s'il ne me répond pas, et qu'il attende une
avance quelconque de ma part, il compte sans son hôte,
je vous assure, et vous verrez comment un bourgeois doit

se comporter envers la féodalité moderne, qui ne vaut pas mieux que l'ancienne.

R*** m'obligera peut-être à passer par Nantes; cela ne me dérange pas du tout, pourvu que cela ne me retarde pas trop, car je désire ardemment assister à la séance royale de l'ouverture des chambres. Parlez à M. ***, je vous prie, afin qu'il me donne les moyens d'avoir une place où je puisse bien voir et entendre.

Paris, 25 décembre 1835.

A MM. **Campan** et **Perrodeaud**, à Bordeaux.

——

Mes chers collègues et complices,

Quel que soit celui de vous deux qui ouvre cette lettre, je vous avertis d'avance qu'elle n'est pas pour le public, et qu'elle ne doit être par vous communiquée à personne, sauf ce qui touche le canal latéral; les détails fort imparfaits, mais que je crois très-près de la vérité, qui regardent cette opération, pourront et devront être communiqués à MM. N. Johnston et Galos, auxquels je vous prie d'expliquer qu'il m'est complètement impossible de leur écrire ce soir.

Je suis arrivé hier très-heureusement. J'ai reçu hier au soir une invitation de M. Guizot pour dîner avec lui aujourd'hui; et, malgré mes belles résolutions de n'aller nulle part, j'ai commencé par accepter cette première invitation qui était faite trop cordialement pour que je pusse la refuser. J'ai fait un dîner très-agréable, où j'ai eu soin de ne presque rien manger. Mais comme j'étais entre M. Guizot et M. Duvergier de Hauranne, le temps m'a paru assez court. Après quelques moments passés dans le salon, je me suis esquivé pour venir écrire; car je prévois, à l'allure que prennent mes relations ici, que dans la journée de demain je n'aurai pas une minute à moi. Ce matin je devais aller chez M. Guizot et chez M. Duchâtel à dix heures. J'ai eu la sottise de ne pas dire au portier de refuser ceux qui viendraient me voir, et, de l'un à l'autre, il était midi quand j'ai pu sortir, et l'heure de mes rendez-vous était passée. Mais, au surplus, pour cette fois, cela n'a eu aucun inconvénient,—au contraire.

Pour finir d'abord ce chapitre, faites-moi le plaisir de dire *immédiatement* à M. Reclus, inspecteur de l'instruction primaire de la Gironde, qu'il sera *définitivement confirmé le mois prochain. Le ministre est très-satisfait de lui.* Tous les inspecteurs primaires ne sont pas aussi favorablement notés, car un certain nombre seront élagués. — J'ai rencontré chez M. Guizot, M. Léonce de Lavergne, qui m'a demandé des nouvelles de Perrodeaud, Destrem, etc., etc., et m'a chargé de leur présenter ses souvenirs. Je m'acquitte de ce soin. Il est ici pour tout le mois de janvier. Peut-être ferons-nous route ensemble au retour.

Pour ce qui touche le canal latéral, j'ai eu deux entrevues avec M. Pereyra; puis, j'ai consulté et fait parler tous ceux que j'ai rencontrés et qui approchent des sources où la vérité peut se trouver. Or, voilà les impressions qui me sont restées de cet examen préalable :

1° Les bases que l'on avait communiquées aux intéressés de Bordeaux, comme pouvant servir à un nouveau système de concession, à peu près acceptables par le ministère, sont illusoires. Elles n'ont, pour le moment, aucune réalité. Il y a pu avoir quelques propos hasardés en conversation comme pour voir venir, mais de projet, même approximatif, il n'y en a pas;

2° Le ministère réveille toutes les vieilles objections à tout projet basé sur *une garantie d'intérêts*. Dans tout ce que j'ai entendu sur ce point, je n'ai rien vu qui méritât réfutation sérieuse ! Ce sont de pures redites ou des faux-fuyants;

3° Si, enfin, il y avait un moyen quelconque d'espérer une garantie d'intérêts, elle ne serait jamais de plus de 3 p. 0/0. — Tablez là-dessus, *positivement*. J'ai trouvé M. Dumon spontanément de cet avis, avant que je lui eusse exprimé ma pensée semblable. Il a trouvé, comme nous, les exigences du projet dangereuses, parce qu'elles allaient au-delà de ce qui est possible;

4° Après tout cela, j'ai discerné une tendance du gouvernement à vouloir s'emparer lui-même de l'affaire, et à se charger lui-même de l'exécution. Je crois que les ponts-et-chaussées sont pour quelque chose dans cette velléité, et que *** pousse par derrière. Je ne dis pas pour cela que le gouvernement accomplisse ce grand travail, mais il pencherait à en exprimer le désir, ce qui éloignerait tout espoir d'une entreprise particulière, et Dieu sait ensuite ce qui en adviendrait!...

Je répète, de nouveau, que tout ceci n'est qu'une première impression, et non une opinion positive. Cependant je ne crois pas que cela s'écarte beaucoup de la réalité. Je vous en fais part préalablement. Dans très-peu de jours, je pourrai vous parler avec plus de connaissance de cause J'ai voulu provisoirement vous donner ce premier avis.

Je reçois ici un accueil qui dépasse tout ce que je pouvais raisonnablement désirer et espérer. Je n'ai pas encore entendu parler de ***, directement de lui à moi; mais j'ai découvert de nouvelles trames, tissues par lui, et où le *Mémorial* est fortement compromis. Je ne vous expliquerai cela que dans quelques jours; je veux en avoir d'abord complète justice, avant d'en rien divulguer. — Vous comprenez que la séance royale, la nomination du bureau de la chambre et de la commission de l'adresse, absorberont toute la semaine prochaine. Cependant j'ai plusieurs rendez-vous ministériels *intimes* d'ici-là, et, comme j'ai d'ailleurs mes entrées à toute heure, j'en trouverai toujours une convenable.

L'affaire d'Espagne est jugée ici comme nous la jugeons; celle de Constantine tombe tout entière sur Clauzel. Cependant *** se remue et fait une clabauderie d'enfer. On lui attribue des propos de fou, et j'ai lieu de croire qu'ils sont réels; entr'autres celui-ci : « Je suis le représentant » de la révolution de Juillet. Le roi l'a trahie en ma per- » sonne. Il faut que le roi soit humilié et que la révolu- » tion soit vengée. » —Sur quoi, Royer-Collard, à qui le propos s'adressait, a dit que *** *avait commencé et finirait comme Mazaniello.* Tout cela n'est qu'extravagance. — Je n'ai pas encore vu le général Bugeaud; mais je sais qu'il s'exprime merveilleusement fort contre la colonie d'Alger, et qu'il va nous en dire des choses curieuses à la tribune. Si j'ai un moment, j'irai le voir demain; mais je crains de ne le pouvoir pas. En tout cas, j'irai bientôt.

J'ajoute, à ce que je vous indique ci-dessus, des tra- mes de *** contre le *Mémorial,* trames qui, à l'aide de mon nom employé par lui, auraient réussi si je n'é-

tais arrivé à temps à Paris; que le .... fait les cent
coups dans sa correspondance avec le garde-des-sceaux
contre les personnes qu'il croit de mes amis, et pousse vigoureusement tous ceux dont il croit que la nomination
me blessera. J'ai là-dessus des notes et des renseignements
certains. Ici, comme à Bordeaux, étant point central, je
n'ai pas besoin de me remuer beaucoup pour savoir immédiatement ce qu'ils font, et j'en prends bonne note. —
Mais tout cela sera bientôt éclairci, et ces messieurs se
lèveront bon matin s'ils se lèvent avant moi.

Je finis ici ces quelques lignes tracées à la hâte. Je vous
écrirai directement un mot au bureau du *Mémorial*, et
vous pourrez communiquer ce que je vous y dirai. Quant
à celle-ci, elle est *entre nous*.

Adieu.

Paris, 28 décembre 1836

A M. **Lambert**, à Bordeaux.

—

Mon cher Lambert,

J'ai reçu ce matin votre lettre du 25. Je m'occuperai
avec grand plaisir de l'affaire que vous me recommandez;
j'y ferai *mon possible*, pardon du gasconisme, je suis trop
affairé pour guider ma mauvaise plume, elle court
comme elle veut.

Vous comprenez que la double agitation qui résulte de
la session et du nouveau coup de pistolet, bien incontestablement républicain cette fois-ci, ne permet guère d'occuper avec succès l'attention ministérielle du détail des

affaires particulières; il faut donc nécessairement laisser
passer cette bourrasque, mais je prendrai le *moment favorable*, et je vous aviserai du succès, bon ou mauvais,
que j'obtiendrai pour M. M***.

On me fait beaucoup trop d'honneur à Bordeaux; je
suis venu à Paris pour le plaisir de mon esprit, pour la
satisfaction de mon âme. J'ai voulu serrer la main de
quelques bons amis, que je n'avais pour la plupart presque jamais vus, et que j'honore du fond du cœur. Il y a
de grandes jouissances intellectuelles avec eux, mon cher
Lambert, et si vous les connaissiez comme moi, vous
seriez bien peiné d'avoir écouté, et peut-être répété quelquefois, les allégations dirigées contre eux!...

Vous qui avez l'instinct *artistique*, vous comprendrez,
politique à part, l'effet dramatique de la séance royale.
Jamais l'imagination de l'homme n'ira au-delà. Il y a eu
un moment de terreur fantastique qui circulait dans l'air,
sourde et indéfinissable, si forte et si oppressive, que je
n'ai pu, en dépit de moi-même, échapper à la sensation;
quoique placé dans une situation exceptionnelle, j'eusse
été informé presqu'officiellement que le roi et les princes
étaient sauvés. Les trois quarts de la salle ne savaient pas
l'issue, et l'anxiété générale réagissait avec tant d'intensité,
que j'ai été repris du mal des autres, quoique j'en connusse
l'illusion. Plus de vingt minutes se sont écoulées entre ce
moment et l'arrivée du roi; la désorganisation de l'assemblée semblait promettre une péripétie funèbre, tellement,
qu'un de mes amis, M. Léonce de Lavergne, de Toulouse, homme d'esprit, dont vous devez connaître le nom,
me disait hier soir qu'il avait cru, pendant un moment,
que M. Guizot allait se lever de son banc pour nous dire :

Le roi est mort, Messieurs, vive le roi! Et je vous assure que jamais plus magnifique scène n'aurait jailli du cerveau d'un romancier. Alors seulement, et le dernier de tous, le roi a paru. Vous dire la sensation et l'explosion frénétique qui l'a suivie est impossible. J'ai cru que les applaudissements, les cris, les sanglots même (car j'avais dix personnes en larmes dans la tribune où j'étais, et les douleurs de la tribune éloignée où était la reine, avaient ému tout le monde) ne permettraient pas au roi de prononcer son discours. A la fin cependant, l'on s'est tu, mais c'était un effort de respect et presque d'étiquette. La phrase sur l'Espagne a renouvelé l'agitation et les applaudissements; ensuite à peine a-t-on fait attention au reste. Au milieu de l'enthousiasme, l'extrême gauche, froide et silencieuse, faisait un contraste sans lequel le tableau n'aurait pas été complet.

Adieu, mon cher poète; je vous aurais voulu ici; je vous aurais prié, vous ou Rodrigue, de mettre le tableau en vers; c'était beau, soyez-en sûr, très-beau.

Vous auriez pu y joindre B***, T*** et D***, fraternisant avec les bancs extrêmes de l'extrême gauche; le légitimiste, l'un des auteurs des lois de septembre, et les hommes du compte-rendu se donnant la main, n'auraient pas été une infidèle image de la dissolution morale de notre époque, et vous auraient peut-être convaincu du néant des prétendus principes de l'opposition.

Quel temps que le nôtre! Quel pays que la France! Quelle ville que Paris!

Rappelez-moi à tous nos amis, et croyez à mon dévoûment affectueux.

P. S. Sans vous indiquer les dispositions spéciales

de la loi sur les sucres, que vous connaîtrez bientôt, je crois pouvoir vous dire qu'elle sera excellente, et ouvrira de larges et bonnes chances au commerce maritime de Bordeaux. On en viendra enfin très-approximativement au plan que nous proposions il y a déjà trois ans. Vous savez qu'alors les colons s'insurgeaient contre moi avec violence. Aujourd'hui, j'ai de fortes raisons de penser qu'ils reconnaissent l'immense tort qu'ils se sont fait. Vous voyez que les idées saines et vraiment libérales marchent malgré tous les obstacles. S'il plaît à Dieu, nous irons au but.

Le canal latéral sera aussi résolu ; mais on est indécis sur les voies d'exécution, et je tremble que le gouvernement veuille le faire lui-même, ce qui me paraîtrait fatal, surtout parce que cela fermerait la grande voie de progrès où nous entrerions si les *capitaux particuliers* étaient encouragés à se réunir efficacement pour effectuer les grands travaux publics, ainsi que cela se fait en Angleterre.

Paris, 1er janvier 1837.

A M. **Jouis**, à Bordeaux.

Pendant que tout le monde court pour les visites de ce jour, j'ai quelques minutes à moi, j'en profite, mon cher Jouis, pour vous écrire un mot.

Je vous dirai peu de chose de l'accueil que j'ai reçu ici. Il a été au-delà de ce que je pouvais raisonnablement penser. Quand je vous en donnerai les détails, vous en serez

étonné. Mais ce n'est pas de cela qu'il s'agit pour le moment. J'ai vu ce que je voulais voir, appris ce que je voulais apprendre, surtout *j'ai dit ce que je voulais dire*. Tout va bien, *très-bien*.... à l'exception des balles et des poignards, de plus en plus dirigés sur la personne du roi et de ses fils. Cette fois la mort a passé *à quelques lignes entre eux*. Le moindre mouvement du bras de l'assassin à droite ou à gauche, il tuait nécessairement le roi ou le prince royal.
— Ce dernier avait encore la figure en sang pendant la séance royale !

C'est, depuis, que j'ai vu le roi. Je n'avais voulu, dans les premiers moments, ni me présenter chez lui, ni écrire dans les journaux, ni enfin rien faire de ce qui aurait pu afficher en moi la prétention de me mettre en évidence et d'attirer l'attention sur moi.—Vous comprenez mes motifs. Quand on sent au fond du cœur qu'on vaut quelque chose, on ne fait pas la sottise de se donner l'air d'un intrigant qui cherche à se faire valoir.—Mais le roi, ayant su que j'étais à Paris, a témoigné le désir de me voir, et je me suis mis de suite à ses ordres. J'ai été reçu à midi. Il était près de deux heures quand je suis sorti du cabinet du roi, et il m'aurait probablement gardé plus longtemps, si le ministre de la guerre ne s'était fait annoncer pour le travail du jour.

Dieu ne donne pas tous les jours un roi pareil à une nation. — Croyez-vous que ce soit une raison pour que nous le laissions tranquillement tuer par une poignée d'assassins?... Voilà le problème devant lequel tout le monde tremble et que personne n'ose résoudre.—J'ai tort de dire personne. Je vous déclare que M. Persil, garde-des-sceaux,

est un fameux homme : volonté, courage, décision ; c'est
un homme prêt à tout et toujours prêt.

Quant au roi, il se fera tuer cent fois plutôt que de
vouloir prendre une précaution de plus. — J'ai trop consenti, me disait-il, aux précautions auxquelles on m'a
condamné par attachement à ma personne. J'allais à cheval. On me fait aller en voiture. A quoi cela sert-il?....
Ne voilà-t-il pas deux balles, celle d'Alibeau, celle de Meunier, qui viennent m'y chercher? J'ai deux raisons pour
ne pas reculer, monsieur Fonfrède : je suis roi et je suis
Français. Comme roi, je sais que la couronne ne tient pas
sur un front qui tremble ; comme Français, je sais que la
nation aime la bravoure et qu'elle mépriserait un roi qu'un
sentiment de frayeur empêcherait de se montrer à son peuple. S'il faut mourir ou déshonorer ma couronne, j'aime
mieux mourir. — C'est à si peu de paroles près le langage
du roi, qu'en lisant ces lignes, c'est comme si vous l'aviez
entendu ; et ce ne sont pas de vaines bravades que les paroles qui suivent de si fréquentes et de si rudes épreuves.
Vous sentez que je n'ai pas manqué de réponse ; et tout en
la faisant avec ma vivacité naturelle, bien augmentée par
l'émotion toute récente dont j'avais été animé, je suis resté,
je crois, dans les bornes des convenances. — Je lui ai dit
à peu près que, comme roi et comme Français, ses devoirs étaient tout différents des nôtres ; que notre devoir
à nous était de nous faire tuer pour lui ; mais que lui
n'avait pas le droit de se faire tuer, parce que le même
coup plongerait la France dans les horreurs d'une anarchie sanglante : qu'il était donc condamné à vivre, et que,
si les précautions à prendre répugnaient à son courage,
c'était un sacrifice d'amour-propre que la France lui de-

mandait et avait droit d'attendre de lui ; que, d'ailleurs, s'il lui était possible de consulter tous les Français un à un, et s'il leur était possible de lui parler en face et tête à tête, comme je le faisais actuellement, il verrait que pas un ne pouvait suspecter de lâcheté un prince dont la tête venait d'être quatre fois effleurée par la balle des assassins et qui s'était exposé bravement cent fois dans sa vie ; que, bien au contraire, on lui tiendrait compte du sacrifice qu'il ferait en se gardant mieux comme du plus grand de tous, et qu'à cet égard je me portais fort pour les cinq cent mille habitants de la Gironde. — Que vos paroles me font du bien, a-t-il répondu ; est-ce bien vrai ? Vos propres sentiments ne vous font-ils pas illusion ? J'ai besoin de vous croire : j'aimerais mieux mourir cent fois que de laisser aux Français l'idée déshonorante qu'ils sont gouvernés par un roi lâche ou pusillanime.

Voilà comment vont les choses, mon cher Jouis. Mais, en attendant, voyez la férocité habile et calculatrice de cette horde de scélérats qui vivent tranquillement dans Paris, bien connus par la police, et que nulle loi ne peut atteindre, dans l'état de faiblesse où est tombée notre législation depuis le damnable arrêt de la cour de cassation. Ce misérable Meunier s'était mis derrière le drapeau de la garde nationale, et il a tiré quand le roi s'est mis hors de la portière pour saluer le drapeau et remercier le peuple de ses acclamations. Il a ajusté le roi, *à trois pas, en plein corps*. A peine y avait-il entre le roi et la portière un ou deux pouces d'intervalle ; eh bien ! la balle a passé là, tout juste ; elle a passé ensuite à deux ou trois lignes des princes qui étaient dans la voiture, et a brisé le carreau de vitre opposé, dont les éclats leur ont mis la figure en sang.

Jamais le danger n'a été si grand. C'est un miracle qui confond la raison. Et voilà le *quatrième!*

Croyez-vous que ce soit fini? — Du tout. — Les débris impunis des insurrections de juin et d'avril ont laissé dans Paris une tourbe, parmi lesquels il y a près de deux cents scélérats d'élite. Sur ce nombre, on a de fortes raisons de penser que vingt-quatre sont spécialement affiliés et engagés par serment *à tuer le roi.* Alibeau avait le n° 1; Meunier, dans le premier moment, a dit : *Je suis le n° 2, mais nous sommes vingt-quatre.* — Fieschi n'en était pas. Il travaillait pour son compte, poussé par Pépin. — Et, maintenant, nous avons la certitude que si le roi assiste à une solennité publique le jour de sa fête, ou s'il se rend aux anniversaires de Juillet, il sera tiré ou poignardé par le n° 3 ou le n° 4, ainsi de suite. Pouvons-nous rester ainsi? Et quand on éloignerait de Paris deux ou trois cents scélérats, y aurait-il donc tant de quoi crier? Napoléon, après la machine infernale, les envoya à Cayenne. Mais ici, les éloigner de Paris, et envoyer les plus exécrables à Alger, par exemple, ne serait-ce pas une mesure indispensable? Si ce moyen n'est pas bon, si on le trouve illégal, qu'on en propose un autre. Mais bref, on ne peut pas laisser tuer le roi. C'est absurde, c'est monstrueux, c'est infâme. Après le roi, ils tueront ses fils, si même ils ne tuent tout à la fois. Et que deviendra la France en proie à ces scélérats? — Voyez aujourd'hui : le *Corsaire* plaisante de tout cela comme du premier coup de pistolet sur le pont Royal, qui était aussi réel que celui-ci.

Quant à moi, si j'étais député, je n'hésiterais pas. Les ministres agissant collectivement, et répondant aux chambres l'année suivante, sous leur responsabilité, pour justifier les éloignements qu'ils auraient fait exécuter, présentent dix fois plus de garanties qu'il ne faut. Une loi qui leur donnerait cette autorisation serait un bienfait public. Sans cela, Paris restera un repaire d'assassins contre le roi, et l'un ou l'autre finira par le tuer.

Paris, 22 janvier 1837

A M. **Ch.-Al. Campan**, à Bordeaux.

Mon cher ami,

Vous parlez bien à votre aise. Je voudrais bien vous écrire, mais je n'en ai pas le temps matériel. Je suis si bien reçu ici, qu'on me tuera incontestablement si je ne me sauve; je n'ai pas le temps de respirer. En écrivant à Perrodeaud, d'ailleurs, je vous écris.

Je vous promets de parler à M. Guizot pour la collection historique. — Le pauvre père!... son fils se meurt, peut-être aujourd'hui..., à l'âge de vingt-un ans, donnant déjà plus que de belles espérances!...

La loi sur les sucres trouve une vive opposition. Wustenberg et *** ont échoué dans leurs bureaux. *** a eu beau leur faire la cour, en protestant qu'il ne voulait pas qu'on imposât la betterave, cela ne lui a servi de rien. S'il ne pousse pas le myopisme jusqu'à la cécité complète, il comprendra que l'espérance qu'il affichait dans le conseil-général d'avoir l'appui des députés du Nord, si nous nous opposions à l'impôt sur la betterave, était une niaiserie. Ces gens-là disaient qu'ils ne s'opposeraient pas au dégrèvement si on ne les taxait pas eux-mêmes, parce qu'ils savaient bien que le ministère d'alors ne voulait de dégrèvement à aucun prix. Maintenant qu'on veut dégrever les sucres exotiques, ils s'y opposent, et disent qu'ils aiment mieux être taxés. Nous leurs ferons voir du chemin, j'espère. Je suis au mieux ici avec les délégués des colonies.

J'ai causé avec Michel Chevalier. Bref, il m'a promis que lorsque le gouvernement serait décidé définitivement pour une communication quelconque de Bordeaux à Toulouse (Garonne, canal, peu importe), qu'il en appuierait de toutes ses forces le bon et prompt achèvement dans le *Journal des Débats*. Je ne sais pas maintenant l'effet que vos articles produiront sur lui.

Vous avez vu que j'ai commencé à mettre des articles dans la *Paix*. A part les anomalies de ce journal sur des questions partielles (anomalies qui s'atténueront chaque jour, j'espère), c'est le plus dévoué et le plus indépendant. La *Presse* a répété mon second article. Le *Journal Général* s'est beaucoup plaint que je ne lui eusse pas accordé la préférence sur la *Paix;* mais, en définitive, je vois d'une manière sûre que j'aurai là trois organes à l'occasion. J'ai fait un article pour demain, lundi, où je presse ferme le ministère, et je lui reproche son inertie en face de la dissolution morale qui nous déborde. Je crois qu'il entrera au vif. Le courrier vous l'apportera avec cette lettre, qui ne peut partir aujourd'hui.

Figurez-vous que le ministère a fait tout ce qu'il a pu pour empêcher M. Jaubert de monter à la tribune pour réclamer les juridictions militaires. On n'a pas idée de cette faiblesse.

Adieu. J'ai dîné avec MM. Cavé et Dittmer, chez M. Duvergier de Hauranne; mais j'avoue que j'ai oublié de leur
parler de vous.

Votre bien dévoué. On m'empêche de continuer ma
lettre.

Dimanche soir, minuit.

Je rentre de chez Duchâtel, où j'ai dîné avec M. Baude, qui revient de Constantine, où il a manqué laisser ses
os. Il faut l'entendre sur l'Afrique, et surtout sur Clausel!... Tout ce que nous avons vu et dit nous-mêmes n'est
rien auprès de ce que j'ai appris ce soir. Je commence à
douter que Clausel ose paraître devant les chambres. Il
n'y avait pas de femmes. Nous n'étions que sept, Duvergier, Rémusat, Lascases, Piscatory, Duchâtel, son frère et
moi; plus, M. Baude, qui, pour un député de l'opposition, était, comme vous voyez, en bonne société. Mais je
crois qu'il revient à nous, ainsi que beaucoup d'autres.

Quant aux sucres, ˙˙˙ a été enfoncé par Thiers dans
son bureau, parce que ce dernier y a mis autant de sa-
gacité que ˙˙˙ a de myopisme dans le raisonnement.
Quand une fois il s'enfonce dans le faux en soutenant le
vrai par un mauvais côté et par de mauvaises raisons, le
diable ne l'en ferait pas apercevoir; il va toujours devant lui, jusqu'à ce qu'il se soit cassé le nez. Aussi,
Thiers a fait nommer un M. Fitte, prohibitif et betteravis-
te. Il paraît qu'à la tribune Thiers se propose de soutenir
avec acharnement ses doctrines restrictives, pour rallier
à sa cause tous les industriels du Nord, supposant ainsi
qu'en les joignant aux voix de l'opposition et du tiers-
parti, il se fera une majorité. C'est un homme bien dan-

gereux. En tout cas, je l'attends, et si je ne puis le réfuter à la tribune, je le disséquerai vif dans les journaux. Mes articles sur lui, ont porté coup ; vous ne pouvez pas deviner jusqu'à quel point.

Adieu. Je vais revoir mes épreuves pour demain. Recommandez à Perrodeaud de ne pas laisser passer de fautes dans mes articles de la *Paix,* qu'il devra mettre intégralement dans le *Mémorial.*

———◈———

Paris, 31 janvier 1837.

A M. **Jouis**, à Bordeaux.

—

Mon cher Jouis,

J'aurais voulu vous répondre ; cent fois j'en ai pris la résolution ; — impossible. — Pas une minute pour boire, manger et dormir. — Vous m'avez vu quelquefois bien assailli à Bordeaux, mais ce n'était rien en comparaison de ce qui m'advient ici. Je suis dans les coups de mer pardessus la tête, surtout depuis que, poussé à bout par la faiblesse du ministère et l'impéritie de la chambre, je me suis décidé à leur dire dans les journaux la moitié seulement des reproches qu'ils méritent. Jamais vous n'avez vu pareille bagarre. C'est à ces déplorables députés qu'il faudrait enfoncer les éperons dans le ventre et leur faire manger de l'avoine pour tâcher de les décider à mettre, enfin, un pied devant l'autre. Impossible d'en rien tirer. Ils ont peur de leur ombre, et ils se tranquillisent, ils s'endorment à côté des dangers les plus évidents. Nous n'avons pas de gouvernement. — Brisons là-dessus, c'est trop amer. D'ailleurs il y a un million de choses que je ne vous dirais, et que je ne peux pas écrire.

Je vous recommande tendrement *Fanfan* (1). Je serai à Bordeaux le 10 février. Il faudra un fameux coup de collier pour m'arracher d'ici. Mais n'importe, je le *veux* et je le ferai. Nous pourrons encore tuer quelques bécasses.

Hourquebie a la grippe; tout le monde a la grippe. Mme Gordon n'a pas la grippe, et promène ici son *innocence* avec Vaudrey, dont on fera, dit-on, un député, à Dijon, dans le collége qui avait nommé *Cabet*. — Bravo! bravissimo! — On dit que le maréchal Soult hurlait de colère quand il a appris le jugement de Strasbourg.

Je ne suis pas encore allé *une seule fois* au spectacle, et je quitterai probablement Paris sans y avoir mis le pied; pas même aux Italiens! Je n'ai pas rendu la moitié des visites que j'ai reçues, et je n'ai pas eu encore le temps d'aller voir mes plus anciens amis. Voilà comme ma pauvre vie se gaspille et se passe. A l'heure qu'il est, je suis obligé de vous quitter pour m'habiller et aller dîner chez le garde-des-sceaux. Celui-là est un homme décidé, mais je crois qu'on ne veut pas plus l'écouter qu'on ne m'écoute moi-même. Adieu; je vous verrai bientôt. Je tâcherai d'avoir l'affaire de Mme Deschamps avant de partir.

Tout à vous.

Mercredi matin.

P. S. Mon cher, la chambre des députés devient de plus en plus absurde. *** a fait hier une sortie furieuse contre les juridictions militaires et les conseils de guerre, et son

---

(1) Chien couchant appartenant à H. Fonfrède.

bureau l'a nommé à une forte majorité. Le ministère est consterné, et hier, chez le garde-des-sceaux, je leur ai dit qu'ils n'avaient que ce qu'ils méritaient par leur inconcevable faiblesse. La chambre va probablement faire pis que le jury de Strasbourg. On assurera pour toujours gain de cause à l'insurrection. Le ministère conserve en place tous ses ennemis; ils se moquent de lui, ils votent contre lui. Le *** sera bientôt aussi mauvais que Clausel. Son fils et son gendre font les cent coups contre la loi, et pérorent en faveur du jury; ***, lui-même, et M*** ont fait, avant-hier, une scène dans le même genre chez le président de la chambre des pairs; le tout, sans autre but que de renverser le ministère et de prendre sa place, sauf de ne pouvoir gouverner après. La chambre est une pourriture. Hier, elle n'était pas en nombre pour délibérer!... et cela dès le commencement de la session!... Cela fait saigner le cœur. Concevez-vous ce vieux ***, qui, il y a trois jours, était furieux contre le jury de Strasbourg, et qui, à présent, tourné par les intrigues, crie contre les conseils de guerre?

Paris, le 1er février 1837.

A M. **J.-B. Durand,** à Rouen.

Mon cher ami,

La crise morale et politique que je prévoyais arrive. Mon importance politique en a décuplé. Toute la presse opposante : carlistes, républicains, opposition tiers-parti, est après moi. Mais toutes les hautes régions, toutes les influences intellectuelles se déclarent pour moi, et vous ne pouvez vous imaginer la commotion que mes derniers articles ont imprimé à la société parisienne. Je ne veux même pas vous en détailler ici les preuves, parce que ma lettre pourrait paraître un témoignage d'orgueil; mais vous pensez bien que toutes les attaques de l'opposition contre un seul individu prouvent la profondeur du coup qu'elle a reçu.

Quant au ministère, il voit dissoudre en ses mains la majorité numériquement forte, moralement faible, qu'il avait accouplée avec son impuissance native, au lieu de la rajeunir dès les premiers jours par une mesure législative vigoureuse, pour le salut du roi, dont l'adoption aurait rallié les députés vers un système de résistance énergique au torrent qui entraîne-tout. Hier, *** s'est prononcé avec une violence inouïe contre les juridictions militaires, et il a été nommé dans son bureau. Tout cela m'alarme pour la France, non pour le ministère; il ne tombera pas *s'il ne veut pas tomber.* Mais c'est la France qui est livrée à toute absence de gouvernement et de sécurité pour l'avenir.

Presque tous nos ministres sont au lit. M. Duchâtel, que je devais voir ce matin, est grippé; M. Persil, chez lequel je dînai hier, a fait défaut, et la séance gastronomique a été présidée par Madame. —M. Molé, chez qui je devais dîner aujourd'hui, est grippé, et a été obligé de retirer ses invitations; M. Martin du Nord, de même. Ajoutez à cela une chambre qui ne se réunit pas en nombre suffisant pour voter, même au commencement de la session, et voyez l'ensemble de tout cet état de chose. Il est impossible de rien finir, et l'administration s'en va au diable. Tous les intérêts publics et privés sont compromis par un système qui met le gouvernement dans une chambre des députés aussi horriblement incapable, et je ne sais en vérité où nous allons.

Je n'ai pas eu le temps d'écrire à F***. Ma vie, mon cher ami, est tellement absorbée, qu'il ne m'en reste pas une minute à moi. C'est cent fois pire encore que lorsque vous étiez ici. Il me faudra faire un vigoureux effort pour m'arracher d'ici. Je le ferai; je veux être à Bordeaux le 10 février, à moins de maladie. Je crois impossible de placer F*** à Libourne, comme sous-préfet; ailleurs il n'y aurait pas la même impossibilité, mais ce serait encore très-difficile à cause de la concurrence. Quand à M. V***, j'avais cru comprendre dans sa lettre qu'il m'attribuait le retard de la réalisation des espérances qu'on lui avait données. Je n'y suis pour rien; je n'en avais entendu parler nulle part; vous pouvez bien le lui assurer. Quant à aider M. D*** dans cette affaire-là, c'est ce qui m'est évidemment impossible. Comment trouvez-vous votre compatriote M. ***, qui, pour justifier sa conduite relativement aux élections départementales, disait l'autre jour, à un de mes amis, que c'était à M. ***, et non pas à moi, qu'il devait sa place, et que sa reconnaissance devait s'adresser à M. ***?

Eh bien, qu'il l'adresse où il voudra, que m'importe. Je sais cependant que M. ***, ne pouvant réussir lui-même, me pria d'écrire à M. Thiers; qu'ensuite M. de Lacoste ne voulant pas, à toute force, se désister de son candidat, et refusant d'accepter M. ***, il me fallut, encore sur la demande de M. ***, avoir une longue conférence avec M. de

Lacoste pour vaincre sa résistance. C'est la vingtième fois peut-être qu'il m'a fallu agir ainsi, tantôt pour un des recommandés de M. ***, tantôt pour un autre, et, en définitive, vous savez comme je m'en suis bien trouvé. Je ne m'en plains pas du tout, mais je n'ai pas envie de recommencer. M. Persil était hier au lit, je n'ai pu lui parler pour notre ami B***; mais j'ai rendez-vous aujourd'hui à quatre heures avec lui, dans sa chambre à coucher, et, à moins qu'il ne soit malade à ne pouvoir absolument recevoir, je le verrai et lui parlerai. Mais dites à B*** que son voyage ici ne servirait absolument à rien.

Quant au pont, qu'on l'élève, qu'on l'abaisse, qu'il aille au diable, et qu'il me laisse tranquille; j'ai vraiment bien autre chose à faire! Nous sommes dans la crise politique la plus grave qui se soit manifestée depuis 1830. Le ministère est neutralisé par ses propres agents, qui le trahissent. L'opposition est impuissante, et le sait; mais elle est si criminellement haineuse, qu'il lui importerait peu de succomber, pourvu que le gouvernement succombât avec elle. La monarchie est suspendue en l'air, entre les deux; c'est une position infernale.

Cependant, avec l'aide de Dieu, il faut nous en sortir, et nous en sortirons. Mes amitiés à tous nos amis.

Paris, 7 février 1837.

À M. **Ch.-Al. Campan**, à Bordeaux.

Mon cher ami,

J'ai réellement disloqué la presse parisienne. Je vous recommande de soigner M. Dupin, relativement à l'article qu'il a fait mettre dans le *Temps*, au sujet de l'affaire du *Mémorial*, pour l'article de M. de Ch......., sur le rapport de M. Passy, au sujet de l'armée. Faites bien voir que c'est nous et nos amis qui avons toujours *défendu les justes immunités de l'armée* ; que c'est, au contraire, M. Dupin et ses amis qui les ont toujours attaquées. Cela est essentiel, surtout à cause de la discussion sur les juridictions militaires, où Dupin, ainsi que la presse parisienne, essaient *d'intervertir les rôles* et *d'irriter l'armée contre le ministère*. Vous savez que dans le temps ils avaient prétendu que l'article du *Mémorial Bordelais* avait été envoyé par le maréchal Soult ; c'est pourquoi ils disaient que c'était une atteinte portée à l'indépendance de la chambre. Or, le fait était faux, mais eût-il été vrai, l'accusa-est stupide, car, puisque les députés, qui modifient, critiquent, changent les projets ministériels, ont le droit, dont ils usent et abusent, de faire critiquer dans les journaux les propositions des ministres, pourquoi le gouvernement n'aurait-il pas le droit de défendre les projets et de critiquer les propositions contraires des commissions de la chambre ?... Qu'est-ce donc que ce pouvoir extraordinaire qui veut avoir le droit d'attaquer le gouvernement par la presse, et qui ne veut pas que le gouvernement puisse seulement répondre ? Vous verrez que dans les articles que je fis à ce sujet dans le *Mémorial*, je développais cette idée, qui est la base du système que j'ai développé avec plus de force dans mon dernier article sur la *presse gouvernementale*. Pesez sur cette corde. Nous y viendrons ; je vais y pousser le *Journal de Paris*, qui, maintenant, sera complètement à moi. Si vous pouviez m'envoyer le *Mémorial* où était l'article de Ch..., ainsi que ceux où sont les articles que je fis encore contre M. Dupin, au sujet du singulier ordre du jour motivé qu'il avait prononcé contre le *Mémorial*, vous m'obligeriez beaucoup. Je serai encore ici pour les recevoir, car je suis obligé de retarder mon départ de quelques jours pour lancer cette affaire du *Journal de Paris*; d'ailleurs, M. Arlès-Duffour va venir, et doit s'entendre avec moi pour bien des choses; vous pouvez donc encore m'écrire.

J'ai présenté ce matin à M. Duchâtel, et j'ai fortement appuyé, la demande de M. P''', tendant à obtenir le transit pour l'Espagne, par terre, de 350 boucauds tabac, demande que vous m'aviez transmise. Dites de ma part à ces Messieurs que le ministre, ayant fait venir M. G''' dans son cabinet, nous avons longuement discuté cette affaire. C'est précisément pour empêcher le transit par terre qu'on ne permet de le faire que des lieux où il est à peu près impossible. Cela n'a rien de commun avec les circonstances politiques; c'est tout bonnement qu'on voyait des tabacs venir, par mer, à Bayonne, de là, entrer par terre en Espagne, et rentrer ensuite par contrebande pour se rendre en France. Voilà pourquoi on permet le transit par terre, de ce qui entre par les frontières de terre, parce qu'elles sont si éloignées de l'Espagne, que personne n'est tenté d'user de cette permission. Mais cependant, en faveur de la circonstance, le ministre et M. Gréterin m'ont dit qu'ils pourraient autoriser MM. P''' à faire transiter leur tabac par terre, jusqu'au lieu réellement occupé par les troupes de la reine, pourvu que ces Messieurs présentassent une déclaration de M. Harispe ou d'un autre commandant des forces françaises, qui déclarât, d'accord avec l'autorité espagnole de la reine, Espartero, ou tout autre, que les tabacs ont réellement cette destination ; de plus, que l'expédition ne fût pas faite par trop petites parcelles, mais par envois assez considérables pour être facilement surveillés. Voyez donc de communiquer cela à MM. P***, et, s'ils le peuvent, qu'ils se mettent en règle de cette manière, et qu'ils envoient ici les documeuts demandés. J'ai laissé leur demande entre les mains de M. Gréterin, favorablement accueillie par M. Duchâtel. Vous voyez que je ne pouvais rien de plus.

Adieu ; mes amitiés à tous.

P. S. N'oubliez pas de communiquer immédiatement ces renseignements à MM. P***.

Je serai bientôt à Bordeaux, quoiqu'un peu retardé ; il me tarde vivement ; j'ai tant de choses à dire !

Je vous recommande les deux prochains articles que je vais faire : le second, sur la *presse gouvernementale;* l'autre, sur le *dix-huit brumaire de la pensée;* le troisième, sur *le gouvernement des esprits par l'administration.*

Paris, 16 février 1837.

A M. **J.-B. Durand,** à

Mon cher ami,

J'ai reçu votre lettre ; j'ai pris note des six abonnements que vous me transmettez. L'achat du *Journal de Paris,* sa nouvelle direction, la baisse de l'abonnement à 40 fr., tout cela a été fait d'inspiration, sans que le ministère en sùt rien et y fût pour rien. De sorte que rien n'était préparé : la rédaction, l'administration, les bureaux, tout était à renouveler; on n'a donc pu envoyer nulle part ni annonces, ni affiches, ni prospectus; mais on s'en occupe à force. En attendant, les abonnés arrivent par masse ici, à Paris; vous ne pouvez vous faire une idée du succès. Tous les journaux, depuis le *Charivari* jusqu'à la *Revue de Paris*, depuis le *Corsaire* jusqu'à la *Gazette*, me prennent par les pieds, par la tête, par tous les bouts. Plus il font de bruit, mieux cela vaut. Figurez-vous que j'ai eu la visite d'un dessinateur auquel le *Charivari* a demandé mon portrait pour en gratifier ses lecteurs, et qui m'a dit fort sérieusement qu'il espérait que j'aurais la bonté de lui donner deux séances. Je lui donnai, en riant comme un fou, la permission de faire de moi la plus grotesque caricature qui pourra lui passer par le cerveau; mais il m'a assuré avec dignité qu'il voulait faire de moi un *beau portrait sérieux*, ce qui m'a fait rire de nouveau jusqu'aux larmes. C'est une ville très-bouffonne que la bonne ville de Paris.

Vous me demandez ce que dit M. ''' ?... Lundi dernier, chez lui, grand dîné, grande réunion : il a fait de moi, *coram populo*, un éloge complet. Vous jugez par-là du vent qui vente. Je suis invité à dîner dimanche dans une maison, et l'on m'a fait demander si cela ne me contrarierait pas de *dîner avec M.* '''; j'ai répondu que rien ne me contrarierait. Je ne sais pas ce que cela deviendra.

Bref, cela va bien. Il faut que je reste ici jusqu'à ce que la loi de disjonction soit adoptée. Elle le sera, j'espère.

Vous pouvez dire à tout le monde que nous serons au moins aussi bien informés des nouvelles que tout autre journal. J'ai su la destitution de Clausel quarante-huit heures avant le *Moniteur*, mais je n'ai pu en parler avant lui; vous sentez que c'était un secret. Mais tout ce qui pourra se dire, je le dirai; j'ai pour cela un avantage assuré. Quand vous voudrez savoir où va la politique, fiez-vous au *Journal de Paris*.

Poussez-le dans vos cantons. Je vous enverrai des affiches. L'expédition de Constantine branle au manche. Si je pouvais lui donner un coup d'assomoir!...

Adieu; je voudrais que vous fussiez ici pour voir comme la presse parisienne est disloquée. Nos amis du ministère qui avaient peur d'abord, maintenant sont *enchantés*. Je n'ai pas besoin de vous dire que tout le château est abonné, grands et petits. *** s'est chargé de faire une partie de nos feuilletons littéraires. Il m'a écrit la lettre la plus prévenante pour me faire cette offre, que j'ai acceptée, comme bien vous pensez. C'est un homme de lettres très-distingué.

Paris, 24 février 1837.

A M. **Jouis**, à Bordeaux.

Mon cher Jouis,

J'ai votre lettre. Je voudrais bien vous écrire plus souvent; mais si vous saviez quelle vie je mène ici; si vous saviez quel tourbillon, quel spasme nerveux, quel *coup de soleil*, pire que celui de 1830, j'ai pris par-dessus le marché! — C'est fini, mon cher; il y a une destinée qui

me poursuit. Je ne puis pas me déplacer; je ne puis me
mêler à quoi que ce soit, sans mettre à l'instant tout sens
dessus dessous.

Voyez : j'arrive à Paris. Je veux fuir le monde, et m'y
voilà en plein. Je veux observer et me taire, et je commence par faire quelques articles, uniquement pour suppléer à l'insuffisance et à la timidité des défenseurs du
ministère, que Thiers et Dupin sabraient à qui mieux
mieux. Je vous assure qu'ils ont bientôt changé de gamme,
et j'ai été confondu moi-même de l'effet que j'avais produit. A l'instant cela m'a amené un flot de monde. Le
Journal de Paris, celui de Thiers, était à vendre. — Des
particuliers viennent à moi, — jamais je ne les avais vus
de ma vie, — et ils me disent : Si vous voulez y écrire,
nous allons l'acheter. Je réponds : Achetez, j'y écrirai. —
Tout cela se fit sans que les ministres en aient rien su.
— Je commence à écrire dans le *Journal de Paris*, et à
l'instant voilà une révolution dans la presse. On ne s'occupe plus d'autre chose. Tous les journaux ont perdu l'esprit. Hier, aujourd'hui, tous, sans exception, me font le
pivot de toutes les polémiques. A la chambre, à la cour,
partout c'est de même. Et pourquoi? parce que, lorsque
nos inconcevables gouvernants découvrent une nouvelle
machine infernale, lorsque le complot est avoué, lorsqu'il
y a un régiment de tigres dans Paris que tout le monde
connaît, ni ministres, ni chambres, ni journaux, n'osent
dire un mot, et il faut que ce soit moi qui leur reproche
leur imbécille pusillanimité. — Aussi, je vous réponds,
mon cher ami, que je suis dans de beaux draps. — Les
journaux ont profité de l'occasion pour m'accuser de demander *la censure*, *les coups d'état*, etc. La vérité est qu'ils

perdent leurs abonnés, qu'ils perdent une partie de leur
influence dans la chambre des députés, et qu'ils voudraient
me voir à tous les diables. Je crois que j'aurais presque
envie d'y être moi aussi; car, enfin, les diables sont bons
enfants, et ils valent bien certainement autant que la société
indifférente, corrompue, dans laquelle le monde politique
roule aujourd'hui.—Ah! mon Dieu! mon Dieu! qu'est-
ce qu'il sortira de là?... Ils laisseront tuer le roi, c'est sûr.
Et ensuite!.....

Voilà donc, mon cher ami, que toute la discussion politique roule aujourd'hui sur moi.—On me fait l'honneur
d'attendre ce que je vais dire, comme un évènement. —
Et puis je jure, comme un Turc, dans le fond de mon
âme; car je sais bien ce qu'il faudrait faire au lieu de le
dire, et je vois qu'il n'y a moyen ni de dire, ni de faire.
C'est égal; je leur ai donné une fameuse poussée, et ils
ne sont pas au bout, je vous assure. Vous m'en direz des
nouvelles, d'ici à quelque temps, si je vis et si je ne perds
pas l'esprit *par un autre bout*. — Encore, encore! si je
n'avais que de la politique dans le cerveau, je prendrais
patience; mais je suis si raisonnable qu'il y a place dans
mon âme pour toutes les passions les plus opposées. Ensuite, il faut que je leur serve de champ de bataille. Elles
m'attaquent, je me défends. Je les dompte, elles me tuent.
Tout cela me fait vivre, mais je vis trop; je vis tant, que
j'en meurs. Ah! mon cher Jouis, qu'est-ce que je suis
venu faire dans cette galère!.... Et cependant il faut que
j'en sorte, et j'en sortirai. — Je quitterai Paris aussitôt
après que la loi de *disjonction* aura passé à la chambre des
députés.—Disjonction!.... Avez-vous jamais vu un mot
plus stupide. En procédure, je veux bien. Mais dans le

monde sentimental, avez-vous jamais rien vu de pire
qu'une *disjonction*?.... Il faudra bien pourtant que tout
finisse par là.

Je crois, comme vous, que je serai obligé de faire le
sacrifice de passer au moins une grande partie de l'année
à Paris. Cependant je ne veux pas quitter Bordeaux. Il
me semble que je pourrais alterner : six mois à Bordeaux,
six mois à Paris.—On est bien ici, très-bien, trop bien ;
c'est dangereux d'être si bien. cela amollit l'âme, cela fait
faire des choses qui ne ressemblent à rien. On y traîne
sa chaîne comme un esclave, et c'est honteux ; c'est hu-
miliant, et, en vérité, indigne d'un homme. Il y a quelques jours, au beau milieu de la nuit, passant à côté de
la colonne de la place Vendôme, il me vint un accès de
fureur tel, que je faisais le vœu insensé d'avoir la force
de la prendre, de la briser, de la couper en morceaux, et
de la jeter dans la Seine, tant j'aurais voulu faire passer
ma colère sur quelqu'un ou sur quelque chose. — Ce serait bien dommage, cependant ; car depuis qu'on a remis
la statue de Napoléon au sommet de la colonne, elle est
cent fois plus belle que jamais. Le soir, depuis les Tuileries, quand la brume commence à s'épaissir, qu'il ne
fait pas encore nuit et qu'il ne fait plus jour, on ne sau-
rait voir rien de plus idéal, de plus grandiose, de plus
historique, que l'effet de cette statue qui se dessine sur le
ciel.—L'obélisque est bien beau ; mais c'est une miniature
en comparaison. — Et puis cela coupe désagréablement
la vue de l'arc de Triomphe. Il faudra, la première nuit
que je ne dormirai pas, que je fasse des vers là-dessus.

Je ne sais plus ce que je vous disais. — Vous m'avez
envoyé la pétition d'un militaire. Je verrai s'il y a moyen

d'en faire quelque chose; mais j'en doute. On dépense tant d'argent en entreprises folles, qu'il n'en reste plus pour les pensions.

Le général Bugeaud va à Oran. Je dinais hier à côté de lui chez le ministre de la guerre. B*** voudrait aller avec lui en Afrique pour tâcher d'y gaguer un grade. Le général m'a promis de le prendre pour officier d'ordonnance; le ministre y consent. Mais je ne sais s'il fera bien d'y aller. Alger est en décomposition. On veut faire une simagrée belliqueuse; mais, en réalité, c'est pour couvrir l'évacuation de Tlemcen et de tout l'intérieur du pays. — On y va pour ravitailler et ramener les troupes qu'on y a hasardées, et Bugeaud me disait qu'il serait fort heureux s'il les trouvait encore vivantes, car on s'attend d'un moment à l'autre à en recevoir de fâcheuses nouvelles. Les postes sont cernés par dix ou douze mille Arabes, et sans aucune communication, ni moyen de faire des vivres. Il me disait que si Cavaignac se décidait à faire une trouée, il ne ferait pas un jour de marche sans avoir la tête coupée, lui, et ses cinq cents hommes. — Allez donc voir ce beau pays !..... Ma foi, après tout, j'aime encore mieux être ici. Je ne me porte pas trop mal. Je dine comme un grand garçon, et mes autres fonctions s'améliorent en conséquence. Qu'est-ce que cela signifie donc?... Ah! il est clair que cela doit mal finir, car ce n'est pas naturel du tout. Quant à la grippe, c'est une sotte qui ne m'a point fait peur, et je me suis moqué de tous ceux et de toutes celles qui l'ont eue. Ce n'est pas une maladie, c'est une mauvaise plaisanterie ou un prétexte pour garder la chambre.

Mes amitiés à Fanfan; il me tarde bien de lui donner une bonne caresse au bout du nez. Comment va son oreille? — Je vais demain chez un fameux horticulteur, avec l'espoir d'en obtenir des dalhias merveilleux, comme on n'en a pas vu jusqu'à présent, fond-blanc et rayés comme des œillets flamands.

Adieu, mon cher ami ; j'espère vous voir avant bien long-temps. Vous viendrez me voir à Montferrand et je vous ferai l'anatomie descriptive du monde parisien. Vous aurez, je vous assure, un panorama curieux. En attendant, il est une heure après minuit, je vous quitte ; je vais rentrer chez moi. Avant que j'aie fait mon thé, que j'aie réfléchi, gesticulé, déclamé, juré contre le ciel et la terre, et fait pour demain de très-belles promesses que je ne tiendrai pas, il sera trois heures. Ainsi va le monde, et la vie se passe.

Mille amitiés. Rappelez-moi au souvenir de tous nos amis. Je pense à tous, quoique je n'écrive à personne.

❀

Paris, 25 février 1837

A M. **Danflou**, à Bordeaux.

—

Monsieur et ami,

J'ai reçu votre bonne lettre du 21 du courant. Je vous remercie bien de votre souvenir. Je vous ai fait inscrire au nombre des abonnés du *Journal de Paris*. Quant à vos deux volumes de l'*Indicateur*, vous m'étonnez bien, en me disant que vous ne les avez pas. Je les avais recommandés à Perrodeaud et à Bouillon, avec les plus vives instances. Je leur ai réécrit hier exprès.

Vous voyez, par le fracas de tous les journaux parisiens, la sensation que fait ici le *Journal de Paris*. La polémique habituelle en a été soudainement changée. Grands ou petits, noirs ou blancs, rouges ou bleus, ils ont tout laissé pour courir sur moi. Cela me laisse fort calme, et j'espère bien leur faire voir du chemin à tous.

Quant à moi, je vous le déclare, je ne puis voir de sang-froid les conjurations, les machines infernales, se multiplier sous les pas du roi et consentir à me taire sur l'indifférence du public et des chambres, qui ont l'air de trouver cela tout simple, qui ne veulent entendre parler d'aucune mesure, et qui attendent tranquillement une catastrophe qu'ils rendront ainsi infaillible. Deux mois après *Meunier*, voilà *Champion!*.... Il avoue son crime, comme le premier; il proteste qu'il n'a qu'un regret, c'est de mourir sans avoir tué le roi, mais que ses camarades ne le manqueront pas. L'un et l'autre, ainsi que leurs prédécesseurs, sont des sociétés secrètes des *droits de l'homme*.

On a les listes de ces légions de tigres, qui poursuivent tranquillement dans Paris le cours de leur machination, et on les laisse faire; et l'on attend que l'un d'eux ait réussi à tuer le roi, afin de punir l'assassin en toute sécurité de conscience. Tout le monde en tremble, tout le monde le craint, et tout le monde se tait, et personne n'ose dire un mot; et on m'appelle *réactionnaire*, parce que, dans mes articles sur l'*indifférence politique*, j'ai appelé l'attention publique sur l'horrible danger qui menace la France et l'Europe. —J'espère que le public me rendra plus de justice; et quand je m'expose seul à toutes les haines pour l'intérêt du pays, j'espère qu'au moins, après l'événement qui pourra m'être fatal, on dira qu'il y avait un vrai citoyen, et qu'on aurait bien fait de l'écouter pendant qu'il était encore temps.

Quant aux affaires courantes, elles vont bien. Le ministère a la majorité. L'opposition n'a aucune espèce d'influence; mais tout cela n'a qu'un intérêt très-secondaire, en comparaison des véritables difficultés qui planent sur l'ensemble de notre situation. Ils nous font quelques lois à moitié bonnes ou médiocres, qui ne feront ni froid ni chaud. Mais la France est sans crédit au dehors. Aucun gouvernement d'Europe n'a la moindre crainte de sa puissance. Un employé diplomatique me disait, il y a peu de jours : « A la cour de Turin où j'étais, chaque fois qu'on » savait qu'il devait y avoir en France une solennité quel- » conque, où le roi était destiné à paraître en public, on » me disait : — Combien faut-il de jours pour venir de » Paris ici à franc-étrier?—Quatre jours ou six jours (je » ne me souviens plus du chiffre).—Eh bien! alors, dans » quatre jours, vous recevrez un courrier. — Pourquoi? » — Pour vous annoncer qu'on a tiré sur le roi, et vous » dire si on l'a tué. »

Et, comme cela arrivait toujours, jugez si les puissances étrangères font aucun cas d'une monarchie qu'elles savent à toute minute à la merci d'un coup de pistolet?

Adieu, mon cher monsieur; M. Wustenberg me charge de vous dire qu'il ne vous a pas oublié et qu'il vous prie d'excuser son long silence.

Votre bien dévoué.

Paris, 9 mars 1837.

A M. **Jouïs**, à Bordeaux.

—

Mon cher ami,

J'ai reçu votre lettre. J'avais commencé à vous répondre, et à vous raconter ma boucherie, car je n'ose pas dire ma chasse aux faisans; mais les circonstances sont devenues si graves, le ministère si mou, la chambre si lâchement sordide, la presse ministérielle si absurde, que je n'ai plus eu ma liberté d'esprit pour vous parler *de bagatelles* dont, sans cela, je vous aurais entretenu.

La chambre a d'abord adopté la loi par assis et levé; mais non pas avec une majorité douteuse comme on le dit; il y avait au moins quarante à cinquante voix de majorité, je dis *au moins*. Cela ne faisait doute pour personne. Tous les spectateurs en ont jugé comme moi; c'était une sensation universelle. Pas une épreuve n'a été recommencée. Et quand il a fallu voter au scrutin *secret*, ces quarante à cinquante lâches, ces traîtres, ces infâmes, ont voté contre la loi, et elle a été rejetée. —Vous dire les cris révolutionnaires qu'ont poussés les bancs de la gauche, la joie délirante de M. de ***, de MM. Garnier-Pagès, *** et de tous les autres; vous dire les transports de MM. Berryer, Fitz-James, et autres héros légitimistes, c'est impossible. Parce que l'impunité de la révolte armée était désormais assurée, il semblait que le paradis terrestre allait s'ouvrir pour ces messieurs. — Quant aux fonctionnaires publics, ce sont eux qui ont tout fait, ce sont eux qui ont parlé à la tribune à la suite de ce misérable ```: et dans la tribune du conseil d'état, qui était à côté de celle où j'étais moi-même, sur vingt auditeurs ou maîtres des requêtes, il y avait dix-sept enragés qui hurlaient de toutes leurs forces!!!

Les ministres ont été pitoyables; ils se sont laissé aller aux intrigues des journaux. Quand la loi était attaquée avec tant de force par Hennequin, Chaix-d'Est-Ange, et surtout par Berryer, — qui est le plus grand orateur qu'on ait jamais entendu, — Guizot, Guizot, le seul orateur du ministère, s'est tu, n'a pas dit un mot, n'a pas monté une seule fois, une seule fois, à la tribune. — Ah! mon cher ami, où sommes-nous, où allons-nous? On vient de découvrir une nouvelle machine infernale. Il n'y a pas de raison maintenant pour que les conspirations et les assassinats ne naissent de tous les côtés : tout est en dissolution morale. Les ambassadeurs ont fait partir des courriers pour leurs cours respectives. Nous avons encore l'apparence d'un gouvernement, mais c'est tout.

C'est ce sentiment qui a fait monter Jaubert à la tribune, quand il a vu que les ministres s'obstinaient à se taire. — Voilà un homme, un véritable homme. Les journaux ont défiguré son discours; mais j'aurais voulu que vous l'eussiez entendu! Quand il a eu défendu les conseils de guerre et prouvé leur compétence, il a parlé des fonctionnaires payés par le gouvernement et qui l'attaquaient : M. ``` a sauté sur son banc en demandant la parole. — Alors Jaubert lui a dit, à très-peu de chose près, ces paroles : — Ne m'interrompez pas, monsieur; c'est précisément de vous que je parle et de tous les fonctionnaires révocables et salariés qui siégent dans cette chambre :

de vous, qui voulez cumuler les honneurs de l'opposition
et le traitement de votre place. Croyez-vous, messieurs,
a-t-il alors ajouté, en se tournant vers l'assemblée, croyez-
vous qu'il soit bien doux pour nous, nous simples citoyens, nous qui n'avons pas de places et qui n'en voulons pas, nous qui quittons nos foyers et notre famille
pour venir défendre à Paris la monarchie et la société
menacées, de voir le gouvernement trahi, attaqué, par
ceux qu'il paie pour le défendre? Je sais qu'on trouvera
mes paroles imprudentes; mais je suis franc, et je veux
qu'on sache que je dis tout haut, ce que ceux qui se tai-
sent ici, disent ailleurs, dans la salle des conférences, par
exemple. Cela vous blesse, messieurs, a-t-il dit alors aux
ministres qui pâlissaient et tremblaient sur leur banc;
vous me blâmez, vous me trouvez téméraire, compromettant. Mais, sans mes amis et moi, sans ceux qui vous ont
poussés malgré vous, jamais vous n'auriez osé demander,
ni la loi contre les associations, ni la loi des crieurs publics, ni les lois de septembre; et, quoique le blâme que le
gouvernement verse sur moi et mes amis, nous soient la
peine la plus amère que nous puissions éprouver, rien au
monde ne pourra nous contraindre à taire la vérité!.....
—Je vous peindrai difficilement l'état de la chambre pendant cette apostrophe : les cris des uns, la pâleur des autres, le bouleversement universel. *** a ensuite répondu
comme un saltimbanque; mais il a enrégimenté toutes les
bassesses des intéressés, de sorte que ces lâches, après avoir
voté pour la loi par peur, ont voté contre la loi par peur
aussi. Jamais vous n'avez vu une pareille infamie.

Et moi, moi, pauvre diable, me voilà toujours le point
de mire. La presse tout entière, la chambre, le public,

c'est à moi qu'on impute tout, à blâme d'un côté, à honneur de l'autre. Mais il faut dire que tous les journaux, tous, sans exception, sont contre moi. Les républicains, l'opposition, les carlistes, cela est tout naturel, parce qu'ils comprennent bien que je suis jusqu'à présent le seul qui ait osé donner au gouvernement du roi des conseils qui puissent le sauver. Quant aux autres, ils soutienent leur honte, et ils voudraient faire taire ou flétrir l'homme qui ose la leur reprocher en la montrant au grand jour. C'est un fracas à ne plus s'y reconnaître, et vous ne me reconnaîtriez pas en voyant mon sang-froid au milieu de tout ce tintamarre. — Il est vrai que j'ai autre chose à penser. — Cela me distrait.

M... s'est horriblement comporté; il a intrigué tant qu'il a pu, et il a voté contre la loi. B... est dans une telle jubilation, qu'il voit déjà toute monarchie détruite, et qu'il faudra, m'assure-t-on, inventer un nouveau mot pour le gouvernement qu'il rêve, car le mot *république* est beaucoup trop faible.

Au milieu de toutes ces tristes idées, je n'ai plus le cœur de vous parler d'autres choses, quoique j'en aie de bien drôles à vous raconter. Mais mon imagination se refuse à passer immédiatement sous le coup d'un tel contraste. J'ai fait tout-à-l'heure, pour demain, un article vigoureux contre Berryer; et, comme il y a maintenant un beau rayon de soleil qui dore ma fenêtre, je vais sortir pour me promener demi-heure au jardin des Tuileries. Cela me reposera l'esprit, et me permettra d'achever un travail d'une tout autre nature, que j'ai promis et qui doit être prêt *ce soir sans faute.* — Ainsi va le monde..., quand il va.

Rappelez-moi au souvenir de tous nos amis, et priez

Dieu qu'il donne à quelqu'un des verges pour frapper vigoureusement ce tas de lâches et serviles bavards qui perdent la France et qui la déshonorent.

Adieu de cœur.

P. S. Les ministres restent; mais le ministère est incomplet, et il n'y a pas de quoi le compléter. S.... s'est *indignement* comporté.

Paris, 10 mars 1837

A M. **Boucherie**, à Bordeaux.

Mon cher Boucherie,

Je reçois votre lettre du 27 février, un peu en retard comme vous voyez. M. Laffitte vient de me la remettre à l'instant.

Vous vous plaignez de mon silence; vous avez raison, mais je n'ai pas tort. J'ai au moins deux cents lettres à répondre, et je le ferais bien volontiers, s'il me restait une seconde à moi; mais il me manque, au contraire, douze heures par jour pour que je puisse suffire à tout le travail que j'ai, et à la grande charge que les évènements m'ont imposée.

Vous me parlez encore du *Mémorial*; je suis loin d'approuver les tendances qui ont voulu s'en emparer. Pour les empêcher de réussir, j'ai fait plus que je ne veux dire; mais je ne puis approuver non plus toutes les vôtres. Vous êtes un homme loyal et un bon citoyen, mais votre amitié pour ***, permettez-moi de vous le dire, vous égare

étrangement. Ne croyez pas que je cède à des sentiments de rancune : toutes les fois que les ennemis de *** l'ont attaqué à tort et ont voulu le détruire par-dessous main, je m'y suis opposé; aucune considération ne m'a retenu, et je ne hasarde 'rien de trop en disant qu'aucun de ses amis ne lui a été aussi *efficacement* utile, depuis le conseil général jusqu'à ce moment, que je ne l'ai été moi-même, soit à Bordeaux, soit à Paris.

Je suis donc, croyez-le bien, tout à fait impartial. — Eh bien ! j'ajoute maintenant que j'ai peut-être été trop confiant; que cette tendance conciliatrice du gouvernement a été mal récompensée; que M. *** a redoublé d'hostilité; lié ainsi qu'il l'est avec l'extrême droite et avec l'extrême gauche, il a contribué, autant qu'il a pu, au rejet de la loi sur les juridictions militaires, rejet dont Paris et l'Europe sont scandalisés, et dont le roi est profondément affligé. Je ne mets pas M. *** au niveau des quarante députés qui ont voté très-haut pour le gouvernement, et qui, au scrutin secret, ont voté contre. Non, M. *** a été plus franc, il a été un ennemi ouvert; il n'est pas aussi mésestimable que les autres, mais il est aussi coupable.

Si vous aviez vu cette séance, si vous aviez été témoin de l'orgie révolutionnaire qui l'a suivie, mon cher ami, vous repousseriez les illusions qui vous dominent. Jamais je n'oublierai de ma vie cet incroyable spectacle : légitimistes, républicains, tiers-parti, tout cela s'agitant, criant, faisant signe aux tribunes publiques de s'agiter, de crier; la tribune du conseil d'état en pleine insurrection ! Or, il ne faut pas me dire non, car j'étais à côté, avec M. Chegaray, l'ancien procureur du roi de Lyon, qui a soutenu l'accusation d'avril à la chambre des pairs. et nous avons été,

l'un et l'autre, l'objet des vociférations de ces forcenés.
Et il ne faut pas faire de distinction : D..., B..., D...,
Berryer, Garnier-Pagès, tout cela se félicitait, se pressait
la main, pêle-mêle, avec Laffitte, *** les deux plus grands
insurrectionnels de la chambre. D.... était aux extrèmes
bancs de l'extrème gauche ; et dans tout ce gâchis, les amis
du gouvernement et du roi frémissaient de honte pour
un évènement qui nous met dans la boue aux yeux de
l'Europe et du monde.

Nous ne sommes pas dans des circonstances ordinaires ; nous sommes en *pleine révolution*. Si les bons citoyens
se laissent aller à quitter la bonne ligne pour complaire
à des liaisons particulières, eh bien ! je vous le dis franchement, ils se rendront coupables d'une grande faute.

Que voulez-vous que nous fassions maintenant de M. ***
à Bordeaux ? S'opposera-t-il à l'élection de nos adversaires directs ou de ceux qui, avec une apparence cha-
temite de tendance gouvernementale, vont toujours, toujours, toujours contre le gouvernement dans toutes les
crises politiques : ordre du jour motivé, associations, lois
de septembre, juridictions militaires, etc., etc. ! Non ! il
ne le peut pas, le voulût-il ; mais il ne le veut pas, et il ne
le voudra pas. J'ai attendu, j'ai réfléchi, j'ai comparé, je
me suis bien interrogé de sang-froid, et maintenant je
suis bien résolu, je ne transigerai sur rien, ni avec qui
que ce soit ! La crise est trop grave. Si la chambre prochaine est composée comme celle-ci, il n'y a rien à espérer : on détruira le trône, on tuera le roi, et nous regar-
derons faire tout cela comme des imbécilles. Cela ne me
convient pas.

Ainsi donc, mon cher ami, comptez là-dessus. Je sais,

et vous voyez, que le ministère me blâme, les journaux à gages m'attaquent, pendant que toute la presse du tiers-parti et de l'opposition se ruent sur moi. Le *Corsaire*, le *Charivari*, la *Mode* ne peuvent pas aller plus loin. Mais tout cela m'encourage au lieu de m'effrayer. Je sens, d'ailleurs, ce qui se passe dans la *région gouvernementale* parmi les hommes d'État, dans toute la haute société intellectuelle de Paris, et je ne puis pas douter que ma politique consciencieuse et ferme n'ait en réalité le pas, malgré toutes les clabauderies extérieures.

Pour effrayer la chambre, les meneurs avaient fait répandre le bruit que si la loi était adoptée, il y aurait une émeute dans les faubourgs; ils avaient fait saisir exprès de prétendues indices de cette conjuration. C'est pour cela que le maire de Vanvres est venu tout courant à la chambre. Le ministère a cru tout bonnement cela, et en est devenu plus faible encore. M. Molé a renié l'état de siége, M. Guizot s'est tu; M. Persil, qui avait dit deux jours avant de bonnes et fortes paroles, a été *désavoué* par le journal ministériel en titre.... Et, après toutes ces hontes, la loi a été rejetée par ceux auxquels on avait fait ces concessions. —Ils avaient aussi répandu le bruit qu'on illuminerait les faubourgs, en l'honneur du triomphe de l'opposition. Mais c'est une vraie farce, personne n'y songeait; bien au contraire, tout le monde s'affligeait de voir le gouvernement vaincu, battu, désarmé, après s'être si mal défendu..... et battu, par ceux qui se prétendent ses amis et qui donnent la main à Garnier-Pagès et à Berryer..... C'est infâme!

Adieu; je suis fâché, mon cher ami, de contrarier vos sentiments. Il est possible, il est probable qu'on laissera

M. ``` à Bordeaux ; mais ce sera une immense faute, un véritable malheur. Ce sera le moyen de corrompre l'opinion publique par les instruments mèmes qui devraient la rectifier.

Paris, 12 mars 1837.

A M. **Jouis**, à Bordeaux.

—

Mon cher Jouis,

... ..J'ai remis au ministre de la guerre la pétition du militaire Andrieux. Je dois avoir la réponse ce soir, et je vous dirai ce qui en est à la fin de cette lettre.

Je me suis très-bien porté les trois premiers mois, mais le quatrième j'ai horriblement souffert. Depuis ma dernière lettre, je n'ai presque pas quitté le lit. A présent que le journal va, il faut que j'aille moi-mème me rafraîchir un peu à Montferrand, où bien je crèverai. Or, si je ne peux pas empècher la monarchie de crever, je veux me réserver au moins pour la défendre et l'accompagner.

Lisez-vous le *Journal de Paris?*... Alors le numéro de ce matin vous aura appris que tout va à la diable. Je n'ai prévu que trop juste. Nous n'avons pas plus de ministère que sur la main. Le gouvernement se compromet. Tout le monde crie contre lui, tout le monde se désaffectionne; si l'opposition n'avait pas intérèt à empècher les émeutes, elles recommenceraient. Je souffre tellement de tout cela, que je ne puis prendre sur moi d'écrire tous ces abominables détails. Je vous dirai tout cela en tète à tète.

Je pars lundi matin, à moins que mon mal me reprenne et me tienne au lit. Je crève les chevaux, je cours jour et nuit, et je serai à Bordeaux mercredi matin. Gardez-moi le secret, afin que je ne sois pas étouffé.

Adieu, mon cher ami ; il nous faudrait un fameux faiseur d'équation pour refaire notre machine gouvernementale ; il n'y pas un rouage qui engrène. Je vous vois bientôt colloqué à Landiras. Vous êtes bien heureux ! Je vous enverrai, l'an prochain, des œufs de faisan.

P. S. J'ai la réponse du ministère de la guerre : votre Andrieux n'est pas en règle ; il n'y a rien à faire pour le moment. Comme c'est un gros dossier, je vous le rapporterai moi-même, et je vous expliquerai le tout.

—

Paris, 28 mars 1837

AU MÊME.

Mon cher Jouis,

Je sors du lit, où je suis resté huit jours.

Tout va ici à la diable. Il n'y pas de gouvernement. Vous ririez de voir l'importance que la nullité générale des hommes m'a donnée ici ; mais je n'en ai que faire. Il n'y a pas matière. Je ne vois aucun moyen de sortir de là. Que le ministère reste, qu'il sorte, qu'un autre rentre ou s'en aille, cela ne change pas le fond des choses. Six mois plus tôt ou plus tard n'y feront rien. Il est impossible que la France soit menée ainsi, ou tout se dissoudra. Si à la prochaine crise il ne vient pas une main un peu forte, nous donnerons au monde l'exemple d'une anarchie comme on n'en a jamais vu.

Le *Journal de Paris* est maintenant presque *le seul* en qui l'opinion gouvernementale croie et espère. Vous ne pouvez avoir idée de cela; il faudrait le voir. Comme je vous verrai bientôt, je vous conterai tout cela. La corruption de la tourbe parisienne est au-delà de toute expression. Le ministère s'est comporté comme un tas de Jean-Cotillon. Dans toute leur administration, les ministres sont trompés par tous leurs directeurs, chefs de personnel ou de division, qui, tous, *volent et intriguent contre le gouvernement*, et on n'ose pas en destituer un. Il y en a ici cent pires que ***. Jugez, c'est un bois, une forêt! Jamais vous n'avez vu une telle cour de roi Pétau. J'ai fait ce que j'ai pu pour leur donner du cœur. Si j'avais été maître, j'aurais fait maison nette dix fois. Au lieu de cela, ils se laisseront mettre à la porte par leurs valets.

A l'heure qu'il est, il n'y a plus ni ministres, ni majorité, ni chambre; chacun va se promener.

Le directeur général des eaux-et-forêts a trompé le ministre, et m'a fait un tour pendable contre mes pêcheurs; mais j'en ai eu cependant le dessus. C'est une abomination! et il a trouvé moyen d'irriter contre moi toute la cour royale de Bordeaux. Mais, patience, j'aurai mon tour. En attendant, le conservateur a eu ordre d'abandonner toute poursuite. Mais voyez comme le peuple est malheureux; si je n'avais pas été là, et aussi puissant que j'étais, tous les pauvres marins étaient enfoncés, parce que ce damné de ***, au ministère des finances, est du *tiers-parti*.

Adieu, mon cher ami; je laisserai tout ce *bataclan* au diable, et je serai à Bordeaux dans les premiers jours d'avril. La besogne marchera tout de même. Il faut que j'aille remonter notre machine d'abord. Soignez-moi Fanfan.

Montferrand, 12 août 1837.

A M. **Boyer-Fonfrède père** (1), à Bagnères.

—

..... Je vous prie, aussitôt que Léon sera de retour, de lui confier de ma part la commission suivante :

L'an dernier, il m'acheta, à Tarbes, je crois, un chien nommé *Fanfan*. Ce chien n'est pas dressé, il court et désobéit comme un véritable républicain sans foi ni loi; mais il a de grandes qualités : en le mettant au pas, il y a de quoi faire un grand homme de chien.

Léon m'a dit que le vendeur de *Fanfan* avait une chienne, sa sœur, de même race, plus âgée d'un an, et parfaitement dressée; les choses étant ainsi, si la chienne est de la même race, si elle est soumise, si elle arrête, rampe, rapporte, sans gâter le gibier, je le prie de m'en faire l'emplète et de me l'envoyer par la voie la plus prompte et la plus sûre. Quant au prix, il fera pour le mieux; je m'en rapporte à lui; l'essentiel, c'est que la bête soit bonne. Si celle-là ne remplissait pas toutes les conditions voulues, et qu'il en rencontrât une de meilleure race ou mieux dressée, qu'il la prenne. En un mot, je voudrais ce qu'il y a de mieux, une chienne de préférence.

Rien de nouveau en politique. On parle de la dissolution : je n'en serais pas fâché; cela nous donnera une chambre plus sotte, plus décousue, plus anarchique que celle-ci. Or, plus la chambre sera mauvaise, plus vite on se dégoûtera du stupide régime monarchique et constitu-

1. Oncle de H. Fonfrède.

tionnel qui convient à la France. Tant qu'on voudra mettre le gouvernement dans la chambre élective, nous n'aurons pas de gouvernement. Courir après cette chimère, c'est vouloir prendre la lune avec les dents; voilà pourquoi je n'écris plus ni dans le *Mémorial* ni dans le *Journal de Paris*. Adieu; je suis toujours malade et confiné à Montferrand; je ne vais jamais à Bordeaux.

Répondez-moi un mot pour la chienne.

———— ◈ ————

Montferrand, 26 décembre 1837.

A M. **Ch.-Al. Campan**, à Bordeaux.

——

Mon cher Campan,

Voici les deux lettres. Pour votre gouverne, ne faites aucun usage pour le journal de celle de D..., et n'en parlez à personne. Il ne faut pas augmenter encore les tripotages innombrables du *représentatif* tel qu'on l'entend depuis juilllet, c'est-à-dire, ce qu'il y a de plus absurde au monde. — Imaginer qu'on puisse gouverner la France ainsi, c'est du délire. — Restez en dehors de tout cela. — Le Fonfrède aura raison, on en viendra au *dix-huit brumaire de la pensée* ou à une dissolution politique complète.

Je suis malade ce matin. Je n'ai pu aller à la chasse. J'ai bêché dans mon jardin. J'ai bien besoin pourtant de faire dix articles politiques, tous pressants, d'ici au 1ᵉʳ janvier!

Années 1838-1839.

———

Les années 1838-1839 ont été l'une des époques les plus remarquables de la vie de Henri Fonfrède; obligé, par ses convictions intimes, de combattre des hommes politiques qu'il avait considérés jusqu'alors comme ses amis, et avec lesquels il avait vécu dans une communauté complète d'opinions, il prit part à cette lutte avec un profond sentiment de tristesse, mais cependant avec l'énergie et la vivacité qui lui étaient propres.

La justification de sa conduite, dans cette circonstance, se trouve plus encore dans sa correspondance intime que dans ses écrits publics; quelque désireux que nous soyons de ne point renouveler des querelles assoupies aujourd'hui, nous ne croyons pas qu'il nous soit permis, dans l'intérêt de la mémoire de Fonfrède, de supprimer en entier les lettres adressées par lui, soit à nous, soit à d'autres amis, pendant cette crise solennelle. Nous avons donc extrait de sa correspondance ce qu'elle contenait de plus général sur les évènements, laissant de côté les détails trop particuliers, sur les hommes et sur les choses, qui abondent dans les pages journalières qu'il nous écrivait de Paris. — Nous avons supprimé les noms propres, le plus possible, pour satisfaire au vœu formellement exprimé par la famille de Henri Fonfrède, et parce que notre publication n'a point pour but de montrer les fautes des hommes politiques qui étaient alors opposés à ce publiciste, mais bien de faire comprendre la gravité des motifs et la sincérité des convictions qui déterminèrent sa conduite.

Montferrand, samedi, janvier 1838

À M. **Boucherie**, à Bordeaux.

—

Mon cher Boucherie,

Ayant été malade et obligé de revenir à la campagne, je n'ai pu voir M. Espeletta, mais je serai à Bordeaux dans la semaine prochaine, et j'irai faire votre affaire le premier jour.

Je n'ai aucune connaissauce des promotions dont vous me parlez dans la Légion-d'Honneur. Vous savez, au reste, le cas que je fais des distinctions honorifiques. Je ne blâme pas le gouvernement de se servir de ce moyen d'exciter l'émulation, puisque la vanité nationale attache tant de prix à ces rubans, qui n'ont de signification *réelle* que pour l'état militaire.

Il faut bien prendre un peuple tel qu'il est, et faire usage des ressources qu'il présente pour le gouverner ; mais, en soi, tout cela est bien futile, et le deviendrait encore davantage, si l'on en faisait une trop grande profusion. Ce n'est pas ma faute, mon cher ami, si le roi m'a donné la croix. Il n'y a pas en France, je vous jure, de monarchiste aussi républicain que moi sous ce point de vue; mais aussi il n'y a certainement pas de républicain aussi monarchiste que moi pour tout ce qui tient à *l'autorité royale*, et je voudrais bien que la chambre des députés comprît qu'en faisant prédominer la confusion de ses volontés, elle fait un mal horrible à la France et anarchise le gouvernement.

Adieu.

Paris, 24 février 1838

A M. **Ch.-Al. Campan**, à Bordeaux

—

Mon cher Campan,

Je sais, à n'en pas douter, que le ministère est très-bien pour moi. L'attaque des doctrinaires, amenée par la résistance que je leur oppose depuis trois mois, pour empêcher le coup qu'ils préparaient à la royauté par la disjonction du ministère, a produit ici un grand effet; les *démocrates parlementaires* ont travaillé pour moi; je suis allé chez eux ce matin, pendant la séance de la chambre, et je leur ai laissé une carte. Je les verrai en particulier, mais ils seront fins s'ils m'attrapent dans leurs salons; ils m'ont désavoué, et je suis trop fier pour qu'ils aient à craindre que ma présence chez eux *les compromette*.

J'attends de V... demain matin, à huit heures. Je fermerai ma porte à tout le monde, et nous coulerons à fond tout ce qui concerne nos affaires locales, afin de marcher parfaitement d'accord. Si j'ai une minute, j'ajouterai ci-après ce qui sera survenu, mais n'y comptez pas. Je n'aurai d'ailleurs rien de positif à vous dire qu'après avoir vu M. Legrand, qui me répondra sans doute demain.

Adieu de cœur.

24 février 1838.

AU MÊME.

Mon cher Campan,

Je ne puis vous parler ni politique, ni gouvernement, parce qu'il n'y a plus ici ni gouvernement ni politique; en un mot, il n'y a plus qu'un infernal réseau d'intrigues; il me faudrait un volume pour vous narrer ce que j'en sais déjà, quoique je sois à peine sorti de ma chambre; mais c'est un peu l'histoire de Mahomet, *à rebours :* Comme je ne vais pas à la montagne, la montagne vient à moi.

Relativement aux travaux publics, il est probable que la commission des canaux aura préparé son travail long-temps avant celle des chemins de fer; c'est la seule chance favorable pour nous que je voie dans tout cela, et elle n'est pas grande; mais, enfin, c'est toujours un avantage. L'opinion générale est toujours que les chemins de fer seront ajournés en bloc.

Les doctrinaires sont fort empêchés avec moi; ils voudraient tout à la fois se servir de l'influence qu'ils me croient encore en dépit d'eux-mêmes, et cependant persister bravement dans la rupture qu'ils ont affichée par l'entremise du *Journal Général*. Ce petit problème est assez difficile à résoudre, et je doute fort qu'ils en viennent à leur honneur. A... est venu me voir hier, tout chaud, pour prendre sur lui seul la responsabilité de tout ce qu'a fait le *Journal Général*, et en affranchir les doctrinaires en masse. — Je lui ai secoué cordialement la main, en lui disant que je ne croyais pas un mot de ce qu'il me disait; mais que, puisqu'il le désirait, je lui réservais exclusivement toute ma reconnaissance de l'immense service que le *Journal Général* m'avait rendu; que j'étais maintenant libre comme le poisson dans l'eau et l'oiseau dans l'air, et que je laisserai les doctrinaires démêler leur fusée à leur fantaisie, sans moi, pour moi, ou contre moi, comme bon leur semblerait, sans m'en inquiéter le moins du monde. Il a ensuite entrepris de me catéchiser, ce dont je n'ai fait que rire et plaisanter. Nous nous sommes quittés fort bons amis, devant dîner ensemble, etc., etc. Quant à X..... après être venu quatre fois, il m'a enfin atteint aux bureaux du *Journal de Paris*, et, me prenant le bras, il m'a accompagné dans toutes mes courses à travers Paris comme un véritable inséparable. Vous narrer toutes les insinuations, réflexions, objections, tentations de sa diplomatie ambulante, serait infiniment trop long; le résultat a été cette phrase : *Comment êtes-vous avec le père Molé? Que vous a-t-il dit?* — A quoi j'ai répondu : Mon petit, vous ne trouvez pas que ce soit assez de m'avoir accusé de la chute du ministère doctrinaire, d'avoir rompu avec moi, avant mon arrivée à Paris, de peur que la contagion de mon impopularité parlementaire empêchât la reconstruction du ministère doctrinaire, vous voulez de plus jeter cette im-

popularité sur M. Molé, et dire ensuite que c'est moi qui
contribue à perdre ce ministère-ci, afin d'avoir vous-même
un moyen de plus pour le démolir?... Mon cher enfant,
c'est beaucoup trop de prétentions à la fois... Sachez donc
que je n'ai vu ni M. Molé ni personne, et que je regarde
tous vos actes avec une indifférence complète; si les affaires réelles dont je suis chargé me mettent en rapport avec
les ministres, je les verrai *ad hoc*, mais je ne m'occuperai en rien de politique générale pendant mon séjour à
Paris.

Leur plan paraît être de garder ou faire garder, par
toute la presse, le silence le plus absolu sur mon séjour
à Paris, afin de faire penser que toute l'importance de
mon séjour de l'hiver dernier provenait de mes relations
avec eux; cela m'est fort indifférent, d'autant que, s'il
me convient de faire rompre ce silence, je le ferai quand
je voudrai : un ou deux articles convenablement salés,
dans le *Journal de Paris*, feraient succéder à ce silence
un *tutti* discordant des mieux conditionnés; mais je n'ai
aucune intention arrêtée sur ce point, j'aime mieux continuer mon rôle d'observateur.

La commission des canaux a l'air de se composer assez
favorablement. Dans les bureaux, on ne paraît pas contraire au canal latéral, mais tout cela ne m'inspire pas
grande confiance. On dit, ce matin, que le ministère est
assez mécontent du langage trop explicite de M. Lacave-
Laplagne sur la conversion des rentes; cependant on ne
paraît pas vouloir se rapprocher de M. Duchâtel. La position de M. Molé est toujours menacée; il est toujours
sur la défensive.

Adieu; c'est un triste monde que celui-ci, et je regrette
bien amèrement Montferrand.

Paris, 25 février 1838

AU MÊME.

Mon cher ami,

J'ai eu aujourd'hui une conférence avec M. Legrand, des ponts-et-chaussées.

....

Quant à l'affaire du pont de Cubzac, je ne sais pourquoi il me semble qu'elle cloche. On disait le projet de loi et l'exposé des motifs prêts à être présentés aux chambres, et déjà entre les mains du ministre depuis longtemps. Point du tout, tout cela est encore chez M. Legrand; je l'ai vu sur son bureau, et il m'a dit lui-même qu'il comptait le remettre *très-prochainement* au ministre, ayant encore besoin *d'y retoucher.* — Son *prochainement* me paraît vague. —De plus, il m'a avoué qu'il craignait qu'à la chambre on ne présentât un amendement pour faire de nouveau fixer une hauteur par la chambre; qu'il n'y consentirait pas; qu'il s'en expliquait nettement dans l'exposé des motifs, et que, pour aller au-devant de toute objection, il joindrait, aux pièces remises à la commission de la chambre, le consentement donné par M. de Vergès, au nom des concessionnaires, d'accepter les conditions faites par l'administration, et que vous connaissez déjà; car elles sont conformes aux rapports de la dernière commission d'enquête. — Cet expédient ne m'a pas paru tout à fait concluant, bien au contraire; car, ainsi que je le lui ai dit, donner connaissance des changements qu'on veut faire aux conditions primitives de la construction, c'est fournir évidemment une occasion toute naturelle de *les discuter*; il m'a paru croire que la chose était inévitable, et je vous avoue que je le crains aussi, et avec le gouvernement démocratico-parlementaire que nous avons, on ne sait ce qui en peut arriver. Quant au plan de nos adversaires, il est le même que nous leur avons vu suivre au conseil général. Retarder le plus possible, espérant qu'au milieu des tracas de toutes sortes, des masses de projets de lois, des crises ou embarras ministériels, la question du pont de Cubzac sera perdue ou étouffée, et que, tout au moins, on sera tellement dégoûté, tellement près de la fin de la session, qu'il suffira de quelques exceptions dilatoires et artificieuses pour la faire avorter. L'essentiel serait donc de faire présenter, le plus tôt possible, le projet de loi ; je vais m'en occuper avec ardeur.

Quant aux canaux, M. Legrand est convenu avec moi que la condition relative aux actionnaires du canal du Midi était un peu dure; mais il a ajouté qu'on ne l'avait mise dans le projet de loi que comme une sorte de menace, afin que la commission de la chambre des députés appelât les propriétaires du canal du Midi devant elle et les fît expliquer; — et, le cas fort probable de leur refus de diminuer leur tarif arrivant, afin que la commission ajoutât alors au projet de loi des pouvoirs explicites donnés au gouvernement pour les *y contraindre*.

Cependant, depuis quelques jours, on entoure tout ce qui se rattache à la Gironde de paroles bienveillantes pour nos intérêts. De la part de M. Legrand, je suis persuadé que cela est sincère; mais je n'ai pas la même confiance en tout le monde. Cependant je vois que cela inspire un peu de sécurité à nos députés pour tous nos projets de canaux et

autres; je ne partage pas cette sécurité. Tout est si faux
ici, que je verrais plutôt un fâcheux indice dans cette bé-
nignité de paroles, car le fond des choses n'y répond pas.
—Enfin, nous verrons bien. Thiers, au surplus, a promis formellement d'appuyer de toute sa force le canal latéral et celui des Landes; il a même parlé dans ce sens dans
son bureau. Cela me fait craindre qu'il ne parle fortement
contre le pont de Cubzac, et qu'il ne veuille compenser
l'une de ces affaires par l'autre, prenant ainsi ses précautions pour ne pas se mettre tout à fait mal avec la Gironde.

Au reste, les députés de Bayonne sont enragés contre
le canal des Landes; et ceux de Toulouse, notamment ***,
qui s'est fait nommer de la commission, enragent contre
le canal latéral.

Si nous quittons les intérêts matériels pour la politique, cela est encore pire. Les intrigues se croisent en tous
sens, non-seulement sans bonne foi au fond, mais même
sans pudeur dans la forme. Il semble que la ruse, la
trahison, les promesses trompeuses, soient devenues le
droit commun, la *théorie classique* de la stratégie parlementaire. C'est poussé à un point à rougir, à suer, à fris-
sonner de honte. J'en aurais la fièvre, si je ne m'étais
bien promis à moi-même de ne m'émouvoir de rien.

J'ai vu ....., qui m'a paru assez embarrassé avec moi.
Je le crois pardieu bien, et il le serait bien davantage,
s'il savait que j'ai appris bien des choses qu'on croit que
j'ignore. Je n'ai pas trouvé les autres chez eux. Je leur
ai fait une visite qu'ils m'ont fort poliment rendue, et
j'en reste là. Quant à ....., je lui ai rendu aussi la sienne:
je l'ai trouvé. Il a commencé à recracher le thème qui
lui est chaque matin fourni, c'est-à-dire une déclamation

boursoufflée contre le ministère Molé. Je l'ai contrarié
tout juste ce qu'il fallait pour lui faire comprendre que
ses reproches, fondés ou non, étaient tous rétorquables *à
fortiori* contre ses patrons; la politique n'est pas son terrain; il m'y a paru si faible, que je l'ai laissé aller à sa
guise, étant bien sûr que, de lui-même, il est incapable
de trouver une corde à faire vibrer. Il est évident qu'il a
voulu faire une position politique à son journal, et que
celle qu'il défend, étant la seule qui eût besoin d'un journal, a fait alliance avec lui. C'est une combinaison, une
affaire de spéculation et de circonstance, pas autre chose,
et cela ne peut aboutir à rien qu'à leur déconsidération
commune.

Je suis invité à dîner pour les trois premiers jours de
la semaine; mais je n'irai nulle part, pas même chez M.
Duchâtel qui m'a invité pour lundi prochain : j'ai mes
raisons pour cela. Ces messieurs agissent en courant beaucoup. Moi, j'agirai sans sortir de chez moi : chacun a sa
manière.

Je n'ai eu encore aucun rapport direct avec le ministère. D'après ma précédente lettre, vous comprenez mes
motifs. On n'aurait pas mieux demandé que d'avoir à
m'accuser de trahir mes anciens amis pour aller à leurs
adversaires; et, quelqu'absurde que fût l'accusation de la
part de gens qui m'ont publiquement repoussé, de peur
d'être compromis par moi, qui si souvent me suis compromis pour eux, il se serait trouvé bon nombre d'im-
béciles pour la croire. De plus, on aurait insinué que
mes doctrines anti-parlementaires étaient approuvées et
inspirées par le ministère Molé, et on aurait cherché à
jeter sur lui l'irritation qu'on m'accuse d'avoir excitée par

mes doctrines monarchiques. Or, comme le ministère Molé, étant engagé dans la bagarre, a besoin de majorité *numérique* pour traverser la session, le risque de perdre quelques voix dans la chambre serait bien plus pénible pour lui, qui a à gouverner, que pour ceux qui n'ont qu'à empêcher de gouverner.

J'éviterai donc le coup, en ne voyant les ministres que graduellement, successivement, quand une affaire spéciale me mettra en rapport avec eux, ce qui sera *quand je voudrai*; mais je tàcherai de ne vouloir que quand il faudra : *All in due time.*

Voici déjà ce qui m'est arrivé avec le ministre de l'instruction publique. Il m'a fait dire qu'il avait accordé la bourse demandée par moi pour M. Brumon, du Carbon-Blanc, et que l'ordonnance était signée. Je l'en ai *fait remercier.* Il m'a répondu qu'il espérait bien me voir, et qu'il m'attendait. Sur quoi, j'ai laissé percer qu'étant un *homme compromettant*, repoussé par ses amis, je ne voulais pas faire rejaillir jusque sur le ministère la contagion d'impopularité parlementaire qui m'environne. Alors, il a très-nettement répondu, que lui ne me regardait pas comme un homme compromettant, au contraire. Mais que, dans tous les cas, il n'avait jamais dans le cours de sa vie cessé de voir ses amis de peur d'être compromis par eux, et que si je n'allais pas le voir, il viendrait me chercher lui-même. J'avoue que j'ai trouvé cela bien; et je me disposais à y aller un de ces jours, lorsque ce soir, dimanche, il est venu lui-même à mon hôtel et s'est inscrit ainsi : — *Le ministre de l'instruction publique pour M. Henri Fonfrède.* —Cela étant, je vais poser ma carte chez lui ce matin, et j'y retournerai un de ces jours pour le voir en particulier.—Je présume, d'après cela, qu'il ne me refusera pas la collection que vous réclamez des publications faites au ministère de l'instruction publique.

Mon cher ami, l'état de ce pays est désolant; il est impossible qu'il sorte quoi que ce soit d'un pareil imbroglio. —Et, pour fonder une monarchie avec une dynastie nouvelle, lorsque tous les partis s'accordent pour invectiver le roi et démolir la royauté, les hommes, censés gouvernementaux, sont aussi injurieux pour le roi que la noire opposition, et aussi empreints d'insubordination démocratique que M. ***. Le roi se trouve le point de mire de tous les partis; nos hommes d'état se croient une *légitimité ministérielle*, et jugent que le roi sera en état de rébellion, d'insurrection gouvernementale, tant qu'ils ne seront pas ministres dirigeants.

Adieu. Je suis allé hier aux Italiens. J'étais au *balcon*, avec ma grosse redingotte de castorine, au milieu de tout le monde fashionable et de tout le luxe de Paris. Cela me faisait un effet fort drôle.—J'ai été enchanté du chant et du jeu des acteurs. Ils ont chanté un quatuor tragique, ainsi que je n'ai jamais entendu chanter. Ils attaquent la note dramatique admirablement. Rubini et Mlle Grisi m'ont fait pleurer des deux yeux des larmes toutes chaudes; elles me brûlaient les joues presqu'autant que lorsque j'avais dix-huit ans. — Cela m'a fait du bien, j'y retournerai. N'allant pas dans le monde, je pourrai vivre un peu de vie artistique et morale : cela a bien son prix.

Rien de ce que je vous dis dans cette lettre n'est pour le journal. Je laisse à votre discernement ce que vous pouvez en dire ou en taire à nos amis. Mes souvenirs à Delmestre.

P. S. A l'instant M. Jaubert entre chez moi. Après beaucoup d'explications politiques ou industrielles et de travaux
publics, il me parle avec insistance du petit canal qui par-
tirait de la Garonne et irait à Cubzac, en traversant Montferrand, et il m'assure que la commission des canaux in-
troduirait assez facilement cette disposition par voie d'a-
mendement; mais il faudrait, pour cela, avoir un projet
quelconque, une étude ou un avant-projet, enfin, une
base d'évaluation et de travaux approximatifs, sauf à rectifier le tout plus tard. Je vais tâcher de rencontrer M. de
Vergès dans la journée pour savoir comment il faudrait
s'y prendre. — En attendant, il me semble que ce travail
préparatoire devrait être fait par M. de Silguy, actuellement ingénieur de la Gironde. Il est venu me voir la
veille de mon départ, et je regrette bien de ne pas m'être
trouvé chez moi lors de sa visite. Écrivez-moi à ce sujet.
Parlez-lui-en si vous jugez cela convenable. Enfin, dites-
moi ce que vous pensez de cette ouverture. Jaubert a l'air
de prendre l'affaire à cœur. — Il m'assure aussi que le canal
latéral sera adopté. — Mais je vous assure que je ne puis
me donner à moi-même cette conviction.

———

Paris 27 février 1838

AU MÊME.

Mon cher Campan,

Vous aurez reçu une longue lettre, qui partit par le
courrier d'hier, et que je vous avais écrite avant-hier soir
dimanche.

Hier, j'ai vu de Vergès; ce que m'a dit Jaubert sur le canal de Montferrand lui a paru, comme à moi, prématuré; de plus, cela gènerait quant aux défrichements des marais; il faudrait, pour bien agir, que les deux marchassent simultanément; et, pour cela, il n'y a pas assez de temps, puisque la discussion s'ouvrira à la chambre d'ici à trois semaines ou un mois. Au surplus, nous en avons longuement causé; je lui ai donné tous les éclaircissements locaux en mon pouvoir, et je pense qu'il vous en écrira aujourd'hui; conformez-vous à ce qu'il vous dira, car c'est pour cela le vrai chef de file.

Voici un mot de Dupin, assez bon, sur les députés de *localités* que les électeurs de chaque arrondissement voulaient prendre dans leur terroir : —Ces gens-là, a-t-il dit, vont nous envoyer *le vin du cru dans des cruches*. —Ce n'est pas mal. Je ne sais pas ce qu'en pensera le non-rallié ***.

Rien de nouveau ici : la confusion amoncelle ses nuages de tous les côtés. Je suis rempli d'un profond dégoût; le gouvernement est au fond de l'impasse où il s'est engagé; s'il veut passer outre, il faut qu'il brise la pierre du mur qui est au fond; mais avec quoi? Je donne au diable la politique, le ministère, les doctrinaires, l'opposition, les journaux, sans en excepter le *Courrier de Bordeaux*. Je voudrais être à mille lieues de tout cela, et vivre tranquille au fond d'un ermitage quelconque, à Montferrand, ou au fond de la Suisse, ou dans la Crimée, ou dans la lune; mais, enfin, être quitte d'un rôle quelconque au milieu de tout ce stupide tripotage.

Adieu; je vais sortir à midi. Si j'apprends quelque chose, je vous écrirai de nouveau; mais que voulez-vous apprendre un jour de mardi-gras?

Paris, 4 mars 1838.

AU MÊME.

....

A Paris, tous les partis sont contre moi : mes anciens amis me voudraient à tous les diables, parce que ma force personnelle leur impose, et que ma position morale leur fait honte de la leur. Le ministère me témoigne une haute estime, mais me craint parce qu'on m'a représenté ici comme un esprit ardent et volontaire, propre à soulever tous les autres pour venger son amour-propre blessé ou pour faire dominer sa volonté imployable. Quant au tiers-parti et à l'opposition, je vous laisse à juger. De sorte qu'il n'est personne ici dans la haute politique qui ne vît avec joie tomber au néant l'influence morale de mon nom et toute l'autorité de ma personne dans la Gironde. Toute la presse est dans la même direction. Si je voulais écrire, je n'aurais absolument ici que le *Journal de Paris*, dont l'existence est loin d'être assurée, et qui ne peut vivre que si je le ressuscite, œuvre que je n'ai pas l'envie d'entreprendre.

A Bordeaux, toute la presse est contre moi. Un nouveau journal, fondé pour défendre les intérêts publics, et qui, mis sous ma direction, est pour moi un moyen de force, et en réalité le plus grand de mes embarras ; la création du *Courrier* est la plus grande faute qu'on m'ait fait commettre contre *moi-même*. Entre les mains d'un homme qui, à ma place, voudrait se faire un levier pour appuyer sa grande ambition, cela irait bien ; le jeu en vaudrait la chandelle ; le résultat balancerait le sacrifice.

Mais entre les miennes, c'est un non-sens, c'est un acte où je m'épuiserai pour des gens qui s'en soucient peu, qui en profiteront, qui me blâmeront tôt ou tard, m'appuieront faiblement de peur de se compromettre, et me lâcheront ensuite.

Vous m'avez dit souvent que j'ai une grande force dans ma personne et dans ma position; c'est vrai; mais c'est pour cela que tant de passions, de jalousies, d'intrigues, de haine se réunissent contre moi, et c'est pour cela aussi que j'ai les moyens d'y résister. J'ai foi en moi; je sens bien que je résisterai; toute cette tourbe ne me dominera pas. Mais, après? Qu'est-ce qu'une lutte sans issue?..... Une résistance sans relâche, une route qui ne finit jamais, où l'on marche pour n'arriver nulle part !

. . . .

Ma foi, mon cher ami, c'est un mauvais jeu; j'en suis las, horriblement las!...

———

Paris, lundi matin, 5 mars.

AU MÊME.

Rien de nouveau en politique, à ma connaissance, ce matin. La conjuration des fonds secrets poursuit son cours; le ministère a l'air de s'en inquiéter fort peu. Tout est immobile. Le gouvernemet a l'air d'un bâillement universel; c'est très-ennuyeux, cela fait bâiller par imitation. Je fais retirer ce matin, pour vous, les volumes de la collection de l'instruction publique. Si j'ai une occasion je vous les enverrai avant mon départ, sinon, je vous les porterai. Mon intention est toujours de retourner à Bordeaux le plus tôt possible; je tâcherai de ne pas dépasser le 20.

7 mars 1838

A M. **Jouis**, a Bordeaux.

—

Mon cher Jouis,

Vous me faites beaucoup de questions; il en est plusieurs auxquelles je ne peux ni ne dois répondre. Je vais
vous satisfaire pour le reste.

Pendant que je suis ici à sonder les noires profondeurs
du bourbier représentatif, je ne suis pas étonné qu'on glose
à Bordeaux sur mon absence et sur mon silence. Je serais
bien plus surpris qu'il en fût autrement. Cela m'importe
fort peu. Je n'ai plus pour le moment de plume, ni de langue pour le public : je suis tout yeux et tout oreilles. Or,
mes yeux découvrent à chaque instant de nouvelles abo-
minations, et mes oreilles n'entendent que des sottises ou
des perfidies.

Voilà quinze jours, tout juste aujourd'hui, que je suis
ici. J'ai vécu de point en point, ainsi que je me l'étais
promis : Je n'ai vu que les personnes que je ne pouvais
me dispenser de voir, encore en ai-je attendu certaines
avant d'aller chez elles; je n'ai accepté aucune invitation
à dîner; je ne suis allé dans aucune soirée; j'ai fait silen-
cieusement mes perquisitions, et je continuerai encore
douze jours. Je partirai donc le seize; je serai à Bordeaux
le 20.

Je croyais, mon cher ami, qu'il nous restait encore une
planche pour sortir du cloaque où nous sommes; cette
planche ne vaut pas mieux que le reste. Elle manquera

sous le pied de ceux qui y marcheront. Je n'en suis pas.

On dit qu'à Rome, lorsque deux augures se rencontraient, ils ne pouvaient s'empêcher de rire au nez l'un de l'autre, en pensant aux sottes singeries dont ils amusaient la crédulité du peuple. Il en est de même, aujourd'hui, de nos députés. Je n'en ai pas trouvé un qui ne convînt de tous les ridicules et de toute l'impéritie de la chambre. Mais, au public, ils font toujours sonner fort haut leur infaillible omnipotence. En attendant, la chambre jouit ici de la plus haute déconsidération, et le gouvernement, tiraillé dans tous les sens, est anéanti.

Vos réflexions sur les journaux sont justes; j'en pourrais faire de plus sévères encore, parce que je connais la matière plus à fond. C'est un horrible sacrifice que j'ai fait de mon intérêt et de ma vie, mais je n'ai pas été libre. Chacun suit la loi de sa nature. La mienne est de . faire, contre mon intérêt et mon bonheur, par dévoûment pour autrui, des choses auxquelles on croit que j'apporte beaucoup de désir et de passion, tandis qu'en réalité je ne m'en soucie pas du tout, et n'en fais pour moi-même aucun cas. La création du *Courrier de Bordeaux* est un acte de ce genre. J'étais depuis huit mois à la campagne, heureux comme au troisième ciel; je n'avais pas fait imprimer une ligne, et je serais resté un an, dix ans, toute ma vie, affranchi avec délices de l'écritoire et de la presse, et il a fallu qu'un concours d'évènements bizarres vînt m'arracher à ce bonheur, pour me précipiter dans un enfer que je connaissais très-bien pour ce qu'il est. C'est une véritable crucifixion. Mais, si j'en échappe, ce sera la dernière; j'aurai payé ma dette, et bien au-delà. J'achèverai de vivre ou de mourir pour moi-même dans mon ermitage. Ainsi, n'en parlons plus; ce qui est fait est fait; les paroles ne servent à rien. Quand on a sa croix sur les épaules, il faut la porter le mieux qu'on peut et ne pas regarder en arrière ni à ses pieds; cela fait tourner la tête et trébucher. Or, je veux marcher droit et ferme.

La colonne de la place Vendôme est toujours à la même place, la statue de Napoléon aussi; mais l'oiseau qui se perchait sur son chapeau n'y est plus. C'est un oiseau de passage. Il reviendra, quand le printemps sera plus avancé, avec les hirondelles ou le rossignol. Mais je n'ai pas le temps de l'attendre.

Je ne vous donne pas de détails politiques, parce qu'ils sont trop noirs et trop nombreux. Jamais une machine détraquée n'a plus mal fonctionné que celle-ci, qui commence même à ne plus fonctionner du tout. Il y a là une demi-douzaine de machinistes qui, à eux six, détraqueraient les meilleures machines du monde pour s'empêcher mutuellement de pouvoir en faire usage. Adieu, mon cher ami, amusez-vous, tuez des lièvres; quant à moi, j'ai encore douze jours, et bien des ennuis à tuer, avant de sortir d'ici, mais mon voyage n'aura pas été sans fruits. *Laissez dire.*

Adieu derechef.

Paris, 7 mars 1834.

A MM. **Campan**, &c.,
Redacteurs du *Courrier de Bordeaux*.

Messieurs, je reçois exactement et promptement le *Courrier de Bordeaux.*

J'ai reçu hier une visite qui m'a fort étonné : M. le baron Charles Dupin, qui, l'an dernier, ne voulut pas dîner chez M. Aubert parce que j'y dinais. Voyez ce que
c'est que le monde!

Je ne suis pas encore sorti d'aujourd'hui; je ne sais
donc s'il y a quelque chose de nouveau, mais je ne le
crois pas. Tout dormira jusqu'à lundi, jour où commencera la discussion des fonds secrets. Je viens d'envoyer
demander mes entrées pour toutes les séances de cette discussion, et je vous écrirai de la chambre.

Je pense toujours que c'est un coup de tonnerre qui
ratera.

—

Paris, 9 mars 1838.

AUX MÊMES.

Messieurs,

Je n'ai qu'un instant pour vous écrire. M. de Rumigny s'est plaint à moi qu'il ne pouvait lire le *Courrier de
Bordeaux*, et qu'on s'obstine à envoyer aux aides-de-camp
du roi le *Mémorial*, qui ne leur convenait plus. Il m'a dit
qu'il avait écrit au baron Fain, à M. de Bondy, pour faire
abonner les aides-de-camp du roi au *Courrier*, et que
ces Messieurs lui avaient répondu que cela ne les regardait pas. Je lui ai raconté alors ce qui nous était arrivé
relativement à l'abonnement de la reine et pour la cour
de Bruxelles, ce qui a paru le faire réfléchir; bref, il
m'a dit de faire abonner les aides-de-camp du roi pour un
an, et qu'il règlerait cela avec moi sur la caisse des
aides-de-camp de service. Ainsi, adressez le journal à
MM. les aides-de-camp, aux Tuileries.

Il m'a dit qu'on le leur faisait passer du cabinet du roi, mais que le roi le faisait promptement demander; qu'ensuite la princesse Clémentine l'envoie chercher; de sorte qu'il ne pouvait le lire précisément quand il y a quelque chose de marquant; qu'il voulait un abonnement spécial. Rien n'est plus facile que de le satisfaire.

J'aurai demain avec M. Molé un entretien *très-particulier*, et je verrai un peu comment cela lui va. Au reste, on vous a sans doute rebattu les oreilles de la prétendue maladie du roi. N'en croyez rien; il ne s'est jamais mieux porté de corps et d'esprit.

Adieu, messieurs, mes amités à tous; dites à Jouis que j'ai reçu ses deux lettres : j'ai déjà répondu à la première, je répondrai sous peu à la seconde.

Paris, 11 mars 1838

AUX MÊMES.

Mes chers Messieurs,

Ceux de nos amis qui étaient scandalisés que les journaux de Paris ne s'occupassent pas de moi, doivent, aujourd'hui, être fort satisfaits. M. Duvergier de Hauranne a fait imprimer, à part, la réfutation qu'il m'avait adressée, ce qui doit paraître dans le prochain numéro de la *Revue Française*, et l'a envoyée à tous les journaux.

Aujourd'hui, le *Journal Général* et le *Constitutionnel* en citent de longs extraits, en font de pompeux éloges, en me donnant à la France comme un absolutiste que le sage libéralisme des doctrinaires désavoue. Cela est assez clair cette fois-ci. C'est demain que la coalition commence, à la chambre, la bataille des fonds secrets. Aujourd'hui, elle me dénonce dans ses deux journaux principaux, et se fait un marche-pied de ma personne immolée pour tâcher de remonter au pouvoir, en flattant les vanités et les préjugés révolutionnaires de la chambre. Il y aurait des volumes à écrire sur la mesquinerie et sur l'immoralité d'un pareil calcul; mais cela ne servirait à rien. Voilà la conséquence des tendres amitiés de ....., épanchant ses sentiments dans sa lettre à ..... Ce dernier trait ne me surprend ni ne me blesse, parce que, d'après ce que j'ai appris ici, je crois certaines gens capables de bien pis encore. Ils mangeraient père et mère au gros sel si cela leur était nécessaire, ou seulement utile, pour remonter au pouvoir. Ils veulent à tout prix humilier le roi et lui forcer la main; ils s'en expliquent, même en conversation, avec une franchise audacieuse.

Je vous envoie aujourd'hui un bulletin; tàchez qu'il n'y reste pas de fautes d'impression. Je n'ai pas eu le temps d'entrer dans le fond même de la situation; ce sera pour demain. J'ai de très-bons billets pour la chambre; j'entendrai tout et je vous écrirai. Je m'arrangerai pour que ma lettre puisse arriver au bureau de départ le plus tard possible. Mais la séance de demain ne présentera pas, je crois, un très-grand intérêt. Ce sera après-demain le grand jour.

Vous conviendrez que le *Constitutionnel* faisant un pompeux éloge des principes conservateurs de M. Duvergier de Hauranne, en mettant au nombre de ces principes le fameux axiôme *le roi règne et ne gouverne pas*, ainsi que *le refus de concours*, lorsqu'il y a dissidence entre la

chambre et le ministère, c'est un admirable enseignement
pour les hommes monarchiques qui croient encore à
l'école doctrinaire.

Adieu, mes chers Messieurs; j'ai été le témoin ici de
bien des choses désolantes, et je crains qu'on ne me croie
pas quand j'en ferai le récit. Ce qui me concerne n'est
rien auprès du reste. Loin d'être affligé pour moi, je
m'honore de ce qui se passe. Il faut certes que ces Messieurs attachent à ma personne une bien grande importance, puisqu'ils en font actuellement un holocauste qu'ils
croient digne de les remettre en grâce auprès du Baal révolutionnaire!... Je pars toujours le 18, et je serai à
Bordeaux le 20, à moins de force majeure.

Paris, 12 mars 1838.

AUX MÊMES.

Messieurs,

Je suis à la chambre : c'est un spectacle affreux de voir
cette parodie riante, parlante, toussante; d'entendre les
ennuyeux discours qui remontent à la création du monde
pour les faits les plus simples. Quand je vois six ministres du roi, cloués sur leurs bancs pour entendre ces sor-
nettes six heures de suite, chaque jour, et n'avoir pas
deux heures pleines chacun à eux pour faire les affaires
de leur ministère; quand je pense que cela dure huit mois
de l'année, je me prends la tête à deux mains et je pleure
de rage. Il est impossible que sous la cape du ciel il y ait
un pays qui résiste à un tel régime. Je pense que rien
d'intéressant ne se passera aujourd'hui. On croit généra-

lement que la coalition échouera; je le désire de toutes
les puissances de mon âme. J'écrirai demain, pour après-
demain, une lettre aux *Débats* contre la brochure de
M. Duvergier.

—

AUX MÊMES.

Tout porte à croire que les fonds secrets passeront;
mais il y a une terrible circonstance : c'est le vote de l'extrême gauche et des légitimistes, car cela fera soixante-
dix voix au moins, ce qui, joint au tiers-parti et aux défectionnaires du centre, fera encore bien du mal.

Je n'ai pas besoin de vous dire qu'après ce qui s'est
passé, je ferai complètement le mort avec les doctrinaires,
et que je quitterai Paris sans leur souhaiter le bonjour.

Quelle bonne fortune pour ***!... Mais qu'y pouvais-
je faire? Dépendait-il de moi d'empêcher ces gens-là de
me sacrifier comme ils l'ont fait? Y ai-je donné le moindre prétexte? Avais-je écrit quoi que ce soit contre eux?
Depuis que je suis à Paris avais-je publié une seule ligne, avais-je paru, intrigué dans le monde? Je m'étais
claquemuré chez moi comme un ermite; à l'heure qu'il
est, je n'ai encore dîné chez personne, et, depuis que je
suis à Paris, je n'ai pas quitté une fois ma grosse redingotte de castorine. Mais rien n'y a fait, et, pour récrépir
leur popularité, ils se sont rués sur moi avec un redou-
blement d'agression que rien ne motivait. Faudrait-il
maintenant que je leur tendisse l'autre joue pour recevoir un second soufflet ?

. . . .

Voyez pourtant ce que la réserve et les circonstances imposent de sacrifices; il y a déjà plus de huit jours que j'aurais pu vous dire ce dont les journaux ne révèlent maintenant qu'une partie. Cela aurait donné de l'intérêt au *Courrier de Bordeaux*, mais cela aurait compromis ici beaucoup de choses.

Je ne veux pas retarder mon départ à cause de toutes ces crises; elles pourront se prolonger très-long-temps. Quand je serai à Bordeaux, je ferai une suite d'articles pour rendre compte de mes observations morales et politiques pendant mon séjour à Paris. Je crois que cela fera bien. Qu'on ne vienne donc pas m'assaillir de questions au déballé; je veux garder ce que j'ai à dire pour le journal. Si je pouvais hâter mon départ, je le hâterais. L'air, ou l'eau, ou le vin, ou le diable ici m'incommode, les entrailles me brûlent. Aujourd'hui, je n'ai pu manger que deux œufs à la coque. Vous me trouverez, je crois, maigre. Je me suis usé moralement ici d'une manière affreuse. J'ai tant souffert de convulsions intérieures, de cœur et d'esprit à l'aspect de toutes les infirmités publiques et privées qui me sont apparues de toutes parts !... Que nous sommes stupides de faire un journal lorsqu'il n'y a plus un parti, pas un seul, pas une seule combinaison d'hommes et d'institutions à laquelle on puisse songer à se rallier quand le jour de la crise viendra. Car, penser que notre formule gouvernementale pourra se maintenir telle qu'on a fait la bêtise de la constituer en 1830, en vérité, c'est un miracle auquel ma raison et ma foi se refusent également.

A M. **Ch.-Al. Campan,** à Bordeaux.

—

Mon cher Campan,

Grande victoire! le ministère a eu une majorité considérable, et, qui plus est, il a battu ses adversaires à la tribune. Au reste, le bulletin du *Journal de Paris*, que vous reconnaîtrez facilement pour être de moi, vous mettra au courant. Vous y trouverez aussi une lettre signée par moi, adressée à ce journal, ainsi que celle que j'ai écrite au *Journal des Débats*, au *Constitutionnel* et au *Journal Général*. Reproduisez, je vous prie, les *deux lettres* dans le *Courrier*.

Je suis destiné aux grandes aventures : Figurez-vous que mes *doctrines représentatives* ont fait la moitié du débat de la séance. Barthe s'en est défendu, mais avec convenance, et seulement pour ôter à ses adversaires ce moyen d'agression, sur lequel ils avaient basé tout leur plan de campagne. Pauvres gens!... Odilon-Barrot en a fait le texte de ses déclamations. Quant à ....., après avoir dit que MM. les ministres n'étaient point coupables de cette hérésie, mais qu'elle avait été professée hors de la chambre, dans des écrits publics, il s'est jeté sur mes prétendues erreurs avec une gaucherie, une faiblesse, une logomachie dont il est impossible de vous faire une idée. Sur ma parole, un mauvais écolier aurait mieux fait. Il battait la campagne, il était pâle, crispé.

Est arrivé ensuite ***, qui a été bien plus loin, puisqu'il a indiqué très-clairement que l'obstacle qui arrêtait la chambre était aux Tuileries, et que la chambre devait le vaincre, sous peine de perdre son indépendance et sa dignité. Bref, tous ces braves gens sont fous.

....

Paris, 15 mars 1838.

A MM. **Campan**, &c.,
Rédacteurs du *Courrier de Bordeaux*.

———

Je vous ai écrit ce matin, mes chers Messieurs; on a présenté aujourd'hui le projet relatif au pont de Cubzac, projet qui, à mon sens, a l'air d'un logogriphe. Nous pouvons le comprendre, nous qui connaissons l'affaire, mais les députés étrangers à nos localités n'y comprendront rien, à moins de lire un long rapport annexé au projet, et je doute qu'ils en aient la patience.

La coalition, humiliée, n'en poursuit pas moins son cours. C'est à s'arracher les cheveux de voir les caractères sur lesquels on pouvait fonder quelque espérance se déconsidérer ainsi!.... Ceux qui reprochaient tant à M. Molé de s'allier avec le centre gauche, maintenant font cause commune avec ce qu'il y a de plus intrigant dans le centre gauche!

Je suis allé aujourd'hui chez Justin et chez Lepelletier Bourgoing (1) : le premier m'a promis toutes les amé-

———

1, Correspondants des journaux de province, à Paris.

liorations demandées, le second est toujours retenu par la
crainte de manquer de fidélité au *Mémorial*, et demande-
rait 200 fr. par mois, au lieu de 75 fr., pour nous faire
une correspondance spéciale. Vous sentez bien que je n'ai
pas voulu entendre de cette oreille. Il m'a ensuite proposé un accommodement : Un nouveau journal vient de
s'établir à Lille, dans la même situation que nous; quatrième journal dans une ville qui en avait déjà trois,
c'est-à-dire un de chaque nuance politique. Celui-là a la
même opinion que nous. M. Lepelletier va leur proposer
de faire une correspondance pour lui et pour nous. Alors
ce ne serait que moitié frais pour chacun; nous verrons
ce que cela deviendra. Le diable, c'est que ce nouveau
journal s'appelle la *France Septentrionale*, et, sous le rapport matériel, ce sera, par conséquent, notre antipode.

Je suis allé au courrier pour arrêter ma place. Je n'en
ai pas trouvé pour dimanche; il n'en restait que dans le
cabriolet. J'irai donc demain arrêter une place de l'intérieur pour lundi ou mardi. Je suis presque bien aise de
cela, parce que Wustenberg arrivant dimanche, je pourrai causer avec lui, et le mettre au courant de ce qui s'est
passé dans son absence.

Vendredi matin.

J'ai commencé cette lettre hier soir, et je ne sais pas
pourquoi je la reprends ce matin en sortant du lit, car la
nuit ne m'a porté ni conseil ni avis. Aucun songe révéla-
teur n'est sorti ni de la porte d'ébène, ni de la porte d'i-
voire pour m'annoncer l'avenir. Je vais aller à neuf heures chez M. Molé, et là, peut-être, je saurai quelque
chose, d'autant que c'était hier jour de réception chez

plusieurs membres de la coalition, et que, par les uns ou les autres, à droite et à gauche, j'apprendrai ce qui s'y sera passé.

Je dois dîner aujourd'hui avec Barthélemy, le poète. Si j'avais eu la *Burdigalienne*, de Lambert, je la lui aurait lue.

Je sors de chez le président du conseil; j'en ai été fort satisfait. Il juge bien la situation et en comprend bien les difficultés. D'après ce qu'il me dit, le roi aurait décidément l'intention de venir à Bordeaux après la session. J'ai dû lui faire observer que préalablement au voyage de Sa Majesté, il était nécessaire que l'unité et le bon ordre fussent rétablis dans le département. Je vous dirai sa réponse de vive voix.

Les *Débats* ont inséré ma lettre, et l'ont fait précéder d'un *en tête* très-bienveillant et très-honorable. — C'est une grande affaire, et pour moi, et pour la situation elle-même. Vous ne pouvez comprendre à Bordeaux, où la position des *Débats* ne peut être suffisamment appréciée, le coup fatal que cela va porter à mes adversaires, d'autant plus qu'il est certain qu'on aura fait le possible et l'impossible pour obtenir des *Débats* de prendre parti contre moi, en profitant pour cela, et de mes anciennes querelles de l'an passé avec ce journal, et des anciennes liaisons d'amitié de mes contradicteurs avec les MM. Bertin. — Mais ceux-ci sont trop habiles, ils ont trop bien jugé le fond des choses, pour se laisser aller à la coalition.

Paris, 17 mars 1838.

AUX MÊMES.

Mes chers Messieurs,

Je n'ai pas eu de lettre de vous ni hier ni aujourd'hui,
ce qui m'étonne. Je n'ai reçu aujourd'hui qu'une lettre de
M. Inigo Espeleta, et hier, une de Bouillon, datée de
Montferrand.

Je me suis arrangé pour vous faire envoyer de la chambre les nominations des bureaux, si je ne puis pas les
avoir à temps pour les joindre à mon bulletin, et en faire
le sujet de quelques réflexions.

Je n'ai pas lu encore un seul journal d'aujourd'hui. —
Je vous recommande de lire avec attention l'article du
Siècle d'hier, qui se réjouit de voir que tout le monde est
d'accord pour attaquer la prérogative royale. — Vous
voyez que toute la presse de l'opposition est dans ce goût.
Quant à la chambre, la dernière manœuvre des doctrinaires y a semé une telle anarchie, que les députés ne s'y
reconnaissent plus : c'est comme un bal masqué. Cette confusion va anéantir le peu d'apparence de vie systémati-
que qui existait encore dans ce corps factice ; c'est un
corps désorganisé complètement ; on ne peut plus rien en
attendre.

Ne trouvant pas de place pour dimanche au courrier,
j'ai arrêté ma place pour *mardi*. Mon passeport est visé.
Ainsi vous pouvez m'attendre pour jeudi sans faute. Je
vous écrirai tous les jours d'ici-là.

Je quitterai Paris avec de bien tristes idées pour l'avenir de la France ! — Dans le bulletin que je vous ai envoyé

hier, si ma mémoire ne me trompe, il y a, au commencement du dernier paragraphe, une phrase ainsi conçue :
—Quand on est arrivé là, au milieu de mille divagations
contradictoires dont on peut se servir, à nier cette conclusion qui n'en est pas moins évidente à tous les yeux, on
n'est plus monarchique, etc.....

Si, quand cette lettre-ci vous parviendra, le bulletin
n'avait pas encore paru, je voudrais que vous missiez à
la place de cette phrase, la phrase suivante :—Quand on
arrive à dire de telles choses, au milieu de mille divagations contradictoires, dont on peut se servir pour désa-
vouer cette conclusion, qui n'en paraît que plus coupable
à tous les yeux, on n'est plus monarchique, on n'est plus
doctrinaire, on n'est plus rien comme parti politique.

Je tiens beaucoup à ce changement; j'espère que vous
serez à temps de le faire, car le journal d'aujourd'hui
m'apprenant que la malle a été retardée, l'ouverture de
mes bulletins aura dû nécessairement être successivement
retardée d'un jour.

Je vous envoie inclus l'article du *Siècle*, dont je parle
dans mon bulletin d'aujourd'hui. Publiez-le dans le *Courrier*, avec quelques réflexions qui fassent bien comprendre la *défection*.

Vous verrez, dans le *Journal des Débats* d'aujourd'hui
17, un article très-vif où il développe le thème que j'a-
vais indiqué dans ma lettre contre *les coalitions d'ambi-
tions*. Ne manquez pas d'insérer cet article dans le *Courrier*, avec approbation. — Les gens incertains du centre
droit, parmi nos lecteurs, pencheront pour nous, quand
ils verront le *Journal des Débats*. lui-même, entrer dans
la route que j'ai ouverte il y a déjà trois mois.

Adieu.

Paris, 18 mars 1838.

AUX MÊMES.

Mes chers Messieurs,

Je pars, comme je vous l'ai dit, mardi, après-demain ; ma place est arrêtée au courrier, mon passeport est visé ; je n'ai qu'à faire ma malle et embarquer. On aurait bien voulu me retenir ici, et moi j'ai maintenant une disposition fébrile d'esprit qui me crie d'y rester, parce que j'y ferais ce que personne ne voudra y faire à ma place. Oh ! mon Dieu !... mais, enfin, je résiste, je pars, c'est fait.

J'ai aujourd'hui une lettre de Delbruck, du 14 ; — une de Campan, du 15. — La première aura été mise trop tard à la poste. Si vous avez fait un supplément, j'espère que vous n'aurez pas mis mon bulletin dans le supplément.

J'avais commencé un bulletin pour vous ce matin, mais je le renvoie à demain ; j'ai besoin d'approfondir certaines intrigues dont, aujourd'hui dimanche, je crois que je recevrai des nouvelles.

Mais je vous recommande de publier dans le *Courrier* l'article que vous trouverez aujourd'hui en tête du *Journal de Paris*, intitulé : *Comment on devient impuissant.* Vous comprendrez facilement, en le lisant, que c'est moi qui l'ai fait. — Si vous avez cité celui d'hier, intitulé : *Comment on devient impossible*, cela ira encore mieux. Mais lors même que vous ne l'auriez pas cité, copiez toujours celui-ci ; et même, si vous avez place, vous ferez bien de les mettre tous les deux dans le même journal, à la suite de l'un de l'autre : l'*impossible* en tête, l'*impuissant* ensuite.

J'ai vu ce matin M. de Salvandy. Je me suis occupé avec lui de l'affaire des facultés des lettres qu'il va établir à Bordeaux, et je vous prie, à ce sujet, de gronder un peu nos maire et adjoints. Voici comment :

La mairie m'écrit, avant de partir de Bordeaux, pour m'occuper vivement de cette affaire, de faire valoir auprès du ministre de l'instruction publique la délibération du conseil municipal de Bordeaux, et de mettre en l'air tous les députés de la Gironde pour faire réussir ses réclamations.

Or, il se trouve, une fois les faits éclaircis, 1° que c'est M. de Salvandy qui a mûri le projet d'établir la faculté des lettres à Bordeaux, et qui a porté dans son budget une assez forte allocation pour cela ; 2° que c'est lui qui a écrit à Bordeaux pour provoquer la délibération du conseil municipal, afin d'en obtenir un local convenable ; 3° que cette délibération du conseil municipal de Bordeaux, dont on me charge de faire valoir le dispositif, ne lui est pas encore parvenue, parce que la mairie de Bordeaux l'a remise à M. ***, qui est encore dans ses foyers, et qui, sans doute, garde précieusement la susdite délibération dans sa poche. — Vous voyez que cela va bien. Maintenant l'affaire est en bon état. La commission du budget a admis l'établissement de la faculté des lettres et l'allocation financière. Il faut espérer que la chambre ne sera pas plus sévère que la commission.

J'ai ensuite demandé au ministre un secours pécuniaire pour la construction de la maison de l'instituteur primaire à Montferrand. Il m'a très-gracieusement accordé une

somme de *quatre mille francs*, ce qui va faire un grand
allègement pour le budjet municipal. J'écris au curé, ainsi
qu'au maire, pour leur annoncer cette bonne nouvelle, et
je vous prie instamment, l'un de vous, messieurs, ou
Bouillon, s'il est disponible et sur ses jambes, de faire
parvenir mes deux lettres le plus promptement possible.
Je ne voudrais pas qu'ils apprissent cette bonne nouvelle
par d'autres que par moi.

Que vous dirai-je de plus?—Voilà le *Journal de Paris*
aux sept huitièmes relevé par la direction que je lui ai
fait prendre et les articles que je lui ai donnés. Le comte
de Tascher, pair de France, m'a envoyé avant‑hier une
lettre qu'il avait reçue de Pise, où le *Journal de Paris*
avait porté mes articles sur les *préjugés représentatifs*. Dans
cette lettre, au milieu d'éloges trop emphatiques pour que
je les répète, on lui disait que, s'il pouvait assurer que je
voulusse continuer d'une manière suivie à écrire dans le
Journal de Paris, on pourrait lui garantir un grand nombre d'abonnés dans cette partie de l'Italie.

Adieu; je ne vois rien autre chose à vous dire. Je vous
ai déjà répondu pour les vers de Lambert; ils sont très-
bien, mais il faut modifier la partie de la fin, ainsi que
je vous l'ai dit. Je m'aperçois seulement à présent, en recevant le *Courrier*, que les pages ne sont pas numérotées.
Je sais bien qu'il y a beaucoup de journaux qui ne le sont
pas; mais autrefois il l'était, et cela vaut beaucoup mieux,
surtout quand il y a un supplément. Sans cela, on ne se
retrouve pas facilement.

Montferrand, 30 avril 1838.

À M. **Ch.-Al. Campan**, à Bordeaux.

—

Mon cher Campan,

L'énormité présidentale dont la chambre des députés vient de faire trophée, apprendra, à ceux qui l'ignoraient encore, que l'impertinence de la vanité bourgeoise est cent fois pire que l'insolence de l'orgueil nobiliaire. *Renvoyer une lettre sans l'ouvrir*, parce qu'elle est transmise, *au nom du roi, par un de ses aides-de-camp !....*

Je vous engage à lire tout *bien attentivement*, à faire votre travail de *sang-froid* et de *sang-chaud*. Ces deux vont bien ensemble.

Je viens d'avaler mes deux volumes de Châteaubriand. Il y a maintes sublimités, dans cet ouvrage, qui ne dépareraient pas une harangue de M. ``` ``` — J'espère, samedi prochain, en édifier les lecteurs du *Courrier*, si d'ici-là la conversion des rentes nous laisse respirer.

Lundi soir.

P. S. N'oubliez pas, pour règle de polémique, de faire toujours l'exposé des faits *complets*, de manière à ce que le sens moral en jaillisse logiquement; — mais n'incriminez jamais directement le *for intérieur*, les intentions secrètes de nos adversaires. — Il suffit que le public puisse juger le *dedans* par l'exposé sincère et habilement fait des actes. — Avant même de se livrer à l'indignation d'un acte exorbitant, il faut avoir rendu déjà le lecteur *indigné* par l'*exposé de l'acte lui-même.* — C'est le moyen de faire tout passer sans être accusé de trop d'amertume.

———

Montferrand, 6 mai 1838.

AU MÊME.

Mon cher Campan,

Vous avez parfaitement jugé l'article du *Journal de Paris*. Je suis tout à fait de votre avis. Cette *réfutation de* *** est trop vague, trop molle, trop indécise. Cela n'a ni portée ni force. Gardez-vous bien de répéter cet article dans le *Courrier*.

Vous aurez demain matin le second article sur l'ouvrage de Châteaubriand; il est fait; je l'enverrai ce soir par Bouillon. J'en ferai peut-être un troisième; vous voyez que M. de Bruges a fait neuf colonnes!... C'est qu'il est impossible de développer des idées graves en quatre mots. — Souvenez-vous des longs articles de Carrel, des longs articles de la *Gazette.* — Au lieu de faire sur Châteaubriand quelque chose d'élevé, j'ai été obligé de faire un article *à tiroir*; mais je m'y suis résigné, pensant que cela suffisait, vu la position décriée de l'homme, et du public actuel antipathique aux rêveries contradictoires de ce personnage fantasque.

Adieu. J'irai demain lundi à Bordeaux.

———

Montferrand, 12 mai 1838

AU MÊME.

Mon cher Campan,

Somme toute, le journal va bien. Quand il y a de longues séances ou des nouvelles, il n'est pas nécessaire qu'il y ait un long *premier Bordeaux.* — Il vaut mieux n'en pas faire si souvent, et leur donner du soin, du développement, de la portée, surtout quand ils sont signés. — *Deux signatures par semaine* (sauf les exceptions), c'est assez; plus, vous nuiraient. Il ne faut pas trop s'offrir au public; il faut se faire un peu attendre, sinon désirer.

Adieu. Tout à vous.

P. S. Les premières aloses seront pour vous; mais ma maladie et le grand vent de nord ont anihilé ma pêche.

———

Montferrand, 13 mai 1838

AU MÊME.

Mon cher ami,

Dans un pays comme le nôtre, avec des préjugés représentatifs tels que ceux qui dominent tant de gens qui se croient libéraux et qui ne sont que de vaniteux ignorants, l'infernale intrigue de la coalition devait tout désorganiser.

Je vous envoie la lettre de Dotézac. Ne la montrez à personne qu'à *Delbruck.*

Mon avis est qu'il faut :

1° Vous borner à faire ressortir la position de la chambre des pairs, dont l'oppostion homogène et sincère à la conversion est une majorité compacte et gouvernementale qui donne un appui de conviction au ministère, tandis que le rejet des chemins de fer n'est qu'un acte de coalition hétérogène entre des opinions diverses, mues par un sentiment commun d'hostilité;

2° Dire que nous croyons savoir que la chambre des députés, poussée à faire acte d'omnipotence, sera retenue par sa conscience, si la chambre des pairs et le ministère montrent de la fermeté; que si, au contraire, le ministère et la chambre des pairs cèdent, nous tomberons dans la désorganisation complète que quelques hommes ont préparée pour remonter au pouvoir au milieu du chaos parlementaire et sur les débris de la pairie et de la royauté constitutionnelle, qui, désormais, ne seront plus qu'un vain simulacre sans réalité;

3° Enfin, que nous croyons savoir que le ministère *ne cèdera pas*, *ne se retirera pas*, et que nous l'engageons fortement, de toute l'énergie de notre conscience et de notre volonté, à ne pas céder à la détestable intrigue que des ambitieux ont ourdie, non-seulement contre lui, mais contre toutes les réalités de la monarchie constitutionnelle.

Je suis si profondément indigné, que je n'ose pas écrire davantage.

Adieu.

P. S. Tant que les *Débats* et le *Journal de Paris* marcheront dans notre sens, citez-les toujours, sans négliger la *Presse* et le *Temps*; mais ces deux derniers avec plus de circonspection. — Envoyez-moi les nouvelles demain de bonne heure.

Montferrand, 16 mai 1838

AU MÊME.

Mon cher Campan,

Voici mon article. — J'en ferai un second sur le même sujet, au moins si les évènements politiques ne le vieillissent pas trop vite.

Vous m'enverrez les épreuves, demain jeudi, de bonne heure. Tâchez qu'on les ait lues passablement, et qu'on me laisse une bonne marge pour les corrections.

Vous trouverez, je pense, que c'est une assez rude réponse aux attaques du *Mémorial*. — C'est toujours aux chefs que je m'en prendrai, quand les subalternes m'attaqueront. Vous savez la maxime : *Quand le bras a failli, l'on en punit la tête !*

Avez-vous reçu des nouvelles de Solar?

J'ai encore bien souffert aujourd'hui.

Je reçois votre lettre et le journal.

Le *Courrier* est bien. Votre article sur la majorité contre les chemins de fer est très-opportun. — Celui de la *Revue de Paris* aussi. Je n'ai pu voir dans une lecture rapide la faute que vous m'indiquez. Dotézac ne me dit rien, si ce n'est qu'il tient de M. Roy que la conversion sera repoussée par la pairie à la presqu'unanimité. — Bravo !.. N'oubliez pas, le jour où la nouvelle nous en arrivera, de sonner un fameux air de trombone dans le *Courrier*.

En m'envoyant demain mes épreuves, dites-moi votre opinion sur mon article, que je vous prie de lire sérieusement. — Dites-moi l'effet que vous lui supposez, et si vous y voyez quelque inconvenance à corriger ou quelque lacune à suppléer.

Je crois qu'il mettra de mauvaise humeur la doctrine. — Mais si elle se fâche, je lui prends l'article de son chef, et je le mets en marmelade, sans miséricorde ni pitié. — Car ce que j'en dis aujourd'hui, ce sont des roses, en comparaison de ce qui reste à dire.

Adieu de cœur. — Je voudrais bien me rétablir! J'ai été au moment de me trouver mal deux fois aujourd'hui.

Montferrand. 17 mars 1838

AU MÊME.

Mon cher Campan,

J'ai changé l'expression que vous blâmez. Cependant, c'est à cause de sa vulgarité même que je l'avais mise, pensant qu'elle ferait un contraste nerveux, et non une disparate choquante. Mais la nuance est fort délicate, et peut-être l'effet ne serait-il pas *senti* par le public dans la nuance où je l'ai compris. Dans le doute, il vaut mieux y renoncer : c'est ce que j'ai fait.

Je vous envoie une alose pêchée aujourd'hui, malgré les torrents du ciel qui avait ouvert tous ses robinets.

Vous vous étonnez du silence de certains de nos amis?... Ah! mon cher, j'attaque la coalition, et ils tremblent devant elle!... Peut-être se réservent-ils de s'y rallier, si le ministère a encore un échec.

Croyez-vous même que nous puissions bien compter sur ***?... Erreur; il cherche à se rendre utile à ce ministère-ci, pour en profiter s'il tient, et pour se faire formidable à la coalition, si elle réussit, afin de se faire valoir en conséquence, le cas échéant.

Oh! mon Dieu!... mon Dieu!... quel enfer d'improbité politique! — Je n'écris pas à Paris, relativement à l'article de demain sur la coalition ; voyons s'ils oseront le répéter!... J'en doute.

Adieu de cœur. Redoublez de zèle, de réflexion et de fermeté. Sage et inflexible; devenons type, s'il est possible, d'un journalisme politique opposé à toutes ces turpitudes.

—

Montferrand, 18 mai 1838

AU MÊME.

Mon cher Campan,

Voici la lettre de Perrodeaud. Delbruck m'a dit qu'il vous en raconterait le contenu ; mais je veux que vous la lisiez textuellement, cela en vaut la peine.

A propos, le ministère a le tort immense de faire une question de cabinet de l'affaire d'Alger. — *Il ne faut donc pas l'attaquer ;* il faudra dire que, selon nous, l'occupation de l'Afrique est une mauvaise opération; mais qu'il n'y a aucune raison, puisque la chambre veut conserver cette colonie, d'en refuser les moyens à ce ministère-ci, pas plus qu'à aucun autre; au contraire, le faire échouer sur cette question, serait un double mal, puisqu'on n'en aurait pas moins Alger à substanter, et que, de plus, on aurait le détestable triomphe de la coalition à subir en France. Le ministère, au reste, a d'autant plus de tort de faire de cela une question de cabinet, qu'elle est commune à tous les cabinets possibles. — D'ailleurs, puisqu'on veut envoyer des troupes en Afrique, nous ne voyons aucun motif possible pour qu'on dégarnisse la France de celles dont elle a besoin. Je crains que le stupide motif d'économie ne fourvoie la chambre, d'autant que la *gloriole* ne le combattra pas, puisque la coalition ne refuse pas les forces pour guerroyer en Afrique, mais veut seulement les déduire de celles de France. C'est une perfidie abominable : le ministère a bien tort de s'y prêter.

Mon second article sur la coalition est fait; je vais le corriger ce soir, et vous l'enverrai demain. Il faudra le faire passer le plus tôt possible. Je vais m'occuper du troisième sur Châteaubriand.

Montferraud , 20 mai 1838.

AU MÊME.

Mon cher Campan,

Je corrigerai sur l'épreuve de mon article le passage relatif aux monarchies absolues. Je ne l'affaiblirai pas, au contraire, je le renforcerai; mais je le rendrai plus clair. — N'oubliez pas ma phrase, imprimée par moi, l'an dernier, à Paris, en face de la chambre :—Ah ! que la France serait mieux gouvernée si elle n'avait pas de députés !—Nous y sommes, ou bien près : l'article de la *Presse*, que vous avez inséré l'autre jour dans le *Courrier*, le prouve; car, divisant la durée du ministère du 15 avril en deux époques, 1º avant la session, 2º pendant la session, elle exposait que, pendant la première époque, le ministère avait bien gouverné, et que, pendant la seconde, la chambre avait détruit tout le gouvernement en ses mains.

Au reste, journée affreuse, pluie, point de poisson, nouvelles de Paris dégoûtantes, à donner mal d'estomac.

Adieu; dites à Delbruck que, tout en critiquant Lamartine, il ne faut pas trop l'abîmer; c'est un poëte, un noble cœur, un homme qui vaut mieux que les quatre-vingt-dix-neuf centièmes de nos prétendus amis.

Je vais, moi, écharper Châteaubriand. — Quant à Saint-Marc Girardin, je le traiterai *sorboniquement*.

Ne perdez pas la lettre de Perrodeaud. Renvoyez-la moi demain par l'exprès; je veux lui répondre.

A vous.

———— ⊜ ————

Montferrand, 26 juillet 1838.

A MM. **Campan**, &c.,
Rédacteurs du *Courrier de Bordeaux*.

Messieurs,

Je viens de lire les journaux que vous m'avez envoyés. — La polémique, de part et d'autre, est si misérable et si louche, qu'il ne vaut pas la peine d'en parler.

La *Presse* est obscure à dessein. Par ce mot, *le pays*, elle n'entend pas les électeurs, mais une révolution que fait le pays, quand il est obligé d'intervenir contre l'absolutisme déclaré par un des trois pouvoirs en sa faveur. — C'est dans ce sens aussi que la *Revue de Paris* a parlé dans l'article que j'ai cité ce matin, quand elle a dit :

Qu'il y a un des trois pouvoirs qui domine, et que c'est le peuple *quand il se fait le plus fort, et qu'il brise le mystère constitutionnel comme en* 1830. — Or, c'est précisément mon affaire, puisque j'ai regardé le refus de concours des 221, soutenu par la population, comme un acte légitime, mais révolutionnaire, qui brisait le *mystère constitutionnel*. — Mais la presse ministérielle est trop vulgaire et trop peureuse pour s'expliquer nettement.

Je ne vois rien à dire sur tout cela.

Quant au *Mémorial* de demain, s'il parle *de moi,* ne répondez rien pour moi. — Si cependant l'article était trop astucieux, pour qu'il fût dangereux de le laisser sans réponse, dites seulement que M. Fonfrède est momentanément absent, et qu'à son retour il verra s'il lui convient de répondre à une pareille attaque, ou de la dédaigner. — Mais ce n'est que dans un cas extrème que vous devrez même dire cela. Si ce n'est qu'une attaque ou un sophisme ordinaire, laissez passer ce qui me touchera personnellement.

Quant au fond de la discussion, je vous envoie une note incluse qui pourra vous servir de guide, sauf les modifications que nécessiteraient les incidents qui pourraient survenir, ou le genre de la polémique *mémorialiste*. — Mais, dans tous les cas, pesez bien les expressions, choisissez bien les synonimes les moins engageants, et tàchez que le mot n'aille pas *au-delà* de la pensée que vous voulez exprimer.

Je ne regrette pas l'abondance *homogène* du numéro d'aujourd'hui ; c'était nécessaire. Nos inertes juste-milieu ne liront pas tous les *trois chapitres,* mais ils en liront au moins *un* sur les trois, et cela fera son effet. En n'en mettant qu'*un*, le premier, beaucoup d'entre eux ne l'auraient pas lu, au lieu que je les défie de les passer tous les trois ; celui relatif au *Mémorial* ayant l'avantage de l'actualité, et celui de la *Revue de Paris* l'avantage des détails, des noms propres, et d'une vigueur d'attaque rare de la part du gouvernement.

Adieu ; n'ayant pas le temps de faire deux *triplicata*, cette lettre est pour vous trois.

P. S. Envoyez-moi les numéros de la *Gazette de France* et du *Nouvelliste* qui sont dans le tiroir de ma petite table, dans la chambre de Bouillon. *Dimanche matin, je serai à Montferrand.*

Je vous envoie donc ci-joint un croquis d'article ; c'est le sens de la chose, modifiez s'il y a lieu ; mais pesez toujours tout ce que vous ferez avec une extrême circonspection. — Qu'un de vous fasse l'*avocat du diable*, et soulève toutes les objections imaginables, afin de voir la chose sous tous les points de vue.

Quant à la grande question des prérogatives, ne sortez pas de l'*égalité constitutionnelle des pouvoirs*, sauf le cas de nécessité, *où le peuple se fait le plus fort, et brise le mystère constitutionnel comme en* 1830 !..... C'est-à-dire, sauf le cas de révolution, selon la *Revue de Paris*, et même selon la *Presse ;* car soyez bien sûr que c'est là le sens caché de son article, qu'elle n'a pas osé ni peut-être su exprimer clairement.

Mais ne parlez pas de *prépondérance*, ni pour nier ni pour affirmer : *laissez ce mystère derrière le voile constitutionnel*. Le moment n'est pas venu de lever ce voile. Seulement, nous ne devons pas le sceller, l'attacher, l'amarer, de manière à que ce nous ne puissions le lever un jour.

D'ici à lundi, faites surtout un journal *piquant* et *varié*, et local si c'est possible.

Lundi, je donnerai, s'il y a lieu, un coup de *fouet politique*. — Mais c'est à Paris qu'il le faudrait!....

Adieu.

P. S. Je n'ai pas besoin de vous dire que dans tout ce qui est de *polémique locale*, la surveillance des épreuves et des corrections est de toute rigueur. Une faute peut dénaturer le sens et tout compromettre.

Montferrand, 16 août 1838.

A M. **Ch.-Al. Campan**, à Bordeaux.

Mon cher Campan,

Je ne doute pas qu'il n'y ait de très-actives intrigues contre moi pour le secrétariat.

Le candidat est ***; il ne devait pas revenir des eaux, parce qu'il n'avait pas d'espoir. Le préfet n'osait pas agir contre moi. — Si *** revient, c'est que l'espoir revient, et que le préfet a cédé. Avec ses amis et les *six Libournais*, cinq au moins (si *** ne vient pas) on espère réussir; c'est possible, j'en suis à l'avance tout consolé. Il y a une veine de haine conjurée contre moi. Toutes les minorités se coalisent pour se venger de ma longue influence, et se donner le plaisir de me punir de tout le travail, de tout le dévouement, de tous les services auxquels j'ai eu la bonhomie de me consacrer, sans prendre de précautions pour moi-même.

Je n'en prendrai pas davantage. — Ils me frapperont debout. — Rien ne me fera courber ni solliciter. — C'est même une expérience fort curieuse que je veux regarder s'accomplir jusqu'au bout, et qui mettra à nu la nature tant soit peu perverse du gouvernement populaire. — Mais soyez tranquille, je ne montrerai ni dépit, ni ressentiment, ni colère; je prendrai la chose tout naturellement, et ferai mon devoir de citoyen dans le conseil-général et ailleurs, comme si rien n'était.

La seule chose qui me pèse horriblement, parce qu'il n'y a pas d'issue, c'est le *Courrier de Bordeaux* où je me suis laissé emprisonner par ceux-là mêmes dont la puérile tiédeur — je devrais me servir d'un terme plus sévère — a permis de tramer le vaste tissu de haines qui m'assiégent.

Voyez ce qui m'arrive pour la route de Montferrand. Je n'y suis pour rien, que pour le sacrifice de mes murs et de mon jardin. J'ai cédé par complaisance pour les autres; je n'y ai aucun intérêt; vous savez ce qu'il faut penser de mes *chevaux et de ma voiture*. — Eh bien! tout pèsera sur moi. — La route sera rejetée, et l'on dira que c'est un triomphe obtenu sur mes *intrigues intéressées*..... Moi qui, depuis vingt ans, me suis sacrifié à l'intérêt public, corps et bien, et n'ai jamais songé à moi!

Il faut que ce soit ainsi. — Et soit dit, sans comparaison, je conçois maintenant Jésus crucifié.

Adieu; soyez calme, je le serai; et ferme devant les amis et les ennemis.

J'ai besoin, avant tout, de savoir le jour où la commission fera son rapport au conseil municipal sur la régie; c'est le jour venu que je veux faire *deux articles*.

Montferrand, 27 août 1838.

AU MÊME.

Mon cher Campan,

Je vous renvoie les feuillets de la *Revue des Deux Mondes*.

Ne parlez dans votre bulletin, ni de ce qui me concerne, ni de la note comparative des abonnements de journaux.

Quant à l'intrigue, personne ne m'en avait parlé; — mais j'avais tout deviné par trois mots saisis au hasard dans une conversation.

L'intrigue avait été abandonnée; — elle aura été renversée, à cause de mon dernier article sur le conseil municipal et la régie, où je parlais des *divisions de nos autorités*.

Mon cher, comme je suis à peu près le seul honnête homme dans tout cela, il est évident que c'est moi qui serai sacrifié; et vous jugez, de plus, l'effet que cela fera, quant à nos doctrines politiques. On dira que c'est pour me punir de mes doctrines monarchiques, que le conseil choisit à ma place un homme libéral, etc.; et me voilà enterré du coup.

C'est très-bien. — Et, probablement, cela ne s'arrêtera pas là. — Je prévois encore quelque chose plus beau que tout cela : je suis destiné à faire l'expérience complète du cœur humain. O mes excellents chiens! mon pauvre *Fanfan*! mon cher *Gredin*!... que vous valez mieux que toute cette canaille!

Adieu; la charge est lourde, mais je la porterai.

Malgré tout cela, j'ai fait un article sur la régie intéressée pour paraître lundi matin, si lundi est le jour du débat au conseil municipal.

————————⊛————————

Montferrand, 19 octobre 1838.

M. **Wustenberg**, a Bordeaux.

——

Mon cher ami,

....

Quant aux sucres, vous connaissez mon avis. — Dans la voie où sont actuellement engagées les réclamations des colons et des ports de mer, il n'y a rien de possible. Protéger à la fois les sucres de betteraves et les sucres coloniaux, est une absurdité anti-maritime qui doit aboutir à la ruine des colonies et à la destruction de la marine marchande. Il y a place, en France, pour les sucres coloniaux et pour les sucres étrangers; mais par un effet étrange au premier coup d'œil, mais cependant fort logique, de la nature des choses, il n'y a pas place en France pour les sucres coloniaux et pour les sucres de betteraves. — Les plus grands ennemis des colonies, ce sont les colons; ils ne pouvaient être sauvés que par l'admission des sucres étrangers en France. Ils ne l'ont pas voulu; tant pis pour eux. Maintenant, ils ne feront et ne pourront faire que de l'eau claire.

Adieu, mon cher ami, au revoir. Tout à vous.

Montferrand , 26 octobre 1838.

A M. **Ch.-Al. Campan**, à Bordeaux.

—

Mon cher Campan,

Il est probable qu'une mienne brochure ferait quelque effet à mon arrivée à Paris, mais je n'ai pas la force de m'en occuper. Je suis en dégoût. Je maudis le sort, et moi-même, pour n'être pas sorti de la lice il y a un an. Je vivrais ici tranquille, avec tous les plaisirs que j'aime. Au lieu de cela, je ne jouis plus de rien, et ma vie est crucifiée du haut en bas, pendant que je comprends ce qu'il faudrait faire, et que je ne me sens plus la volonté seulement de l'essayer.

Nous verrons.

Il faut bien vous pénétrer de la ligne morale qui convient au *Courrier*, relativement à MM. Sers et de la Seiglière.

Le mouvement qu'on a fait dans nos administrations est faux, incomplet. Ce n'est pas ce qu'on m'avait promis. Nous devons donc ne pas en accepter *toute* la solidarité morale. Il ne faut pas nous jeter à la tête des nouveaux venus; il faut être bienveillant, disposé à les soutenir pour le bien public; mais ne pas faire notre affaire d'une situation que des influences, que je n'ai pu combattre de loin, ont gâtée. — Tenons-nous donc *réservés*, *disposés* à approuver, mais non pas approbateurs *acquis* au nouveau cabinet de la Gironde. — Communiquez ceci à Delbruck, auquel je n'ai pas la force d'écrire ce soir, à cause des suites de ma migraine.

Montferrand, 5 novembre 1838

Aux Rédacteurs du *Courrier de Bordeaux*.

—

Messieurs,

Les nouvelles relatives au sucre n'ont pas de portée. Le dégrèvement est insuffisant. Ne dégrevant pas le sucre étranger, le monopole des deux sucres nationaux continuera à ruiner doublement le commerce maritime.

L'égalité future des droits est une promesse fantastique. — C'est dire qu'on enverra chercher le médecin et le remède (bon ou mauvais), quand le malade sera mort.

Si je puis suspendre mes écoulages demain, j'irai vous voir à Bordeaux pour que nous réunissions tout cela.

Tout se résume en ces mots :

Le peuple français est spirituel, mais il n'est pas *intelligent*. Vous le voyez bien....

Montferrand, 11 décembre 1838.

A M. **Campan**, à Bordeaux.

—

Mon cher ami,

Vous savez que j'ai été si malade, qu'il m'était bien impossible d'aller, à Bordeaux, à la commission des sucres.

Demain je pars par le bateau à vapeur. En débarquant, j'irai à la Bourse. C'est tout ce que je puis faire. Quant à aller à Paris avec ces messieurs, vous savez que je pars du 25 au 28. — Et, pendant que j'y serai, je ferai tout ce qui dépendra de moi avec eux; mais vous savez aussi que j'y serai si absorbé, dans d'autres affaires, que je ne puis pas répondre de leur livrer tout mon temps. — J'ai à voir beaucoup pour la révision du tarif.—Encore plus pour la politique, et l'impression de mon ouvrage, qui ne sera pas une bagatelle; car, à la rigueur, je devrais ne pas faire autre chose jusqu'à ce qu'il soit fini. C'est, je vous assure, aussi important et plus que vous ne pouvez penser.—Avertissez le copiste. Je porterai quatre chapitres qu'il pourra commencer demain à copier, au *Courrier* même.

Vous avez annoncé en tête de votre bulletin un article de la *Presse* qui n'a pas été inséré.

Le feuilleton de Solar est charmant. Je suis amoureux de Manon.

Paris, 30 décembre 1838.

À MM. **Campan,** &c.,
Rédacteurs du *Courrier de Bordeaux*.

Messieurs,

J'ai été retardé par la neige, la glace et la maladie; j'ai donc couché à Chartres, et je suis arrivé un jour plus tard;—mais ce petit retard ne me retardera pas.

Je me réfère au bulletin inclus pour le *Courrier de Bor-*

deaux. — J'ajouterai seulement, dans cette lettre-ci, ce qui n'est pas de nature à être publié.

L'opinion de Paris se fait admirablement. — Il y a une réprobation universelle contre la coalition : toute la bourse, toute la banque, Odier, Lefebvre, Hagerman, tous les autres, s'en expriment hautement.

J'apprends, à l'instant, que les adhésions à la réunion Jacqueminot vont à 220. — Une de plus fera 221. — Et ce sera passablement curieux.

J'ai trouvé Libourne fort bien, et l'on m'a chargé de témoigner à M. Martell combien on le félicitait d'avoir offert ses salons à la réunion Jacqueminot, et d'avoir voté contre la coalition.

Je vous dirai, au reste, que la route de Paris par Libourne ne peut pas porter tort au pont de Cubzac, à moins que les voyageurs ne perdent l'esprit. Cette route est d'une longueur et d'une difficulté abominables. Même avec le passage du bateau à Cubzac, il y a encore trois ou quatre heures de différence à l'avantage de Cubzac; et quand le pont sera fait, personne ne passera par Libourne. Dites cela à Pereyra de ma part.

Je suis déjà pris pour aller demain, à midi, chez M. Clerc, à la commission des sucres; mais cela me prend un temps bien précieux. J'irai cependant. — Je m'arrête ici. — Je reprendrai ma lettre *demain*.

31 décembre 1838.

Je voulais vous écrire une lettre *signée*, vous parlant de mon voyage et des affaires ici; mais, comme c'est très-grave, je veux attendre deux autres jours pour voir les choses à fond, avant de me mettre ainsi en évidence. Mais je vous enverrai des bulletins d'ici-là, probablement tous les jours. — En sortant de la commission des sucres, j'ajouterai au bulletin ce qu'il sera convenable. D'ailleurs, d'ici à ce soir, je verrai du monde de toutes couleurs, et j'apprendrai sans doute du nouveau. Maintenant que voilà la réunion Jacqueminot à 220, tout le monde regarde, comme certain, que le ministère aura la majorité pour l'adresse.

Tâchez que, dans le bulletin, on n'imprime pas *légale* pour *loyale*, et qu'on ne mette pas *immortalité* pour *immoralité*. — Vous voyez que je prends mes précautions.

Adieu; j'attends Perrodeaud, qui devait venir à dix heures (il en est onze), et je suis levé depuis six, m'étant rasé, habillé à la chandelle, ayant déjeûné et écrit tout le reste du temps. A midi, je vais chez M. J. Clerc, à la commission des sucres...... Je vous dirai un mot après. Puis, je courrai jusqu'à l'heure du dîner, et je rentrerai ensuite pour travailler toute la soirée. Mes amitiés au capitaine; je n'ai pas une minute pour lui écrire.

P. S. Je sors de la commission des sucres. Il est trop tard pour vous en donner les détails; le courrier va partir. — Ce sera le sujet de mon bulletin de demain.

Il est certain que M. Gisquet sera rayé du conseil d'état; il est certain que plusieurs des coalisés sont allés faire leur retour à M. Molé.

La réunion Jacqueminot est excessivement montée contre les défectionnaires. Vous n'avez pas idée du discrédit où sont tombés les coalisés. N'ajoutez jamais rien au bulletin que je vous envoie, ou vous enverrai, de ce que vous lirez dans mes lettres. — Je vous écrirai longuement ce soir.

Adieu.

Paris, 2 janvier 1839.

AUX MÊMES.

Messieurs,

Avant-hier, la commission des sucres absorba tout mon temps. Hier, les allant et venant m'ont fait, je le crains, manquer l'heure du courrier. Ce soir, on m'a entraîné à cet exécrable *Ruy-Blas* qui m'a fait coucher à deux heures de la nuit. J'en suis furieux. On m'a dérangé tout ce matin. Je ne sais si on me laissera le temps de vous écrire et de vous faire un bulletin; je vais y tâcher.

Dans la commission des sucres, j'ai fait supprimer un paragraphe qui n'allait à rien moins qu'à demander un droit protecteur pour les lins, chanvres, fils et tissus, ce qui aurait porté un tort immense à nos efforts pour la révision des tarifs. — Cette révision va très-mal, ou pour mieux dire ne va pas du tout. Les commissaires anglais attendent et le gouvernement français recule. M. Martin a l'air très-mal disposé, et semble regarder la proposition britannique comme un piége où sa finesse gouvernementale doit l'empêcher de tomber. — Au reste, je ne l'ai pas encore vu.

On m'a interrompu ici. Les visites se sont tellement succédées que je suis forcé de vous quitter pour faire le bulletin. Si ensuite j'ai du temps, je reprendrai ma lettre; mais, en vérité, c'est bien douteux.

Je reprends ma lettre. J'ai fini le bulletin; il est important. Soignez l'impression; pas de faute, au nom du ciel !

Demain matin, j'ai une grande besogne à faire. — Si je puis prendre de vous sacrifier ce soir *Andromaque* et Rachel, je vous écrirai avec détail.

Adieu encore; je sors.

—

AUX MÊMES.

Messieurs,

J'ai été informé, hier au soir, de la monstruosité de ***, assez à temps pour vous l'écrire; mais j'ai trouvé cela si horrible, si invraisemblable, que, malgré les détails qui m'étaient donnés par un député venant de la chambre, j'ai mieux aimé retarder d'un jour.

Vous saurez donc que le vent a changé soudainement; que la coalition a quitté le masque de Tartufe, quand elle a vu que l'opinion publique ne s'y trompait pas, et que sa prétendue modération l'affaiblissait, sans empêcher de la laisser paraître comme elle est. — L'adresse est donc violente.

Vous ne sauriez croire la stupéfaction, l'exaspération, l'immense éblouissement, le vertige, que cela donne aux esprits parisiens.

Les voilà tout surpris d'arriver au bord du précipice. —Au surplus, quant à moi, cela m'émeut très-peu; puisqu'il faut que cela arrive, autant aujourd'hui que plus tard.

Quant aux Bordelais, dites-leur bien que, grâce à l'exécrable action des coalitionistes, tout est perdu pour eux. Ils peuvent faire leur deuil de toute amélioration : sucre, chemins; il s'agit bien de ces fadaises maintenant.

Adieu ; je vais faire un mot de bulletin, et puis j'irai à la chambre entendre lire cette adresse. — Je sais des députés du centre qui parlaient ce matin de se porter à des excès en pleine séance. — Cela n'ira pas là, n'en craignez rien. Ce ne sont que des paroles ; mais elles vous peignent *l'état des âmes.*

Je mets cette lettre à la poste pour n'y plus songer. S'il y a lieu, je vous écrirai de la chambre. J'ai remis mon manuscrit à l'imprimeur. — Je regrette maintenant de ne l'avoir pas fait paraître plus tôt. — Mais je m'en console, en pensant au *post-scriptum* que je vais y ajouter.

———

Paris, 3 janvier 1839

AUX MÊMES.

Messieurs,

Je ne vous écrirai pas aujourd'hui lundi pour le journal, parce que c'est ce soir où Perrodeaud doit vous envoyer sa lettre. Je lui ai dit le contenu du bulletin d'hier pour qu'il ne vous envoyât pas de répétition. J'ai été bien occupé aujourd'hui ; je le serai beaucoup plus encore demain ; je vous avoue que je ne sais pas trop comment je pourrai atteindre à tout. — Je n'ai encore fait une visite à qui que ce soit, dans le gouvernement ni hors du gouvernement. — Les neuf dixièmes des personnes qui auront affaire à moi, ou à qui j'aurai affaire, ne me savent pas à Paris, pas même les journaux. — Jugez donc après ! — Cependant, si demain j'apprenais quelque chose de nou-

veau, je jetterai un 'mot à la poste dans le quartier où je
me trouverai.

Il ne faut rien répondre aux ignobles injures des journaux de Bordeaux. — Rivalité de métier. — Laissez-les
dire; mais soignez votre besogne, et ne me laissez pas
passer de fautes qui défigurent tout.—Cependant, s'ils reviennent sur l'augmentation du prix, ou que vous vous
aperceviez que leurs attaques nous portent tort pour les
abonnements, publiez la petite note que je vous ai laissée.

Je n'ai pu aller voir *Andromaque*; à cinq heures, il n'y
avait plus de place à la queue, et depuis trois jours toutes les loges et stalles étaient louées.—A la bonne heure.
—Quant à *Ruy-Blas*, il a traîné ses jérémiades et ses bêtises, hier au soir, dans une salle à moitié vide, et n'a
pas eu une seule salve d'applaudissements pendant ses cinq
mortels actes. Les romains du lustre hasardaient à peine
quelques claques honteuses qui mouraient dans le silence
général.—Ce *polisson* de Racine est vengé!.....

Demain, je commence un peu les grandes aventures :
la première, je ne peux pas la dire; la seconde, sera mon
traité avec le libraire qui doit imprimer ma brochure; la
troisième, une entrevue avec ***.

On dit que la discussion de l'adresse ne commencera
que lundi, et que ces enragés veulent la faire durer toute
la semaine. — Cela fera un *mois* complètement perdu.—
Pas une loi ébauchée! — Et sans ce misérable système
d'ambitieux, il pourrait y en avoir déjà deux ou trois de
votées.

Au reste, la coalition est à la tartuferie. — Elle veut
rassurer les centres en prouvant qu'elle est calme, gouvernementale; qu'elle n'en veut pas à la prérogative royale.

—Le ministère pourra, s'il a du cœur, tirer bon parti de cela pour achever de les mettre bien bas. Le choix que la coalition a fait de l'affaire d'Ancône, pour en faire une question de cabinet, est absurde. Je vous en dirai les raisons dans mon prochain bulletin.

La commission des délégués des sucres m'a fait une galanterie. Après la lecture du mémoire, elle m'a chargé à l'unanimité de le réviser et de le corriger.—Vous pouvez croire que je n'ai pas accepté cette mission. J'ai fait, au contraire, beaucoup d'éloges du travail, et j'ai engagé ces messieurs à l'imprimer tel quel.

L'observation que fait le *Courrier Français*, sur le discours du roi, est vraie : le roi a parlé non-seulement d'*entraves*, mais de *factions*, ce qui a fait sur certaines gens l'effet d'un fer rouge.

On a supprimé le mot *faction* dans le *Moniteur*, parce qu'on a craint, sans doute, que d'autres que ceux à qui il était adressé ne se l'appliquassent, et que cela ne produisît mauvais effet.

—

Paris, 3 et 4 janvier 1839

AUX MÊMES.

Messieurs,

Jusqu'à présent je me suis caché dans ma chambre, et personne ne m'a su à Paris ; mais on commence à m'y savoir, et avant long-temps, pour peu que les circonstances y prêtent, on me mettra en danse ; — ou, du moins, on voudra me mettre en danse. — Mais je ne danserai que lorsque cela me plaira.

Au reste, tout est inquiet ici. — La bourse n'a baissé que de 25 c., parce que l'adresse n'a été connue qu'au moment où le parquet allait fermer ; mais tout le monde comprend que, si la coalition triomphe, tout est perdu : nous entrons en plein dans l'anarchie gouvernementale. — Si la coalition succombe, rien ne sera définitivement sauvé ; parce que la chambre anarchiste, le président partial, les coalitionistes poussés jusqu'au jacobinisme méthaphysique, la gauche restaurée par eux, tout cela rendra le gouvernement impuissant ! — Ainsi, nous arriverons aux conséquences de Juillet ! ! !

Le passage de l'adresse, où l'on met l'intérêt de l'agriculture (des betteraves) en regard des colonies et de la navigation, a été vivement applaudi par les betteraviers ; d'un autre côté, les colons sont furieux. J'ai vu ce matin M. de ***, de la Guadeloupe, qui est venu me conter ses doléances.

Pesez ferme sur l'affaire des sucres, et faites ressortir cette avance faite par la commission de l'adresse aux betteraviers et à tous les prohibitifs.

—

Paris. 4 janvier 1839

AUX MÊMES.

Messieurs,

On dit ce soir que les affaires du ministère vont bien. Tous les yeux sont fixés sur l'assemblée de la réunion Jacqueminot, demain, chez M. Delessert. Jacqueminot, aujourd'hui, à l'état-major de la garde nationale, a, dit-on, joliment chauffé les esprits. Toute la bourse en parlait, et croit à la confusion de la coalition. Je vous répète, et dites-le bien haut à tout le monde, que je n'ai pas trouvé encore *une seule personne* qui prît sa défense.

J'ai traité avec Delloye pour ma brochure; il m'a interdit d'en donner des exemplaires, et j'en suis bien aise: elle paraîtra de lundi en huit.

Je crains donc que les ministres ne fassent chorus avec ***, et n'aillent peut-être au-delà pour se rattacher les vanités de la prépondérance élective. Si la discussion prend cette tournure, le ministère pourra néanmoins triompher; mais la cause monarchique n'en sera pas moins perdue, et perdue par ceux-là mêmes qui devaient la défendre; en même temps, l'opinion publique sera doublement faussée.

Je vous ferai un bulletin demain, s'il y a lieu; mais j'en doute. Lundi, je vous écrirai de la chambre, au fur et à mesure de la discussion, si du moins la foule me permet d'écrire. Mais, avant d'y aller, je vous ferai toujours connaître le résultat de la réunion Jacqueminot chez M. Delessert.

Paris, 6 janvier 1839

AUX MÊMES.

Messieurs,

Ce soir la réunion Jacqueminot chez Delessert. C'est là que tout se décidera. Je pousse mes amis à y aller. ceux qu'on y voit encouragent les autres. Si, au contaire, ils n'y sont pas, on dit : Est-ce qu'ils sont contre nous?...

De plus, tout ce qui grossit le nombre de la réunion porte coup favorable sur l'opinion du public et de la chambre. Au contraire, tout ce qui diminue le nombre décourage, énerve, dissout le parti du gouvernement, et donne du cœur à l'opposition. Enfin, je vais redoubler d'efforts ce matin pour y pousser tous nos députés.

J'écrirai ce soir à Ramadier; ce matin, impossible. J'ai un rendez-vous si important à mes yeux, que je manque, pour y aller, une entrevue que je devais avoir ce matin avec M. Molé — Guizot parle le premier. — Il était à cinq heures du matin à la chambre pour se faire inscrire. Ils ont des faux frères. J'ai déjà le plan de son discours. Si le ministère a du cœur pour lui répondre, il tuera la coalition du coup. — Oh! quel drame! quel drame!...

J'ai commencé à corriger les épreuves de ma brochure.

Personne n'en aura par moi d'exemplaires, l'éditeur m'ayant interdit la faculté d'en donner par notre traité. — Cela paraîtra de demain en huit.

Adieu de cœur. Je sors, et vais rouler dans l'intimité des *hostilités secrètes*. Que de noirceurs je vais apprendre! — Honte! honte! honte pour la France! — Repaire de singes et de serpents. — Pas un lion, pas un pauvre tigre seulement. Tout cela est laid, bas, rampant, venimeux.

———

Paris, 8 janvier 1839.

AUX MÊMES.

Messieurs,

La réunion Jacqueminot, chez M. Delessert, a été nombreuse. On a calculé assez sagement tous les amendements qu'on doit proposer à l'adresse. Vous trouverez sans doute dans la *Presse* le compte-rendu abrégé de cette assemblée. Je n'ai ni le temps, ni la liberté d'esprit nécessaire pour vous le tracer moi-même. Il faudra d'ailleurs que j'aille de bonne heure à la chambre pour pouvoir être placé. Je prierai Galos et Wustenberg de vous écrire de la chambre même s'il y a quelque incident qui en vaille la peine. Ils ont pour cela beaucoup plus de facilité, ayant à toute minute les garçons de la salle pour porter leurs lettres à la poste jusqu'au dernier moment, et toutes les commodités possibles pour écrire.

Voilà M. Guizot combattu par tous les hommes gouvernementaux : Delessert, Fulchiron, Jacqueminot, Parant, Lefebvre, Lamartine, etc.

En cet état de choses, c'est folie de croire l'expédition d'aucune affaire possible : ni sucre, ni chemin de fer, ni rien, en un mot; il n'y a et il n'y aura ni gouvernement, ni administration. C'est pénible à dire, mais les hommes et les institutions de juillet sont bien pis que ceux de la restauration !

Si la coalition n'a pas le dessus dans l'adresse, elle a l'intention de rejeter toutes les lois, surtout les meilleures, afin d'accroître le malaise et le mécontentement. Si un jour le roi ne met pas la nation en mesure de choisir entre lui et ces factieux, la France peut se résigner à descendre dans l'anarchie et la turpitude la plus complète.

Prenez l'article de la *Presse* sur le paragraphe du *Constitutionnel*, où il dit qu'on a usé les hommes, *on* a faussé, etc. Ajoutez-y quelques lignes pour faire comprendre que cette attaque *directe contre la couronne* révèle tout le plan de la coalition.

Je m'arrête ici parce que je suis trop en colère; je veux me calmer avant d'aller à la chambre. Rien autrement de nouveau.

Prenez les détails du combat de St-Jean-d'Ulloa dans la lettre de Gaillardet aux *Débats*; copiez-la à cause des détails sur le prince de Joinville.

La nouvelle donnée dans le *Journal de Paris* sur une prétendue dépêche qui annonçait que le maréchal Valée a été enlevé par les arabes, etc., est un *mensonge absurde.*

Si le journal ne suffit pas pour mettre les articles des *Débats*, de la *Presse* et toutes les nouvelles des *Débats* sur l'affaire du Mexique, faites un supplément.

Je vous engage aussi à faire un article Bordeaux sur la bonne situation où le triomphe de nos armes va mettre le commerce français dans toute l'Amérique. Nos négociants, nos marins, pourront aller le front haut, et dire à tous les gouvernements : Si vous ne respectez pas le commerce français, les escadres françaises nous protégeront et vous traiteront comme St-Jean-d'Ulloa. Car il est fort heureux que les Mexicains n'aient pas cédé à l'amiable, et qu'on les ait pris à coups de canon. Ce sont des coups de canon qu'il fallait!

AUX MÊMES.

Messieurs,

Je vous envoie un article sur la séance d'aujourd'hui ; ne croyez pas que j'en exagère l'effet ; au contraire, je reste au-dessous de la vérité...............................

Je ne vois pas trop qui pourrait reprendre demain la discussion générale, à moins que Garnier-Pagès ne vienne tirer ses feux croisés sur tout ce monde. Cela m'amuserait beaucoup. — Je connais les amendements proposés. Je regrette bien de ne pas en avoir pris copie, je vous les aurais envoyés. Je tâcherai de me les procurer demain matin. — Oh ! la fameuse séance. C'est une péripétie merveilleuse, inattendue. Je peux vous assurer que Montalivet a été merveilleusement éloquent. Je crois que c'est son attachement au roi qui l'a inspiré. En tout cas, c'était beau, beau à la Berryer !

A demain. — Ma brochure avance. Le *Temps* a commencé à en parler. Je la ferai annoncer dans les journaux dans deux ou trois jours.

———

AUX MÊMES.

Messieurs,

Je me réfère au bulletin inclus ; j'y ajoute que la séance d'aujourd'hui a été excellente. Comme M. Molé a parlé *affaires*, et non pas principes et théorie politique, il a admirablement réussi. Il a encore été plus fort sur l'évacuation d'Ancône qu'à la chambre des pairs. Thiers, qui avait eu hier un grand succès de tribune, n'a pas brillé aujourd'hui. Il doit parler encore lundi ; mais la question d'Ancône est jugée par tout le monde. Si la chambre ne votait pas sur ce point pour le ministère, elle se ferait siffler. Néanmoins, la bourse était inquiète de voir continuer si long-temps la discussion.

Mon ouvrage est fini et prêt ; mais je ne le laisserai pas mettre en vente lundi, l'adresse n'étant pas encore terminée. Je veux éviter tout ce qui pourrait compromettre le vote. Je pense que mercredi cela pourra aller. — A présent que le volume est complet, cela fait assez bien. Cependant, comme de coutume, il m'est venu d'autres idées que je regrette de ne pas y avoir mises ; mais si nous en faisons une seconde édition, je l'arrangerai bien.

Je n'ai encore dîné chez personne, et j'ai trouvé moyen d'éluder trois ou quatre invitations ; mais la semaine prochaine il faudra que j'y passe. Cependant cela me contrarie, parce qu'une fois lancé, bonsoir.

Adieu, je finis ; le courrier part de bonne heure le dimanche et je ne veux pas le manquer.

———

Paris, 12 janvier au soir 1839.

AUX MÊMES.

Messieurs,

Je vous ai écrit ce matin ; je vous ai envoyé un bulletin ; je vous écris pour y faire quelques additions.

D'abord, au paragraphe où je parle du triomphe obtenu hier sur la question d'Ancône par M. Molé, ajoutez le fait suivant, dont je ne vous donne pas la rédaction, mais l'idée, parce que ne me souvenant pas des phrases du paragraphe, je ne puis savoir comme l'adresse doit être faite :

C'est que samedi soir, jour de cette séance, quoique ce ne fût pas jour de grande réception chez M. Molé, les députés s'y sont rendus en foule pour lui témoigner leur complète satisfaction, tellement que les salons des affaires étrangères se sont trouvés trop petits. Il paraît certain que si M. *** n'avait pas élevé d'incident pour empêcher le vote, et que si on était allé au scrutin au lieu de perdre la fin de la séance en divagations, l'amendement ministériel aurait été voté à une majorité de plus de trente voix. Dans les circonstances ordinaires, ce ne serait pas une grande majorité, mais dans l'état actuel des choses, ce serait un beau résultat.

—

Paris, 13 janvier 1839.

AUX MÊMES.

Messieurs,

Tout est ici en désarroi : la majorité ministérielle est restée hier à 216 voix, puis la coalition a recruté trois voix, qui l'ont portée à 212 !... Voyez ! le ministère avait fait un acte de témérité inouïe en faisant discuter séparément, et d'abord, le paragraphe de la Belgique ; et comme, en réalité, la phrase *la chambre attend l'issue des négocia-*

tions n'était pas improbative, qu'elle ne disait rien ni pour ni contre le cabinet, y ajouter le mot *avec confiance,* c'était forcer la chambre à s'expliquer d'une manière toute approbative pour le cabinet, sur une affaire douteuse. — C'était donc chercher le péril quand rien n'y obligeait. Et, comme il y a dans l'adresse une douzaine de questions de cabinet, je ne crois pas qu'il fût prudent d'en ajouter encore une. Cette augmentation de *trois* voix de la coalition a fait un effet détestable sur ces badauds de Parisiens. Ils méprisent, autant qu'avant, la coalition, mais ils la craignent un peu plus. Voilà donc le gouvernement représentatif sans majorité numérique pour personne!... Je dis numérique, car 216 voix homogènes et compactes du ministère sont une vraie majorité, moralement parlant, tandis que 212 voix de la coalition ne sont que des minorités de 40, 50, 60 voix.

Si ce matin on m'en laisse le temps, je vous ferai un bulletin. Je n'irai probablement pas à la chambre : il est trop pénible de se donner le déboire de cinq ou six heures d'horreur et de dégoût!

Paris, 13 janvier 1839.

A M. **Jouis**, à Bordeaux.

Mon cher Jouis,

J'ai reçu votre lettre; je vous en remercie. Je profite de ma soirée de dimanche pour vous répondre. Nous sommes dans une bien grande crise; je ne sais pas comment nous en sortirons.

Je ne parle pas de l'adresse en elle-même et de la crise ministérielle : tout cela n'est qu'un épisode; c'est le fond du gouvernement qui s'en va à tous les diables. Quand on a refait la charte, en 1830, on a fait une machine où tout porte à faux, où tout contre-tire, où aucun rouage n'engrène. Ce n'est pas un gouvernement qu'on a fait, mais une destruction permanente de gouvernement.

La chambre des députés, telle qu'on l'a constituée par la charte de 1830, absorbe tout le gouvernement; elle se croit tout. Elle est en usurpation constante. Le roi n'est que son très-humble serviteur. Si elle veut faire usage de sa force pour l'appuyer, elle le peut; mais si les factions s'emparent de la majorité, elles sont maîtresses du roi et du gouvernement : elles peuvent le mettre à la porte ou le jeter par les fenêtres.

Les coalisés, par leur infâme trahison, viennent de livrer le gouvernement à la gauche. Que le ministère dure quelques mois de plus ou de moins, cela n'y changera rien. Il n'y aurait qu'un acte de vigueur, une résolution ferme du roi qui pût l'empêcher.

Le plan est de prolonger la discussion de l'adresse toute la semaine prochaine, si l'on peut. Les hommes de la coalition ont écrit aux députés absents; on dit qu'ils en attendent huit des leurs. Ils espèrent ainsi avoir la majorité. S'ils l'ont, les coalisés entreraient aux affaires, et probablement travailleraient à faire dissoudre la chambre.

—La chambre dissoute, toute la coalition agirait dans les élections en faveur du côté gauche. Nous aurions une chambre révolutionnaire. De là, à une rupture avec l'Europe, il n'y a qu'un pas.

Si les choses se passent mieux, c'est-à-dire si, ce qui est fort possible, et je l'espère, le ministère a la majorité sur le vote définitif de l'adresse, ce ne sera que de peu de voix. Cette majorité lui impose d'avance la condition de prendre trois ou quatre ministres nouveaux, sous prétexte de renforcer le cabinet. Au lieu de le renforcer, cela l'épuisera.

La coalition continuera. — Elle fera, comme l'an dernier, rejeter toutes les lois. Meilleures elles seront, plus elle les repoussera, en joignant toutes ses forces aux quelques voix dissidentes que chaque projet de loi, selon sa nature, rencontre toujours dans la majorité. Le gouvernement, ne pouvant rester toujours ainsi, il faudra alors, ou que le ministère tombe, ou dissoudre la chambre. — Ainsi, nous arrivons toujours au même gouffre.

A cela, moi qui suis homme de résolution, je ne vois qu'un remède : c'est que le roi résistât à l'heure même, et sans tarder une seconde. La charte lui donnant la nomination des ministres, il serait tout-à-fait constitutionnel en refusant ceux qu'on veut lui imposer. — Si alors la majorité de la chambre se révoltait, c'est elle qui serait inconstitutionnelle. — Et nous verrions. Si elle rejetait le budget, ...
....

Malheureusement il y a du vrai dans tout cela. — Il faudrait une résolution prompte et complète pour couper court au mal, et, je vous le répète, on ne la prendra pas.

J'ai bien examiné et bien vu ; tenez-vous pour averti.
....

Songez que voilà un mois que la chambre est assemblée, et voilà un mois qu'il n'y a plus ni gouvernement, ni administration. On ne songe à aucune loi, à aucune amélioration ; on se dispute seulement à qui sera ministre, et on tâche de détruire la royauté pour devenir ministre. Les étrangers qui sont à Paris haussent les épaules, et déclarent que jamais ils n'ont rien vu de si honteux. La France est déshonorée ; jamais, sous la Restauration, elle n'a été aussi bas dans l'estime du monde.

Nous sommes ici, les membres de la commission des sucres, à nous regarder le blanc des yeux. Nous avions commencé à faire quelques démarches, un mémoire, des visites. — Ah ! par ma foi, il est bien question de cela maintenant ; cependant nous ne pouvons pas rester ici toute l'année. D'ailleurs, on peut considérer la session comme à peu près perdue pour cela et pour tout le reste.

Mon ouvrage est tout imprimé, prêt à être mis en vente depuis hier ; mais on m'a fait mille instances pour que je suspende sa publication jusqu'après le vote de l'adresse. On me dit de tous côtés que si je le laisse sortir avant, cela fera un éclat dans la chambre qui prolongera encore le débat, et fera peut-être tomber le ministère ! Que dites-vous, mon cher ami, d'un pays où l'organisation du pouvoir est si peu solide que sa chute ou sa durée dépendent de la publication d'une brochure faite par un pauvre diable comme moi, sans fonction ni caractère officiel. — J'en suis tout confus. — Mon éditeur ronge son frein, parce qu'il craint que cela ne fasse perdre le moment de la vente la plus avantageuse.

Vous croyez qu'on a tenu compte à la chambre de la prise du fort de St-Jean-d'Ulloa, fort réputé imprena-

ble, qui avait 300 pièces de gros calibre en batterie?
Vous croyez qu'on a tenu compte au roi d'avoir exposé son fils aux boulets mexicains qui sont venus briser
sa vaisselle dans sa chambre à coucher? — Pas si bête!
la chambre est trop patriote pour cela; cela ne leur a pas
inspiré un seul moment d'émotion ni de reconnaissance.
Mais elle passe quinze jours à discourir pour blâmer le
gouvernement d'avoir exécuté des traités *obligatoires* faits
par Casimir Perrier! Elle se désole de l'évacuation d'Ancône, où nous ne pouvions avoir que trois pièces de canon et quinze cents hommes, avec défense stipulée de réparer les fortifications et d'augmenter la garnison!.....
Voilà où nous en sommes! — Moi, qui ai examiné cette
affaire, je puis vous assurer qu'à moins d'être fou ou imbécille, on ne peut conserver le moindre doute sur la
loyauté et la convenance des ministres dans cette affaire.
C'est une honte qu'on ait seulement songé à en faire l'objet d'un débat, tant la chose est claire. — Eh bien, il se
trouvera plus de deux cents députés pour l'imputer à trahison au gouvernement du roi.

Ah! qu'il me tarde de revoir Montferrand.

Adieu; rappelez-moi au souvenir de tous nos amis.

P. S. Ma lettre ne partira que demain.

Paris, 15 janvier 1839

A M. **Ch.-Al. Campan**, à Bordeaux.

—

Mon cher Campan,

Perrodeaud ne vous a pas écrit pour dimanche, parce

qu'il n'avait rien à vous dire. Il ne faut pas vouloir l'impossible. Quant aux articles de ''', sur quoi donc les fait-
il? On ne vote qu'à sept heures du soir à la chambre. Il
ne s'est passé dans la discussion aucun incident remarquable..............

Maintenant, soyez convaincu qu'à part même la faiblesse des hommes, notre machine politique est si mauvaise, qu'elle les affaiblit encore. Je ne peux pas dire toute
ma pensée publiquement, mais il est évident, pour moi,
que la chambre des députés est telle, qu'il est impossible
que le gouvernement lui présente une loi vraiment bonne.
Une telle loi serait rejetée à l'instant. Je l'ai prouvé,
quant *aux sucres* par exemple, à tous ceux qui ont voulu
m'entendre. Il faut que la loi soit à demi-mauvaise pour
qu'elle ait une chance d'être adoptée par la chambre, et
il est fort possible qu'elle la gâte tout-à-fait.

Nous avons le système de gouvernement le plus absurde qu'on puisse imaginer. Comme je le dis dans ma
brochure, il s'amuse à marcher sur la tête et à penser
avec les pieds. — On va loin comme cela !

Je n'ai pas pu me dispenser d'accepter un dîner pour
ce soir chez M. le comte de Tascher, parce qu'il m'a fait
dire qu'il avait invité plusieurs de ses amis politiques qui
désiraient faire ma connaissance; mais cela m'entrave
horriblement. — J'avais tout refusé jusqu'à présent. Une
fois lancé, je ne pourrai guère m'arrêter.

Je vais tâcher de stimuler ''' pour qu'il vous écrive un
mot de la chambre; aujourd'hui ils discuteront cette stupide question Suisse! la Pologne! la conversion! —
Pouah!... j'en ai mal d'estomac.

A MM. **Campan**, &c.,
Rédacteurs du *Courrier de Bordeaux*.

—

Messieurs,

Je vous envoie un bulletin sous forme de lettre, que je crois varié et d'un bon effet.

J'ai traité la politique légèrement en commençant, gravement à la fin. — J'ai indiqué la modification ministérielle que l'aberration parlementaire veut imposer au ministère Molé. Vous n'avez pas idée de l'engouement de tout Paris pour cette modification ; on ne parle pas d'autre chose. — Les gens les plus graves, les gens qui se croient gouvernementaux, qui se disent et qui sont les meilleurs amis du ministère, n'ont pas d'autre mot à la bouche — « M. Molé et M. Montalivet doivent rester ; » ce sont des hommes essentiels. Mais il faut qu'ils se for- » tifient par l'adjonction de quelques notabilités électi- » ves. » La chambre est blessée que la pairie domine le ministère ! et puis, quand vous le prenez au mot, pas un ne sait vous indiquer une de ces notabilités électives capables de renforcer le ministère ! — Et notez, je vous prie, qu'ils en veulent quatre. — C'est une décomposition complète. La coalition se tient pour battue, mais sa rage n'en est que plus noire. Ils crient dans la salle des pas-perdus qu'ils empêcheront le roi et le ministère de faire quoi que ce soit ; qu'ils rejetteront la loi des sucres, qu'ils rejetteront tout ce qui pourrait faire honneur au gouvernement,

qu'ils ne lui laisseront rien faire; et vous concevez le danger. La coalition étant, à douze voix près, aussi forte que
le gouvernement dans la chambre, elle peut raisonnablement trouver sur des projets de lois douze ou quinze dis-
sidents dans le parti ministériel, selon la manière de considérer la matière spéciale de chaque loi. Voilà où nous
en sommes. Ne parlez pas de cela dans le journal. Je vous
enverrai demain ou après un bulletin énergique sur ce
sujet. Si M. Molé ne résiste pas, à lui seul, à tout le monde,
et je n'y compte guère, nous aurons une crise ministérielle. — Il ira remettre son portefeuille au roi après le
vote de l'adresse. Le roi chargera M. Molé de composer
un nouveau cabinet. Dans ce cabinet, M. Molé mettra les
membres du ministère actuel qu'il voudra conserver, et y
ajoutera les adjonctions dont on lui impose la nécessité.
Notez bien, je vous prie, qu'on ne lui impose pas la nécessité de telles ou telles adjonctions; on le laisse libre. —
La chambre, la bourse, le public, lui disent seulement :
modifiez-vous, adjoignez-vous des capacités; prenez qui
vous voudrez, mais modifiez-vous et renforcez-vous. —
C'est-à-dire faites un miracle.

Vous dire ce qui arrivera, je l'ignore; mais ce n'est
qu'un cri dans tout Paris, à la bourse, au spectacle, dans
les salons : modifiez-vous! renforcez-vous! renforcez-vous!
modifiez-vous! — Que le diable emporte tous les badauds!

Dites à Bouillon que le directeur-général des eaux et
forêts doit écrire aujourd'hui ou demain au conservateur, pour lui prescrire de laisser pêcher au lavaneau,
pourvu que le filet ait la maille légale. — Dans deux ou
trois jours les pêcheurs de Bassens pourront pêcher. Il

faut le leur faire savoir. Ceci est positif; le directeur-général m'a promis de m'écrire personnellement pour m'en donner avis. J'enverrai sa lettre à Bordeaux pour que le conservateur ne puisse en prétexter cause d'ignorance.

Quant à la question des sucres, bon Dieu!... et qui peut y compter? — J'en ai parlé très-longuement, hier, avec M. Martin du Nord, qui avait sur sa table l'exposé des motifs, c'est-à-dire le brouillon de l'exposé, qui n'a pas été encore communiqué au conseil. Quand le sera-t-il?... la semaine prochaine, m'a-t-il dit. C'est fort bien. Mais la semaine prochaine y aura-t-il un conseil? y aura-t-il un ministère? Sont-ils d'accord! — De plus, je suis intimement convaincu que, pour que la loi ait quelque chance de passer, il faut qu'on la fasse illogique et incomplète. — On proposera 15 fr. de dégrèvement. — La chambre n'en voudra probablement que 7 fr. 50 ou 10, tout au plus. On proposera (pour la forme) un dégrèvement de surtaxe sur les sucres blancs, mais insignifiant; un dégrèvement sur les sucres étrangers, mais insignifiant. Et, comme nous l'a dit le ministre, il faut bien agir ainsi, car si la surtaxe était diminuée de manière à laisser entrer les sucres blancs et les sucres étrangers à la consommation, toute la loi serait rejetée, et l'on n'aurait pas même un dégrèvement de 10 à 15 fr. pour les sucres bruts coloniaux. — Je vous dis, je vous répète, que la chambre des députés gouvernant le pays, c'est le monde renversé, c'est la tour de Babel; c'est le pire de tous les systèmes imaginables. — Je fais mon métier de délégué des sucres le mieux que je puis. Mais le fait, c'est qu'il n'y a plus rien à faire, ni à espérer. — Je vous donne tous ces détails pour vous et pour tous nos amis. Communiquez-les à M***, cela l'édifiera sur l'excellent effet de l'omnipotence parlementaire, et dites-lui, de ma part, qu'en matière de gouvernement, les hommes qu'il admire sont des ânes, s'ils ne sont pas des aspics ou des serpents à sonnettes. Mais ne parlez pas de ces détails dans le journal; bornez-vous à ce que j'en dis dans le bulletin.

La brochure est encore retardée, mais je vais dire à M. Delloye, en allant jeter cette lettre à la bourse, de faire partir les exemplaires demandés par les libraires de Bordeaux et des départements. Que vous dirai-je de plus? J'ai tant de choses qui se croisent dans le cerveau, que je m'y perds. J'oublie cependant quelque chose que je voulais vous dire et qui m'échappe.

Paris 17 janvier 1839

A M. **Ch.-Al. Campan**, à Bordeaux.

—

Mon cher Campan,

Le bulletin que je vous écris, sous forme de lettre, est pour remplacer la lettre de Perrodeaud qu'il ne pourra pas écrire aujourd'hui.

. . . .

Je vais aller chez M. Molé et chez M. Montalivet ce matin, et, au retour, je vous dirai ce qui pourra être dit de la situation : onze députés du centre nous ont quitté hier.

. . . .

Les onze défectionnaires donnent pour motif que le second paragraphe de M. Amilhau était trop explicite pour l'éloge, de même que le paragraphe de la commission était trop explicite pour le blâme : ils laissent entrevoir, sans trop s'y engager, qu'ils rejetteront aujourd'hui le paragraphe de la commission, comme ils ont repoussé hier celui du ministère. — Si le vote a lieu avant cinq heures, Wustenberg vous l'écrira de la chambre.

Le vote d'hier n'a été connu qu'à huit heures du soir. Je ne sais quel effet il a produit dans le monde, car, au moment où je vous écris, il est huit heures du matin. — Mais je vais sortir à dix heures, je roulerai Paris jusqu'à trois heures, et je vous écrirai les détails dans ma lettre au journal.

Adieu. Tout est décomposé ; j'ai trop bien prédit.

P. S. Je ne puis rien vous dire de plus ce matin. Les ministres sont assemblés en conseil, chez M. Molé, depuis neuf heures : il est midi ; il m'a donc été impossible de voir personne.

Paris, 18 janvier 1839.

A MM. **Campan**, &c.,
Rédacteurs du *Courrier de Bordeaux*.

Messieurs,

Rien de nouveau. Je ne peux que me référer au bulletin.

Je prie Bouillon de porter, *immédiatement*, à M. Goux-Duportail, le billet inclus ; cela presse. On a déterré un vieux réglement qui porte à 30 millimètres, pour le minimum, la maille des filets. — Je suis sûr qu'il y a un réglement postérieur, à 22 millimètres. — C'est un fait constant; je l'ai plaidé sans conteste; j'ai eu le réglement en main, *imprimé.* — Est-ce au *Bulletin des Lois* ou ailleurs?.... Je crois que c'est au *Bulletin des Lois.* — Mais je suis sûr de mon fait : c'est sur ce pied que mes filets sont vérifiés et plombés.

Je prie Campan de vérifier tout de suite le procès-verbal du conseil-général de 1836, où j'ai fait *une proposition sur la pêche.* Il y est question de ce minimum de 22 millimètres; peut-être y trouvera-t-il la date et l'indication du règlement.

Cela presse beaucoup; j'insiste de toutes mes forces pour avoir réponse, *toute affaire cessante.* Dites à M. Goux-Duportail qu'il m'obligerait plus que je ne puis dire.

Adieu.

P. S. Nous sommes dans la nullité de gouvernement la plus complète. On arrive simultanément, ainsi que je l'ai prédit, à l'impossibilité de la chambre et à l'impossibilité de la royauté, par l'impossibilité de tout ministère.

—

Paris, 19 janvier 1839.

AUX MÊMES.

Messieurs,

Je n'ai rien à vous dire de neuf ce matin; je ne suis pas encore sorti. — Aujourd'hui, on tâchera de finir l'adresse; il n'y a que trente-deux jours que la chambre est assemblée !

M. Molé est fort décidé à rester, à moins que le vote de ce soir ne soit défavorable.

L'assemblée chez M. Jacques Lefevbre a été bien, et, ce qui est étonnant, *politique*. Je me réfère au bulletin sur tout cela.

La réunion Jacqueminot devient le grand fait du moment. — Reste à savoir si les esprits faibles qui s'y glissent ne parviendront pas à l'affaiblir.

En atendant, profitons de sa force.

Je vais sortir. Si j'apprends du nouveau, Wustenberg vous écrira de la chambre; mais je crains que le vote aurait lieu très-tard, *s'il a lieu*, et qu'il ne puisse pas vous le faire connaître.

Adieu; je vais voir ce soir *Andromaque*. S'il y a moyen, je vous en ferai un feuilleton.

——

Paris, 20 janvier 1839

AUX MÊMES.

Messieurs,

Quoique j'eusse un billet d'orchestre, je n'ai pas pu voir Mlle Rachel; c'est une rage : on ne peut pas entrer. — A la fin du mois, on donne une représentation au bénéfice du vieux Lafon, l'ancien contemporain de Talma, qui jouera avec la susdite Rachel; je m'y prendrai huit jours d'avance pour avoir une stalle.

La séance a fini à huit heures du soir; vous n'avez donc pu en avoir le résultat. L'adresse a été votée à 221 contre 208. — 13 voix! Sans la coalition, le gouvernement aurait

eu 70 à 80 voix de majorité ; car ces 30 voix déplacées
font cela. — Et toujours 221 !... On ne peut pas sortir de
ce malheureux chiffre ; il est fatal.

Maintenant riez de tous ces bruits de démission ministérielle que donnait ce matin le *Siècle.* — Il n'en est rien.
— Cela viendra-t-il ? je n'en sais rien. — Au reste, M. Molé
m'a fait prier d'aller le voir demain matin, dimanche, à
dix heures ; je verrai le fond des choses.

Je ne sais pas si j'aurai matière pour un bulletin. C'est
pour cela que j'aurais voulu voir Mlle Rachel : cela m'aurait donné un sujet.

En tout cas, lundi, j'aurai toujours au moins une colonne à vous envoyer. Ma brochure n'a paru qu'hier. —
Je sais (j'ai vu par mes yeux et entendu par mes oreilles)
que les journaux se proposent d'en faire grand fracas. —
Hier, à la chambre, certains députés de l'opposition la li-
saient et en commentaient les passages avec une grande
indignation. — Mais je crains que ***, qui est plus habile que
tous, et qui a centralisé la presse opposante à laquelle tous
les jours il donne le mot d'ordre, ne la fasse changer d'intention et n'organise la conjuration du silence, quoique
cela paraisse difficile. — J'ai fait un grand sacrifice en re-
tardant la publication de huit jours.

Paris, 23 janvier 1839.

AUX MÊMES.

Messieurs,

Je suis un peu souffrant. Depuis hier matin je n'ai
pris que du thé. Cependant cela va un peu mieux ; je tàcherai de sortir ce soir.

Pour les nouvelles, je me réfère au bulletin.

Ma brochure va bien dans le haut monde. Dans l'opposition, on en fait un scandale horrible. J'ai fait un grand sacrifice en ne la publiant qu'après l'adresse. Si elle avait paru pendant la discussion, elle aurait mis le feu dans la chambre, et cela aurait été un beau coup d'œil.

N'en citez pas trop dans le *Courrier*, parce qu'on ne la lirait que dans le journal. — Ne citez que le *post-scriptum*, ainsi que je vous l'ai dit; et, quelques jours après, vous citerez le chapitre xiv. — Voilà tout.

Si les conseils-généraux et les cartes sont prêts, il faudra les envoyer de suite. Demain, je vous enverrai la liste de ceux qui devront les recevoir. Il faut faire passer l'envoi par la préfecture pour les arrondissements, afin d'épargner le port. Le préfet envoie aux sous-préfets, qui distribuent.

J'ai vu Mlle Rachel dans *Cinna*. — Public stupide ! — Elle joue comme une pensionnaire de couvent, qui paraîtrait dans une distribution de prix et dont on dirait : Cette petite a de l'intelligence; elle joue bien pour une pensionnaire. — J'attendrai cependant de la revoir dans *Hermione*. — Mais j'ai peine à comprendre qu'elle joue ce rôle aussi bien qu'on le dit, après lui avoir entendu réciter celui d'*Émilie*. — Au reste, le théâtre est plein jusqu'aux combles. Mon billet m'a coûté 10 fr., encore bien heureux !

Dites à Solar..... ô blasphème!.... qu'on prétend ici, dans le méchant monde des coulisses, que les beaux cheveux, les admirables cheveux, les sublimes cheveux de Mlle A..... F......... sont une perruque!... Mais, peut-être, est-ce une calomnie inventée par les doctrinaires du Vaudeville ou des Variétés ! Car il y a des doctrinaires partout.—*Maxime*, par exemple, dans *Cinna*, est un fameux doctrinaire.

Je ne peux pas vous écrire davantage. Il fait un vilain chien de temps; je crains de ne pas pouvoir sortir ce soir.

P. S. Prenez le 1ᵉʳ Paris, et le 2ᵉ Paris du *Journal des Débats* de ce matin.

—

Paris, 24 janvier 1839, au soir.

AUX MÊMES.

. . . .

Rien de nouveau dans la journée, si ce n'est ce que tous les journaux vous apprendront probablement demain matin. Le maréchal Soult est retourné aux Tuileries; il a accepté la mission de composer un cabinet. Le roi part demain pour l'enterrement de sa fille à Dreux. Nous verrons ce qu'ils feront dans ces trois jours. Cela va être un grand intermède dans la presse vociférante.

Quelque chose qui arrive, je compte toujours partir d'aujourd'hui en quinze pour Bordeaux. Je n'ai rien à ajouter à ce que j'ai appris sur l'ensemble des choses, aux causes de la situation et à sa réalité. Quant aux détails, je m'en moque.—On a dit, avec assez d'esprit, que le dernier paragraphe du projet d'adresse pouvait se traduire ainsi : Louis-Philippe ! *Memento quia pulvises et in pulverem reverteris.*—C'est à toute la société française qu'il faudrait dire qu'elle tombe en poussière.

Les fonds espagnols ont baissé à Londres, aussitôt que l'on a cru que Thiers pouvait rentrer aux affaires.

On dit ce soir que Soult ne veut pas le ministère de la

guerre, mais bien celui des affaires étrangères, avec la présidence, bien entendu.

Le parti pousse ferme à une collision entre les Belges et les Hollandais.

Mon Dieu ! que je suis las de tout ce que je vois.

Celui qui fera un gouvernement avec cela, sera un fin merle.

Vendredi matin , 25 janvier.

Remarquez que les journaux de la coalition nous accusent, nous, soutiens du gouvernement du roi, de gêner la prérogative du roi, parce que nous la défendons contre l'oppression qu'on veut exercer sur elle.

Voici maintenant le peu de nouvelles que j'ai apprises :

Le général Bugeaud part aujourd'hui pour la frontière du Nord.

Malgré les dénégations des journaux coalisés, le maréchal Soult a réellement accepté la mission de former un cabinet, et doit présenter lundi prochain sa liste au roi.

On assure (j'en suis sûr, mais il faut mettre la nouvelle sous forme dubitative, dans le *Courrier*, et se servant du mot sacramentel : *On assure*); on assure donc que M. de Mérode a fait, au nom de la Belgique, des propositions plus acceptables; de sorte que M. Molé aurait consenti à reprendre l'affaire, en sous-œuvre, avec l'Angleterre, et que l'exécution matérielle des vingt-quatre articles serait momentanément suspendue.

Mettez le 1ᵉʳ Paris des *Débats* d'aujourd'hui (très-remarquable); mettez aussi celui de la *Presse* d'aujourd'hui (bon aussi, et violent). Il vaut mieux supprimer un peu de votre rédaction, si c'est nécessaire, pour faire passer ceux-ci.

Ne mettez pas le 2ᵉ Paris, sur Odilon-Barrot (dans la *Presse*); ni le 3ᵉ sur le maréchal Soult, mais prenez le 4ᵒ sur la réunion chez Montalivet, hier soir. Tout Paris y était.

Jamais le ministère n'a été si haut dans l'opinion, jamais la coalition n'a été si bas. C'est la seule chose bonne à voir aujourd'hui : la coalition est au *pilori*.

Répandez cela.

Je sors pour aller au comité maritime renforcé des colons. Si j'ai le temps, je vous écrirai après la séance.

P. S. Je sors de la commission des délégués. Les débats, sur la proposition d'une adresse au roi, ont été assez longs. Cependant l'adresse a été décidée à une forte majorité. On m'a chargé de la rédaction. Nouvelle besogne que je n'aurais pas certainement acceptée, si je n'en eusse compris l'importante nécessité. — Dans la discussion, je leur ai infusé dans les veines le plus de politique que j'ai pu.

Toujours le même plan : mettre le roi en état de blocus hermétique. Si on m'en laisse le temps (car il est déjà tard), je vous dirai cela dans le bulletin auquel je me réfère. Ce soir, je vous donnerai de longs détails. — La conspiration marche.

Ne manquez pas de prendre le 1ᵉʳ Paris des *Débats* d'aujourd'hui? Avez-vous enfin reçu ma brochure? Delloye ne l'a fait partir que le surlendemain.

Paris, 26 janvier 1839.

À M. **Ch.-Al. Campan**, à Bordeaux.

—

J'ai votre lettre; celle de Bouillon; remettez-lui le billet inclus.

La décomposition politique, qui doit nécessairement sortir du gouvernement représentatif, tel que le comprend ou ne le comprend pas la coalition, ne fait que commencer, et déjà voilà ses œuvres : quarante jours de session pour ne rien faire, que détruire ce qui est, et toute la session *perdue*. Comptez-y; il faut être imbécile ou fourbe, à un degré que la langue humaine ne peut exprimer, pour avoir conçu une aussi détestable tactique.

Le parti redouble d'efforts pour amener une collision en Belgique. J'espère qu'il n'y réussira pas. Je n'ai pas voulu vous donner la nouvelle des concentrations de nos troupes, pour ne pas alarmer le commerce sans sujet; il est convenu que l'armée française contiendra l'armée hollandaise, et que l'armée prussienne et celle de la Confédération contiendront l'armée belge; on les sépare ainsi forcément, et on les empêchera de se prendre aux cheveux, et on évitera de compromettre les Français et les Belges, les uns contre les autres. Je vous ai, d'ailleurs, déjà informé que, sur de nouvelles propositions de la Belgique faites par M. de Mérode, on allait tâcher aussi d'arranger l'affaire à Londres diplomatiquement.

Hier, nous avons eu réunion des colons avec les délégués des ports de mer. Les opposants *à l'adresse au roi*

ont tâché de nous donner un croc-en-jambe, mais toute
la masse des colons s'est levée pour nous. M. Laurence,
il faut lui rendre justice, a admirablement parlé, pour
le fond et pour la forme. Je suis étonné que ce député
n'ait pas marqué davantage dans la chambre.

Hier au soir, j'ai rédigé l'adresse; je la lirai aujour-
d'hui à la commission. J'espère qu'elle sera approuvée;
mais vous concevez que je n'ai pu la faire comme pour
moi. Il m'a fallu la rédiger de manière à *tourner* les préjugés de certains de nos collègues, et cela est horriblement
gênant. Mais, comme le disait hier M. Laurence, on comprendra ce que je n'aurai pas dit, par le soin même que
je mets à dire que je ne le dis pas.

J'ai entendu de la bouche de M. Molé des paroles bien
tristes et bien vraies!.... et ils l'accusent de faiblesse!....
Certes, le reproche est fort curieux dans leur bouche!
Eux, la faiblesse d'esprit poussée à son maximum! Lui,
qui a supporté deux ans, par sa seule force interne, toute
la rage de la coalition et toute la faiblesse de la majorité
parlementaire, qui a fini par le tuer en faisant semblant
de le soutenir. — On a eu la bonhomie de me demander
pourquoi je n'ai pas voulu siéger à la chambre?..... Et
que diable pouvais-je y faire? Ceux qui m'approuvent se
tiendraient à cent lieues de moi de peur d'être compromis.
D'ailleurs, pour approuver bien, il faut comprendre bien.
— Or..... je vous dirai, je vous dirai.—Je vous forcerai
à croire l'incroyable...... je pose demain chez Court.

Je dînerai chez M. André; j'apprendrai peut-être quelque chose. Voilà un homme monarchique!

J'ai lu avec grand plaisir l'*histoire en l'air*. Je fais à
M. Hovyn mon compliment sur son *Sylphe aux yeux
bleus*.

Paris, 29 janvier 1839.

A MM. **Campan**, &c.,
Rédacteurs du *Courrier de Bordeaux*.

—

Je suis un peu mieux aujourd'hui.

Je vous écris seulement pour vous dire que je vous écris.

Il paraît que le maréchal Soult renonce à former un ministère.

Je viens du ministère des finances (eaux et forêts) où je me suis débattu une heure pour l'affaire de nos pêcheurs. — Le ministre, lui, est tout décidé; mais les bureaux, c'est le diable. J'en viendrai pourtant à bout; j'y retournerai demain.

Je partirai le plus tôt possible.

Rien à faire, rien à voir, tout à déplorer.

Dites à Bouillon que le général de Rumigny, en arrivant ici, a trouvé l'ordre de *partir* pour aller commander une brigade à l'armée du Nord. — L'affaire belge va se décider. — Il part aujourd'hui ou demain. — Je crois cependant qu'on ne se battra pas.

Adieu; ce soir je vous écrirai. Je vais prendre un peu l'air; il fait beau aujourd'hui.

—

Paris, 31 janvier 1839.

AUX MÊMES,

Je n'ai pas dû vous parler hier plus clairement. Aujourd'hui le bulletin inclus vous fait connaître le fond des choses. J'ai prié Wustenberg de vous écrire de la chambre pour vous faire connaître l'impression qu'y aura produite l'ordonnance de prorogation. J'ai prié aussi Perrodeaud de vous écrire de son côté. — J'ajoute ceci — faites-y bien attention : — Ce que je vous dis, dans le bulletin inclus, est *officiel*; je le sais de source *certaine*. — Néanmoins, comme cette communication m'a été faite à neuf heures du matin; comme il m'est impossible d'aller à la chambre; comme, dans cinq ou six heures qui se sont écoulées depuis ce matin, le gouvernement pourrait avoir changé d'avis et modifié ses résolutions, voyez la lettre que vous recevrez de Wustenberg et de Perrodeaud; et si, par hasard, l'ordonnance de prorogation avait été changée en ordonnance de dissolution, ou même si, par un revirement complet, ni l'une ni l'autre n'avait été présentée à la chambre, supprimez ou modifiez le bulletin en ce sens. Sinon, laissez-le tel qu'il est. Je vais voir ici le *cœur des choses*, le *for intime* des hommes du gouvernement. Déjà, ce matin, on est venu à moi. — *Du public*, on y est venu aussi, et je vous dirai les démarches vraiment étonnantes faites auprès de moi, en sens favorable. — C'est, je pense, ce qui a déterminé l'article des *Débats* de ce matin sur mon ouvrage; article qui, par son excessive bienveillance pour l'auteur, pour les détails du livre, etc., prouve évidemment, à ceux qui savent comprendre, qu'il en pense autant que moi. Je crois que cela fera demain un grand scandale dans la presse de l'opposition. Tant mieux.

Je vais écrire aux *Débats* une lettre incidente sur leur article; je pense qu'ils l'insèreront. Je vous la recommande.

Paris, 2 février 1839.

AUX MÊMES.

Messieurs,

Je suis toujours souffrant et fort contrarié de ne pouvoir vous écrire que quatre lignes, car j'aurais bien des choses à vous dire. Je me bornerai donc au plus pressé.

1° Vous n'aurez pris hier ni l'article de la *Presse*, ni celui des *Débats*;

2° Vous prendrez aujourd'hui l'article des *Débats*, mais vous vous arrêterez au paragraphe qui finit par ces mots : *n'avoir pas fait de coup d'état*. N'allez pas plus loin, et supprimez toute la fin de l'article, depuis ces mots : *mais Charles X aussi*;

3° Quant à nos articles de fond, n'en faites aucun, ni sur le côté politique de la dissolution, ni sur les probabilités des élections, ni sur la chambre future, ni sur l'issue de la crise par cette chambre, etc., etc. Ne sachant pas le fond des choses, il serait impossible que vous ne fissiez pas d'énormes fautes. Attendez-moi;

4° Traitez sans cesse le côté immoral de la coalition, *les obstacles* qu'elle suscite au bien du pays, au commerce, aux colonies, à l'agriculture, à toutes les affaires. Revenez sans cesse à la charge; tournez ces questions sous tous les points de vue. Faites voir à nu l'égoïsme des ambitieux qui, pour devenir ministres, ont joué ainsi le sort de la patrie;

5° Quant aux élections de la Gironde, soyez *muets* pour ce qui concerne les personnes; ne mettez aucun nom en avant, quel qu'il soit. Bornez-vous, en thèse générale, à demander des députés fidèles à la royauté constitution- nelle, et qui lui portent concours pour faire les affaires du pays, au lieu de l'opprimer pour faire les affaires de leur ambition personnelle. Intéressez la propriété, le com- merce, tous les intérêts locaux dans cette thèse.

Paris, 6 février 1839.

A M. **Ch.-Al. Campan**, à Bordeaux.

—

Mon cher Campan,

Je cours tous les ministères possibles pour M. de ˙˙˙; il y a beaucoup de difficultés. Je vous écris à l'heure qu'il est du cabinet de l'intérieur.

Je suis écrasé; si j'étais obligé de faire huit jours cette vie, je mourrais; depuis la pointe du jour jusqu'à mi- nuit, je n'ai pas une minute. Ce brave Court est venu me relancer dans mon lit, ce matin, pour faire mon portrait; je vais aller chez lui en sortant de chez M. de Mon- talivet.

La lettre de Paris que vous m'avez renvoyée est de l'ad- ministration des eaux-et-forêts, qui a fait tout juste le contraire de ce que le ministre des finances m'avait pro- mis. Je viens d'écrire au ministre des finances le plus res- pectueusement que j'ai pu, mais je crois un peu vive- ment. Bien sûr, je leur fais un esclandre en arrivant à Bordeaux s'ils ne rendent pas justice, parce que la mou- tarde me monte au nez.

La commission des ports de mer est travaillée par une partie de la coalition, pour exciter les départements maritimes à se plaindre de ce qu'on ne fait pas le dégrèvement par ordonnance..... L'autre côté de la coalition jure ses grands dieux que si l'on fait le dégrèvement par ordonnance, elle met le ministère en accusation devant le public, par les douze journaux de Paris, qui diront que le projet de loi était préparé, précisé par le budget, annoncé à la chambre; que c'est pour échapper à la juridiction parlementaire qu'on a recours à l'ordonnance comme moyen électoral. Je me trouve entre l'enclume et le marteau, et ne sais plus à quel saint me vouer. — J'ai fait cependant ce qu'il a dépendu de moi pour pousser à l'ordonnance; on va en délibérer en conseil. Je crois que s'il n'y a pas impossibilité absolue, on le fera; mais ma conscience m'oblige à déclarer que le danger est immense.

Paris, le 7 février 1839.

A MM. **Campan,** &c.,
Rédacteurs du *Courrier de Bordeaux.*

Mes chers amis,

Mes malles sont faites; j'ai couru tout aujourd'hui. J'ai posé chez Court; mon portrait m'a paru âprement ressemblant, vivant, parlant, un peu trop *satanique*, ce me semble; mais Court croit que j'ai le diable au corps, et il m'a fait un peu *démon*. Il n'y a pas de mal. J'aime mieux que la toile vive trop que pas assez. Donc, je suis prêt à partir, mais j'ai diverses entrevues ce soir qui me retarderont. De sorte que je couche ici, et pars demain de bonne heure.

Néanmoins, je vous écris encore par le courrier qui partira demain, et je mettrai ce mot à la poste en cas que je sois retardé ou que je couche en route : *** révoqué, ***, mandé ce matin, est prié de choisir sérieusement entre sa place et la coalition ; tout le reste à l'avenant. Cette fois-ci il n'y a plus à rire, et je crois que *** a bien fait de virer de bord à temps.

Un des électeurs de *** étant allé lui offrir sa voix et celle de ses amis, et ce personnage s'étant ouvert *sur la branche cadette, qu'il faudrait, selon lui, traiter comme la branche aînée,* le susdit électeur lui a tiré un grand coup de chapeau, et lui a dit : — Monsieur, je vais chez votre concurrent lui offrir mes voix et celles de mes amis. Et il y est allé.

Adieu donc ; voilà une fameuse *graniasse* (1) ; je me trouve tout-à-fait dans mon élément : il faut démâter, sombrer sous voile ou doubler la pointe. — Nous doublerons.

Dites à Rouchon que je n'ai pas eu le temps de lui écrire, mais que son affaire a été recommandée à la marine. Je ne sais pas comment je n'ai pas eu une douzaine de migraines depuis huit jours. Court va commencer le St-Louis pour Montferrant. Il m'a dit, de lui-même, qu'il y viendrait, et que là, à loisir, il ferait un portrait plus soigné de moi. Adieu.

---

1. Terme marin sur la Gironde, signifiant un *grain*, un coup de vent et de pluie.

Montferrand, 13 févier 1839.

A M. **Ch.-Al. Campan**, à Bordeaux.

—

Mon cher Campan,

Étant un peu indisposé, j'ai besoin de repos ; ayant une résolution grave à prendre, soit dans un sens, soit dans l'autre, j'ai besoin de réflexion calme et solitaire. Je reste donc ici jusqu'à demain soir.

Envoyez-moi, par le retour de mon matelot, les nouvelles, et mes lettres si j'en ai. Quant au journal, suivez toujours la même ligne. — Prenez, dans la *Presse* et dans les *Débats*, les articles saillants qui seront conformes à notre politique. — Mais il faut les lire avec attention, afin de voir s'il n'y a pas quelques déviations que nous ne devions pas admettre.

Quant aux élections et aux candidats de la Gironde, n'en parlez pas plus que s'ils n'existaient pas.

Quant au comité électoral, insérez, en son nom, ce qu'il pourra vous envoyer, ainsi qu'aux autres journaux. Rien de plus, rien de moins.

Pour le surplus, faites le journal aussi varié et aussi intéressant que possible. Communiquez ceci à Solar et à Delbruck.

Adieu cordial.

———

Montferrand, 18 février 1839.

AU MÊME.

Votre message m'a trouvé dans mon lit, tout-à-fait hors d'état de me rendre à Bordeaux.

Répétez ma lettre aux *Débats*, en la faisant précéder par ces mots :

« Notre collaborateur, M. Fonfrède, avant de quitter Paris, avait adressé au *Journal des Débats* une lettre que ce journal vient de publier dans son numéro du 15 courant. Quoique cette lettre soit maintenant un peu tardive, nous croyons devoir la reproduire. »

Tâchez qu'on n'y fasse pas de fautes.

Quant aux élections, je conviens que nos amis et le préfet, par eux guidé, nous ont fait une position déplorable. Mais je n'y peux rien. Nous avons, au reste, encore un peu de temps devant nous, et peut-être, dans ces quatorze jours, se présentera-t-il quelque moyen de rectifier les choses. Mais cela me paraît fort difficile, et, pour le moment, je n'en vois pas.

Je suis malade; de plus, je suis horriblement dégoûté par toutes ces platitudes. Jamais on n'a été plus bêtement égorgés que nous ne le sommes par nos amis. — Laissons courir. Suivez toujours la marche que je vous ai prescrite.

Ne répondez rien ni au *Mémorial* ni à l'*Indicateur*.

Mais gardez soigneusement leurs numéros. Nous ferons justice de tout à la fois, *au moment même des élections*. Il faut avoir de la patience.

Laissez-les jeter leur feu.

Vous avez eu tort de ne pas mettre l'article des *Débats*

sur Thiers. S'il n'y avait pas de place, *il fallait en faire.*

Adieu; je n'en puis plus, de corps et surtout d'esprit, —Ah ! les ganaches !...

Bordeaux, le 20 février 1839.

A M. ***, à Paris (1).

J'ai l'honneur de répondre à votre lettre du 17, et j'ai le regret de voir que mes sentiments et ma conduite ne vous ont pas été représentés sous leur véritable jour.

La question n'est pas de savoir si je veux ou si je ne veux pas servir le gouvernement; mais bien de savoir si on m'en laisse les moyens, et si l'on a bonne grâce à se plaindre de mon inaction, lorsque, depuis quinze mois, on fait tout au monde pour me réduire à l'impuissance; lorsque, tout récemment, on vient de m'ôter le dernier moyen d'action qui me restait, et dont on me reproche ensuite de ne pas faire usage.

....

.... Après tout cela, comment voulez-vous que le sous-préfet, tout dévoué qu'il est au gouvernement, tout dévoué qu'il est pour moi en particulier, continue du même pied que par le passé; comment voulez-vous qu'il croie la coalition *dangereuse,* comme nous le disons, lorsqu'il voit le ministère se faire l'ami, le protecteur, le complai-

---

(1) Cette lettre, trouvée en brouillon dans les papiers de H. Fonfrède, n'est point achevée; peut-être n'a-t-elle jamais été envoyée. Elle est adressée à une personne qui approchait de très-près les ministres du 15 avril.

sant des députés de la coalition? Aussi, je vous assure, qu'il y a bien du changement dans ses dispositions. Et je vous recommande de faire attention à ce que je vous dirai ci-après, relativement aux légitimistes.

Maintenant, quand je suis arrivé à Bordeaux, je me suis trouvé déjà mis en suspicion par quelques-uns de mes amis et par M. le Préfet. Je n'entends, en aucune manière, dire rien qui puisse nuire à cet administrateur, que je crois fort habile; mais il ne peut encore connaître le personnel et les influences du département où il est depuis trop peu de temps. Bref, ils m'ont fait l'honneur de me dire qu'on redoutait mon exagération, que la manière ardente avec laquelle j'avais exprimé mes pensées, m'avait fait des adversaires invétérés; de sorte que, si les candidats paraissaient sous les auspices de mon journal et de moi, cela leur nuirait, en attirant sur eux les inimitiés dirigées contre moi; que, d'ailleurs, on avait l'espoir que le *Mémorial* ne serait pas hostile à nos candidats, s'ils n'étaient pas proposés par moi; que ce journal avait ses abonnés comme j'avais les miens, et qu'ainsi on parlerait aux uns comme aux autres; qu'on avait donc formé des comités électoraux qui agiraient en dehors de moi; qu'on laisserait aller le *Mémorial;* que je paraîtrais, après cela, en seconde ligne, pour soutenir nos candidats et donner le dernier coup à nos adversaires. Je me suis permis de trouver ce plan souverainement absurde; mais j'ai déclaré que je m'y soumettrai à l'instant, que je m'effacerai, que je ne dirai mot, que je laisserai échouer, sans m'en mêler, cette tentative déplorable. J'ai déclaré au préfet que le *Mémorial*, journal coalisé, était entièrement perdu par les menées de M. ***, enfant chéri du ministre de *** qui le

laisse ici intriguer à son aise contre les candidats du gouvernement, et que fier, d'ailleurs, de la faiblesse qu'on lui
avait montrée, il serait plus dangereux, plus hostile que
jamais, et qu'on n'aurait fait qu'accroître le mal; que
j'étais enchanté, puisqu'on devait avoir recours à une
tactique à mes yeux aussi dégradante que fausse, qu'on
l'ait faite dans mon absence; car, moi présent, jamais je
ne l'aurais soufferte.

Or, qu'est-il arrivé? — Précisément ce que j'avais dit.
Le *Mémorial* est devenu plus coalitioniste que jamais; il
est rédigé d'accord avec la *Guienne* et l'*Indicateur* : tout
se fait en commun; il est en relation directe avec le comité de l'opposition et avec le comité des républicains.

Or, qu'ont fait les conservateurs, quand ils ont vu cela?
Ils sont venus solennellement, président, vice-président
et secrétaires, me faire une visite de corps pour me prier
de reprendre la direction de l'opinion, de les appuyer dans
mon journal, me protester qu'ils n'en voulaient pas d'autres, qu'ils ne présenteraient et ne soutiendraient leurs
candidats que par ma plume et dans le *Courrier*. Alors,
moi, je les ai refusés tout net, et j'ai dû le faire; il aurait
fallu que je fusse un insensé pour agir autrement. Si j'a-
vais accepté, et que les candidats exclusivement appuyés
par le *Courrier* eussent échoué, on m'aurait accusé d'avoir
fait une violence morale au comité pour me faire rendre
l'influence dictatoriale qu'on m'avait ôtée, et d'avoir ainsi
attiré, sur les candidats, les animadversions qui me sont
personnelles.

J'ai donc défendu à mes collaborateurs de dire un seul
mot des élections de la Gironde dans le journal, et je m'en
suis allé à la campagne.

Maintenant que tout est gâté, anarchisé, barbouillé;
qu'on aura perdu, par méfiance de moi, un des plus beaux
mouvements électoraux que j'aie jamais vu, il faut que
je revienne, que j'entreprenne la cure d'un malade à moitié mort, pour qu'ensuite on me reproche de l'avoir mal
soigné et de l'avoir tué?—C'est absurde, c'est un martyre
d'une nouvelle espèce qu'on m'impose; je le subirai. —
Mais, pardieu, je vous réponds bien que ce sera le dernier. Voilà bien long-temps que je me mêle ici des élections. J'avais réussi, malgré tous les orages politiques et
tous les adversaires, jusqu'au moment où il a plu à M. *
d'organiser la coalition, dans la Gironde, par l'entremise
de...
.....et voilà que, dans le moment décisif, on renie l'étendard, on met le général en fourrière, pour aller invoquer
la pitié des coalisés? Et vous, vous, ministère sans volonté, sans force pour vous défendre, vous laissez ici cet
éternel............

Permettez-moi de vous dire bien cordialement que, lorsqu'un ministère se laisse tromper à ce point, et qu'il le to-
lère, il n'a que ce qu'il mérite. Jamais vous ne réparerez
le mal que vous avez fait à la Gironde, depuis dix-huit
mois, par la violation des principes les plus simples du
gouvernement.

Pour revenir à nos affaires, la réaction électorale est
très-forte, mais nous avons perdu du terrain. Nos ennemis sont parfaitement organisés, et, nous, nous sommes
parfaitement désorganisés. Je ne serai donc pas surpris
d'un échec. Mais, je vous le répète encore, vous l'avez
parfaitement voulu, vous y travaillez sans relâche depuis
dix-huit mois, et maintenant vous avez souffert ou fait

faire le contraire de ce qu'il fallait. — Ah! si j'avais été ministre, comme j'aurais eu bien vite simplifié tout cela! Comme tout ce monde aurait été mis à sa place depuis long-temps. — Mais M. ***.....! il serait fâché de déplaire à quelqu'un qui porte robe, et les magistrats sont inviolables à ses yeux.

Maintenant, voici une nouvelle complication : nous aurons, cette année, une bien plus grande quantité de légitimistes qui voteront, et qui, vous le sentez bien, voteront avec la coalition. Leurs dispositions étaient tout autres dans les premiers moments qui ont suivi la dissolution. Ils étaient effrayés; ils craignaient, si la chambre nouvelle mettait la prérogative parlementaire en hostilité évidente contre la couronne, qu'une commotion violente s'en suivît, et qu'il n'en résultât une crise dont ils ne se soucient pas du tout, n'étant pas d'ailleurs en mesure d'en profiter. Ils étaient donc décidés à s'abstenir, plusieurs même auraient voté avec nous.......

Montferrand , 9 mars 1839

A M. **Ch.-Al. Campan**, à Bordeaux.

J'ai votre lettre, mon cher Campan; le discours de Royer-Collard est bien, parce qu'il dit la *moitié de la vérité*...... Le *Courrier de Bordeaux* aurait été beaucoup mieux, parce qu'il aurait dit la *vérité entière*, si nos illustres amis, fondateurs du comité anti-monarchique et ultra-constitutionnel, ne nous avaient pas précipités dans une véritable po-

litique d'épiciers. — Que le ciel le leur pardonne, car, pour
moi, je ne le leur pardonnerai jamais.

Quant à moi, je n'ai plus assez de force physique pour
me battre à la fois contre mes amis et contre mes ennemis; qu'ils aillent donc au diable de compagnie, si cela
les amuse; puis, quand ils seront au fin fond des enfers,
qu'ils s'imaginent être en paradis, si cela les console; je
leur en fais mes très-sincères compliments, et je m'en lave
les mains.

Quelles fortes et prophétiques pages, ils m'ont empêché
de mettre dans le *Courrier*, les bourreaux !

J'irai lundi à Bordeaux; mais ne le dites qu'aux intimes; je veux être assailli le moins possible.

Adieu.

Montferrand, 12 avril 1839.

A M. **Court**, Peintre, à Paris.

Très-cher et très-illustre artiste,

Je ne viens point me rappeler à votre souvenir, parce
que j'espère que vous ne m'avez pas encore oublié; — mais
je viens moi-même vous remercier d'avoir employé votre
pinceau à tracer l'image de ma pauvre et sèche figure, et
vous demander si la figure, bien autrement solennelle, de
notre *Saint-Louis* de Montferrand est bien avancée? Nous
comptons tous ici sur vos promesses, sur votre tableau,
sur votre visite. Vous savez que nous avons la Gironde à
parcourir jusqu'à la mer, et que je me suis chargé de vous

servir de pilote. Vous savez, de plus, que la fête patro-
nale de Saint-Louis *est le 25 août*, et tous les habitants
de la commune désirent ardemment que votre beau tableau figure au maître-autel de leur église pour la céré-
monie de ce jour-là. Ayez donc la bonté, cher et illustre
artiste, avec vos pinceaux qui vont si largement et si vite,
d'avoir fini la grande image de notre saint pour les derniers jours de juillet, sinon plus tôt. — Quant à moi, en
particulier, je reverrai le peintre avec autant de plaisir
que son œuvre, *et le plus tôt sera toujours le mieux.* Un
petit mot de réponse s'il vous plaît !

Votre très-dévoué et sincère admirateur.

P. S. Mon adresse, à Bordeaux, cours de l'Intendance,
n° 56.

Montferrand, 29 mai 1839.

A M. Ch.-Al. Campan, à Paris.

———

Mon cher Campan,

J'ai été fort malade depuis votre départ; j'ai gardé près
de quinze jours la chambre et huit jours le lit.

Obligez-moi de passer chez M. Court, rue de l'Ancienne-
Comédie, 14, pour savoir de lui s'il a reçu ma lettre, et
quand il nous enverra, enfin, ce fameux tableau de saint
Louis pour l'église de Montferrand.

Je n'ai rien à vous dire sur votre affaire, et je n'y peux
malheureusement rien. Je crois que le ministère est assez
mal disposé pour moi, et mon appui vous serait plus fatal

qu'utile auprès de lui. Je suis maintenant le bouc émis-
saire de la monarchie; je porte tout.

Adieu.

——

AU MÊME.

....

Rien de nouveau ici. Ils ont encore la bonhomie de
compter sur un dégrèvement *efficace* pour les sucres. Un
jour ils se montent comme une soupe au lait, le lendemain, sur la plus chétive, sur la plus misérable illusion
favorable qu'on leur jette pour les apaiser, ils sont enchantés, et croient que tout est sauvé. En attendant, tout
va à la diable; jamais les affaires n'ont été dans l'état où
elles sont. Depuis Fenwik jusqu'à Bacalan, il n'y a pas un
navire. — Trois ou quatre caboteurs, de la taille de ceux
qui vont à Libourne, occupent tout l'espace, et sont.
comme vous pensez, fort à l'aise.

N'oubliez pas de passer chez Court, je vous prie; pressez le plus possible la terminaison définitive de votre affaire. Il n'y a de fait que ce qui est *fini*; et, sitôt la décision ministérielle rendue, ne perdez pas une minute pour
mettre la dernière main à la combinaison industrielle et
financière.

Adieu; je n'ai pas eu de nouvelle crise, mais je suis
toujours bien faible par suite de la dernière. — Si vous
voyez Perrodeaud, priez-le de m'excuser auprès de M. Paul
de Tascher, auquel je dois une réponse que je n'ai pas eu
le temps de faire. Au reste, il me parlait politique, et le

Courrier de Bordeaux, qu'il reçoit, aura répondu amplé-
ment à ce qu'il me demandait.

31 mai..., anniversaire fatal!

———

AU MÊME.

....

Au surplus, tout cela m'est fort égal, et j'en ris. Je me
moque très-cordialement de leurs joies, de leurs colères, de
leurs complots; je suis si complètement saturé de mauvais
procédés et d'ostracisme, que rien désormais ne me donnera une minute d'émotion. Je laisserai donc ces fiers
triomphateurs parader à leur aise, et, quelque chose qu'il
arrive, je casserai, peut-être, mais je ne ploierai pas.
Prenez cela pour certain. Néanmoins, comme je suis lassé
et dégoûté, je voudrais bien pouvoir quitter complètement la scène et la leur laisser exploiter tout seuls.

J'ai cherché ce moyen, mais je ne puis le trouver. —
Pressez votre affaire. — Pressez aussi Court pour le tableau de St Louis; on l'attend ici avec impatience. J'ai été
bien malade; je suis mieux, mais faible. Je voudrais bien
mon portrait. Personne ne l'achètera. Quand je serai mort
la liste civile pourrait y penser, mais cela ferait du scandale. — Je suis trop monarchique pour que ma figure
puisse paraître aux Tuileries, même en peinture; l'opposition y verrait un coup d'état en permanence.

———

Bordeaux, 14 juillet 1839.

AU MÊME.

Vous savez, mon cher Campan, que je suis destiné à éprouver toutes les trahisons imaginables et inimaginables.

....

J'ai passé bien des choses à mes ennemis et à mes prétendus amis, jusqu'à présent. — J'ai eu tort. — L'impunité les enhardit. On dit toujours qu'il ne faut pas répondre aux calomnies; c'est une erreur. Ce serait bien si l'on avait affaire à un auditoire raisonnable, mais le public est toujours de l'avis de celui qui attaque contre celui qui ne se défend pas. — Je change donc de gamme; malheur à qui m'attaquera! — Je me retourne, et je frappe à tout éreinter; je ne pardonne plus rien, et je vais commencer tout de suite. — Quant à....., leur compte est clair dans mon esprit. Ils s'apercevront qu'il ne fait pas toujours bon de ruser et de se faire tout à tous.

Tâchez de finir vite votre affaire, car tout se brouille de plus en plus. — Si vous saviez, au sujet des sucres, toutes les calomnies qu'on fait circuler contre moi! Aux uns, on dit que je trahis l'intérêt maritime, parce que le roi protége les sucres indigènes; aux autres, que j'engage les ouvriers à la révolte contre le gouvernement, dans l'intérêt des sucres coloniaux; à tous, que par mon opposition au ministère, je l'irrite, et que je suis la cause de ses mauvaises dispositions pour la Gironde. Que sais-je, moi, tout ce qu'on dit et tout ce qu'on ne dit pas! Et le ministère de

l'intérieur, poussé par.....; si vous saviez toutes ses trames! — Il faut avoir du cœur, je vous assure, pour faire
face à tout!

Montferrand,   août 1839.

A M. **Rouchon,** à Bordeaux.

Mon cher Rouchon,

Robin-des-Bois (1) est à l'eau, gréé, espalmé, lesté, voilé,
naviguant admirablement bien. J'espère qu'en le prati-
quant, je trouverai quelques améliorations, et qu'il sera
premier numéro.

Il attend ses matelas, traversins, couvertures; en un
mot, tout ce que vous aurez préparé pour son emména-
gement, — de plus, votre visite, dont il sera très-honoré,
ainsi que son armateur. — Il tire 14 centimètres devant
et 61 centimètres sur l'arrière; et, avec cela, il va dans
l'œil du vent, grâce à sa grande voile qui dépasse de
2 mètres 31 centimètres son étambot; il est même un
peu trop avant. Mais, quand il aura son clin-foc, cela le
tempérera.

Adieu; au plaisir. Je vous recommande cette petite affaire.

---

(1) Petit bateau ponté ou boat que H. Fonfrède venait de faire construire.

Montferrand, 21 août 1839.

A M. **Wustenberg**, à Bordeaux.

—

Mon cher Wustenberg,

Il est neuf heures; on me remet votre lettre. Je suis souffrant, barbu, habillé comme un paysan. Il y a trois lieues d'ici à Bordeaux; je n'ai aucun moyen de transport. La marée descend, pas de voitures, pas de chevaux, pas même *de route*, car le chemin de grande communication est encore sur le papier. — Concluez.

Vous voyez qu'il m'est complètement impossible d'être à Bordeaux pour la réception du conseil général chez le prince. Je ne pourrais y aller que sur mes pauvres jambes; avant de m'être un peu habillé et substanté, d'avoir fait trois lieues à pied, faible comme je suis, et avec la chaleur qu'il fait, plusieurs heures seraient écoulées au-delà de celle qui est fixée. D'ailleurs, très-franchement, mes forces ne me permettraient pas cette épreuve en ce moment.

Veuillez donc, mon cher ami, être assez bon pour vous charger de présenter au prince l'hommage de mon profond respect et de mon dévoûment sincère, inaltérable, sans bornes *pour sa famille et pour lui*. Vous savez que mon culte pour la monarchie est toute civique. Je vois dans le trône du roi la personnification de la patrie elle-même, qui, sans lui, n'aurait plus de repos, de bonheur, d'unité. Le duc d'Orléans, le comte de Paris, ses fils, qui ne sont pas encore *nés*, c'est, à mes yeux, *le roi continué*. Tant qu'il y aura une France, il ne faut pas de solution de continuité dans la couronne, et notre devoir, à tous, c'est de la servir et de la défendre.

Adieu. Je ne vous écris que quatre lignes pour ne pas retarder le piéton, jeune homme fort et vigoureux, qui, malgré cela, aura bien de la peine d'être à Bordeaux à onze heures.

Montferrand, 13 septembre 1839.

A M. **Saint-Léon**, à Bagnères.

———

Mon cher Léon,

J'aurais dû vous répondre depuis bien des jours; mais j'ai tant de tracas, si peu de temps et si peu de santé, que je ne sais où donner de la tête. D'ailleurs, je pensais vous voir arriver incessamment. Vous serez toujours le bien-venu; vous pourrez assister à nos médiocres vendanges, et même faire un tour à Fréneau, si vous ne tardez pas trop.

Flora (1) est bonne, mais sans intelligence; *Fanfan* a perdu une oreille, et il est en train de perdre l'autre; c'est un bon animal, mais un peu trop républicain : il croit *à la souveraineté du chien sur le chasseur*, ce qui ne me va pas du tout. Quant à l'autre enragé, *Gredin*, c'était un dévorant,

———

(1) Chienne couchante.

fonçant, mordant, mangeant le gibier, et, au besoin, le chasseur. Je ne sais guère comment je ne l'ai pas fusillé vingt fois. Dites à celui qui vous l'avait procuré qu'il s'est proprement moqué de vous et de moi; c'est une vraie scélératesse.

Mes amitiés à votre père. J'ai de fameux semis de dalhias, cette année. — Je n'ai plus ma chaloupe; je l'ai vendue, et j'ai fait faire un boat.

Paris, 18 février 1840

A M. **Jouis**, à Bordeaux.

—

Mon cher Jouis,

Je suis bien en retard avec vous, mais quand je serai à Bordeaux, c'est-à-dire le 27 de ce mois, et que je vous aurai tracé une esquisse de ma vie ici, vous m'excuserez.

D'abord, je ne veux pas vous écrire un mot politique; je me borne à vous dire que tout *va aussi mal que possible*, cent fois plus mal que cela ne paraît de loin; mille fois plus mal que les paroles humaines ne peuvent le rendre. — C'est dit. — Parlons chasse.

J'y suis allé une seule fois. — Quand le garde-chasse a entendu mon fusil, il s'est mis à rire, et m'a demandé si je voulais tuer les mouches et faire peur aux faisans. — Je lui ai dit que j'avais mis 40 grains de poudre dans mes cartouches. — Il s'est mis à rire plus fort.

— Bref qu'il avait raison. Les premiers faisans que j'ai tirés, à vingt-cinq pas, recevant toute ma charge en plein corps, s'en sont allés par-dessus le bois, et sont morts Dieu sait où. Cela m'est arrivé plusieurs fois de suite, et jugez de ma colère de les voir, pattes cassées et ventre pendant comme des cailles blessées, emporter les coups à tous les diables. — Enfin, j'en ai eu pourtant quatre, sur lesquels j'en ai trouvé deux morts à la remise.

Cela dit, le garde m'a recommandé de mettre *le double* de poudre, en m'assurant qu'alors les faisans tomberaient. — Je suis allé à Paris, chez Lefaucheux, qui m'a confirmé le fait, et qui m'a dit qu'il fallait 70 grains de poudre des princes pour la cartouche du calibre 20. — Je suis allé chez Plondeur, qui m'a dit qu'il fallait au moins 60 grains.

Sur quoi, j'ai fait faire des cartouches à 60 grains, et je suis allé au tir. — Là, j'ai été convaincu *qu'ils avaient raison*, le fusil a pété comme une pièce de quatre et a parfaitement porté, et je vous réponds que le plomb a piqué dur. Il aurait cassé la cuisse d'un chevreuil.

D'où il suit, que je suis allé hier à Vincennes avertir le garde que, demain mercredi, j'irai le trouver pour chasser avec de bonnes cartouches, et que nous casserions la figure à messieurs les faisans... — Je vous dirai le résultat.

De plus, j'ai acheté un canon-damas perfectionné, à double système, platines, garnitures et le diable, et je vais me faire faire un autre fusil, calibre 24, qui pèsera une livre et demie de moins que mon gros, et dont je me servirai l'été pour la caille. — Dans celui-là j'aurai assez de 40 grains de poudre. — Je le ferai monter par Chabry en arrivant à Bordeaux, le 27 du présent mois. — Je serais parti lundi, mais je reste pour entendre la discussion sur la dotation du duc de Nemours, qui sera, dit-on, phéno-ménale de bousingotismes. — J'espère voir les députés se prendre aux cheveux et .... Oh! que cela me ferait passer un bon petit quart d'heure! — Cela me rappelle que, hier, un vieux colonel, en table d'hôte, dans un trans-port, s'écriait, en tenant un cigarre à la main : « Vou-lez-vous parier, Messieurs, que je vous rapporte, demain, une déclaration signée de quarante mille citoyens, qui affirment que le gouvernement représentatif ne vaut pas un cigarre? »

Adieu; je vous en dirai à mon retour! — Comment vous traite votre procès avec la ville?

P, S. Je pars lundi, sans remise.

Montferrand, 9 mars 1840

A M. **Rouchon,** à Bordeaux.

—

Mon cher Rouchon,

Pour répondre à votre lettre, je vous dirai qu'en arri-vant de Paris, lorsqu'on m'a dit que mon fauteuil n'était pas prêt, j'ai cru qu'il était comme je l'avais laissé; et comme je l'aimais mieux ainsi que de ne pas l'avoir du tout, je l'ai fait demander tel quel, et j'aurais continué à m'en servir comme je m'en servais avant mon départ. Point du tout, quand on me l'a porté à bord, j'ai vu qu'il était tout détraqué, et que, sans une couverture quelconque, je ne pouvais pas absolument m'en servir. Alors je l'ai renvoyé. Voilà toute l'explication ; cela n'est pas plus malin.

Maintenant, je crains que vous ne me l'ayez refait *trop dur* ; je suis maigre, je ne pèse rien ; il ne me faut pas des siéges ou des couches de résistance comme à une personne corpulente. C'est ainsi que je n'ai pu me servir des paillasses ou matelas à ressort que vous m'aviez faits pour le boat. — Ce qui me plaisait dans mon fauteuil, c'est qu'il était *très-mou*, et que cela me délassait. — Maintenant couvrez-le comme vous voudrez : *gris, rouge, vert, jaune ; en toile, en ginga, en coutil, en velours,* en diable à à la voile ; tout cela m'est fort égal, pourvu qu'il ne soit pas *trop salissant* et *pas dur.* — Mais, je vous prie, en grâce, de ne pas me le faire attendre trop long-temps, car quand je suis ici sans ce meuble, auquel je suis accoutumé, cela me fait faute et me contrarie beaucoup.

Quand vous aurez un moment pour venir me voir, nous ferons peter un lof dans le boat, et je vous raconterai des nouvelles de Paris ; malheureusement elles sont bien mauvaises.

Adieu de cœur ; au revoir.

P. S. Je crains que le velours soit trop dur et trop fastueux ; j'aimerais mieux une grosse indienne foncée ou du coutil fort. Faites au mieux, mais *faites vite, je vous prie.*

Montferrand, 17 mars 1840

A M. **Wustenberg**, à Paris.

—

Mon cher Wustenberg,

Je reçois aujourd'hui votre lettre du 15. Dès hier nous avons appris à la fois, par Perrodeaud et par deux de vos collègues, votre succès contre Thiers dans le quatrième bureau. Cette lutte contre le chef du cabinet achèvera de dessiner et de consolider votre position parlementaire, qui a tant gagné depuis un an. Vous ne doutez pas de toute la satisfaction que j'éprouve de ce mouvement ascendant qui est très-marqué et remarqué. — Il est bien fâcheux seulement que la voie factice et illusoire où est engagé le parti politique auquel vous appartenez, neutralise tout le résultat possible de vos succès.

Ici, mon cher ami, reparaîtra, comme en toute occasion, la différence essentielle qui sépare nos deux lignes politiques. Quand je commençai à parler ainsi aux doctrinaires, notamment à Duvergier, ils s'efforcèrent de me démontrer que j'attachais trop d'importance à quelques nuances; ils me disaient qu'ils voulaient la politique parlementaire dans le sens monarchique, de même que je voulais la politique monarchique dans le sens parlementaire. Qu'ainsi, en partant de deux points séparés, mais convergents, nous nous rencontrerions dans un but commun. — Je n'en crois pas un mot; — et vous avez vu ce qui en est arrivé. Vous voyez où ils sont et où je suis.

Eh bien! mon cher Wustenberg, maintenant que le

drame avance un peu plus vers son issue, les nuances
moins fortes commencent à se manifester aussi. Vous êtes
dans la voie parlementaire, vous plaidez votre cause parlementaire, vous la défendez loyalement et avec talent,
c'est très-bien; j'y applaudis de grand cœur. Mais cette
cause n'est pas bonne; vous y aurez des succès dans une
position donnée, mais de résultat positif pour le bien du
pays, vous n'en aurez pas, ni vous ni vos amis de la
réunion constitutionnelle. Je désire leur triomphe dans la
lutte qui commence, mais uniquement en me mettant à
votre point de vue et au leur; car, au mien, cela me paraît très-peu important, et cela n'avancera en rien l'établissement en France d'un gouvernement sérieux, stable
et utile. — Dans la voie où sont les 221, il n'y pas plus
de gouvernement possible que dans la voie où est Thiers
avec ses auxiliaires, seulement le désordre est moins apparent et la désorganisation moins brutale.

Les deux fractions de la chambre se disputent la majorité pour créer un ministère pris dans cette majorité, le
gouvernement devant appartenir ensuite à ce ministère,
qui l'exercera en prenant la royauté pour instrument. —
Eh bien, cela est également absurde et impossible des deux
bords. Ces deux choses-ci : *gouvernement* et *assemblée élective*, sont antipathiques, inconciliables, incompatibles.
Les 221 ne gouverneront pas plus la France que les 213,
et réciproquement; vous tournerez, sans fin, dans un cercle sans issue. La partie vaincue de la chambre, c'est-à-
dire la minorité, prouvera très-bien à la partie victorieuse,
c'est-à-dire à la majorité, que celle-ci est incapable de
gouverner; et si la chance tourne, la démonstration tour-
nera immédiatement dans le sens contraire. C'est le rocher

de Sysiphe, c'est le tonneau des Danaïdes. La session de 1840 est déjà perdue, et il vous est fort facile de voir que la session de 1841 est aussi stérilisée par avance. Vous pouvez essayer cent ans de suite, si cela vous plaît : cent fois de suite, vous aurez le même résultat.

Les esprits prétendus politiques qui ont organisé notre machine de gouvernement, ont perdu toute connaissance morale de la nature de l'homme : ils ont cru trouver dans la volonté de l'homme la source de la loi, et dans l'élection la source du pouvoir. — La première de ces idées est un *non-sens*, la seconde est un *contre-sens*. Entre la *volonté* et la *loi* il n'y a aucun rapport quelconque, aucune analogie quelconque. — Entre l'*élection* et le *pouvoir*, il y a antipathie radicale. Loin de créer le pouvoir, l'élection le détruit. Tout *pouvoir élu* n'est pas un pouvoir, et, par le fait seul de son élection, est impuissant pour gouverner.

Que la chambre des députés veuille donc gouverner par les 221 ou par les 213, elle n'y réussira pas plus dans un cas que dans l'autre. — La royauté ou l'aristocratie héréditaires peuvent seules gouverner, parce qu'elles ne sont pas électives. Une assemblée élective peut intervenir pour tempérer le gouvernement en lui servant de *limites*, mais jamais elle ne peut intervenir *pour gouverner*. — On essaie l'expérience contraire depuis 1830 ; c'est une folie, c'est presqu'une impiété. C'est vouloir donner un démenti à Dieu. Il n'a pas fait l'homme ainsi. Vous ne déferez, vous ne referez pas son ouvrage.

Il n'y a donc *que le roi* qui puisse gouverner. Je sais bien que l'orgueil des épiciers français ne veut pas reconnaître cette vérité. Tant pis pour les épiciers français.

Mais ils seraient cent fois plus électeurs et mille fois plus souverains, qu'ils ne gouverneront pas la France, ni par eux, ni par leurs députés.

Lorsque je vous ai quelquefois exprimé ces vérités, vous m'avez fait cette objection-ci : *Mais si nous avons un mauvais roi?* — C'est l'objection banale qu'on trouve partout dans l'école libérale. — Cette objection n'a aucune force :

1° Parce que le pouvoir rencontre tant de limites dans son exercice, par la nature même de notre civilisation, qu'un mauvais roi, possible au quinzième ou seizième siècle, n'est plus possible aujourd'hui, au moins d'une manière très-prononcée;

2° Fût-il possible, c'est une des chances de la nature humaine d'avoir un gouvernement imparfait, et il faut se résigner à la chance de cette imperfection pour courir aussi la chance du bien. — En un mot, il faut que l'homme, créé par Dieu dans des conditions nécessaires, se résigne à subir les imperfections accidentelles qui en résultent dans son gouvernement. Il est absurde qu'il imagine pouvoir, par des combinaisons factices issues de son cerveau, créer un gouvernement infaillible et parfait;

3° S'il est *possible* qu'on ait un mauvais roi pour gouverner un pays, il est *impossible* qu'on ait jamais une bonne chambre élective pour accomplir la même œuvre. — Ici, il n'y a pas chance de mal, *il y a certitude, certitude absolue du mal;* — et d'un mal beaucoup plus grand, car, à l'époque où nous vivons, une mauvaise chambre sera toujours cent fois, mille fois plus mauvaise qu'un mauvais roi.

Je m'arrête ici; je me borne à ce peu de mots; il y a

de quoi scandaliser suffisamment tous les 221 de la terre.
— Non, je ne les reconnais pas pour conservateurs ! ils
ne sont qu'une *variété démocratique* et une *sous-variété
révolutionnaire*, pas autre chose. —Et souvenez-vous, mon
cher ami, que votre succès auprès d'eux tiendra beaucoup
plus à ce que vous aurez de fautif qu'à ce que vous aurez
de bien ; — j'en ai la preuve dans la lettre même que vous
m'écrivez.

Qu'a-t-on trouvé de plus habile, en effet, dans votre
lutte avec Thiers et Duvergier ? Vous me le dites, et les
autres lettres me le disent également : c'est d'avoir évité
de répondre directement à leur dernière question, par laquelle ils voulaient vous engager ostensiblement contre le
cabinet. Vous vous êtes tenu sur la réserve ; vous avez
dit que votre conviction n'était pas encore arrêtée, que
vous vouliez garder votre conscience libre pour vous déterminer selon la nature des explications qui seraient données par le ministère à la tribune, dans la discussion publique, etc., etc.

Eh bien ! mon cher ami, un tel langage est la condamnation de votre cause et la justification évidente du cabinet que vous attaquerez. Écoutez-moi :

Pourquoi peut-il être loisible de renverser, du premier
vote, un cabinet tout nouveau, qui n'a encore rien fait,
et qui présente une demande indispensable aux besoins évidents du gouvernement ?

Incontestablement, un vote pareil ne peut être sensé,
ne peut être loyal, ne peut être légitime que s'il est motivé par une *conviction profonde, acquise,* essentielle, complète *d'un grand danger* que l'existence du cabinet fait courir au pays.

Or, très-certainement, ce grand danger ne se relèvera
pas d'ici huit jours, dans une discussion d'apparat, par
quelques discours de tribune, par quelques explications
ministérielles plus ou moins artistement combinées. —
Quoi!... c'est cela que vous attendez pour motiver *vos convictions* dans un débat si essentiel, si fondamental?...
Hélas!... ne sentez-vous pas que c'est tout le contraire
qu'il fallait pouvoir dire! Il fallait, pour agir rationnellement, avoir une conviction *acquise* si profonde, par
l'examen et l'étude des faits parlementaires depuis trois
ans, que cette conviction se montrât parfaitement invul-
nérable à toutes explications oratoires que Thiers pourra
donner ou ne pas donner à la tribune! — Du moment
que vous avouez que les faits n'ont pas encore *décidé en
vous une conviction* efficace, il est en droit d'en conclure
qu'il n'y a donc rien de *foncièrement mauvais* et de dangereux dans la position et dans la composition de son ministère, et que vous ne sauriez, sans excéder toutes les limites de la modération et de la justice, le renverser du
premier vote sans qu'il ait encore rien fait.

Pour être logique, vous auriez dû dire :

Je n'ai pas besoin de vous voir agir comme ministre;

J'ai encore moins besoin d'ajouter foi et confiance aux
paroles que vous direz à la tribune;

Je sais d'où vous venez, je sais où vous allez, je sais
qui vous êtes;

Vous êtes la personnification vivante d'un duel intenté
depuis trois ans à la royauté;

Révolutionnaire au dedans, vous êtes la personnification de la propagande révolutionnaire au dehors;

Vous venez de l'anarchie; vous allez à la guerre. —

Aussi, tous les fauteurs de l'anarchie vous soutiennent, tous les révolutionnaires du dehors vous appellent;

Je vous repousse invinciblement, parce qu'ils vous appuient systématiquement. Ma conviction se fonde sur les moyens que vous avez portés au pouvoir, sur une série de faits, d'actes, de causes et de conséquences que rien ne peut disjoindre ni atténuer. Je ne veux pas du cabinet du 1er mars, parce que je veux une royauté possible et honorée. Je me moque de tout ce que vous direz à la tribune; il n'y a que des enfants que l'on capte avec de pareilles balivernes.

Eh bien, mon cher Wustenberg, si vous aviez répondu ainsi, il est probable que vous n'auriez pas eu de succès. On vous aurait trouvé dur, exagéré, impolitique; tous vos bons 221 auraient frissonné de la tête aux pieds, et vous auraient traité d'absolutiste!

En résumé, mon cher ami, quoique mes opinions soient plus arrêtées et plus imployables que jamais, je n'ai plus aucun esprit de prosélytisme, parce que je crois les classes moyennes en France (dont les 221 représentent la bonne partie, comme les 213 représentent leur partie vicieuse) trop gâtées, trop pourries, trop gangrenées de démocratie, d'orgueil et d'ignorance morale, pour qu'il soit possible de les éclairer. Elles ne croiront à la possibilité du volcan que lorsqu'il aura fait éruption et quand il les aura sévèrement brûlées. —Quant aux hommes d'État, ou prétendus tels, qui sont mêlés au mouvement des affaires, à part un très-petit nombre d'exceptions, je les crois fort incapables, soit de donner une direction, soit de la recevoir. Il faut donc laisser rouler tout ce chaos d'impuissance, de corruption et de médiocrités, comme il plaira à

Dieu. Ce n'est pas moi, chétif, qui aurai la présomption
de vouloir y prononcer le *fiat lux*. Il ne me reste donc plus
qu'à m'abstenir complètement. Je regrette amèrement de
ne pas avoir pris ce parti plus tôt ; mais il vaut mieux
tard que jamais. Les évènements marchent, et dans quelques années, dans peu d'années, on pourra juger qui
avait raison, ou de mon absolutisme, ou des parlementaires républicains, des doctrinaires ou du *parlementa-
risme* hermaphrodite des 221 ! — Oh ! les braves gens !
qui veulent organiser simultanément une monarchie aux
Tuileries et une république au palais Bourbon !

Tout cela doit vous faire sentir que le *Courrier de Bordeaux* me pèse horriblement ; je ne puis plus m'en servir
pour la vérité ; je ne veux pas m'en servir pour l'erreur. Je pourrais facilement acheter le succès par l'apostasie ; je n'en voudrai jamais à ce prix. Je trouve les classes moyennes en France parfaitement absurdes et ridicules ; je n'irai pas rendre hommage à leur haute sagesse, et
agenouiller mon intelligence devant leur impéritie. — Il
me tarde donc bien ardemment que la session soit finie,
pour que nous prenions un parti, ou pour liquider le
journal, ou pour le faire passer en d'autres mains.

Adieu. J'avais beaucoup de choses à vous dire en commençant, mais, chemin faisant, je les ai perdues, et le
cours de mes idées m'a entraîné à vous en dire beaucoup
d'autres. — Je les retrouverai pour une autre fois.

Montferrand , 19 mars 1840

AU MÊME.

Mon cher ami,

Je vous ai écrit hier une longue lettre; aujourd'hui, je reçois la vôtre du 16, qui me fait diverses questions. Ces questions se trouvent, sinon directement, du moins implicitement résolues par ma lettre d'hier.

Vous croyez que les 221 sont une précieuse phalange à laquelle il ne manque qu'un chef pour bien faire? Je ne suis pas de votre avis : ce n'est pas un chef, c'est du sens politique et des principes qui manquent aux 221; ils sont incapables d'avoir un chef. Il y a trop d'anarchie dans leurs idées; ils sont trop étrangers à toute idée morale et philosophique; ils ne supporteraient pour chef qu'un homme semblable à eux, qui leur conseillerait les faiblesses qui leur plaisent, et qui ferait l'éloge des erreurs qu'ils commettraient.

Vous vous sentez vous-même arrivé à l'impuissance; votre tort est de n'apercevoir cela que par l'évènement, et surtout de ne pas apprécier exactement la cause de cette impuissance. Cette cause, *c'est l'identité parfaite de vos principes avec ceux de l'opposition.* Vous ne reconnaissez pas plus qu'elle le gouvernement de la couronne. Tout autant qu'elle, vous voulez le gouvernement de la chambre. De quoi, en effet, vous préoccupez-vous? Est-ce de restituer au roi le droit, le seul droit que lui assure la charte? Le droit sans lequel il n'est rien, absolument rien? Le droit, en un mot, de nommer et de choisir lui-même ses minis-

tres? Oh! bien, oui! ma foi! c'est bien d'une pareille bagatelle que s'occupent les 221! — Tout au contraire, ils
s'occupent eux-mêmes à nommer des ministres, à composer un ministère, à exploiter les débris de la royauté!
Ils ne veulent consentir à délivrer le roi du ministère usur-
pateur que la révolution lui a imposé, qu'à condition de
pouvoir, eux-mêmes, lui en fabriquer et lui en imposer
un autre!... Et vous, mon cher ami, vous me demandez
ce que je pense des différentes combinaisons ministérielles
auxquelles les 221 pourront s'arrêter?—Pour vous répondre franchement, je les trouve toutes absurdes, inconsti-
tutionnelles, usurpatrices; non pas parce que les hommes
dont on ferait des ministres seraient incapables par eux-
mêmes d'en remplir les fonctions, mais parce que leur
titre ministériel, émanant de la chambre ou, du moins,
de la majorité de la chambre conquise par les 221, serait, par cela seul, frappé d'impuissance et de néant.

Je vous répète, encore une fois, que toute la chambre
élective est essentiellement incapable de former un pouvoir de gouvernement; que tout ministère qui émanera,
ou seulement qui *sera censé émaner d'une majorité élective*,
sera, par cela seul, mort-né, impuissant, funeste au pays.
—Que la couronne n'a qu'un seul droit. — Un seul, en-
tendez-vous? et je vous défie d'en citer aucun autre; —
celui de nommer, de choisir ses ministres. — Si donc la
chambre envahit ce droit, il n'y a plus de monarchie; il
n'y en a plus un vestige, plus un fœtus; vous êtes en république; vous êtes dans la plus détestable des républiques;
vous subirez le gouvernement des épiciers et des presta-
taires de chemins vicinaux. Il y a loin de là au sénat ro-
main, au patriciat héréditaire, aux familles consulaires,

aux dictateurs investis de la pourpre, de la hache, et de la haute main sur les lois elles-mêmes !

Donc, jusqu'à ce qu'il y ait un parti conservateur qui ose prendre ce thème et l'apporter à la tribune ; jusqu'à ce qu'on ait le courage de dire à la chambre qu'elle doit rendre gorge; qu'elle doit se dépouiller volontairement de ses usurpations, et restituer à la couronne la prérogative constitutionnelle, sans laquelle la couronne n'est pas même un méchant chapeau bourgeois, vous n'aurez aucun gouvernement, et vous échafauderez vous-mêmes le triomphe de la démagogie.

Y a-t-il remède à cela ? — Il y a trois ans, il y avait encore remède. Sous le ministère du 15 avril, il y avait encore remède. Mais la trahison doctrinaire a tout perdu.

Dans l'ordre des choses où vous êtes placés, tout est faux, parce que le principe même qui vous domine est une erreur complète. Je me souviens d'avoir lu dans le petit écrit d'un de vos amis, que vous me communiquâtes avant mon départ de Paris, et qui argumentait contre ma brochure de l'an dernier, quelques assertions qui résument très-bien toutes les illusions à contre-sens du prétendu parti conservateur. J'avais parlé de *l'influence morale* de la chambre; sur quoi, votre ami, énonçant, comme un fait rationnel, que l'influence morale d'un corps politique croît ou diminue en raison des attributions positives qui lui sont reconnues, en concluait que je rendais l'influence de la chambre impossible, en lui ôtant ses plus fortes, ses plus essentielles attributions politiques, son refus de concours, son vote coërcitif, son droit de renverser le ministère, quand elle n'était pas satisfaite de sa marche politique, de ses choix administratifs, etc. Hélas, mon

cher ami, dans ce peu de mots, il y a tout un monde d'erreurs et d'anarchie! — Il n'est pas vrai que l'influence morale d'un corps politique soit en raison de l'importance
et de la quantité de ses attributions pratiques et positives :
l'influence morale dépend exclusivement, absolument, uniquement, de l'analogie, de la relation morale qui existe
entre la *nature des attributions* et la *nature des corps politiques* auxquels on les confie. La chambre des députés n'a
plus aucune influence morale, aucune considération morale, précisément parce qu'elle a envahi une masse d'attributions gouvernementales, antipathiques à sa nature
et au rôle qu'elle devrait exercer dans l'organisation sociale. Le moyen de rendre à la chambre ses influences morales, ce serait de la débarrasser de ce fardeau d'usurpation
qui la corrompt, qui l'écrase, qui la rend impuissante. —
La chambre aurait cent fois plus d'influence le jour où
elle reconnaîtrait que le roi seul doit nommer ses ministres, où elle se laisserait gouverner au nom du roi, où
elle s'abstiendrait de toute question de cabinet, où elle reconnaîtrait qu'une question de cabinet est une révolution
au petit pied, où elle se contenterait d'apprécier les actes
et les lois qui lui sont soumises, encore avec beaucoup de
réserve et de respect. — Soyez convaincus qu'alors les ministres, plus libres, vaudraient mieux, administreraient
mieux, dureraient davantage, sauraient faire respecter
l'autorité, et que la chambre, aux yeux du pays, recevrait
un reflet favorable du bien qui serait accompli, et auquel
elle participerait. Les ministères que nous avons eus, je
n'en excepte aucun, pas même *celui du 12 mai*, n'ont été
mauvais que par la chambre, que par la domination de
la chambre, par l'impossibilité qu'elle faisait peser sur

eux d'administrer à la satisfaction de ses diverses coteries, ce qui les exposait à toute minute à être renversés, et, par conséquent, à l'impuissance de rien faire de bon dans un état si précaire et si incertain.

Or, tant que la chambre exercera une juridiction directe ou indirecte sur la formation personnelle des ministères, il en sera toujours ainsi. Cela n'est pas un accident, cela ressort de la nature même des choses : tout ministère émané d'une chambre est dominé par elle ; est, par conséquent, obligé de se ployer à tous ses caprices, à toutes ses mobilités, à toutes ses variations. Tout ministère ainsi composé, ainsi influencé, ainsi secoué sur l'escarpolette parlementaire, est un embryon avorté, un fœtus mortné, un monstre dans l'histoire naturelle du monde politique.

Les 221, et vous-même, mon cher ami, vous avez donc très-mal engagé votre campagne contre Thiers. Ce n'est point comme question de cabinet, dans l'ordre habituellement reçu des idées parlementaires, qu'il fallait envisager la question ; il fallait dire : — Le ministère du 1er mars est une absurdité oppressive de la royauté, une destruction radicale de la constitution ; anti-monarchique, car il est incontestablement contraire à la libre détermination de la volonté royale ; anti-gouvernemental, car il personnifie toutes les idées, toutes les tentatives, toutes les tendances révolutionnaires, essayées et vaincues depuis trois ans, en France et hors de France ; anti-parlementaire même, car son chef, M. Thiers, a toujours été vaincu, et toujours en minorité, dans toutes les questions qu'il a soulevées depuis quatre ans contre la couronne. Ce ministère est un danger immense pour le pays et la négation complète de la monarchie. —Nous voulons le renverser, à tout prix, pour délivrer la royauté. Quand la royauté sera libre d'exercer sa prérogative, elle nommera le ministère *qu'elle voudra*, et nous soutiendrons ce ministère *quel qu'il soit*, parce qu'aux termes de la constitution monarchique du pays, le roi a le droit de choisir ses ministres. Dût-il faire un choix *imparfait, médiocre* même, le pays recevrait cent fois moins de dommage de l'imperfection de ce choix, qu'il n'en recevrait de la destruction de la monarchie, de la violation de la loi fondamentale du pays, de l'usurpation parlementaire, en un mot, qui casserait les choix du roi pour y substituer les siens. Une fois ce crime accompli, il ne resterait plus rien de la constitution de l'État; il ne resterait qu'une chambre despote, asservissant le pouvoir législatif, le pouvoir exécutif, le pouvoir administratif; en un mot, tout le gouvernement.

Voilà, mon cher ami, toute la question! Tout le reste ne signifie rien. —Sans la chambre, nous n'aurions jamais un mauvais ministère. —Avec la chambre et par la chambre, nous n'en aurons jamais un bon; elle rendrait le meilleur détestable, en moins de six mois. Comme je l'ai écrit à ***, il y a un an : *les doctrinaires sont le fléau de la chambre, et la chambre est le fléau de la France.*

En vérité, mon cher ami, j'admire la fatuité de l'argumentation de Thiers, et la complaisance avec laquelle vous la lui avez tolérée! — Il y a eu dissidence entre la couronne et moi, vous a-t-il dit, sur trois questions de politique extérieure : l'Espagne, la Belgique, l'Italie. Mais ces trois questions étant terminées, il ne reste plus aucun obstacle de ce côté! — Voilà, en vérité, un beau raisonnement pour un homme politique parlant devant une assemblée politique! — Oui, fallait-il lui répondre, elles sont terminées ces questions; mais elles ont été résolues *contre vous*, par le vote de la chambre; *contre vous*, par les évènements. Vous n'êtes donc ni un homme à vues politiques, ni un homme parlementaire. Il ne s'agit pas, d'ailleurs, de savoir seulement si ces questions sont résolues, mais il faut examiner *par quels motifs* vous vouliez leur donner une solution qui, grâce à Dieu, a été repoussée. Or, les motifs qui vous déterminaient étaient des motifs de propagande révolutionnaire, liés à des tendances de guerre de principe dans le même sens : c'était la préface d'un grand système de lutte organisée dans la partie démocratique de l'Europe contre la partie monarchique. Ces motifs, ces vues, que vous aviez alors, les avez-vous abdiquées? Avez-vous changé d'avis sur l'Espagne, sur la Belgique, sur l'Italie?... Non, sans doute, puisque vous vous glorifiez de votre passé, puisque vous persistez dans vos principes. Vous ne méritez donc pas la confiance des amis de la monarchie, la confiance du parti conservateur; d'abord, parce que vous avez mal jugé ces trois grandes questions extérieures dans le passé; ensuite, parce que vous êtes encore animé des mêmes vues et des mêmes faux principes; de sorte que si ces questions ou d'autres semblables se présentaient de nouveau,—et la chose n'est certes que trop probable,—vous voudriez de nouveau les résoudre dans le sens révolutionnaire et propagandiste, surtout avec vos alliances actuelles du côté gauche, qui n'a jamais eu et n'aura jamais d'autre but que celui-là.

Je ne puis que vous indiquer très-imparfaitement ce point de vue; mais soyez convaincu que, dans une improvisation orale, en remontant à tous les points de *fait* parlementaires et extra-parlementaires qui s'y rattachent, on pourrait mettre Thiers bien bas, et l'acculer à de cruelles extrémités.—Il y a mille tempêtes à déchaîner contre lui dans sa double tendance révolutionnaire et propagandiste. —Mais il ne faut pas commencer, si on ne veut pas aller jusqu'au fond, coûte que coûte, et surtout, il ne faut pas s'en mêler, si l'on veut ensuite fabriquer un ministère pour l'imposer à la royauté.

De tout ce que je vous ai dit, dans ma précédente lettre et dans celle-ci, il résulte une vérité incontestable : que ma ligne politique soit bonne ou qu'elle soit mauvaise, il est certain qu'elle est essentiellement contraire à la ligne politique des 221 et du prétendu parti conservateur. Il est tout aussi certain que les principes parlementaires de ce prétendu parti conservateur ont une grande analogie avec ceux de l'opposition libérale. Ils ne diffèrent que du plus au moins : un peu plus d'exagération dans l'opposition, selon ses nuances; un peu plus de modération dans le parti conservateur, selon ses coteries : voilà tout ce qui les sépare. Entre les principes de M. Odilon-Barrot et ceux de M. Guizot, il n'y a pas l'épaisseur d'un cheveu, et le fameux discours de ce dernier, sur les classes moyennes, n'est qu'un *plagiat textuel* du discours d'Odilon-Barrot, en novembre 1830.

Il n'y a donc plus rien à faire pour moi dans la politique. Je suis sans point d'appui, sans soldats, sans armée; je puis donc, sans désertion, rentrer dans ma tente, et personne ne pourra exiger de moi que j'essaie de guider au combat des troupes politiques qui, au lieu de me suivre, feraient face en sens contraire, et tireraient contre moi à la première et en toute occasion. J'ai, d'ailleurs,

depuis vingt ans, courageusement et loyalement rempli ma
tâche, selon la mesure de force et d'intelligence que Dieu
m'a donnée. Je n'ai rien de plus au service de mon pays;
je vous en fais juge.

Sous la restauration, j'ai combattu dix ans contre sa
tendance rétrograde et fanatique. Les honnêtes gens m'ont
tenu tout ce temps en suspicion de jacobinisme. J'étais
un exemple, un type de réprobation. J'ai protesté publiquement contre les ordonnances de juillet; je me suis compromis au premier rang, et le résultat immédiat fut que
le parti conservateur d'alors m'exila de la commission
municipale, et voulut même me faire arrêter, comme coupable et dangereux.

Cependant, le lendemain, il se trouva que de tout ce
parti conservateur, à la fois si libéral et si prudent, je
fus le seul homme qui osât être monarchique. Seul, *seul
en France*, je protestai contre la révision de la charte,
comme j'avais protesté contre les ordonnances de Charles X. Je prouvai aussi fortement, aussi clairement que
je pourrais le faire aujourd'hui, que les changements démocratiques que l'on faisait subir au pacte fondamental,
le dénaturaient, l'anarchisaient, le rendaient impraticable,
et ne permettraient pas au nouveau gouvernement de fonctionner. — L'évènement n'a que trop prouvé la vérité de
ma prédiction : l'avenir le prouvera encore mieux.

A l'instant tout le parti conservateur se tourna contre
moi, et me renia; tous mes amis me renièrent, me quit-
tèrent : B..., L........, G...., tous en un mot. La veille,
j'étais un jacobin; le lendemain, je fus un carliste et un
contre-révolutionnaire, que les anciens royalistes consti-
tutionnels ne pouvaient plus avouer.

Cela ne me rebuta pas; exclus de l'*Indicateur*, je ne craignis pas de me servir du journal du 12 mars, double transfuge, double apostat, qui, depuis, m'a si indignement traité. — Vous savez ce que j'en fis; vous savez ce qu'il devint entre mes mains; vous n'avez pas oublié ces luttes, depuis 1831 jusqu'en 1836, où je fus toujours à l'avant-garde de la résistance, en avant de Casimir Périer, en avant de l'état de siége, en avant des lois de septembre, et où je reconquis violemment l'adhésion du parti conservateur, ramené à moi par la crainte des dangers qui le pressaient de toutes parts.

En 1836, la scène changea; je vis que les doctrinaires, las d'un combat où ils avaient gagné tout ce qu'ils pouvaient espérer de puissance et d'honneur, commençaient à fléchir. J'allai à Paris; une courte expérience m'apprit à les juger. Il était déjà un peu tard. Une méfiance profonde s'établit contre moi. Moi, je les regardais déjà presque comme des transfuges; eux, ils craignaient en moi un surveillant inflexible, un obstacle permanent à leurs projets. Pendant dix-huit mois, je luttai avec eux pour empêcher leur défection, leur coalition avec le parti démocratique. Leur mauvaise étoile l'emporta. Ils firent comme le chien qui, craignant de ne pouvoir sauver le dîner de son maître, se joint aux assistants pour en dévorer sa portion. Ils se ruèrent donc contre la royauté; ils attaquèrent le gouvernement du roi; et, pour ouvrir la bataille, c'est contre moi, nommément et personnellement. qu'ils tirèrent le premier coup de feu.

Qu'arriva-t-il alors?... Le parti conservateur comprit-il quelque chose à ce qui se préparait?... Il n'y comprit pas un mot. Emmailloté dans ses bavardages parlemen-

taires, le parti conservateur prit fait et cause contre moi.
Je fus réputé casse-col, mauvaise tête, exagéré, absolutiste. Les centres applaudirent à la politique prudente et
parlementaire qui portait aux nues la brochure de Duvergier de Hauranne, et le parti conservateur suivit cette
impulsion, sans comprendre, l'imbécile, qu'il donnait les
mains à une désorganisation qu'il serait obligé de combattre quelques mois plus tard! A dire le vrai, il es
juste de reconnaître que, lorsqu'il l'a combattue, il ne l'a
pas comprise davantage que lorsqu'il la favorisait. Permettez-moi, mon cher ami, une expression dure, mais
que la vérité m'arrache : le parti conservateur est un parti
qui n'a ni l'intelligence du bien, ni l'intelligence du mal,
dans lequel se trouvent, j'en conviens, quelques hommes
de cœur et d'esprit, mais qui sont neutralisés, énervés
eux-mêmes, par la contagion du troupeau qui les entoure.

Donc, je suis resté seul. Le ministère du 15 avril, lui
même, se garda bien de m'avouer; le parti conservateur
ne le lui aurait pas pardonné. Le 15 avril se fit libéral à
mes dépens, mettant en relief son libéralisme par la réprobation qu'il faisait peser sur mon absolutisme. Toutes
ses brochures, ses revues, ses journaux, en font foi. Il
me faisait des amitiés en secret, il m'attaquait officiellement; il profitait du mal que je faisais aux doctrinaires
ses ennemis, et, en même temps, il désavouait toute sympathie pour ma politique. Si même vous pensez que j'ai
eu à me louer des ministres, à cette époque, dans les rapports administratifs et politiques de leur ministère, vous
êtes dans l'erreur. Il me serait facile de vous le prouver.

Néanmoins, tout cela m'était indifférent. Je ne soutenais pas le 15 avril par affection pour ses hommes; je ne voyais en lui qu'une chose : la dernière expression possible de la prérogative constitutionnelle. — Je fis deux voyages successifs à Paris. Pendant le second, je fis imprimer ma brochure sur le *gouvernement du roi*. Le parti conservateur n'y a rien compris; il l'a interprétée comme votre ami, dont j'ignore le nom; comme M. Quesnault, chez M. Jacqueminot. Au lieu de se rallier à cet étendard, on aima mieux se passer de drapeau, et n'en avoir aucun. Vous savez ce qui s'est passé à Bordeaux, lors des élections générales qui suivirent immédiatement la dissolution prononcée à cette époque. — Mes meilleurs amis, la fleur du parti conservateur, se mirent à loyer et en garni pour ne pas subir la solidarité de mes exagérations; ils se firent un comité directeur, sans influence et sans action, uniquement parce qu'ils craignaient que mon influence et le reflet du *Courrier de Bordeaux* leur nuisissent auprès de l'épicerie électorale. Il aurait fallu que je fusse bien aveugle pour ne pas être éclairé par un pareil fait. Je n'y ai vu, soyez-en bien persuadé, ni malveillance, ni froideur personnelle, dont j'eusse à me plaindre; mais j'y ai vu une absence complète d'intelligence de la situation; j'y ai vu la preuve décisive, irréfragable, que ce qu'il y avait de meilleur dans les classes moyennes ne comprenait rien à l'essence même du gouvernement; que, dès-lors, je serais doublement dupe de vouloir guider en politique des gens qui ne voulaient pas être guidés par moi, et qui seraient d'ailleurs incapables de marcher dans la bonne voie, quand même ils le voudraient.

Depuis cette époque, les évènements ont marché; ils ont porté l'évidence de notre désorganisation politique au plus haut degré. J'ai essayé d'en profiter pour expliquer au parti conservateur une partie de ses contre-sens sur la nature de notre gouvernement; il a ouvert de grands yeux tout surpris, et s'est mis à paraphraser les mêmes rêveries déclamatoires dont il se nourrit depuis dix ans. J'ai haussé les épaules, et je me suis tu.

Voilà où nous en sommes : la session est perdue; la chambre décomposée ; le gouvernement impossible ; la royauté anéantie; les élections prochaines menaçantes. L'Europe, inquiète, nous craint et nous méprise. — Et voyez un peu de quoi le parti conservateur s'occupe au milieu de tout cela!... Il cherche gravement, dans le jeu de la machine qui détraque tout, le moyen de créer ce qu'elle détruit!

Il n'y a donc plus rien à faire pour moi, mon cher ami; j'ai payé ma dette et au-delà. J'ai usé ma santé; j'ai négligé ma fortune; j'ai abandonné ma famille; j'ai rompu avec toutes les puissances de la terre; j'ai soulevé contre moi mille inimitiés; je me suis jeté seul à l'avant-garde dans tous les périls; j'ai bravé l'impopularité, les dégoûts, l'isolement; j'ai été maudit et renié par ceux que je défendais et que je voulais sauver malgré eux. Qu'ils en fassent donc à leur guise! Dieu m'est témoin que je désire bien sincèrement leur succès; mais je n'y crois pas du tout. Fasse le ciel que j'aie tort!

Je veux donc rentrer dans une retraite, dans une solitude complète. Les gens, qui me jugent sur l'apparence, croient que le mouvement, la lutte, la réputation, le bruit du monde, me sont indispensables; que je veux dominer et briller : c'est une erreur de plus de leur esprit superficiel. Je resterais ici, un an, sans mettre les pieds à Bordeaux, sans une visite, sans autre appui que ma pensée et les petits travaux de ma vie rustique, que je n'aurais pas une heure de dégoût et d'ennui. — Je ne veux même pas lire les journaux, du moins quotidiennement. Je me les ferai adresser tous les mois ; je ne les lirai que lorsque l'émotion des évènements sera passée ; lorsque les faits qu'ils m'apprendront seront devenus de l'histoire. Ainsi, je les jugerai mieux, et ils troubleront beaucoup moins le calme d'esprit dont j'ai besoin pour réfléchir. —La réflexion solitaire est une grande jouissance, quand elle n'est pas un grand tourment. — Je suis heureusement dans le premier cas. Sans doute, j'ai commis des fautes dans ma vie ; mais toujours sincères, et surtout toujours désintéressées. J'en ai des regrets, mais pas de remords ; c'est bien différent.

Adieu ; je vous écris par un vent de nord glacial qui me cloue auprès du feu. Je n'ai reçu ni les journaux de Paris ni ceux de Bordeaux. Je ne sais donc rien.

P. S. En définitive, mon avis serait toujours qu'il faut délivrer d'abord la royauté de ce ministère-ci, sauf à se tirer ensuite d'embarras comme on pourra. — A nouveau cas, nouveau remède ; mais il faut toujours commencer par guérir le malade du mal qui peut l'emporter, après on le soigne comme on peut. S'il meurt, on a du moins retardé sa fin.

Bordeaux, 15 mai 1840

A M. **Boucherie**, à Paris.

—

Mon cher Boucherie,

Je viens, selon ce que nous en sommes convenus, vous rendre compte de mon entrevue avec M. ***.

Je lui ai trouvé, comme nous le savions d'avance, les meilleures dispositions et les sentiments les plus francs.

Il m'a déclaré que quand à son adhésion, je pouvais y compter, et qu'il était prêt à signer la souscription que je proposais pour la continuation du *Courrier de Bordeaux*, mais que si je lui demandais son avis sur la chose elle-même, il croyait que, dans notre intétêt politique, il convenait mieux de cesser la publication du journal.

Je l'ai prié de m'expliquer ses motifs.

Alors il m'a dit qu'il s'était aperçu depuis quelques années que le parti conservateur n'était pas assez monarchique, assez conservateur pour lutter en France contre le parti révolutionnaire; qu'il croyait que le parti révolutionnaire aurait nécessairement le dessus. Que dès-lors il ne convenait pas de prolonger une lutte inégale et impossible; qu'il fallait laisser le parti révolutionnaire triompher seul et marcher à sa guise : *que de l'excès du mal naîtrait ensuite une réaction qui en serait le remède.* Qu'alors nous reparaîtrions sur l'horizon politique avec toute notre considération et notre force. Que si, au contraire, nous les usions aujourd'hui dans une lutte où nous serions vaincus, nous ne pourrions plus nous en servir ensuite dans le moment convenable; que c'était pour cela qu'il n'avait pas voulu retourner à la chambre des députés, et qu'il croyait que nous devions nous écarter également de toute lutte politique actuelle.

Je lui ai répondu que je ne pouvais partager cette opinion : que, d'abord, c'était jouer un jeu bien dangereux que de laisser le champ libre au parti révolutionnaire, et de tolérer, d'exciter ainsi nous-mêmes le développement du mal, pour attendre le remède de l'excès du mal lui-même. Que cela ressemblerait à une désertion; que lorsque le mal se serait accompli, le pays pourrait nous reprocher, à juste titre, de n'avoir pas fait tous nos efforts pour l'empêcher, et de l'avoir abandonné à sa mauvaise destinée. Que cela nous ôterait notre considération et notre influence; que, d'ailleurs, ce qui l'avait influencé comme *député,* membre actif de la marche politique du gouvernement, ne devait pas avoir la même influence quand il s'agissait de *la presse,* dont l'action est purement morale, et doit faire apprécier aux citoyens quelle est la véritable source, quelle est la véritable cause de leurs maux. Que dans cette juste appréciation des causes, peut se trouver exclusivement le moyen, le seul moyen, de cette réaction morale qu'il attend dans le mouvement des esprits, comme remède suprême à nos maux. Que s'il n'existe pas une *presse conservatrice* pour démontrer au peuple, à chaque pas que la révolution lui fait faire dans le mal, que c'est précisément cette tendance, *ce développement démocratique, qui est la cause de sa misère, de son malaise, de ses souffrances anarchiques,* alors la presse démocratique profitera de son monopole pour persuader aux esprits honnêtes, mais faibles et peu éclairés de la masse des populations, que ses maux viennent, au contraire, de ce que le système n'est pas encore assez démocratique; que ce sont les restes des institutions conservatrices qui gènent le progrès de l'aisance, du travail, de la liberté; que, par conséquent, il faut renverser ces dernières barrières pour se régénérer complètement. Ainsi, les sophistes démocratiques étant maîtres absolus de la discussion, sans contradicteur, fausseront de plus en plus l'esprit public, feront croire au peuple que les maux qu'ils lui causent viennent de nous, de nos principes, et, ainsi, aggraveront le mal, en rendant même impossible une réaction morale vers le bien.

A ces considérations générales, j'ai ajouté, pour ce qui touche Bordeaux en particulier, qu'il était difficile d'imaginer ce qu'il resterait de moyen d'action à la bonne cause dans tout ce qui concerne notre administration locale et politique : les élections municipales, départementales, les décisions d'intérêt communal ou départemental, le choix des administrateurs, etc., lorsque nous n'aurons plus d'organe dans le peuple, et que nous serons livrés, pieds et poings liés, à tous les mensonges, aux inimitiés, aux menaces de la presse de la coalition, dont les trois journaux bordelais sont les agents dévoués.

Tout cela a paru lui faire une certaine impression : mais il m'a dit seulement que, tout en appréciant la gravité de ces motifs (qui, quant à moi, me paraissent sans réplique), il ne pouvait revenir de son opinion première, parce qu'il voyait du mal des deux côtés, mais qu'il croyait qu'il y en avait encore moins à s'abstenir et à laisser faire qu'à continuer la lutte pour empêcher ce qu'on ne pourrait pas empêcher. — Je ne suis pas de cet avis; *qui quitte la partie la perd*; qui s'abandonne soi-même ne peut se plaindre de l'abandon de personne, et s'expose à de justes reproches.

Mais une nouvelle considération a décidé M..... à approuver ma détermination.

Vous me dites, lui ai-je fait observer, qu'il faut que je cesse la lutte, et je ne demande pas mieux pour mon repos personnel; mais votre but est, qu'en me retirant, en cessant le journal volontairement, je ne m'expose pas à voir succomber mon influence dans ces luttes politiques, où, selon vous, l'esprit révolutionnaire doit nécessairement triompher. — Eh bien, je crois que ma retraite spontanée venant personnellement de moi, sans avoir tenté un effort pour continuer le journal, me porterait, au contratre, un tort immense, diminuerait mon caractère et ma force morale auprès de nos ennemis, et surtout auprès de nos amis. — On y verrait l'effet du caractère ardent, capricieux, inconstant que l'on me reproche; on dirait que c'est le quatrième journal que je fonde et que j'abandonne; que je n'ai point de constance, point de fermeté; que je cède aux premiers mouvements d'irritation, toujours prêt à tout briser et à tout abandonner quand les choses ne marchent pas à ma fantaisie; qu'on ne peut pas compter sur moi; qu'au moment décisif, je me retire capricieusement, et que je laisse dans l'embarras ceux que j'ai excités et qui ont marché avec moi. — Ces reproches paraîtraient fondés. La presse rivale les promulguerait avec d'autant plus de facilité et de succès, qu'on ne pourrait plus lui répondre.

Qu'en résulterait-il encore? — Il en résulterait *infailliblement* que lorsqu'une crise politique, administrative,

commerciale, électorale, municipale, etc., se présenterait,
et que nos amis seraient opprimés, vaincus ou mis de
côté par le parti révolutionnaire, et qu'ils se verraient
sans organe dans la presse pour se défendre, alors ils
m'en feraient un reproche. Ils me diraient que si je n'a-
vais pas moi-même détruit le journal qu'ils avaient fondé
pour la défense commune, les choses ne se passeraient
pas ainsi. Ils m'en voudraient de l'abandon où ils seraient
tombés, et accueilleraient très-facilement toutes les idées
de déconsidération que nos adversaires jetteraient à l'envi
sur mon caractère, afin d'empêcher la confiance de renaî-
tre entre nous. — Or, il est bien évident que je me serais
mis ainsi dans la plus fausse position, que je me serais
compromis et affaibli pour toujours.

M..... a reconnu immédiatement et complètement la
vérité de cet aperçu. Il a donc reconnu avec moi que je
ne pouvais me dispenser de faire la démarche dont j'étais
venu l'entretenir; que, dans le cas où elle ne réussirait
pas, il serait clair que la suppression du journal ne serait
pas l'effet de mon abandon, de mon caprice, de l'absolutisme mobile et capricieux qu'on me reproche; que la seule
chose à examiner était le meilleur mode d'exécution de
cette démarche. Sur quoi nous nous sommes quittés, et
devons nous revoir la semaine prochaine, quand j'aurai
reçu de vos nouvelles. En attendant, il parlera à.....
pour avoir son avis.

Tout cela, mon cher Boucherie, m'agite vivement et me
fait éprouver de pénibles anxiétés. Je donnerais tout au
monde de pouvoir sortir de la lutte, et rentrer dans le
calme de ma retraite, dont ma misérable santé m'impose
et me fait sentir l'impérieux besoin. Mais, soit que je reste

dans la lice, soit que j'en sorte, l'essentiel, avant tout, coûte que coûte, *c'est de le faire honorablement.* — Je suis accoutumé à supporter la calomnie, les injures des partis, les accusations haineuses des journanx ; — mais je ne veux pas donner à mes ennemis un *prétexte spécieux* de dégrader mon caractère, d'autant plus qu'à l'heure qu'il est la coterie que vous savez redouble d'intrigue et de malveillance. J'aime mieux faire un sacrifice *d'amour-propre* qu'un sacrifice *d'honneur et de conscience.* — Si le journal doit cesser, j'aime mieux encore que ce soit par l'effet d'un refus que j'aurai éprouvé de mes amis pour cette souscription, que si le journal cessait par l'effet de ma volonté propre, par l'abandon que je ferais volontairement de la cause commune, de la cause conservatrice, dont j'ai jusqu'à ce jour porté l'étendard. Si on me l'ôte des mains, je céderai ; — je céderai même sans ressentiment. — Mais je ne veux pas le déposer moi-même. — Je veux, quand nos amis manqueront d'organes politiques dans la presse pour se défendre, qu'ils sachent que ce n'est pas par ma faute, mais par la leur. Les demandes que je fais sont d'ailleurs si simples, si modérées ! Elles doivent amener si probablement un succès définitif pour le journal, vu l'état déplorable et sérieux où est tombé le *Mémorial*, que je dois y persister avec résolution. Si on les repousse, alors je dirai comme Ponce : *je m'en lave les mains,* et je le dirai à plus juste titre.

Voyez donc, mon cher ami, de me faire connaître immédiatement la réponse de..... et de..... — E..... m'a dit qu'il signerait, M..... aussi. Ce dernier a ajouté qu'il croyait que la plupart de ses amis signeraient aussi, mais que cependant il ne pouvait employer la même ardeur que la première fois pour les y déterminer, puisque, dans le fond de l'ame, il aimerait mieux lui-même cesser absolument toute lutte.

Je pense que M. *** et *** ne refuseront pas. Voyez si vous rencontrez là-haut quelqu'autre personne bien disposée.

Je tiendrais beaucoup à ce que M. *** fût des nôtres, non pas à cause de l'argent, mais principalement à cause de *sa position*, de *son nom* et de *l'influence qui en découle*.

Ne perdez pas de vue que j'ai besoin d'un *oui* ou d'un *non*, d'une solution prompte, parce qu'à la fin de juin il faut que je prenne un parti *définitif*; je ne peux pas rester ainsi. Adieu, je suis souffrant et pressé.

❖

Montferrand, 17 octobre 1840.

A M. **Saint-Léon**, à Bagnères.

———

Mon cher Léon,

J'ai reçu votre bonne lettre; je vous remercie de votre souvenir. Ignorant votre adresse en Italie, j'avais chargé votre père de vous faire savoir que je n'avais pu envoyer les lettres de recommandation, M. de Dalmatie n'étant pas alors à son poste, et M. de Montebello étant à Paris, où je l'avais rencontré.

Je ne vous parle ni commerce, ni politique; les principes révolutionnaires ont tout tué. Ici, l'on déclame sur nos théâtres : *A bas les rois! vive la liberté!* et l'autorité n'y trouve pas le plus petit mot à dire. Les républicains soudoient publiquement des malotrus pour aller hurler la *Marseillaise* et insulter le consul anglais. Si le *Courrier de Bordeaux* n'avait pas signalé ces incroyables saturnales, on aurait fait semblant de ne rien voir et de ne rien entendre. Si la Providence ne vient au secours de notre pauvre patrie, nous serons bientôt au niveau de l'Espagne, et nous passerons ensuite par un nouveau quatre-vingt-treize, pire que le premier. Parlons d'autre chose, car ce sujet est trop triste.

Vous me faites de *Médor* un éloge qui me tente; cependant, vérifiez bien! On nous avait vanté *Gredin* comme un chien excellent : il ne valait pas le coup de fusil nécessaire pour le tuer. *Flora* était une meilleure créature, mais ses dispositions n'étaient qu'apparentes; son nez avait de l'étendue, mais aucune finesse; elle manquait d'intelligence, et jamais elle n'a eu la patience de suivre le pied d'une pièce de gibier. Enfin, elle est morte, la pauvre bête. Voilà près de deux cents francs perdus dans ces deux chiens, dont je n'ai pu me servir. — Voilà maintenant l'état de mon chenil :

FANFAN.—Les oreilles rongées d'humeurs, capricieux, ne chassant qu'à sa fantaisie, n'ayant pas la force de tenir plus de deux ou trois heures, et venant ensuite se mettre aux pieds, d'où le diable ne le ferait plus partir. Au reste, toujours très-bon et excellent chien.

MOURET. — Fille de *Fanfan* et de la vieille *Florine* (défunte). Bonne bête, âgée de deux ans, mais ne voulant pas rapporter; à moitié dressée.

POULETTE. — Six mois. Fille de *Fanfan* et de *Mouret*.

WHITE. — Cinq mois. Fille de *Fanfan* et de *Flora*.

BLACK. — Sept mois. Fils d'un chien anglais noir et de

la chienne de Jouis. La mère est parfaite. On dit le père très-bon, mais je ne l'ai pas vu chasser.

Vous voyez que, dans tout cela, j'ai beaucoup d'espérances et de regrets, mais pas de réalité. Si donc, après *double et triple information*, *Médor* mérite sa haute réputation, je le recevrai avec plaisir, et alors je donnerai *Fanfan* à quelque ami qui sera bien aise de l'avoir; mais je vous prie en grâce de bien vous assurer du fait; voyez aussi si son oreille est bien guérie, car les humeurs de *Fanfan* m'ont fait donner à tous les diables. Quant au prix, faites de votre mieux; tàchez de l'avoir à quarante francs; vous savez que *Fanfan* n'avait coûté que vingt-cinq francs.

J'ai vendu ma chaloupe; c'était trop grand et trop fatiguant pour un *vieux*. J'ai acheté en échange, ou plutôt j'ai fait construire, un *boat* dans le genre de celui de Léon Ducos, mais un peu plus grand. C'est excessivement commode, solide; cela ne tire pas d'eau, cela passe partout et navigue très-bien. Vous verrez cela; c'est une construction *mixte*, d'un nouveau genre, et dont je me félicite chaque jour.

Voyez aussi que *Médor* soit jeune, comme on le dit: on trompe toujours sur l'âge des femmes et des chiens.

Adieu.

Montferrand, octobre 1840.

A M. **Wustenberg**, à Bordeaux,

—

Mon cher Wustenberg,

Le tracas de mes misérables vendanges ne m'ont pas permis de quitter un instant; j'en suis assommé. Je compte finir après-demain, mardi, et alors je pourrai vous aller voir.

Je suis horriblement dégoûté de la politique. Si quelqu'un pouvait me fournir le moyen d'en sortir honorablement, je le regarderais comme mon sauveur. Mon esprit, froissé dans toutes ses pensées, dans tous ses désirs, désolé de tous les non-sens qu'il voit à droite et à gauche, ne trouvant d'aide ni de sympathie nulle part, se roidit et s'aigrit malgré moi. Sans rechercher les dangers, j'en aime assez les émotions, quand, à travers le péril de la lutte, j'aperçois quelque chose de bien et de bon à faire, à obtenir, à atteindre; — mais ici, rien! rien! rien! — Pas d'issue, car les idées politiques de mes amis politiques me vont si peu, que je désespère toujours que nous puissions faire rien de bon ensemble, eux et moi.

Vous allez avoir une sotte, une très-sotte crise, en commençant la session. L'âpreté ambitieuse des doctrinaires, le manque absolu de système politique chez les conservateurs, feront beau jeu à Thiers. S'il ne se contente pas de ce beau jeu-là, il pourra perdre la partie; mais s'il s'en contente, il restera au pouvoir sans faire la guerre, mais en donnant à sa paix forcée quelque odeur de poudre à canon. — En attendant, nous serons un peu plus compromis, et les élections prochaines nous achèveront. Il est impossible de faire un gouvernement bâti sur les principes actuels.

Dans tout cela, la continuation du *Courrier de Bordeaux* me pèse horriblement. Lamartine m'a écrit une lettre bonne et généreuse de sentiments. Il me presse beaucoup d'aller à Paris; mais à quoi bon, et qu'y ferai-je? Je voudrais, au contraire, m'exiler le plus loin possible de tout ce bruit sans idée et sans but. — Oh! si je n'avais pas ce journal sur le corps..., comme cela serait bientôt fait! Mon physique est à non plus, et mon moral s'en ressent; je ne suis plus maître de ma volonté, et je ne retrouve plus d'énergie à ma disposition, si ce n'est quand il faut combattre quelque empêchement venant du dehors. Alors la lutte me ranime. Mais laissé à moi-même, je retombe dans un dégoût profond, je ne vois plus rien digne d'intérêt; je regrette presque de vivre sans désirer pourtant de finir.

. . . .
. . . .

J'ai soif, j'ai une soif inexprimable d'indépendance et de repos. Mon esprit est tellement *en dissonnance* avec toutes les idées qui circulent dans l'atmosphère, que souvent j'éprouve des crispations nerveuses par des colères de pensées, dont ceux qui les occasionnent ne se doutent seulement pas, croyant être *d'accord avec moi*. — Oh! c'est bien pénible, je vous assure, de refouler tout cela en dedans de soi.

Je vous verrai dans le milieu de la semaine.

Adieu; au revoir.

SITUATION POLITIQUE DE LA FRANCE.

Avis de l'Éditeur.

—

L'opuscule qui suit se compose de six articles publiés par H. Fonfrède, du 10 au 29 avril 1841, c'est-
à-dire trois mois avant sa mort. C'est en quelque sorte
son testament politique, et nous croyons dignement
terminer la publication que nous avons entreprise, en
reproduisant ce remarquable travail.

Pour ceux qui pensent et ne s'arrêtent point aux
apparences et aux détails, le fond de la situation n'est
point changé après six années; ce que Fonfrède a dit
alors du vice de notre situation, de la position des
partis, du danger de l'avenir, existe toujours, et la
publication de ses dernières pensées est encore une
œuvre de circonstance.

—

Situation politique de la France.

**De l'avenir que nous présentent les divers partis
qui divisent la Chambre élective.**

Pendant qu'il en est temps encore, présentons à la
France le tableau réel de sa situation. Avant que le parti
conservateur soit tout-à-fait descendu au dernier degré de
la pente rapide sur laquelle les doctrinaires le roulent vers
les abîmes, essayons encore une fois de lui montrer le chemin qu'il a fait et celui qu'il va faire.

Si je parle de la politique doctrinaire, c'est pour deux
motifs : le premier, c'est que la politique doctrinaire se
personnalise en un seul symbole : l'omnipotence de la
majorité élective, et, à défaut de majorité, l'omnipotence
d'une *coalition de minorités* qui la simule et qui la remplace ; tout l'effort de l'esprit des doctrinaires, toute leur
tactique, ont constamment tendu vers ce but ; ils l'ont atteint, et c'est ainsi qu'ils ont mis nos affaires publiques
dans la situation désespérée où vous les voyez.

Il est résulté de l'*omnipotence administrative*, systématisée
par les doctrinaires, la recrudescence révolutionnaire qui
a renversé M. Molé, dernier ministre de la couronne ; il
en est résulté la négation complète du *gouvernement du roi*,
qualifié de *gouvernement personnel* ; il en est résulté le
gouvernement des chambres : — je me trompe, c'est le gou-

vernement *de la chambre* que je voulais dire; et du gouvernement de la chambre, il est résulté ce que vous voyez :
— notre décomposition intérieure, l'anarchie morale, politique, administrative, la corruption électorale, la stag-
nation du commerce, la paralysie des travaux publics,
la surcharge presque intolérable de nos impôts.... Voilà
pour l'intérieur. — Au dehors, l'isolement, la déconsidération, l'impuissance de notre diplomatie, le dédain des
autres nations pour la nation française, sur laquelle les
révolutionnaires font ce qu'on appelle *experimentum in
animâ vili*; le concert européen formé par nous, en dehors
de nous et contre nous. — Voilà notre situation intérieure
et extérieure, le tout dominé par une instabilité mouvante
qui ne permet de savoir, ni même de conjecturer raisonnablement, comment, par qui, pour qui, nous serons
gouvernés en France dans six mois.

Je dis que tout cela vient de l'omnipotence élective, du
gouvernement de la chambre; gouvernement inconstitu-
tionnel substitué au gouvernement de la charte, au gouvernement que la charte appelle expressément, si je m'en
souviens bien, le *gouvernement du roi*, dont la chambre
et les chambres ne doivent être que la forme, la législation, les moyens d'exécution. — Je le dis, et je le prouve
sans réplique.

D'où est sortie la direction bonne ou mauvaise de nos
affaires publiques depuis la révolution? — Évidemment
de l'élévation et de la chute alternative des divers ministères qui se sont succédés. Qui a créé ces divers ministères? qui les a renversés? d'où sont émanés toutes les crises ministérielles? — Évidemment encore de la chambre
des députés, de la majorité, ou du semblant de majorité

élective, librement produite par les électeurs, selon leur
propre moralité, selon leur propre capacité, selon leur intelligence et leur volonté. Quelqu'un aura-t-il l'audace
d'accuser la chambre des pairs d'avoir fait une seule crise
ministérielle depuis mil huit cent trente? A-t-elle renversé un-seul ministère? a-t-elle imposé, ou seulement
proposé, un seul cabinet à la couronne? Personne n'osera
avancer un fait si notoirement faux. Le seul vote négatif
de la chambre des pairs, ayant quelque importance, est
celui qui a repoussé la conversion des rentes, pour laquelle la chambre des députés avait déjà fait cinq ou six
crises ministérielles qui ont ébranlé, non pas nos finances,
mais notre état politique. Le vote négatif de la chambre
des pairs sur cette malheureuse question, loin de créer
une crise ministérielle, rendit, au contraire, service au
cabinet, à la chambre des députés et à la France, en empêchant une expérience financière, téméraire et fausse en
tout temps, mais qui, dans les circonstances où la France
a été rapidement poussée, aurait été plus téméraire et plus
désastreuse qu'en tout autre occasion.

Ici, je dois faire une observation que je crois juste et
décisive, sur la nature comparée de la chambre des pairs
et de la chambre des députés : La pairie, dépouillée de
l'hérédité, est un corps privé de sa force réelle; mais l'i-
namovibilité dont elle jouit, si elle ne suffit pas à lui donner la force qui lui serait indispensable pour fonctionner
efficacement, suffit au moins pour purifier sa nature, pour
la racheter de son péché originel. — Cette tache origi-
naire, c'est le choix ministériel qui la constitue *par fournées de pairs*. Mais quel que soit le mauvais penchant, la
mauvaise intention, l'intention anti-monarchique et anti-

aristocratique des ministres, qui font ces fournées sous
l'inspiration de leur dépendance élective, une fois les pairs
nommés, ils sont pairs pour la vie; leur avenir politique
ne dépend plus du pouvoir qui les a élus. Les députés,
au contraire, dans leur précaire existence de cinq ans,
réduite ordinairement à trois ou quatre, dépendent perpétuellement des électeurs qui les ont nommés, de toutes
les petites intrigues, de toutes les petites jalousies, de toutes
les haineuses rivalités de leur arrondissement ou de leur
quartier, sans cesse travaillé par l'ambition d'un concurrent nouveau, qui cherche à détruire le député en exercice, pour le remplacer aux élections prochaines. Dans
cette triste situation, les députés ne peuvent avoir d'indépendance que par un véritable miracle, qui se renou-
velle, hélas! bien rarement. Chacun d'eux a au moins
une douzaine d'intrigants électoraux entassés sur sa poitrine comme un cauchemar qui l'étouffe, qui l'empêche
de respirer, qui lui ôte toute liberté d'esprit. Poussés par
cette force aveugle et jalouse de la popularité qui menace
de les quitter, ils agissent avec passion et sans discernement; tandis que la pairie, au contraire, purifiée par l'i-
namovibilité, mais épuisée par la perte de l'hérédité,
pense avec discernement et agit avec faiblesse, ou même
n'agit pas du tout. De vos deux chambres, l'une a trop de
force et manque de discernement, l'autre a du discernement et manque de force; la première fait le mal sans le
voir, l'autre voit le mal et ne peut faire le bien. Entre
ces deux corps, ainsi faussés dans leurs proportions essentielles, la monarchie s'éteint, et devient un simulacre
sur lequel personne n'ose sincèrement compter. La royauté
est étouffée entre les impuissances et les faux rapports de

vos deux chambres du parlement; elle est obligée, elle-même, d'avoir recours à des expédients dangereux, parce qu'on la prive chaque jour, de plus en plus, de ses véritables moyens d'action et de gouvernement. Ah! si la chambre des pairs eût conservé l'hérédité, vous n'auriez pas eu les fortifications de Paris, soyez-en bien convaincus! La France n'aurait pas été réduite à l'isolement diplomatique qui l'a mise en interdit au milieu de l'Europe pacifique et de l'Europe guerrière. En un mot, vous auriez eu un gouvernement, parce que la chambre des députés n'aurait pas gouverné.

Voilà, en effet, le point où vous reviendrez toujours. Quelque route que vous choisissiez, malheureux égarés dans le labyrinthe où vous êtes perdus, vous aboutirez toujours au même point. Toutes y conduisent, aucune n'a d'issue. Vos guides parlementaires ou ministériels vous trompent en vous assurant le contraire. Ils vous feront chaque année parcourir les mêmes circuits, les mêmes détours, et vous ramèneront toujours aux bords du même abîme. Alors, vous vous arrêterez pour ne pas y tomber; mais, fatigués, haletants, épuisés par ces marches et contre-marches qui ne peuvent vous sauver, il faudra bien succomber enfin dans ce labeur dévorant, dans ce travail insensé, à moins qu'un homme, à la fois franc et fort, ne renverse le mur de clôture qui vous sépare de la civilisation, de la liberté, de la monarchie, et ne rétablisse le gouvernement du roi, du roi de la charte, gouvernant par les chambres rentrées chacune dans la sphère de ses véritables attributions, au lieu du gouvernement de la chambre, expirant elle-même de faiblesse et d'impuissance sur les ruines des deux autres pouvoirs, dont elle absorbe tous les moyens d'action et de vie.

Que vous dit-on, en effet? Cette année, ou l'an prochain, les doctrinaires vont dissoudre la chambre, et l'on vous berce de l'espoir que les colléges électoraux vous donneront une nouvelle chambre plus unie, plus expérimentée, plus monarchique que la chambre actuelle et que ses devancières! — Mais, par quel malheureux égarement avez-vous donc mérité qu'on se moque ainsi de votre crédulité? — Comment ne comprenez-vous pas qu'il n'y a ni dans vos institutions, ni dans vos lois, ni dans votre décomposition sociale, aucun élément nouveau qui puisse produire ce résultat nouveau, si différent de ceux que vos élections successives vous ont donnés depuis dix ans! — Voyons par quel motif, je ne dis pas fondé, raisonnable, mais un peu plausible, un peu spécieux, pourriez-vous penser que la prochaine convocation des colléges électoraux vous donnera une chambre moins fractionnée, moins négative que celle-ci? Comment le remède sortirait-il tout-à-coup de la cause qui a produit le mal, surtout quand cette cause fatale s'est évidemment aggravée depuis quelques années? Comment pourriez-vous penser qu'une nouvelle chambre élective sera plus capable de gouverner la France que la chambre actuelle? Imaginez-vous que l'on produira cette merveille en destituant ou en déplaçant quelques sous-préfets et quelques préfets? Comment les mêmes colléges électoraux, les mêmes hommes, les mêmes principes, je devrais dire les mêmes erreurs, produiront-ils un autre résultat, dans un sens diamétralement contraire? Pourquoi, par exemple, votre nouvelle chambre serait-elle plus capable que celle-ci d'entendre

quelque chose à la diplomatie européenne, ou de faire
une bonne loi sur la propriété littéraire? Et si, au lieu
des mêmes colléges électoraux, il vous prenait fantaisie
de descendre un peu plus bas dans les régions sociales, ne
sentez-vous pas que plus vous aurez d'électeurs ou de députés, plus vous augmenterez la confusion et le chaos!
Que plus vous descendrez dans les régions sociales, moins
vous aurez de lumière et de prudence, plus vous aurez
de passions et de témérité! Comment ne comprenez-vous
pas que votre position est insoluble par les moyens que
vous employez, et par tous ceux qu'on vous propose d'y
substituer? Si vous restez dans votre omnipotence élective actuelle, vous continuez à rendre tout gouvernement
impossible. Si vous accroissez par la réforme cette omnipotence élective dans sa force, dans son nombre, dans son
incapacité, vous déchaînez le torrent, et vous détruisez
plus rapidement encore le simulacre du pouvoir, qui,
tant bien que mal, s'est traîné jusqu'à ce jour. — Où
voulez-vous donc aller ainsi?

Sans doute ce langage vous paraît étrange au milieu
de l'atonie universelle où l'on vous endort! Il vous paraît exorbitant qu'une seule voix ose s'élever en France
pour troubler votre fausse sécurité!... Cependant c'est ce
que je vais faire plus que jamais. Après vous avoir montré d'une manière rationnelle et didactique le vice de votre position, je vais vous le montrer spécialement et pour
toutes les hypothèses imaginables et possibles; je vais ana-
lyser les issues politiques que tous les partis actuels vous
offrent pour dénouement à la révolution de juillet, pour
établissement définitif de l'ordre social et du gouvernement que vous cherchez dans votre interminable rêve; je

vais vous prouver que tous vos partis politiques vous offrent chacun une issue fausse, un dénouement impossible,
un avenir impraticable. Les doctrinaires et les conservateurs sont aussi impuissants que le centre gauche et l'extrême gauche; les républicains sont aussi impuissants que
les légitimistes. Il n'y a rien dans tout cela de praticable et
de sensé. Ceux qui ont quelques bons principes les faussent
par la routine et la mauvaise exécution; ceux qui auraient
de la virilité, de la force, des moyens d'exécution, les
faussent en voulant les employer au service de combinaisons libérales, fruits erronés de la philosophie avortée du
dix-huitième siècle, qui veut faire résulter le gouvernement positif de l'humanité d'une série non interrompue
de négations; école funeste qui ne fondera jamais rien,
parce qu'elle détruit d'une main beaucoup plus, infiniment plus qu'elle ne peut édifier de l'autre. — Je montrerai d'abord le néant du parti doctrinaire et conservateur. Je commence par celui-là : A tous seigneurs, tout
honneur; les autres viendront ensuite, comptez-y bien.
Ma volonté ne se lassera pas, du moins tant que mes forces y suffiront. Et si, chemin faisant, je suis conduit à
détruire quelques réputations usurpées, soit en haut, soit
en bas, qu'on ne vienne pas crier à l'injure, à la personnalité. Je ne sais ce que c'est que de parler des partis politiques sans parler des hommes politiques qui en sont les
généraux ou les soldats. Je ne veux pas entrer dans la région des chimères, je veux rester dans le domaine positif
de la réalité. Ce n'est point une comédie, un rôle que je
joue, c'est un homme, un citoyen réel qui vous parle;
écoutez-le comme tel : c'est sa pensée imployable et vivante qu'il transmet à votre pensée.

Ce ne sont pas, après tout, ces ambitieux qui vous trompent et qui vous perdent à leur profit que je pour- suis; non, ce ne sont pas ces hommes de chair et d'os que je poursuis, on le sait bien : ce sont les principes faux qui se sont incarnés en eux, qui se sont personnifiés en eux, et qui ne produisent leurs funestes ravages que par leur parole, par leurs actes, par leur influence sur les partisans crédules qui les suivent et qui les écoutent. Ce n'est pas l'homme que je veux frapper, c'est le principe dans l'homme. Pour arriver à l'un, il faut nécessairement traverser l'autre. Qu'on m'enseigne à faire autrement, on me rendra service.

Oui, l'on me rendra service, on me rendra le plus grand service, car j'ai bien souffert depuis quelques années. lorsque, dans un seul but d'intérêt public, il m'a fallu rompre avec tant d'hommes politiques, éminents et dis- tingués, que notre fraternité dans les premières luttes de la liberté contre l'absolutisme, puis de la monarchie con- tre les erreurs révolutionnaires, m'avait appris à regarder comme des compagnons d'armes ou comme les porte-dra- peaux de l'armée conservatrice ! — Et cela, non seule- ment dans un parti, mais dans tous ! Et cela, non-seule- ment dans le gouvernement, mais aussi dans l'adminis- tration ! Et cela, non-seulement dans la politique, mais dans l'économie commerciale, dans les questions commer- ciales et maritimes. Partout enfin ! Et qui donc, quelle cause puissante, invincible, aurait pu me pousser dans ces séparations pénibles, dans ces luttes inégales, dans cet océan d'inimitiés, de haines, de rancunes, de calomnies déchaînées contre moi, si ce n'était la conviction com- plète, la certitude entière de la vérité, dont j'ai revêtu l'apostolat? Croyez-vous qu'il ne m'aurait pas été plus commode, plus facile de faire comme tant d'autres; de vous composer un système élastique, formé d'un semblant de monarchie et d'un semblant de liberté, appuyé sur ce vaste ensemble de vanités nationales qui ont persuadé aux classes moyennes, abusées par les paroles adulatrices de M. Guizot, qu'elles sont capables, et seules éminemment capables, de diriger le gouvernement du pays, que la vérité du gouvernement était à ce prix? Quel intérêt avais-je, en 1837, à lutter seul contre M. Guizot, contre le *Journal des Débats,* contre tous leurs amis, contre mes amis eux-mêmes dans la chambre, — et j'en avais alors beaucoup, — pour empêcher M. Guizot de faire, près de M. Thiers, cette démarche fatale qui a enfanté la coalition, l'anéantissement moral du parti conservateur, le fractionnement de la chambre, et tous les désastres qui ont suivi, sans oublier tous les désastres qui suivront encore? Quel intérêt avais-je, dans la question espagnole, à vous dire que la révolution ne voulait pas plus Marie-Christine que don Carlos; de même qu'en France elle ne voulait pas plus de la quasi-légitimité que de la légitimité? Quel intérêt avais-je, dans la question d'Orient, à vous dire, seul contre tous, que vous n'empêcheriez pas l'exécution du traité de Londres; que vos menaces, vos protestations n'étaient que de vaines fanfaronnades attestant une hostilité impuissante qui déshonorerait la France dans l'opinion de l'Europe? Quel intérêt avais-je à vous dire que l'omnipotence élective allait promptement réduire la chambre des députés à l'impuissance, à l'éparpillement, à l'impossibilité absolue de majorité et de direction? Et, passant dans un autre ordre d'idées, quel intérêt avais-je à lutter, dans la question des sucres, contre le système colonial qui, il y a huit ans, car cela remonte là, riait de mes prévisions sur le sucre de betteraves, et repoussait avec acharnement le remède salutaire, le seul remède qui restât à la fois au commerce maritime et aux colonies? Et depuis, tout récemment, quand la plupart de ceux qui marchaient avec moi m'ont quitté, et tous, plus ou moins, ont transigé sous les erreurs du système restrictif, quel intérêt avais-je à rester seul inébranlable dans les vrais principes de la question des sucres, à lutter partout, à Paris, à Bordeaux, dans le journal, dans les conversations, dans les discussions officielles, contre les déviations où mes meilleurs amis se laissaient aller? N'ai-je pas eu contre ma persistance, et, par suite, contre le *Courrier de Bordeaux*, la plupart des fondateurs du journal, et les chambres de commerce, et les négociants spécialement occupés au commerce colonial, et tant d'autres? Pourquoi donc, dans ces occasions. et dans mille autres que je pourrais citer, car c'est là toute ma vie depuis dix ans, me suis-je perpétuellement exposé à l'abandon, à l'isolement, plutôt que de céder, sur quelque point que ce fût, et si peu que ce fût, en quelque matière que ce fût? Pourquoi, aujourd'hui même, vais-je entreprendre la tâche la plus pénible, la plus rigoureuse de toutes, en vous montrant l'anéantissement complet du parti conservateur par son alliance avec les doctrinaires, et leur prochaine, leur irréparable défaite?

Parce que je suis mu et poussé par une force pour laquelle les intérêts passagers, les souffrances personnelles, l'abandon même et le délaissement de l'amitié, ne sont pas des obstacles réels et sérieux. Parce que mes convictions

ne sont pas une affaire de raisonnement, encore moins de
calcul, mais de sensation et de dévouement. Parce que,
quand je vous affirme une vérité que l'on nie, ce n'est
pas seulement parce que je la comprends, c'est parce que
je la vois rayonnante devant moi comme la lumière du
jour; c'est parce que je la touche présente et palpable
comme un ami secourable qui me tendrait la main! —
C'est parce que j'ai en dedans de moi une voix toute puissante qui me dit que ceux qui me combattent, ceux qui
nient la vérité que je leur montre, s'illusionnent eux-
mêmes, parce que je suis certain que, dans le fond de
l'âme, malgré eux, en dépit de leur volonté, ils empor-
tent, empreinte dans leur for intérieur, la vérité que j'y
ai gravée, et que, tôt ou tard, elle en sortira pour les
dompter quand son heure sera venue.

§ II.

Du parti Doctrino-Conservateur.

La France monarchique a été, depuis 1830, le jouet
d'une mystification fâcheuse. Elle a cru posséder un parti
conservateur; elle a cru que ce parti conservateur voulait
sérieusement que le trône ne fût pas entouré, c'est-à-dire
dévoré par des institutions républicaines; et il se trouve,
en fin de compte, que ce parti, prétendu conservateur,
craignant le mot, mais aimant la chose, a institué par
ses votes successifs une véritable république élective qui
domine la royauté. La salle du trône, il est vrai, est en-

core aux Tuileries, mais la salle du gouvernement est au palais Bourbon. C'est là qu'on fait la paix et la guerre; c'est là qu'on fait les ministres et les préfets, les pairs de France et les buralistes de la poste; enfin, c'est là que s'accomplit tout le mécanisme qui réduit la royauté à n'être pas grand chose, et la France à n'être presque rien.

C'est que le parti conservateur n'est point conservateur: c'est que le parti conservateur n'est pas même un parti. Nous avions l'espoir qu'après tant de leçons, il aurait au moins la force de rester une coterie; point du tout; il n'a pas su conserver une existence compacte, même sous cette forme dégénérée; et sous la main des doctrinaires, il s'est complètement évanoui. Cependant, par une illusion presque inexplicable, plus il approche de sa tombe, plus il s'imagine qu'il va rajeunir par je ne sais quelle force, sous je ne sais quelle forme, inconnue de tous et surtout de lui-même. C'est sur les élections prochaines qu'il compte pour opérer ce miracle. Essayons de le désabuser.

Je conçois qu'il y ait un parti conservateur chez un peuple qui possède déjà l'ordre, le repos, la fixité, des lois sages, des institutions éprouvées, des mœurs politiques honnêtes et sincères. Tout cela est, en effet, très-bon à conserver. Mais quand on s'est lancé à l'improviste dans une destruction générale, quand on n'a pour institutions que des cadres formés par des axiômes politiques ou par des articles de lois, mais dont le remplissage intérieur est encore à faire et à coordonner; lorsque, en un mot, on a à peu près tout détruit et qu'on n'a à peu près rien remplacé, je me demande ce qu'on a à conserver et quel rôle conséquent et raisonnable a pu s'attribuer un parti conservateur?

Je lui vois bien un rôle négatif qui, jusqu'à ce moment, aurait eu une grande utilité s'il l'avait bien compris. Ce rôle consistait, non à conserver ce qui n'existe pas, mais à empêcher de détruire ce qui n'était pas encore tout à fait démoli. Cette partie de son devoir et de ses fonctions, le parti conservateur l'a au moins entrevu ; mais comme il a cru que sa mission politique se bornait à cette œuvre toute négative, il n'a pas pu l'accomplir, et, tout en luttant contre les institutions républicaines de M. de Lafayette, il s'est lui-même tellement impressionné de leur esprit, qu'il les a fondées sous un autre nom. Moyennant que les Tuileries ne fussent pas prises d'assaut, comme au 10 août, il s'est imaginé qu'il avait conservé la monarchie !

Hélas, pauvres insensés, avant de songer à la conserver, il fallait d'abord songer à l'établir ! Mais c'est ce dont nul de vous ne s'est occupé, parce que le libéralisme parlementaire vous a séduits vous-mêmes, parce que la seule chose que vous avez voulu empêcher, c'est le gouvernement de la gauche ; la seule chose que vous avez voulu établir, ce n'est point le gouvernement de la monarchie, c'est votre propre gouvernement à vous. Le gouvernement de la chambre vous paraît excellent, pourvu que vous ayez la majorité dans la chambre, c'est-à-dire pourvu que ce soit vous qui gouverniez. Voilà ce que vous avez voulu conserver. Ce n'est point la monarchie, c'est la majorité ; voilà pourquoi vous avez perdu l'une, et pourquoi vous perdrez l'autre. Vous n'avez rien conservé que les principes révolutionnaires qui doivent tout perdre. Aussi, regardez depuis dix ans la marche décroissante des affaires de votre pays. Il n'était question de rien moins, d'abord, que d'envahir le monde, et maintenant vous fortifiez votre capitale de peur d'être envahis? Répondez-moi donc, je vous prie, et dites-moi ce que vous avez conservé? Je vous dirai, moi, ce que vous avez perdu et comment vous l'avez perdu.

Le parti conservateur n'a rien conservé, parce qu'il n'était pas même un parti. En effet, ce qui constitue un parti politique digne de ce nom, c'est une pensée collective, une foi ferme et constante dans certains principes qui lui servent de lien et qui le retiennent uni comme un faisceau; alors, s'il arrive que les chances parlementaires ôtent la majorité à ce parti, plutôt que d'abdiquer sa foi, plutôt que d'abdiquer cette pensée fondamentale qui fait son âme et sa vie, il se résigne immédiatement au rôle de minorité; il porte à la tribune et dans les conseils parlementaires l'expression haute et ferme de sa foi, de ses principes, de sa volonté; à mesure que les évènements se déroulent, il montre à la nation la relation intime et directe qui existe entre les malheurs qui la frappent et les mauvais principes de la majorité qui la gouverne; alors cette démonstration, confirmée chaque jour par la leçon vivante des faits, consacrée par l'autorité morale d'un parti qui a mieux aimé renoncer au pouvoir que d'abdiquer ses principes, fait une impression profonde sur l'esprit des peuples que le malheur rend attentifs, et le parti conservateur, réduit par l'intrigue à l'état de minorité, remonte au rang de majorité par l'assentiment de l'opinion publique et par les sympathies nationales.

Mais le parti prétendu conservateur n'a jamais agi ainsi, parce que, quoiqu'il fût mû par un instinct général et vague de conservation, il ne s'était jamais rendu un compte

exact, ni de ce qu'il fallait établir, ni de ce qu'il voulait
conserver; il voulait bien être monarchique, mais il ne
savait pas trop ce que c'était que la monarchie; et quand
on lui en présentait l'image sincère et complète, il s'en
effrayait lui-même, comme si on lui eût proposé le despotisme. N'ayant donc ni pensée claire et certaine, ni principe fixe et arrêté, ni volonté précise d'agir pour un but
donné, du moment qu'il n'avait plus la majorité, il n'é-
tait plus rien, il ne se sentait pas l'ardeur, la volonté, la
foi, qui suppléent au nombre, et qui font qu'un parti,
quoique réduit à la minorité, a encore une grande valeur
et se croit invincible. Aussi, quand le parti prétendu conservateur a été vaincu par la coalition, il n'a pas su se
résoudre au rôle de minorité active et puissante, parce
qu'il ne se sentait pas la force de le remplir; parce qu'il
n'était qu'un simulacre de parti; parce qu'il n'était pas
monarchique; parce qu'il n'était pas conservateur; parce
qu'une fois privé de la force numérique du scrutin et ne
pouvant plus gouverner, il ne voulait cependant ni supporter le gouvernement de la gauche, ni consentir au gouvernement du roi.

Alors, qu'est-il arrivé? Ce prétendu parti conservateur
a subi l'influence des doctrinaires pour qui le culte ma-
térialiste de la majorité a remplacé tout principe moral
de gouvernement. Ce parti, ainsi abâtardi, ce parti doc-
trino-conservateur, a cru qu'il suffisait de constituer une
nouvelle majorité dont il ferait partie, pour constituer un
vrai gouvernement. Il a donc cherché dans les partis qui
venaient de le vaincre des auxiliaires et des chefs. Au lieu
d'être une minorité résistante, il s'est transformé en minorité soumise; il a passé sous les fourches caudines de ses

vainqueurs ; il a abdiqué toute sa force morale, tout son
empire sur les esprits, afin d'être compté dans cette majorité nouvelle dont il n'avait plus la direction. Il s'est imaginé qu'il était encore la majorité, parce que sa minorité
n'était pas officiellement constatée, parce qu'en un mot,
il n'était pas passé à l'état d'opposition. C'est là ce qui
marque sa déchéance d'un sceau fatal et ineffaçable ; il a
donné son dernier mot à ses adversaires. Ils savent qu'il
n'a pas la force morale suffisante pour constituer une opposition, et que, par conséquent, il capitulera toujours
devant eux pour être admis, à un titre quelconque, à faire
partie de la majorité.

En agissant ainsi, en courbant sous le 12 mai, en courbant sous le 1er mars, en courbant sous le 29 octobre, le
parti conservateur a prouvé qu'il courberait toujours, parce
qu'il n'avait en lui-même ni principes, ni foi. Il s'est sui-
cidé moralement. Il a pour toujours abdiqué la majorité.
Regardez ceci comme certain. Désormais, le parti conservateur n'aura jamais la majorité. Pourquoi les électeurs
auraient-ils en lui, plus de confiance et de foi, qu'il n'en
a eu lui-même ! C'est impossible. Cela paraît à tous les
yeux. Le parti conservateur s'est déconsidéré devant les
collèges électoraux. Personne ne voudra se faire le champion d'un parti qui s'est déserté lui-même, d'un parti qui
n'est pas conservateur, qui n'est pas un parti, qui n'est
rien ; d'un parti qui, par sa propre force, ne s'est montré
capable, ni d'être majorité, ni d'être minorité, ni d'être
ministère, ni d'être opposition ; d'un parti qui, en même
temps, a voulu se mêler de tout, se glisser partout, mettre
la main partout, afin d'avoir l'air de diriger tout, lorsqu'en dernière analyse il se traînait à la remorque de

tous les partis réels, sans pouvoir seulement leur servir
de contre-poids. Je le dis à regret; mais depuis que le parti
conservateur a souffert que les doctrinaires missent de
nouveau la main sur lui, pour jeter un pont volant sur
l'abîme qui les séparait du pouvoir, il s'est anéanti. Je
ne sais même si, à défaut de vie et d'action, il pourra
au moins conserver l'honnêteté qui jusqu'à présent l'a-
vait caractérisé. Ce n'est plus qu'une momie politique
mal embaumée, et qui pourrait bien passer à l'état de
putréfaction.

Le parti conservateur, donc, n'aura jamais plus la majorité; il ne faut que vivre un peu dans le monde électoral pour s'apercevoir de cela. Il ne lui reste plus d'autre
espoir, d'autre destinée, que de s'enchâsser tant bien que
mal dans la mosaïque des partis, dans cette sorte de pot-
pourri parlementaire, dans cette coalition mobile de quatre à cinq nuances d'opinions, que, désormais, on appel-
lera *majorité*; et, dès-lors, réduit à cette misérable condition, quel avenir peut-il offrir à la France, lorsqu'il ne
peut plus se promettre un avenir pour lui-même? Les conservateurs sont finis. *Vixere.*

Ce sont les doctrinaires qui ont paralysé ainsi le parti
conservateur; les doctrinaires, dont l'influence énervante
a sacrifié toujours le fonds à la forme, la réalité à l'apparence, le gouvernement à la majorité qui ne devrait en
être que le moyen d'action, mais jamais la pensée : car
tout gouvernement qui cherche sa pensée dans une majorité, ne pensera jamais; il se maintiendra dans une hé-
sitation continue, entre l'affirmation et le doute. Il argu-
mentera toujours et ne concluera jamais. En attendant,
le soleil se lève et se couche, les évènements se succèdent,

le moment opportun passe, l'occasion se perd, et la France
voulant agir enfin quand il n'est plus temps, s'énerve,
s'épuise, s'affaisse sur elle-même, pendant que tous les
peuples de l'Europe monarchique, — et j'y comprends
l'Angleterre, — vivent, pensent, marchent, s'agrandissent
dans l'ordre moral et dans l'ordre matériel. — Le gouvernement des doctrinaires, c'est un progrès inverse, une
ascension vers le néant. Leur soleil verse la brume et
l'obscurité, comme le soleil de Dieu verse la lumière dans
le monde. Ils ont réalisé les *ténèbres visibles* de Milton.

Aux yeux des chefs actuels de parti conservateur, la
France disparaît et s'efface derrière la chambre; ils ne
voient que la chambre; la chambre est tout. Avoir la
majorité, n'est plus le moyen, c'est le but; ils n'ont jamais
compris que, pour conquérir le gouvernement des esprits,
il faut savoir s'exposer à perdre la majorité.

Cette maladie de leur esprit a été contagieuse. Elle a
gagné le parti conservateur, elle l'a éteint. Il a voulu à
tout prix être la majorité, même quand il ne l'était plus.
— Il a eu horreur de l'état de minorité, comme la nature
a horreur du vide. — Il a oublié que, sous la restauration,
le parti libéral dans la chambre était devenu puissant et
fort, précisément en restant minorité; et qu'il était devenu
majorité, non pas en passant dans les rangs du parti dé-
fectionnaire, mais en l'absorbant dans les siens. Voilà
pourquoi le parti conservateur n'est plus que le souvenir
d'une illusion. Hommes monarchiques, cherchez ailleurs!
Il n'y a plus rien là; c'est de la fumée ou de la cendre.

Je causais un jour avec l'un des chefs du parti conservateur; il s'agissait de savoir si l'œuvre du gouvernement
devait émaner du ministère ou de la chambre. — *Monsieur*

me dit mon interlocuteur, *c'est le parterre qui fait les bon-*
nes pièces de théâtre. — Hélas! répondis-je, je n'en crois
rien. Tout au plus siffle-t-il les mauvaises. — Quelquefois
même il n'accueille pas les bonnes : témoin *Athalie*, *Phè-*
dre, le *Misanthrope!* — Ce n'est pas le parterre du siècle
de Louis XIV qui a fait Corneille et Molière;—c'est Corneille et Molière qui ont fait le parterre du siècle de Louis
XIV et des siècles suivants (1), et j'aurais pu ajouter : —
Voyez aujourd'hui! le parterre français est certainement
plus initié aux mystères de l'art théâtral qu'il ne l'était
quand le *Cid* et le *Misanthrope* apparurent spontanément.
Le parterre actuel a-t-il formé, a-t-il créé quelque Corneille ou quelque Molière? L'auditoire choisi des temples
de la capitale a-t-il ressuscité le génie de Bossuet! —
Non!... la foule, le nombre, l'assemblée, le vote, la critique, ne créent jamais ni le génie, ni le pouvoir, ni le
gouvernement. Ces trois grandes œuvres de Dieu sont for-
mulées par lui en quelques sublimes individualités, que
les peuples doivent admirer et croire.

Où donc allons-nous ainsi? Que va devenir la France
entre les funérailles du parti conservateur et l'enfantement
impossible d'un gouvernement démocratique?—Je ne sais.
Personne, je pense, ne le sait plus que moi.—Mais à vue
de pays, on doit présumer que M. Guizot, exploitant les
restes du parti conservateur, M. Thiers, exploitant les
impuissances ambitieuses de la gauche, chercheront encore
à se réunir, afin d'envahir en commun la puissance royale
et la puissance parlementaire, qu'ils se flatteront de dominer par l'union de leur double ascendant.

---

(1) Dans une occasion plus spéciale et plus récente, ce n'est pas la majorité
qui a fait Casimir Perrier; c'est Casimir Perrier qui a fait la majorité.

Reste à savoir si la couronne sera aussi crédule que le parti conservateur et que M. Odilon Barrot.

J'en doute; en attendant, je ne dirai qu'un seul mot! —Pour gouverner une grande nation, il faut un homme. —Il n'en faut pas deux.

§ III.

Du côté gauche.

J'ai montré comment le parti conservateur, qui n'a plus d'existence ni d'avenir qui lui soient propres, est, à plus forte raison, dans l'impuissance de fonder et de garantir l'existence et l'avenir du gouvernement français. Nous allons chercher quel avenir et quelle existence le côté gauche pourrait maintenant assurer à notre pays. Nous examinerons ensuite ce que peut le parti légitimiste; et nous arriverons, je crois, pour les trois hypothèses, au même résultat, à l'impossibilité de gouvernement.

Je veux d'abord définir, d'une manière précise, ce que j'entends par ces mots : *le côté gauche.*

Ce n'est point telle ou telle fraction de la chambre, depuis tel banc jusqu'à tel autre, obéissant à l'impulsion de tel ou tel député qui la guide. J'entends par côté gauche, dans la chambre et dans la nation, l'ensemble de toutes les nuances d'opinions politiques qui admettent la souveraineté du peuple pour base et pour principes du gouvernement; qui croient que le gouvernement lui-même est un mandat émanant du peuple qui peut, par conséquent, le renverser, le changer, le rétablir à sa fantaisie.

Je range dans le côté gauche tous ceux qui, au lieu de reconnaître que la volonté générale doit obéir à la loi, pensent que la loi émane de la volonté générale; de sorte que l'effet dominerait sa cause, que le mandataire gouvernerait le mandant, qui cependant, de son côté, n'obéirait qu'autant qu'il lui plairait d'obéir.

Ces principes, que l'école du 18e siècle a mis en vogue, se détruisent tellement eux-mêmes par les termes contradictoires dont ils sont composés, que c'est vraiment pitié d'être obligé de perdre son temps à les réfuter. Le droit lui-même, qu'on reconnaît à une nation de se donner des garanties électives contre l'éventualité de l'action arbitraire de son gouvernement, implique nécessairement que ce gouvernement n'émane pas d'elle, car l'action électorale ne peut pas produire à la fois deux résultats d'une nature contraire; étant essentiellement restrictive de l'autorité, elle ne peut pas créer l'autorité elle-même. On peut bien donner un mandat contre un tiers, mais on ne peut pas donner de mandat contre soi-même, et l'électeur, restant toujours dans l'ordre moral au-dessus de l'autorité qu'il aurait élue, ne peut pas être gouvernée par elle.

C'est donc, on le conçoit, pour ne pas laisser de lacune dans le sujet que j'ai entrepris, que je vais expliquer succinctement l'impossibilité où le côté gauche serait de gouverner la France; car, avec de pareils principes, tout gouvernement est essentiellement impossible, en tout lieu et en tout temps.

Aussi nous avons vu que, toutes les fois que le côté gauche avait une chance d'approcher du pouvoir, il cherchait à biaiser devant ses principes, et s'il ne les désertait pas ouvertement, du moins il cherchait un prétexte bon ou mauvais pour les éluder, pour en retarder l'application.

Cela est vrai pour toutes les nuances de la gauche, tout aussi bien pour ceux qui en sont l'expression la plus modérée, c'est-à-dire la plus incomplète, que pour ceux qui en sont l'expression la plus complète, c'est-à-dire la plus dangereuse et la plus impraticable. En arrivant au pouvoir, nous avons vu les modérés de la gauche, contraints par la force même des choses, chercher à gouverner, sinon contre leurs principes, du moins en dehors de leurs principes mêmes, et comme s'ils n'existaient pas. Et, tout récemment, nous avons vu l'un d'eux, déshérité du ministère, mais candidat pour un ministère futur, revenir à l'expression de ses principes pour se repopulariser dans la gauche; et, cependant, quoique cette expression de ses principes fût considérablement atténuée, en renvoyer l'application à un ajournement indéfini.

Avec une pareille manière de procéder, on peut faire des discours, mais on ne peut pas faire du gouvernement. Ainsi, tout en consacrant des principes de souveraineté du peuple qui nécessitent la réforme électorale, les modérés voudraient réduire cette réforme aux proportions les plus restreintes et à l'époque la moins prochaine. Mais la logique de leur parti et de leurs propres principes ne permet pas qu'il en soit ainsi; car s'il est vrai que la loi doive être l'expression de la volonté générale, il n'y a pas de loi, et par conséquent pas de gouvernement, tant que cette volonté générale n'est pas exprimée, c'est-à-dire tant que le suffrage universel n'est pas établi.

La réforme en miniature, telle que la proposent les modérés, ne serait donc qu'un à-compte, si j'ose m'expri-

mer ainsi, un premier pas vers une réforme complète,
c'est-à-dire vers la destruction de tout pouvoir; le gouvernement serait donc plus ou moins impossible à la gauche, selon qu'elle pratiquerait avec plus ou moins de fidélité ses propres principes. Elle ne pourrait gouverner
réellement qu'à la condition rigoureuse de les abdiquer
tous. Alors elle ne serait plus la gauche, et la question
serait résolue contre elle par elle-même; car il ne lui
suffirait pas de déserter ses anciennes maximes, il lui faudrait les remplacer par des maximes nouvelles et contraires : et comment le pourrait-elle, puisqu'elle perdrait ainsi
ses anciens partisans sans en acquérir de nouveaux?

Si je prends pour exemple les chefs les plus avancés
de la gauche, le gouvernement leur serait bien plus évidemment impossible le jour où ils arriveraient au pouvoir. Et faites bien attention que je ne veux pas dire par
là, seulement, que le gouvernement leur serait impossible, parce que la nation ne leur enverrait pas une majorité dans leurs principes; non, je ne veux pas éluder la
difficulté, je l'aborde en face; je suppose, au contraire,
que les électeurs leur envoyassent une majorité tout à fait
sympathique à leurs opinions, et c'est précisément en ce
cas que je dis que le gouvernement leur serait tout à fait
impossible.

Car ils seraient alors dans la nécessité de pratiquer leurs
principes, et ces principes détruiraient promptement en
leurs mains le simulacre d'autorité dont ils seraient revê-
tus. La souveraineté du peuple ne serait plus une fiction,
ce ne serait plus une formule abstraite reléguée dans les
phrases d'un discours; ce serait une autorité renversée
qui agirait de bas en haut, et qui imposerait ses ignoran-

les volontés au gouvernement, bien loin de vouloir obéir
à ses lois. Vous verriez à l'instant le même principe funeste se glisser dans l'administration civile, dans l'administration judiciaire, dans l'administration militaire; les
administrés voudraient élire leurs administrateurs, les
plaideurs voudraient élire leurs juges, les soldats voudraient élire leurs officiers, les officiers voudraient élire
leurs généraux; car, d'après les principes de l'école libérale,
le pouvoir n'étant qu'un mandat, doit toujours être déféré
par ceux qui doivent obéir à ceux qui doivent commander; et malheur alors, malheur au général qui ne satis-
ferait pas ses officiers, aux officiers qui ne plairaient pas
à leurs soldats, aux administrateurs qui ne courberaient
pas sous les exigences de leurs administrés, aux magistrats qui ne sacrifieraient pas la justice du droit aux caprices de la foule : car le peuple se ferait alors justice à
lui-même, et nous savons tous comment il la fait.

Oui, je ne crains pas de le dire, la plus grande crainte
du côté gauche, s'il arrivait au pouvoir, serait d'être obligé
de pratiquer ses principes. Son labeur incessant, son occupation perpétuelle, serait de faire semblant de les pratiquer, mais de les éluder en réalité. Or, il ne réussirait
ni à l'un ni à l'autre, et ce serait là son juste châtiment.
S'il pratiquait ses principes, il détruirait la France avec
lui; s'il ne les pratiquait pas, les partisans de ses principes le détruiraient lui-même. C'est un dilemme dont il
ne sortirait jamais.

Et remarquez que j'ai traité la question sous le seul
point de vue intérieur; mais si nous l'examinons sous le
point de vue des relations inter-nationales, les embarras
seraient bien autres, et leur solution seraient bien plus

impossible. Si la souveraineté du peuple, atténuée, hypo-
critement déguisée sous la forme parlementaire par la coalition, a suffi pour éloigner de nous tous les peuples et
tous les gouvernements de l'Europe, que serait-ce donc le
jour où, sans voile, sans fiction, la souveraineté populaire prendrait en main la direction des finances et de
l'armée, de la législation et de la justice? Ce jour-là, la
France perdrait, je ne dis pas toutes ses alliances, car elle
les aurait perdues depuis bien long-temps avant d'être
tombée à ces dernières extrémités; mais elle perdrait même
l'estime et la pitié des autres nations qui ne verraient en elle
qu'une dupe volontaire des inexcusables caprices de sa
vanité.—Est-il donc difficile de prévoir ce qui arriverait
alors?

Non, sans doute! Les légitimistes, vous montrant la
France épuisée et désorganisée au dedans, déconsidérée et
isolée au dehors, vous diraient : — Conservateurs, vous
n'avez pas su fonder la monarchie; libéraux, vous n'avez
pas su fonder le gouvernement représentatif; votre double tentative n'a fait que montrer votre double impuissance. Si vous persistez encore dans cette œuvre impossible, la France sera tout-à-l'heure livrée sans défense aux
fureurs des factions et aux inimitiés de l'étranger. Cédez-
nous donc la place : nous seuls, par nos principes et notre
position, pouvons rétablir l'ordre social en France, et la
faire rentrer dans la communion des peuples civilisés.

Certes, si les légitimistes avaient la puissance et la
force qu'ils se flattent d'avoir, l'esprit de parti, je crois
l'avoir prouvé souvent, ne m'aveugle ni comme eux, ni
contre eux, et je recevrais avec reconnaissance le bonheur
de notre pays de leur main comme de tout autre. Mais il

me sera bien facile de montrer comment les légitimistes
s'abusent sur leur avenir et sur celui de la France. Sans
contester la valeur de leur principe, car je crois être aussi
réellement et plus rationnellement légitimiste qu'eux, je
dirai qu'en voulant attribuer à une institution humaine
une durée éternelle, sans exception et sans terme, comme
si rien de ce qui touche à l'humanité pouvait être parfait
et infaillible, ils travaillent eux-mêmes à rendre impossible l'application du principe qu'ils défendent; je leur ferai
voir, l'histoire à la main, qu'après des périodes dynastiques, plus ou moins longues, toutes les monarchies ont
souffert des exceptions à leur principe dynastique, précisément pour conserver le principe de la légitimité et l'organisation monarchique de l'État; de sorte que ces exceptions, loin de détruire la règle la confirment : de sorte
que la légitimité a plus régulièrement et plus complètement fonctionné dans la seconde dynastie que dans la première, dans la troisième que dans la seconde; de sorte,
qu'il est absolument faux de dire que le renversement
d'une dynastie et son remplacement par une dynastie nouvelle, présuppose l'intronisation de la souveraineté du peuple et la négation du principe héréditaire; au contraire,
quand les temps sont mûrs, quand l'époque providentielle
est arrivée, c'est le seul moyen praticable de sauver l'ordre social et la légitimité qui en est l'emblème, du grand
naufrage des révolutions.

Mais n'anticipons pas; ce sujet est trop vaste et trop
sérieux pour être ébauché en courant. Depuis dix ans,
j'ai consacré toutes mes forces à prouver au parti libéral
qu'il se trompait sur le principe du gouvernement; au
parti légitimiste, qu'il se trompait sur l'application de ce

principe à l'époque actuelle, et qu'il le perdrait par le ri-
gorisme absolu de ses prétentions. Dans la réponse que je
fis à M. de Châteaubriand en 1831, j'exprimai les mêmes
idées et presque dans les mêmes termes sur la légitimité
monarchique; alors, comme aujourd'hui, loin de nier ce
principe, je le reconnaissais pleinement, comme j'avais
déjà nié complètement le principe de la souveraineté du
peuple; mais je disais, comme aujourd'hui, que les institutions humaines ne peuvent pas être éternelles, et qu'il
arrive des époques providentielles où il faut nécessairement faire une concession dans la forme pour sauver le
fond, et changer la dynastie pour conserver la légitimité,
en greffant le même principe sur une autre race. C'est ce
que j'espère prouver avec plus de force encore dans la discussion où je vais me livrer.

§ IV.

Du Parti Légitimiste.

On me fait deux reproches. On me dit d'abord : Sous
la restauration vous étiez l'écrivain le plus ardent de l'opposition libérale; comment se fait-il que vous soyez aujourd'hui le plus ardent défenseur de la monarchie? C'est
une contradiction.

On me dit ensuite : Sur le principe de l'autorité, sur
l'origine et la nature du pouvoir, sur l'impuissance du
gouvernement électif, enfin sur l'inviolabilité et l'hérédité de la couronne dans la monarchie, vous pensez main-

tenant comme les légitimistes eux-mêmes; comment se fait-il donc que vous combattiez la cause qu'ils défendent et que vous défendiez la cause qu'ils combattent? C'est une double inconséquence.

Si ces deux reproches ne soulevaient qu'un fait personnel, je les passerais sous silence, et je continuerais simplement à traiter la question d'intérêt général qui nous occupe; mais il n'en est point ainsi. Ce n'est point pour défendre ma personne que je vais donner les explications suivantes; je m'abandonne depuis si long-temps et si complètement à l'improbation des partis devant lesquels mon indépendance n'a pas voulu courber, qu'un sacrifice de plus ne me serait pas fort pénible. Je sais bien que tous les partis extrêmes doivent être contre moi, puisque je suis contre eux; et je n'ai pas la bonhomie de compter sur l'affection de ceux que je combats, lorsque je n'ai obtenu que l'indifférence du parti que j'ai si puissamment servi. Je vais donc entrer dans quelques explications qui, sous certains points de vue, me sont personnelles, mais je m'attacherai uniquement à ce qu'elles présentent de direct et d'important au sujet d'intérêt public que nous traitons.

Le premier fait est vrai, mais le reproche n'en est pas fondé. Sous la restauration, l'éducation de ma jeunesse, ma position, mes relations sociales, jointes à l'inexpérience de l'âge, me plaçaient à un tel point de vue, qu'il m'était facile d'apercevoir les fautes et les dangers de la monarchie restaurée, mais qu'il m'était impossible d'apprécier les qualités et les immenses avantages qui les compensaient. Par l'effet de la même situation personnelle, il m'était facile d'apercevoir les avantages et les côtés bril-

lants du libéralisme, et il m'était impossible d'apprécier
le vide de ses théories, encore plus impossible d'apercevoir les vices et l'ambition personnelle de ses prétendus
hommes d'État. Je ne voyais donc qu'un seul côté des deux
partis. Dès-lors, j'étais un homme politique incomplet;
et, quoique j'eusse l'intention d'être juste, parce que j'é-
tais sincère et désintéressé, je jugeais cependant avec par-
tialité, parce que je n'étais pas éclairé sur les deux côtés
de la question.

Les lumières qui me manquaient, la révolution de juillet me les a fournies. La révision démocratique de la
charte, pour laquelle nous avions combattu, m'a subite-
ment fait voir de quelles illusions et de quels hommes
j'avais été le jouet. J'ai promptement aperçu le côté négatif des doctrines libérales, par le néant même de leur application : elle m'a promptement montré l'immense bienfait des institutions monarchiques, par le désastreux effet que leur absence a produit rapidement dans toutes les
parties de notre politique intérieure et dans la dégradation de nos relations extérieures. Alors, pouvant peser
avec impartialité les avantages et les inconvénients de
chaque situation, j'ai vu avec une clarté saisissante que
la monarchie, avec ses défauts inévitables, valait encore
cent fois mieux que le libéralisme avec ses perfections ima-
ginaires, et je suis devenu monarchique par conviction,
car je défie les calomniateurs les plus intrépides de dire
que je le sois devenu par intérêt. Je puis dire des deux
pouvoirs qui se sont succédés : *nec benificio, nec injuria
cogniti*. Mon âpre et sauvage indépendance m'a toujours
abrité de la faveur autant que de la disgrâce.

C'est qu'en effet, il faut une révolution qui détruise la

royauté, pour qu'on comprenne bien ce que c'est que la monarchie, pour qu'on se rende un compte bien exact de sa supériorité sur tout autre système de gouvernement. Tant que la monarchie est debout, ce qui est bien visible, bien saillant, ce sont les inconvénients de détail qui en résultent. Les faiblesses du roi, les erreurs des ministres, les priviléges des favoris, les injustices partielles qu'éprouvent certaines classes de la société, tout cela est apparent, tout cela saute aux yeux, tout cela tombe sous le tranchant d'une vive et facile critique.

Mais pendant que les esprits les plus vulgaires aperçoivent facilement toutes ces choses, les grands ressorts de l'État que la monarchie, par sa seule existence, par son seul aplomb, tient dans une grande et puissante harmonie, ne sont aperçus que des esprits supérieurs et expérimentés. Eux seuls comprennent que l'équilibre pacifique de toute la machine politique, depuis le trône jusqu'à la dernière commune, produit une infinité de bienfaits permanents et sans relâche dans toute la nation, par la sécurité, par le bien-être, par la tranquille activité maintenue à chacun dans la sphère qui lui est propre. La monarchie dans le corps social, c'est comme le principe de la vie, comme la santé dans le corps humain : on en jouit sans s'en rendre compte. On n'en comprend le bienfait général que lorsqu'elle est troublée en quelques points.

Oui, même avec un mauvais roi, — pourvu qu'il ne soit pas un tyran féroce et sanguinaire ; et, dans l'état actuel des choses, ces personnalités monstrueuses sont impossibles ; — même avec un mauvais roi, dis-je, la monarchie, par cela seul que la vaste machine de l'État conserve son action, son unité, sa direction certaine et non

interrompue, répand encore dans le corps social cent fois
plus de bien-être que de mal. — Supprimez la monarchie, au contraire; anéantissez la royauté, le pivot central venant à manquer, tous les ressorts de l'État se dis-
joignent ou se cassent, la confusion gagne, le désordre
est partout, la propriété s'inquiète, le commerce s'éteint;
et, malgré les plus beaux axiômes politiques écrits sur le
papier, la société tombe dans l'inquiétude et dans le dépérissement.

La force de l'institution monarchique est si grande, si
tutélaire, qu'elle suffit souvent par elle seule à tirer parti
même des défauts de l'homme-roi, pour les faire concou-
rir à la grandeur de l'État et à sa prospérité. Comme
homme, les deux rois les plus critiquables de la troisième
dynastie sont évidemment Louis XI et Louis XIII : l'un,
modèle de dissimulation, d'égoïsme, de cruauté même;
l'autre, incapable, sans volonté, oublieux, ingrat, réduit
au misérable rôle de premier courtisan de son premier
ministre. Eh bien! du premier de ces règnes date la con-
centration des forces de la France en un seul faisceau; du
second, date l'abaissement des puissances rivales de la
France et sa suprématie glorieuse sous le règne suivant.
Ce sont ces deux règnes qui ont fait la France.

Le vice du gouvernement électif, au contraire, est si
grand, qu'il emploie d'immenses moyens de succès pour
arriver à une immense déconvenue, à un épuisement général. C'est pourquoi, si vous ôtez le gouvernement à la
royauté, et si vous le donnez à une assemblée élective, il
importe peu, je vous assure, que cette assemblée ait du
talent, du patriotisme, du génie même, si vous voulez.
Tout cela se gaspillera, se neutralisera, se perdra dans

le désordre, dans l'impossibilité de l'application. Après avoir jeté quelque éclair de courage et de grandeur au milieu des calamités publiques, aussitôt qu'il faudra agir régulièrement, avec ordre, en même temps qu'avec promptitude et décision, votre assemblée gouvernante n'y entendra plus rien. Elle tendra les ressorts qui devraient être relâchés, elle relâchera les ressorts qu'il faudrait tendre; alors l'État tombera tout à la fois dans la témérité de l'enfance et dans la débilité de la vieillesse, miraculeusement combinées pour sa ruine irréparable.

Eh bien, voilà ce que j'ignorais sous la restauration; voilà ce que la révolution de juillet m'a appris; voilà pourquoi j'étais dans l'oppposition libérale; voilà pourquoi je suis aujourd'hui monarchique de cœur et d'esprit; et, comme je suis sincère, ma parole a subi la même modification que ma pensée. — Je n'ai pas d'autre explication à vous donner. Étudiez celle-là; elle vous sera profitable.

Ceci me conduit au reproche des légitimistes. En l'examinant, nous allons voir comment ils prennent leurs illusions pour des espérances, et les souvenirs du passé pour l'aspect de l'avenir.

Puisque vous êtes monarchique de cœur et d'esprit, me disent-ils, puisque vous croyez à l'hérédité et à l'inviolabilité de la couronne, pourquoi n'appliquez-vous pas ces principes, dans toute leur portée, aux faits actuels? Puisque vous voyez maintenant les avantages de la monarchie restaurée (1) que vous avez combattue, pourquoi ne travaillez-vous pas comme nous à la rétablir?

_____

(1) Je les vois sans doute, mais je vois aussi que ces avantages, nous les avons perdus par le mauvais usage que la restauration en a faits. Si l'on admet que la

J'ai deux réponses à faire à cette double question ; mais comme le sujet est brûlant, comme il touche à des blessures morales que je ne voudrais pas aigrir, je prie mes honorables adversaires de ne pas aller au-delà du sens positif et direct de mes paroles, car elles ne cachent aucune hostilité secrète, loin de là. Si la situation réelle de l'État le permettait, mes sympathies morales seraient pour eux ; mais le bien du pays ne le permet pas, parce qu'ils se trompent sur l'appréciation même des faits.

La monarchie est le seul gouvernement qui convient à la France. La monarchie ne peut exister sans l'inviolabilité et l'hérédité de la couronne. Nous sommes d'accord, parfaitement d'accord sur ce point.

Mais il ne suit pas de là que l'institution dynastique soit infaillible, éternelle, que cette règle puisse se maintenir toujours sans exception. Cela ne s'est vu nulle part, dans aucune monarchie sur la terre. Il arrive dans toutes des crises historiques, où les faits parlent si haut, que l'imperfection inévitable de toutes les institutions humaines ne peut lutter contre eux. Alors un changement de dynastie devient inévitable et nécessaire pour conserver la royauté elle-même.

Déjà trois fois en Angleterre, deux fois en France, la dynastie légitime a été expulsée pour faire place, non à la souveraineté du peuple, mais à une nouvelle dynastie fonctionnant d'après le même principe de légitimité que la précédente ; et, comme je l'ai déjà fait observer, la lé-

révolution de juillet soit un grand malheur pour la France, ce qui paraît maintenant assez probable, la restauration est coupable et responsable de ce malheur, tout autant que l'opposition libérale elle-même. Les torts ont été si graves des deux côtés, qu'un juge impartial doit les condamner également.

gitimité héréditaire, loin d'être supprimée et détruite par
cette exception soufferte, a fonctionné beaucoup mieux,
beaucoup plus régulièrement que dans la dynastie précédente. — Fait historique qui résout complètement la
question.

Ce n'est donc pas le droit abstrait, la théorie légitimiste qu'il nous faut discuter. Ce serait de l'encre, du papier et du temps perdus de part et d'autre. D'ailleurs,
puisqu'on me fait l'honneur d'attacher quelque prix à mes
opinions, puisqu'en remontant au-delà de la révolution
de juillet on a cru trouver un argument dans la prétendue contradiction qu'on m'imputait, on me permettra,
sans doute, de rappeler qu'au milieu même de la bagarre
de juillet, j'ai protesté contre la souveraineté du peuple,
tout aussi clairement que j'avais protesté contre les ordonnances de Charles X ; que je me suis opposé à la révision
de la charte et à la violation de la monarchie, et que mon
instinct, tout le monde l'a bien compris, m'aurait porté
à respecter l'hérédité du trône, sans exception, si la chose
eût été possible, praticable, durable. Je ne rappelle là que
des actes incontestables. Ils m'ont attiré assez de calomnies et de charivaris pour avoir le mérite d'une authen-
ticité reconnue ; et je ne les invente pas après coup pour
le besoin de mon argumentation.

C'est donc le point de fait révolutionnaire qui est en
discussion, non le droit légitimiste. Il faut savoir si l'é-
poque fatale et providentielle d'un changement de dynastie était arrivée ou non ; il faut savoir si la volonté d'un
parti, si rationnelle qu'elle fût en théorie, pouvait lutter
efficacement contre le temps et les faits, ces deux ministres irrésistibles de Dieu !...

Eh bien, je ne le crois pas : Je suis au contraire très-
fermement convaincu que, si l'on avait essayé, au mois
d'août 1830, de placer Henri V sur le trône, au lieu de
sauver la royauté, on l'aurait complètement perdue. Je
suis convaincu que la méfiance qui se serait, non sans
motif, attachée à la sincérité de la régence (1) du jeune
prince aurait ôté toute force, même la plus précaire, aux
actes de son gouvernement; de sorte que la recrudescence
révolutionnaire l'aurait promptement dévoré au milieu
d'une nouvelle catastrophe, pour toujours irréparable.
Henri V n'aurait fait que paraître et disparaitre. Il n'y
avait qu'un seul homme au monde qui pût sauver la
royauté : c'était Louis-Philippe. Dieu l'a désigné roi, la
France l'a agréé, la monarchie a traversé le détroit fatal
où elle allait périr, si l'on eût voulu maintenir l'hérédité
légitime du trône dans toute la rigueur du principe.

Jetez un regard impartial sur votre histoire de France.
Vous y verrez, d'une manière uniforme et rationnelle, se
reproduire les causes des changements dynastiques. Vous
verrez que chaque dynastie, commencée par un homme
fort d'esprit et de cœur, après une durée plus ou moins
longue, après une alternative de grands règnes et de règnes faibles, finit par s'user, s'appauvrir et s'affaiblir tellement, que, soit par son dépérissement intrinsèque, soit
par la relation fausse de ses traditions personnelles avec
les modifications que les siècles, en s'écoulant, ont fait

---

(1) Que la régence eût été laissée à la famille royale, ou qu'elle eût été déférée
à quelque notabilité du parti libéral, le résultat aurait été le même :—la méfiance
de tous les partis, et l'impuissance du gouvernement à maitriser l'entrainement
révolutionnaire. Cela n'a pas besoin de preuve; l'évidence ne se discute pas.—
Voyez l'Espagne.—On aurait fait bien pis en France.

subir au pays, et que la dynastie elle-même n'a pas bien compris, vous verrez, dis-je, que, par l'une ou l'autre de ces causes, le personnel dynastique devient hors d'état de supporter la charge immense sous laquelle il ploie, et que si une personnalité nouvelle, grande, forte, vigoureuse ne venait soutenir le lourd fardeau de la royauté, la vieille dynastie et la vieille royauté périraient ensemble, sans aucune résurrection possible. Sans doute, la transmission dynastique de l'hérédité dans une autre race est une œuvre pénible, laborieuse, ardue! Dieu sait déjà, et nous le savons en partie, de quelle immense charge de peines, de souffrances, de dangers Louis-Philippe subit le martyre incessant et chaque jour aggravé, pour s'être dévoué à cet enfantement d'une monarchie placée entre la chute d'un vieux trône et le couronnement présumé d'un berceau royal! — Mais Dieu sait aussi, et les évènements nous apprendront je l'espère, de quelles bénédictions un pareil dévoûment doit être payé, lorsque le succès de ce pénible labeur couronne une si grande entreprise, et sauve tout un peuple des dangers qu'il avait accumulés sur lui par son imprudence et ses erreurs!

Et, dites-moi! que serait devenue la monarchie française si elle était restée immuablement liée à la légitimité des rois fainéants de la première race? Si Pepin-le-Bref et Charlemagne n'avaient pas surgi pour arrêter le dépérissement monarchique par leur forte tête et leur main puissante? — Que serait devenue ensuite la monarchie française, quand les descendants dégénérés de ces grands hommes ne purent plus en soutenir le poids, si Hugues Capet, par une usurpation providentielle, et par cela seul usurpation légitime, au dire d'un des plus grands défen-

seurs de la monarchie (1), ne fût venu au secours de la
France et de la monarchie, qui penchaient également sur
le bord du même abîme? — A Dieu ne plaise qu'en arrivant au troisième cataclysme dynastique, je veuille ou-
trager les mânes du vieux roi mort dans l'exil, ou la douleur d'un jeune prince pour lequel l'exil du sol natal doit
être aussi pénible que la mort! Non, je l'atteste, ceux qui
m'attribueraient cette intention haineuse et coupable, ca-
lomnieraient les sentiments les plus intimes de mon intelligence, car le malheur a des droits sacrés sur mon âme.
Mais l'intérêt d'une grande nation, les nécessités impé-
rieuses du gouvernement qui, seul, peut le sauver, nous
obligent à reconnaître que Charles X, par ses illusions et
ses alentours; le duc de Bordeaux par son enfance, livré
pour prétexte au pouvoir d'une régence incertaine, précaire, suspecte, ne pouvaient plus soutenir le poids de la
légitimité que la destinée avait personnifiée en eux. Comme
les rois impuissants de nos deux premières dynasties, ils
seraient tombés, et la royauté avec eux, si la Providence
n'avait suscité une autre main pour prendre le sceptre
vacant par le fait; car il est vacant quand il tombe de la
main qui ne peut plus le porter. (2) — Les dynasties ne
peuvent éternellement se maintenir. Huit cents ans de
durée ont assuré à la troisième dynastie de France une vie
historique qu'aucune dynastie dans le monde n'a, je crois,

---

(1) M. de Maistre.
(2) Remarquez que Pepin-le-Bref, quand il voulut prendre le trône, consulta
le pape Zacharie sur cette question : Quand un roi ne peut plus régner pour le
bien de son peuple, et qu'un de ses sujets le peut, auquel des deux appartient
légitimement le trône? Le pape décida que le trône appartenait au sujet capable
et que le roi en était déchu. — Je ne donne pas ceci comme une théorie de droit
politique, Dieu m'en garde ; mais seulement pour faire comprendre comment,
dans le cours providentiel des événements, le droit lui-même *naît souvent du fait.*

égalée. — Son lot n'a-t-il pas déjà dépassé les bornes as-
signées aux institutions humaines, et faut-il, pour lui
faire une impossible et plus grande part, jeter aux vents
toutes les leçons de l'histoire, et précipiter notre pays dans
une interminable série de troubles civils et de révolutions !

Ceci me conduit à la réponse que je dois à la seconde
question des légitimistes. — Pourquoi, professant les
mêmes principes qu'eux sur l'hérédité monarchique, je ne
me réunis pas à leurs efforts pour la rétablir, à présent
que la grande crise de 1830 est passée ; à présent que leur
prince est homme qui peut porter le sceptre puisqu'il peut
porter l'épée ; à présent que les illusions démocratiques
s'effacent et disparaissent d'une foule d'esprits qui les
avaient d'abord accueillies ? — Ce sera le sujet du paragraphe suivant. — Je présenterai au parti légitimiste un mi-
roir fidèle où il pourra voir l'image de sa situation réelle.
— S'il s'obstine à méconnaître la vérité du tableau, il ne
pourra du moins nier la franchise de l'écrivain qui l'aura
tracé. — Que Dieu juge ensuite, et que chacun réponde
de ses œuvres ! que les malheurs du pays retombent sur
ceux qui les auront causés.

§ V.

Nous avons vu qu'en 1830 la royauté d'Henri V était
impossible. Nous avons à prouver qu'elle est maintenant
cent fois plus impossible qu'alors, et que dans la voie fatale
où le parti légitimiste est entré, cette impossibilité doit

s'aggraver chaque jour davantage. Qui que vous soyez, lisez avec calme. J'écrirai sans passion : *sine ira et studio.*

Il est nécessaire, d'abord, de revenir un peu sur le premier point de la question. Battons tous les buissons ; n'en laissons aucun dans lequel une réfutation sophistique puisse se cacher.

En remontant dans l'histoire, avec de l'imagination et du style, il n'est rien de plus facile que d'en faire jaillir des analogies fausses , auxquelles on donne un air de vérité. Ainsi , par exemple, un homme d'esprit, légitimiste fervent, vient de publier à Paris un livre intitulé *Histoire des six Restaurations*, et il a eu la bonté de m'en envoyer un exemplaire, que j'ai lu avec le plus vif intérêt. On gagne toujours à converser avec les gens instruits et sincères, ou à lire leurs écrits. Aussi j'écoute tout et je lis tout. Ceux qui ne pensent pas comme moi doivent être certains que je les lis toujours avec plaisir, quand ils discutent loyalement et avec connaissance de cause.

M. Frédéric Dollé, donc, dans son livre, a voulu prouver que la troisième dynastie de France a déjà recouvré le pouvoir royal par six restaurations successives, et il en prend occasion de prophétiser la septième avec assurance. Voici ces six restaurations : Saint-Louis, Jean-le-Bon, Charles VII, Henri IV, Louis XIV , Louis XVIII.

Je n'entreprendrai pas de montrer ici avec détail l'illusion d'un tel système. C'est étrangement se méprendre que d'appeler restaurations, — dans le sens qu'on donne à ce mot appliqué à la péripétie historique du sort des Stuarts et de la branche aînée des Bourbons, — toutes les oscillations passagères que les intrigues de cour, les passions des grands, l'ambition des partis ont pu impri-

mer à une dynastie qui, n'ayant jamais été sérieusement
renversée par ces épisodes, n'a jamais eu dans ces crises
partielles occasion d'être sérieusement restaurée. Vous
verrez qu'à toutes les époques citées, — et tout à l'heure
je dirai quelques mots qui le montreront pour la plus
saillante, — jamais la dynastie n'a éprouvé une interrup-
tion complète, suppléée par un autre gouvernement complet, par un autre établissement long à la fois et diplomatiquement consacré, qui puisse être comparé à ce qui
s'est passé en Angleterre lors de l'expulsion des Stuarts,
à ce qui s'est passé en France, depuis la révolution de
1792 jusqu'à nos jours. Aux époques citées par M. Frédéric Dollé, la possession dynastique a pu être momentanément troublée, fatiguée par des discordes civiles ou
par les armes étrangères, mais jamais elle n'a été complètement supprimée, jamais complètement remplacée; —
jamais, par conséquent, on n'a eu l'occasion de la rétablir par une restauration, en prenant ce mot dans l'ac-
ception politique qu'il comporte aujourd'hui. — Discu-
tons sérieusement les questions; n'employons pas l'éru-
dition et l'esprit à soutenir un jeu de mots pour les éluder. J'en demande pardon à M. Frédéric Dollé. Son livre
est fort instructif et très-intéressant par les détails, fort
recommandable par les nobles sentiments qu'il exprime,
mais sa thèse politique ne me paraît pas admissible.

Je sais aussi que dans quelques salons on a dit : Pourquoi Henri V, mineur, avec une régence, n'aurait-il pu
s'établir sur le trône de France en 1830, comme Louis XIV,
mineur, avec une régence, s'est établi en 1643? Mme la
duchesse de Berry n'aurait-elle pu remplacer Anne d'Au-
triche? Le cardinal Mazarin n'aurait-il pu être remplacé

par M. le comte de Villèle, dont on vient d'annoncer
triomphalement l'arrivée à Paris, sans doute pour appuyer ses plans de réforme électorale et de suffrage universel ! — Oh ! la belle œuvre pour un homme monarchique et pour le journal officiel du parti légitimiste!...
car voilà où nous en sommes, Messieurs !

Eh bien, je réponds qu'entre des situations si dissem-
blables, il n'y a aucune analogie possible. En 1643, on
faisait la guerre au roi, non à la royauté; encore n'était-
ce pas le roi, mais le ministre Mazarin qui était l'objet
de la guerre. Cette guerre chétive, intrigue de grands
seigneurs poussés par des femmes ou par des jalousies de
salon, laissait la foi monarchique intacte dans les deux
camps; on combattait le prince, on ne niait pas la
royauté. De même qu'un homme religieux, entraîné par
ses passions, viole souvent dans sa conduite les préceptes
moraux de sa religion, sans contester la vérité du dogme,
souvent même sans y songer dans le moment même. Telle
était cette guerre de la Fronde, où l'on dépensa plus d'esprit que de poudre à canon. S'il vous plaît de comparer
les madrigaux du duc de la Rochefoucauld, pour Mme de
Longueville, avec la *Curée* de Barbier, et la *Némésis* de
Barthélemy; les chansons et les barricades des frondeurs
avec les barricades de 1830 et la Marseillaise; le canon
de Mlle de Montpensier, qui, comme on l'a dit avec un
à propos qui caractérise l'époque, *ne tua que son mari*,
avec les canons de la révolution française et les pavés de
juillet, je ne puis, en conscience, vous suivre sur ce terrain. Il nous fournirait peut-être une heure d'entretien
agréable et piquant de part et d'autre, pour amuser les
loisirs d'un salon de bonne compagnie, mais ce n'est pas

là, croyez-le bien, que vous trouverez des arguments sérieux et décisifs pour la grave question qui nous occupe.

Henri V, sur le trône en 1830, avec la duchesse de
Berry pour régente, M. de Villèle pour ministre, avec
un conseil de régence composé, sans doute, de M. de
Fitz-James, M de Châteaubriand, M. de Dreux-Brézé
d'un côté, de M. de Lafayette, M. Laffitte, M. Mauguin
de l'autre; la régence ensuite dominée par toutes les tendances insurrectionnelles qui ont fait les journées de juin
et d'avril, par l'impulsion démocratique des colléges électoraux, par la presse des journaux, enfin, dont l'influence et la portée révolutionnaire sont bien connues;
quoi! voilà sé ieusement votre rêve rétrospectif?... C'est
ce magnifique ensemble de contradictions délirantes que
vous nous reprochez d'avoir écarté en 1830, pour y substituer l'établissement du 9 août et la dynastie actuelle?
Ah! que vous devriez bien plutôt nous en remercier! Ah!
que nous vous avons épargné de malheurs et de peines au
prix de nos peines et de nos malheurs!... Vous avez donc
oublié toutes les dates, tous les faits, tout l'ébranlement
du monde soulevé! Vous ne voyez donc pas ce déluge de
feu, de sang, de larmes, dans lequel il vous aurait fallu
passer, vous que vos amis n'avaient pu défendre, et que
d'impitoyables ennemis n'auraient pas voulu épargner!
Mais ceux que vous maudissez, vous ne savez donc pas
tous les dangers qu'ils ont courus pour vous sauver! Vous
avez donc oublié Fieschi, Alibaud, Meunier, Darmès,
et tant d'autres dont les attentats ont été prévenus? Ou
bien croyez-vous que cette ardeur homicide qui ne recu-
lait pas devant la forte et nombreuse virilité de la royauté
nouvelle, se serait arrêtée tout-à-coup devant la faiblesse

d'une dynastie qu'elle aurait pu éteindre dans le sang
d'un enfant!... Je m'arrête; j'en ai dit assez pour vous
faire comprendre l'illusion de vos regrets et l'injustice de
vos reproches. Vous auriez dû bénir ceux que vous avez
tant outragés et que chaque jour vous outragez encore,
sans réfléchir que toutes les royautés, et votre famille
royale elle-même, reçoivent le contre-coup de tant d'injures et de fureurs! Craignez-vous donc qu'il ne reste encore dans le cœur des peuples trop de respect pour la monarchie et pour l'ordre social?

Mais quittons ce sujet pénible. Nous sommes en 1841.
Voyons ce que la raison nous indique, ce que la prudence nous conseille, ce que la patrie et la conscience
nous ordonnent pour mettre, si Dieu le permet, un terme
aux malheurs de la France et de la grande famille européenne.

Il ne s'agit pas de dire : — Nous avons table rase,
voici la quasi-légitimité d'un côté, la légitimité de l'autre. Faisons de la politique abstraite, tirons des conséquences absolues, méprisons les faits comme s'ils n'existaient pas, et, dans notre polémique sans entrave, mettons sur le trône qui nous voudrons.

La question n'est point ainsi posée. — Vous n'avez
point table rase : Nous avons un roi, homme fort, sage,
expérimenté, dont la persévérance seule a pu surmonter
depuis dix ans la tempête révolutionnaire; cinq princes,
héritiers de ce trône, dont quatre ont déjà glorieusement
paru dans le champ des batailles, sur la terre ou sur l'O-
céan. — Pour remplacer tout cela par l'inexpérience du
jeune exilé de vingt ans, il faudrait d'abord détrôner et
chasser toute cette race de rois. Avec quoi et comment?

C'est d'abord ce que je demande. — Éclaircissons bien ce point.

Ces gens-ci, d'abord, je vous le dis en cas que vous l'ignoriez, ne sont pas de ceux qu'on embarque à Cherbourg, comme des femmes ou des enfants. Il n'y a de place pour eux qu'en France : — Le trône, ou bien six pieds de terre et un cercueil.

Pour faire maison nette, où vous puissiez caser tant bien que mal le trône du prétendant, il vous faut donc renverser l'établissement actuel. Pour le renverser, il n'y a que deux moyens : — une convulsion démocratique intérieure ou l'invasion de l'étranger.

Attendez, ne criez pas encore. Je ne parle pas de vos intentions; elles sont de peu d'importance dans le débat. Qui veut la fin, veut nécessairement les moyens, ou du moins les accepte, lors même que sa volonté y aurait d'abord répugné. Je dis donc que, comme il n'y a que deux routes pour aller à votre but, quelles que soient vos intentions, vous passerez nécessairement dans l'une ou dans l'autre, si vous vous obstinez à le poursuivre. Et j'ajoute que vous n'y arriverez ni par l'une ni par l'autre.

Voilà la question posée; — il faut maintenant la résoudre. Commençons par la convulsion démocratique intérieure où l'on pousse la France en exagérant ses institutions, pour les tourner contre la royauté.

Ici, la dénégation est impossible. Il ne faut que lire la *Gazette de France* et toutes les *Gazettes* de provinces, ses succursales, pour voir les efforts du parti tendant à exciter une recrudescence démocratique complète pour rendre l'exercice de la royauté impossible à Louis-Philippe. Ces écrivains, autrefois si scrupuleux sur l'initiative et l'action du pouvoir royal, ont épuisé leur logique dans les colléges électoraux et dans la chambre, pour substituer les ministres de la chambre élective aux ministres du roi, pour mettre le pouvoir électif au-dessus de la royauté; la coalition en fait foi. Mais cela ne suffit pas : La *Gazette*, l'organe officiel du parti, prêche avec une persévérance immuable la réforme électorale et le suffrage universel, sous le vain prétexte que le suffrage universel produirait des hommes et des doctrines monarchiques! Tout le monde sait bien le contraire, tout le monde sait bien que cette confusion universelle rendrait la législation, l'administration, le gouvernement tout-à-fait impossible. La *Gazette* s'écrierait ensuite : — Vous le voyez, j'avais bien prédit que votre royauté ne tiendrait pas. — A peu près comme un homme qui, portant la torche dans un édifice, vous dirait, en le voyant brûler : — vous voyez bien que j'avais raison de prédire l'incendie!

Sans doute, je m'empresse de le déclarer, il y a dans le parti légitimiste un certain nombre d'hommes graves, éclairés, judicieux, qui n'approuvent point cette tactique, et qui se tiennent à l'écart d'une combinaison que, comme nous, ils trouvent immorale. Mais cela n'empêche pas la combinaison de marcher, cela n'empêche pas la recrudescence démocratique de trouver des appuis dans le parti qui se prétend exclusivement monarchique; cela n'empêche pas, si cette combinaison réussissait à renverser le trône actuel, que ceux-là mêmes qui la blâment profiteraient néanmoins de ce renversement, s'ils le pouvaient, pour proclamer la royauté du prétendant.

Eh bien, voyons maintenant, dans cette voie, quel est

l'avenir que le parti légitimiste prépare à la France et
à lui-même.

Je dis qu'il ne prépare à tous que des malheurs sans
terme et de cruelles déceptions pour lui-même ; et cela par
plusieurs motifs.

Le premier, c'est que dans l'état naturel des choses,
avec la tendance révolutionnaire des esprits, à part même
cette surexcitation calculée qu'il leur donne, la royauté
d'Henri V trouverait beaucoup plus d'obstacles que celle
de Louis-Philippe, et aurait beaucoup moins de force
pour les surmonter. Et que sera-ce donc si cette tendance
révolutionnaire acquiert une ardeur assez grande pour
renverser le trône de Louis-Philippe, qui a résisté jusqu'à ce moment? Ceux qui font un pareil calcul connaissent peut-être l'état politique de la Chine ou du Japon,
mais, à coup sûr, ils vivent en France sans rien voir et
rien entendre de ce qui s'y dit et de ce qui s'y fait.

Le second motif, c'est que l'immoralité du calcul, les
malheurs atroces qu'il ferait peser sur la France, en ai-
dant la démagogie à triompher de la royauté nouvelle,
inspirerait, surtout au moment de la grande crise, une
horreur à la fois instinctive et raisonnée aux honnêtes
gens qui ne voudraient, à aucun prix, contracter une alliance, même défensive, avec le parti qui aurait employé
de tels moyens pour arriver à son but.

C'est ici le point principal, car le parti légitimiste
raisonne ainsi : — Une fois Louis-Philippe renversé, une
fois la démagogie victorieuse, les honnêtes gens du parti
conservateur actuel se joindront à nous plutôt que de consentir à la continuation d'un tel bouleversement. Ils nous
aideront donc à maîtriser, au profit de la royauté d'Henri V,

le mouvement républicain que nous aurons déchaîné pour renverser la royauté de Louis-Philippe.

Eh bien, ce calcul, qui est en grand, le même que la coalition a fait en petit, contre M. Molé, qu'elle voulait renverser par l'opposition de gauche, pour employer ensuite les amis de M. Molé à combattre cette même opposition, au profit de ceux qui avaient le plus contribué à sa chute, — ce calcul, dis-je, transporté sur la grande échelle des légitimistes, est cent fois plus odieux et plus insensé. — On pourrait à la rigueur, tout en convenant de son immoralité, lui croire un succès possible, si, pour renverser ainsi la monarchie actuelle, il n'était nécessaire d'avoir recours qu'à quelques actes comminatoires, tels qu'il a suffi d'en employer dans la chambre pour renverser M. Molé. — Mais pour renverser la dynastie elle-même, c'est autre chose qu'il faudrait, je le répète. Et vous, légitimistes qui vous prétendez hommes d'ordre et de paix, vous ne savez pas, vous ne pressentez pas, du moins je l'espère pour votre honneur, l'intensité de l'effroyable crise qui serait indispensable pour amener ce résultat. Il n'y a pas de Cherbourg pour la dynastie nouvelle, qui périrait plutôt sur le sol natal que d'abandonner la France aux fureurs révolutionnaires! Il faudrait plus d'un régicide pour rendre le trône vacant! Comment donc ne comprenez-vous pas que cet incendie démocratique, allumé sur tout le territoire, soufflé par la presse révolution-naire et par vous, serait tel que rien ne pourrait l'éteindre? Or, tout le monde comprend cela, excepté vous, et cette œuvre de destruction vous rendrait encore plus odieux au parti conservateur que les démocrates eux-mêmes. Car ceux-là, du moins, agissent avec une sorte de

bonne foi, avec une croyance réelle; mais vous, c'est d'une
manière préméditée, toute factice, dans le but de favoriser une cause opposée, que vous auriez excité la crise démocratique pour en profiter; et lorsque ces fureurs populaires, déchaînées par vous, se tourneraient contre vous,
vous vous imaginez que, pour vous récompenser, le parti
conservateur, qui aurait bien assez de penser à lui-même,
irait se sacrifier pour vous, s'offrirait en holocauste pour
vous, irait combattre pour vous les factions que vous auriez armées contre lui de tous les moyens électoraux et
administratifs!... Mais à quels hommes, à quelles dupes,
à quels enfants, croyez-vous donc avoir affaire?.. Il n'en
serait pas ainsi, soyez-en convaincus. Quand vous auriez
fait triompher la république on vous laisserait régler vos
comptes en tête à tête avec elle. — Vous sentez-vous de
force à cela? Réfléchissez-y bien avant de passer outre,
car vous jouez un jeu bien sérieux. Ce serait une partie
définitive et sans revanche.

Et sachez bien que les hommes monarchiques de l'Europe jugent cette tactique comme nous la jugeons nous-
même; seulement, au point de vue de l'intérêt des nations étrangères qu'ils gouvernent, ils cherchent à en profiter contre la France. C'est ce qui achèverait de vous perdre, si vous ne vous arrêtiez promptement dans cette voie
fatale... Vous proclamez hautement que vous renoncez à
tout concours de l'étranger pour votre succès. — Vous
faites bien; mais vous ne renoncez pas à grand chose, car
l'étranger ne vous donnerait pas son concours si vous le
réclamiez. Dans la voie où vous entrez maintenant plus
que jamais, vous auriez contre vous l'Europe monachi-
que tout autant que la France conservatrice.

§ VI.

—

Nous avons vu que pour opérer une troisième restauration, le parti légitimiste avait impérieusement besoin d'un acte préalable, qu'il ne peut accomplir par ses seules forces ; — cet acte, c'est le renversement de la monarchie de juillet, c'est le détrônement de Louis-Philippe et de sa race ; — que pour accomplir ce préalable indispensable, le parti légitimiste, absolument obligé d'avoir recours à des forces auxiliaires, n'en pouvait apercevoir que deux, — la recrudescence démocratique de l'intérieur, ou l'invasion de la force étrangère. Nous avons examiné le premier point. Traitons maintenant le second. Il est délicat et brûlant. Néanmoins, j'espère achever mon œuvre, sans blesser les convenances ni la justice.

Je commence d'abord par déclarer hautement, — et tout le monde sait que si je ne le pensais pas, il n'existe aucun pouvoir, aucune considération sur la terre, qui pût me décider à faire cette déclaration , — que je n'entends nullement mettre en doute le patriotisme du parti légitimiste et son attachement à la France ; je ne suis pas de ces hommes de parti, toujours prêts, pour le triomphe de leurs préjugés , plus même que de leur cause , à nier l'histoire, à la défigurer, à la démentir. Elle nous apprend que la France, à toutes les époques de sa vie historique, a toujours vu ses rois, et l'antique noblesse qui formait principalement leur noyau d'action et de puissance morale, présenter hardiment leur poitrine à l'étranger, et mourir pour la patrie sur tous les champs de bataille.

Dans les revers, comme dans les triomphes, jamais ils ne
manquèrent à l'appel. Il ne fallait à la noblesse de France
ni loi de recrutement, ni conseil de révision. Au premier
appel du souverain, à la première nouvelle du danger, les
plus pauvres gentilshommes de province, qui n'avaient
pour exciter leur ardeur, ni les faveurs ni les séductions
de la cour, vendaient leur mince héritage ou le grevaient
de dettes, se ruinant ainsi pour obtenir le droit d'aller
mourir pour le prince et la patrie. A la bataille de Créci,
l'élite de la noblesse française périt. A la bataille de Poi-
tiers, le roi de France fut pris les armes à la main. A la
bataille d'Azincourt, la France perdit sept princes ; le
connétable et huit mille gentilshommes furent tués. Suivez toute l'histoire de la troisième dynastie jusques au
combat de Rebec, jusques à la bataille de Pavie, pour les
malheurs ; jusques aux batailles de Denain et de Fonte-
noy, pour les triomphes : partout vous verrez les princes
de la maison de Bourbon et la noblesse de France combattre et mourir pour la France. Pour un seul connétable de Bourbon passant à l'étranger, vous trouverez mille
Bayard, mille d'Assas, et trente-deux princes de la maison de Bourbon, morts les armes à la main pour la patrie
et pour l'honneur.

Ce n'est donc pas moi, non, ce n'est pas moi, qui, sur
le frontispice de cette galerie séculaire de la gloire française, viendrais inscrire le *quoique Bourbon*, et l'on sait
que j'ai toujours combattu ce non-sens politique, ce contre-sens démocratique, cette contre-vérité historique, que
tous les souvenirs et que tous les faits démentent. Ce
n'est pas moi qui, pour l'honneur de la France, m'atta-
cherais à flétrir tant de noms glorieux dans le passé, et

qui, dans le présent, accuserais le parti légitimiste en masse, héritier pour sa part des principes et des noms les plus glorieux de nos fastes civils et militaires, de vouloir sacrifier la France à l'étranger, pour fonder ainsi sa résurrection propre, sur l'abaissement et sur la ruine de notre patrie commune. Je n'incrimine les intentions légitimistes ni dans le passé, ni dans le présent ; ni en 1792, ni en 1814, ni en 1815, ni en 1841. Mais je crois pouvoir dire qu'à toutes ces époques, la violence et la complication des évènements ont tellement agité les esprits, ont créé tout à coup des situations tellement nouvelles et inattendues, que, dans toutes les positions sociales, la lucidité, la rectitude des idées, la pleine et libre action du jugement de chacun sur la conduite qu'il devait tenir, en ont été profondément troublées, bouleversées, confondues ; et qu'alors l'on a vu, dans tous les camps, des actes condamnables en soi être cependant suscités par l'exagération et par l'égarement des plus nobles motifs. C'est ainsi que de grandes erreurs révolutionnaires ont été accomplies. Eh bien, je crois qu'il en est de même des écarts contre-révolutionnaires ; d'un côté, il y a eu de grands crimes, commis cependant par un amour ardent et désintéressé de la liberté, de l'indépendance nationale ; de l'autre, il y a eu des écarts funestes et condamnables, produits par l'exaltation d'un sentiment de fidélité monarchique, qui, à d'autres époques, lorsque l'heure des tempêtes civiles n'avait pas encore sonné, avait enfanté tant d'actes héroïques de patriotisme et de dévouement. Il n'y a là rien d'étonnant. C'est le résultat inévitable de l'infirmité humaine. Le mal enfante le bien, le bien enfante

le mal, et l'homme qui affirme son infaillibilité future,
a failli d'avance.

Commençons par 1792. Je blâme l'émigration. Mais
d'abord il faut en faire deux parts : les royalistes qui sor-
tirent de France, parce que la hache du supplice les me-
naçait sans distinction, sans appréciation, innocents ou
coupables, auraient mieux fait, sans doute, de rester en
France pour défendre la monarchie et pour se défendre
eux-mêmes ; mais certainement il faudrait être fou pour
leur imputer à crime d'avoir voulu sauver leur vie et celle
de leur famille, en sortant d'un pays où ils ne pouvaient
espérer ni sécurité, ni justice.—Quant à ceux qui s'ar-
mèrent au dehors, et vinrent ensuite combattre les armées françaises, mon opinion est qu'ils commirent une
grande, une irréparable faute. Mais je suis également
convaincu qu'en agissant ainsi, ils n'avaient point l'intention de livrer la France à l'étranger et de la faire passer sous le joug ennemi ; ils voulaient rétablir le gouvernement royal ; ils se fiaient pour cela aux royautés
européennes qui les leurraient de cette espérance, et qui,
si elles eussent été victorieuses, auraient exploité leur
triomphe en déchirant, en morcelant la France. L'erreur
de tous les partis qui, dans les discordes civiles, s'appuient
sur les armes étrangères, c'est de faciliter l'exécution secrète de tous les plans hostiles formés contre leur pays
par les nations voisines, et lorsqu'ils s'aperçoient qu'ils
ont perdu la cause même qu'ils voulaient défendre, il est
trop tard pour réparer le mal qu'ils ont fait.

Passons aux évènements de 1814 et de 1815. — Eh
bien ! je crois que les légitimistes ont tort de dire que les
deux restaurations ne furent pas accomplies par le secours

des armées étrangères ; mais j'ajoute qu'il est également
faux d'accuser les légitimistes d'avoir abjuré à cette époque l'amour de la France et le sentiment de la conservation nationale.—Ils croyaient que le seul gouvernement
qui pût faire le bonheur du pays, c'était celui de la légitimité ; et ne pouvant le rétablir par leurs seules forces,
ils profitèrent du triomphe des armées étrangères qui, en
renversant le trône de Napoléon, leur laissaient le champ
libre pour restaurer le trône des Bourbons. C'était par
les étrangers, mais non pas dans l'intérêt des étrangers,
qu'ils voulaient agir ; leur intention bien positive était
de contribuer à la grandeur et à la prospérité de la France,
en rétablissant le seul gouvernement qui, selon eux, pût
les assurer. Leur but était donc bon et honorable. Les
moyens qu'ils employaient l'étaient-ils également? Etaient-
ils de nature à produire le bon effet qu'ils en attendaient ?
— C'est ici que nous commençons à nous séparer, car,
selon moi, ils se sont déplorablement trompés, et sur les
moyens qu'ils ont employés, et sur l'emploi qu'ils ont
fait de ces moyens.

Quoi qu'il en soit, toujours est-il certain que si les
puissances alliées, en 1814, n'eussent point envahi la
France tout à la fois, jusqu'à Bordeaux dans le Midi, jusqu'à Paris dans le Nord, la première restauration n'aurait pas eu lieu ; que si les puissances alliées, en 1815,
n'avaient pas gagné la bataille de Waterloo et envahi de
nouveau la France jusqu'à Paris, la seconde restauration
n'aurait pu s'effectuer ; que toute restauration a été impossible en France tant que les armées françaises ont été
victorieuses: que la restauration n'est devenue possible
que du jour où les armées françaises étant vaincues, les

armées étrangères ont envahi la France. Que les légitimistes exaltent jusques anx nues leur patriotisme que nous
ne contestons pas, cela n'empêche pas que les faits ne soient
des faits, et rien ne peut les démentir.

Eh bien, maintenant, la situation est la même, et je
crois, s'il faut dire toute mon opinion, qu'elle s'est de
beaucoup aggravée. L'exaltation révolutionnaire est telle
que les légitimistes sont plus incapables que jamais, de
rétablir leur royauté par leurs seules forces. Ils ne peuvent se flatter d'y parvenir qu'en détruisant la monarchie actuelle, et, pour cela, ils comptent d'abord sur le
jeu de nos institutions démocratisées. J'ai fait voir qu'en
cela ils se trompaient au moins de moitié, car si la démocratie arrachait la couronne à Louis-Philippe, ce ne
serait pas pour l'offrir à Henri V, ni pour permettre seulement qu'il la touchât du bout des doigts. Traitons maintenant la question étrangère.

Les légitimistes affirment, et nous avons déjà dit plusieurs fois que nous admettions leur affirmation, qu'ils
ne veulent pas avoir recours à l'étranger pour rétablir
leur prétendant sur le trône. Mais si par un concours
d'évènemens, dont il n'est pas difficile de tracer l'enchaî-
nement moral, les étrangers s'armaient sans être appelés
par les légitimistes, et que dans le conflit le trône de
Louis-Philippe fût renversé, n'est-il pas évident qu'ils
tâcheraient de profiter de cette catastrophe comme ils ont
profité de l'invasion qui détrôna Napoléon? et qu'alors
ils diraient aux conservateurs : « Mettons Henri V sur
» le trône de France, et maintenant aidez-nous à com-
» battre la démocratie, et la réforme électorale, et le suf-

» frage universel, dont, très-certainement, nous ne vou-
» lons pas plus que vous ! »

Laissons donc de côté tous les sophismes des partis,
tous les mouvements oratoires et tout l'artifice de la polémique ! Agissons franchement, soyons hommes et parlons en hommes. En définitive, dans leurs espérances les
plus intimes, que les légitimistes voudraient pouvoir dé-
guiser à leur propre conscience, c'est toujours à ce double résultat qu'ils sont invariablement poussés par leur
position : Les institutions démocratiques empêchant la
royauté de Louis-Philippe de gouverner et de durer : l'Europe alarmée de cet incendie politique toujours croissant,
agissant, pour l'éteindre, soit spontanément quand elle
croira le moment venu, soit pour se défendre si la recrudescence révolutionnaire dominait assez Louis-Philippe
pour le contraindre à attaquer l'Europe, ainsi que la coalition parlementaire a été au moment de l'y obliger ; puis,
au milieu de tous ces désastres, Louis-Philippe étant renversé, ils présenteraient, au parti conservateur, Henri V
comme un sauveur prêt à servir de gage, de réconciliation
avec l'Europe monarchique, en éteignant en France le
mouvement révolutionnaire.

Eh bien ! je dis, moi, que cette espérance est une chimère, un pur anachronisme. Je vous répète maintenant
ce que je vous ai dit en 1831, en 1832, dans le *Mémorial Bordelais* : c'est précisément parce qu'il y a déjà eu
en France deux restaurations auxquelles les étrangers ont
puissamment contribué, qu'il n'y en aura pas une troisième, parce que les monarchies européennes ont infiniment plus d'intérêt à empêcher cette troisième restauration qu'à la favoriser.

En effet, pourquoi, en 1814, en 1815, les rois étrangers donnèrent-ils concours et assentiment aux deux restaurations? C'est que, effrayés des malheurs que l'esprit révolutionnaire de la France avait fait peser sur l'Europe, ils espéraient que la monarchie des Bourbons rétablirait le calme en France, amortirait l'esprit révolutionnnaire, et que l'union monarchique de l'Europe pourrait se rétablir de nouveau. Mais les évènements les ont bien cruellement détrompés. Ils ont vu que la réaction imprudente, sans discernement, sans mesure, des deux restaurations, avait ranimé, par représailles, l'esprit révolutionnaire que Napoléon avait endormi. En 1815, ils ont vu tomber la première restauration en vingt jours. En 1830, ils ont vu tomber la seconde restauration en trois jours, quoique, pour lui donner le temps de s'établir, ils eussent, en 1815, occupé militairement la France plusieurs années. — Puis, après cette seconde chute, ils ont vu surgir en France la recrudescence révolutionnaire la plus ardente, la plus prononcée, dont jamais le monde civilisé ait été menacé. — Ils ont vu six tentatives de régicides sur la personne du roi que les révolutionnaires eux-mêmes avaient élevé, et qu'ils voulaient ainsi punir de ses efforts pour rétablir la monarchie et l'ordre social en France. Comment donc, au milieu d'un si effroyable chaos, seraient-ils assez ignorants, assez dupes, assez insensés, pour vouloir établir une troisième restauration, en chargeant un jeune homme de vingt ans, sans autre appui en France que le parti même dont les prétentions imprudentes ont réveillé toutes les exaltations révolutionnaires, de faire ce que Louis-Philippe, homme sage, fort, expérimenté, n'aurait pu faire, en s'appuyant sur la classe

moyenne de la population française?... Mais ils ont parfaitement compris que cette troisième restauration, cent
fois plus faible que les précédentes, serait cent fois plus
incapable d'arrêter le mouvement révolutionnaire, surtout quand ils ont vu le parti légitimiste lui-même sur-
exciter ce mouvement, par ses appels à la réforme électorale et au suffrage universel.

Les royautés européennes peuvent faire un accueil favorable au prétendant, afin de flatter les espérances de ses
partisans, ce qui augmente la division des partis en France,
et, plus tard, permettra peut-être à l'Europe de l'envahir
pour son propre compte.—Mais soyez certains que l'Europe, qui s'est repentie bien souvent d'avoir fait les deux
premières restaurations, n'a pas la moindre intention
d'en faire une troisième. En renonçant au concours de
l'étranger, ce n'est pas un grand sacrifice que vous faites.—Et le résultat de tout ceci, le savez-vous?... Moi,
je vais vous le dire.

Tous les partis en France, excepté le parti conservateur qui ne travaille à rien, parce qu'il ne sait ni ce qu'il
veut, ni ce qu'il fait, travaillent à détruire la monarchie
actuelle; les républicains, pour la république; les napo-
léonistes, pour le prince Louis; les légitimistes, pour Henri
V.—Les dynastiques de l'opposition, qui sont les doctrinaires de la gauche, et les doctrinaires qui sont les dynastiques de la droite, travaillent à la détruire pour leur
propre compte, c'est-à-dire à conserver une sorte de royauté
d'apparât dont ils disposeraient pour gouverner eux-
mêmes sous son nom. L'Europe voit cela, et dit : — ce
pays se perd. Les fureurs révolutionnaires dont il nous
menace, le dévorent. Laissons-le agir sur lui-même, de

peur qu'en l'attaquant nous ne l'excitassions à réagir sur nous. — Mais si Louis-Philippe ne réussit pas à calmer, à régulariser, à reconstituer ce pays qui tombe en dissolution, il est bien évident qu'aucun des partis qui le combattent ne pourra y parvenir. Ne donnons donc gain de cause à aucun de ces partis. N'essayons pas surtout de confier à l'inexpérience d'un jeune homme, nourri de traditions inapplicables, appuyé par un parti honorable, mais sans action, et dont une portion d'ailleurs s'est notablement pervertie, le soin de reconstituer une monarchie qui bientôt donnerait en croulant une nouvelle activité au volcan révolutionnaire. Laissons ce pays se dissoudre tout à fait dans ses convulsions intérieures ; quand il sera tout à fait désorganisé par ses divisions et par l'impuissance d'un gouvernement que tous les partis attaquent à l'envi, eh bien, alors, nous lui donnerons le coup de grâce ; nous morcellerons la France elle-même, nous la réduirons à des proportions qui ne lui permettront plus d'excercer au dehors quelqu'influence, et nous éteindrons à la fois tous les brandons de discorde qu'elle prépare pour l'avenir de l'Europe et du monde !

Légitimistes, légitimistes !... Voilà la troisième restauration où vous poussez votre pays, en vous joignant aux démocrates pour frapper d'impuissance le dernier effort que le génie de la monarchie fait pour s'y maintenir !... Le jour où la monarchie de Louis-Philippe périrait, la royauté d'Henri V et la France descendraient dans le même cercueil. — Réfléchissez.

FIN DU DIXIÈME ET DERNIER VOLUME.

TABLE ET SOMMAIRES

DES

MATIÈRES CONTENUES DANS LE DIXIÈME VOLUME.

LETTRES INÉDITES.

Année 1832.

Année 1833.

Année 1834.

Année 1835.

Année 1836.

Année 1837.

Année 1838.

Année 1839.

440)

FIN DE LA TABLE DU DIXIÈME ET DERNIER VOLUME.

www.ingramcontent.com/pod-product-compliance
Lightning Source LLC
Chambersburg PA
CBHW050732030726
47505CB00002B/231